EDITION
BELLETRISTIK fhl

Angela Christine Schyboll wurde 1952 in Sinzig geboren, arbeitete als Presse- und Vorstandsassistentin sowie als Redakteurin und Sachbearbeiterin viele Jahre im Bereich Presse und Eventmanagement in verschiedenen Institutionen. Heute arbeitet sie als Kolumnistin und freie Autorin. Sie engagierte sich in Umwelt- und Friedens-Gruppen und schrieb u. a. auch in diesem Zusammenhang über zweieinhalb Jahrzehnte Artikel für verschiedene Zeitschriften. Ihr schriftstellerisches, redaktionelles und lyrisches Schaffen mit Kurzgeschichten, Gedichten, Aphorismen, Satiren oder Sachartikeln ist unter anderem in über 30 Anthologien und Sachbüchern wie auch zahlreich im Internet dokumentiert. ›Jenseits der Dunkelwelt‹ ist der erste Roman im fhl Verlag Leipzig.

A. Christine Schyboll

Jenseits der Dunkelwelt

fhl Verlag

ISBN 978-3-942829-25-0

1. Auflage 2012

Lektorat: Andreas Becker
Titelbild: photocases.com / willma
Satz: fhl Verlag Leipzig UG
Druck & Bindung: ScandinavianBook

Ein Verlagsverzeichnis schicken wir Ihnen gern zu:
fhl Verlag Leipzig UG
Gerichtsweg 28
04103 Leipzig
www.fhl-verlag.de
kontakt@fhl-verlag.de

νῶθι σεαυτόν

Gnōthi seautón --- Erkenne dich selbst

(Orakel von Delphi)

Erster Teil

1.

In jener Zeit, an deren Schwere er sich heute nicht mehr erinnern mochte, legte die Deutschlehrerin den Keim einer Tragik in Karls junges Leben. Es begann mit Cervantes *Don Quijote* und Karls beständig sehr guten Noten in Deutsch.

Es waren jedoch nicht so sehr die Geschichten um den Ritter von der traurigen Gestalt, als die Lebensumstände Cervantes, die die Fantasie des eher stillen Kindes auf die Temperatur von glühender Grillkohle aufheizten. Dass jenes Meisterwerk ausgerechnet im Gefängnis geschrieben worden war, erregte den Jungen auf eine Art, über die er mit niemandem sprechen wollte. Was immer das Leben bringen mochte, eines wusste er schon damals genau: Auch er war zum Schreiben eines großen Werks geboren. Das war seine Aufgabe. Und dann kämen weitere Werke. Er war nicht auf den Erfolg aus, sondern allein auf den Schöpfungsakt seiner Fantasie.

Stattdessen gebar Jahre später seine Frau Viktoria ein Kind nach dem anderen. Nun hatten sie schon drei. Und der erfolgreich verhinderte Schriftsteller war Systemadministrator in einer Bank. Dort pflegte er die informationstechnische Infrastruktur. Er konfigurierte die Rechner und war verantwortlich für das Funktionieren der diversen Systemanwendungen, die ein modernes Unternehmen zum Überleben auf heiß umkämpften Märkten braucht. Das alles tat er nun, statt seine Gedanken in spannende Geschichten zu kleiden und die Herzen der Menschen damit zu erfreuen. Nein, Systematik und Analytik waren in seinem Alltag angesagt, was seine rechte Gehirnhälfte neidvoll checkte. Alles war nach links ausgerichtet in seinem Beruf, der von seiner Berufung so weit entfernt war wie die Legehenne in der Batterie von einem frei lebenden Perlhuhn – oder auch Sancho Pansa von seiner Insel.

Abends hieß es dann Umschalten. Kaum hatte er sich aus der monotonen binären Denkweise ausgeklinkt, zwang ihn sein Schicksal in die Niederungen des familiären Chaos. Hier regierte die unfassbare Anarchie der Wirbel und Strömungen, die man mit den starken Winden der Emotionalität und beständig neuen Ideen anfachte. So stand Karl immerzu unter einem enormen Stress. Alles war einfach verkorkst.

Wie es je dazu hatte kommen können, begriff er selbst nicht wirklich. Er hatte zwar eine Reihe von literarischen Jugendpreisen eingeheimst, doch Geld verdienen konnte er mit seinen Geschichten nicht. Hätte Viktoria damals nicht ihren unglaublichen Sexappeal geradezu penetrant eingesetzt, dann wäre Nathan, sein Erstgeborener, nicht zur Schlüsselfigur seiner tragischen Wende geworden.

Niemand wollte es heute gewesen sein, der ihm die verrückte Idee seines unseligen Berufs eingeredet hatte. Noch zu Beginn der Schwangerschaft war er vom Studium der deutschen Sprache und Literatur auf das damals noch vielversprechende Computergeschäft umgesattelt. Seine kleine Familie brauchte ein ordentliches Auskommen und sollte nicht des Hungers sterben. Das zumindest hatte er heute geschafft, mitsamt der Tatsache, dass die Familie jetzt schon ordentlich der Anzahl nach gewachsen war. Jedoch waren die Kinder immer noch klein. Jedenfalls zu klein und zu jung, als dass er seiner Bestimmung nach hätte leben können.

Die Schulden für das Auto und das Reihenhaus am Kölner Stadtwald und die Kleinkredite für Viktorias Firlefanz waren so perfekt kalkuliert, dass er sich tatsächlich ohne den Einsatz von krimineller Energie jeweils über den nächsten Monat retten konnte. Nicht bezahlbar war das Musikinternat für den bald 15jährigen Nathan. Der war im Begriff, sich die Welt selbst zu erobern, und hatte gerade die ersten anregenden Erfahrungen mit Psilocybin hinter sich. Eine für den Knaben spannende Angelegenheit, auf der er nach den ersten Ausrutschern vollends abzurutschen drohte, wie Viktoria befürchtete, falls man ihm keine intelligente Alternative böte. Nathan selbst hingegen sah darin eher eine Art Bewusstseinserweiterung, einen Aufstieg, der einzig durch seine rigiden Eltern auf unschöne Weise behindert wurde.

Nathans musikalische Begabung war außergewöhnlich. Seine Sucht nach Leben passte sich dem perfekt an. Gern hätte er ein Musikinternat besucht. Doch der Alte war eben nicht imstande, die Kohle dafür abzudrücken. Jetzt las er halt Nietzsche, lachte sich dabei einen Affen, hörte Bushido und spielte Bach. Allein schon in dieser Kombination kreativer Zusammenführungen sah Viktoria ein außergewöhnliches Talent. Nathans Ambitionen angesichts dieser Erwartungen gingen dabei eher in Richtung Dealen. Und er musste die Substanz der Stoffe natürlich testen, um als Zwischendealer nicht übers Ohr gehauen zu werden.

Karl bemerkte durchaus, dass Nathan ständig unterfordert war. Das hatte Konsequenzen, die den Rest der Familie oft überforderten. Nichts, was nicht seinen Ausgleich suchte. Der alltägliche Mix aus Unter- und Überforderung war wie ein Pulverfass, und Nathan gab mit seiner Wut und seinem schwarzem Humor ordentlich Lunte. Würde nicht bald was Entscheidendes passieren, rutschte Nathan tatsächlich noch ab. Viktoria hatte Recht. Wie immer. Zu kontrollieren war der Bursche in seinem Alter auch nicht mehr wirklich, wenngleich ihr schönes, aber hoch verschuldetes Heim ein gewisses Maß an Geborgenheit und schützender Nähe bot. Dieser Zone der Behütung entwuchs der Knabe mit jedem weiteren Experiment mit Substanzen wie Dimethyltryptamin, deren Namen auszusprechen schon eine Herausforderung war.

Es blieb Karl verborgen, wie Viktoria mit diesem schwierigen und in der Tat hochbegabten Jugendlichen zurechtkam. Sie hatte da so ihre eigenen Talente, um die Karl sie beneidete. Hätte er sie auch besessen, so wären diese schlimmen Jahre des Ausnahmezustandes eines Pubertierenden nervlich leichter zu schultern gewesen. Zwei Jahre hatte man schon Übung. Aber es folgten ja noch zwei weitere Geschwister, an denen man in wenigen Jahren das nun frisch Erlernte an sich selbst überprüfen konnte.

Im täglichen Ringen um Durchsetzung überboten sich Nathan und Viktoria an Sarkasmus. Häufig war er mit der ganz heißen Nadel gestrickt. Ein schwieriger Balanceakt für den Rest der Familie. Für so manch ein zu unglücklichen Zeiten hereinschneiendes Sensibelchen hätte die Fassungslosigkeit über den verbalen Umgang der beiden miteinander schon beim bloßen Zuhören in einem seelischen Schock enden können. Viktoria und Nathan jedoch hatten eine gemeinsame Sprache gefunden, in deren Geheimnisse nur jene langsam hineinwachsen konnten, die imstande waren, hinter ihren martialischen Verbalattacken die Liebe zu orten. Eine reine Mutter-Sohn-Liebe, die den Duft des Meuchelmordes trug und dennoch auf geheimnisvolle Weise immer wieder im verstehenden Miteinander endete. Kam es ganz schlimm, zog Viktoria zuerst alle Register zumutbarer und unzumutbarer Strafen, bevor es dann lauter wurde. Sie sah schon den Tag X nahen, an dem die Polizei mit einem Haftbefehl vor ihrer Tür stand. Erwirkt durch den eigenen Sohn. Gestützt durch die Zeugenaussagen hellhöriger Nachbarn. Nathans Resistenz, irgendwelchen sozialpraktischen Vorgaben zu folgen, die das psychische Überleben dieser Familie irgendwie sicherten, war vollkommen. Einzig in den Stunden des Musizierens in seinem mit Instrumenten überladenen Zimmer war Nathan ein reiner Engel. Nichts kam diesem mehr gleich.

Wie oft hatten Karl und Viktoria, im Flur lauschend, einander bei den Händen gehalten und mit Tränen in den Augen dem Herrn gedankt, dass ihren Lenden ein solches Genie entsprungen war. Alles würde man tun, um ihm zu seiner Berufung zu verhelfen! Ein Genie, das seiner Blüte entgegenstrebte.

Wesen aus der Engelhierarchie waren auch die beiden anderen Kinder. Der Himmel war gut zu den Seinen und säte am rechten Ort.

Ein Hochbegabter und zwei durchschnittlich begabte Kinder waren keine gute Konstellation für eine Frau wie Viktoria. Da war es effizienter, in allen drei Kindern die Hochbegabung klar zu erkennen. Mit der Spürnase eines unbestechlichen Fährtenjägers kundschaftete sie jene Eigenschaften bei den Kindern aus, die sie für untrügliche Zeugnisse besonderer Talente hielt, während böse Zungen behaupteten, es handele sich dabei um bedenkliche Verhaltensstörungen. So befand sich Viktoria ständig wegen eines der Kinder im emotionalen Ausnahmezustand. Ein pausenloses hin und her zwischen zwei normalen, wenngleich wilden Rangen und nur einem Hochbegabten wäre lästig und unnütz anstrengend dazu. So aber war alles gut.

Überhaupt hatte sich das Gute in dieser Familie durchgesetzt, wie Viktoria fand. Gepaart mit dem Schwierigen. Aber starke Eltern hatten eben auch starke Kinder. Diese zeichneten sich besonders dadurch aus, dass sie eben anders waren als alle anderen, und Auffälligkeiten zeigten, die als Preis für die Sonderstellung zu zahlen waren. Sie waren innerlich sehr frei, akzeptierten selten Grenzen und waren, wenn man nur den richtigen Blick für ihre Besonderheiten hatte, die reizendsten Wesen der Welt.

Der achtjährige Mikosch war gerade in jenem spannenden Alter, wo sein unbewusster Fokus nur auf eines gerichtet war: auf den älteren Bruder. Was macht er? Und wie macht er das? Warum er etwas machte, war dem Achtjährigen vollkommen gleichgültig. Motivlagen tiefer zu hinterfragen, so sagte man doch allgemein, beginne bei Kindern meist etwas später. Auch Mikosch interessierte sich sehr für Musik. Jedoch auf eine andere Weise.

Er interessierte sich nämlich für die Innenseite der Musik. Das betraf in seinem Fall die Mechanik der Instrumente. Nicht alles konnte auseinander genommen werden. Aber er musste herausfinden, warum und auch wie all diese verschieden klingenden Töne entstanden. Gab es eine Grenze? Und was passierte, wenn man diese Grenze mit diesem oder jenem Experiment überschritt? Hier ein Drähtchen gekappt, hier ein Schräubchen entfernt und schon klang doch alles ganz anders. Und natürlich interessierte er sich auch für die abenteuerlichen Flausen des bewunderten Bruders.

Viktoria sah in all dem eine Ausprägung der genialen Erbanlagen, zu denen sie und Karl ihren Kindern verholfen hatten. Sicherlich war es kostspielig, wie Mikosch die Dinge derzeit noch anging. Dennoch erhoffte sie dahinter die ersten ernsthaften Schritte eines neuen Stradivari oder eines Steinway.

Karl dagegen vermutete eher eine besondere Form von Unverstand, da ein Achtjähriger nun mal kein unschuldiger Dreijähriger mehr war, der aus unbedarfter Entdeckungslust heraus alles zerlegte. Mit acht Jahren komponierten andere Hochbegabte schon Opern. Aber Mikosch schraubte generell alles so auseinander, dass es nachher nicht mehr zusammenpasste. Schwer beschaffbare wichtige kleine Einzelteile rollten dabei schon mal unauffindbar unter Schränke. Mit etwas Glück fanden sie sich hin und wieder auch in der großen Legokiste, oder sie waren bereits in der Raumkapsel Cassiopeia F7A verbaut. Karls Bedenken gegen dieses Verhalten hatte Viktoria mit einem harschen und klaren Hinweis auf sein mangelndes psychologisches Einfühlungsvermögen schnell beendet. Und Karl war klug genug zu erspüren, wann er besser nicht widersprach.

Die geheimnisvolle Liebe der beiden Brüder zueinander ermöglichte ihnen ein relativ friedliches Miteinander. Natürlich war Nathan sauer, wenn Mikosch wieder an den falschen Stellen geschraubt und gehebelt hatte. Aber es setzte nur selten saftige Ohrfeigen. Mikosch akzeptierte sie in aller Regel, ohne aus ihnen besondere Konsequenzen für die geschwisterliche Bande zu ziehen. Die beiden herausgeschlagenen Zähne hatten sowieso schon seit einem Jahr gewackelt. Dafür gab es Zeugen. Nathan war nicht für alles verantwortlich zu machen. Zahnen war ein natürlicher Vorgang. Erst recht im Zusammenhang mit Streit.

Für Karl jedoch hieß es nicht zahnen, sondern zahlen. Und Karl zahlte. Viktoria bestand darauf, dass er Mikoschs zarte Anlagen nicht ständig durch pädagogische Kleingeistigkeit erstickte. Da Nathan seinen kleinen Bruder trotz ihrer Streitereien immer wieder gern in sein Zimmer ließ, ihn knuffte und mit ihm balgte, ihn auf das Bett warf und in die Luft, ihn manchmal auffing und manchmal auch nicht, sorgte diese fröhliche Atmosphäre immer wieder für ein gutes, gesundes Familienklima. Glockenhelles Lachen und gelegentlich infernalisches Gebrüll bereicherten so die Randzone des Kölner Stadtwaldes. Es war nur natürlich, alles Weitere zwischen den beiden Brüdern dem Schicksal zu überlassen. Bei all dem öfter mal tapfer die Augen zu verschließen, geboten allein schon die eigenen Nerven. Irgendwann einmal würden sie in Sachen Musik gemeinsam Überragendes leisten. Dessen war sich Viktoria sicher.

Lucy, süße fünf Jahre, sprach kaum – für Viktoria ein klares Zeichen von Hochbegabung. Je eiserner Lucy schwieg, umso wortgewandter erklärte Viktoria dies jedem, der es hören wollte oder auch nicht. Viele große Genies der Weltgeschichte hätten spät mit Sprechen begonnen. Welche, wusste sie nicht so genau. Aber es musste so gewesen sein. Irgendwo hatte sie das einmal im Zusammenhang mit einer wissenschaftlichen Analyse gelesen. Man hatte ein Profiling über diesen Personenkreis erstellt. Lucy passte genau in diese Kategorie. Solche Menschen sparten sich ihre Worte für wirklich Wesentliches im Leben auf. Sie schnatterten nicht einfach drauf los wie der gemeine Mensch schlechthin. Sie machten sich eben nicht schon mit sechs Jahren einen schlechten Namen. Jede geistvolle Gedankenperle hoben sie sich schon im Alter von zwei Jahren für später auf, wenn das Publikum sie endlich zu verstehen vermochte. Für jenen Zeitpunkt, an dem sie etwas Bedeutsames zu sagen hätten. Wenn die Welt sie händeringend darum bat, das Wort an sie zu richten. In Lucy steckte einfach alles.

Dass sie bei all dem auch noch ein wunderschönes Kind mit langen blonden Locken war, welches schon jetzt ein umwerfendes Lächeln besaß, bestärkte Viktoria in ihrer Überzeugung. Es bestand nicht der leiseste Zweifel an der Genialität auch des dritten Kindes. Man kannte das doch. Man brauchte sich nur die Familie Bach anzusehen. Oder die Manns. Oder die Baseler Familie Bernoulli, die seit dem 17. Jahrhundert Dutzende Gelehrte hervorgebracht hatte. Und jetzt die Sandhausers. Allesamt hochbegabt! Dass es sich bei Lucy nur um eine Inselbegabung handeln könnte, wie ihr einmal eine neidische Freundin einflüsterte, glaubte sie nicht. Sie kannte ihren kleinen Engel. Der würde einmal alle in den Schatten stellen. Sogar sie selbst.

Viktorias eigene Inselbegabung bestand also ganz klar darin, mit untrüglichem Blick in allen Familienmitgliedern Genies zu sehen, die nur auf ihre Erweckung warteten. Doch Warten war ihre Sache nicht. Sollte es doch alle Welt wissen! Man würde sich früh um die Aufnahme in einer Eliteschule bemühen. Vielleicht konnte man sogar darauf hoffen, dass später einmal der ganze Familienverband unter das Weltkulturerbe gestellt und man dann selbst zu jenem erlauchten Kreis gehören würde. Karl schlich sich in solchen Momenten lieber aus dem Raum. Viktoria wiederum gewährte nicht dem leisesten Zweifel Zutritt in ihr verstehendes Herz, das sich engagiert dieser Sache verschrieben hatte.

Nicht, dass die Kleinkarriere ihres äußerst talentierten Gatten als Systemadministrator etwas zu bedeuten hätte. Dieser Job war nur als eine vorübergehende Lebensstation anzusehen, bis auch er seine Berufung finden würde und anfing, wirklich zu leben. Auch seine Zeit würde noch kommen. War es nicht schon ein Wink des Schicksals, ihn auf einer Literaturpreisverleihung kennengelernt zu haben? Vom ersten Augenblick an war sie überzeugt, mit einem Menschen wie ihm wundervolle Kinder zeugen zu können. Das hatte sie ihm auch schnell klar und überaus schmackhaft gemacht. Ihre sexuelle Energie verfügte immer noch über ausreichend Potenzial, den männlichen Anteil des ganzen Viertels lahmlegen zu können, wenn da nur nicht ihre permanent anstrengende Familie wäre, die all ihre Überschüsse vollständig absorbierte.

Dennoch musste Karl aufpassen, da ihre Leidenschaft fürs Mutterdasein durchaus jener ersten modernen Preußenkönigin Luise glich, die es binnen Kurzem auf zehn Kinder gebracht hatte. Anmut und Schönheit, mütterliche Liebe und ständige sexuelle Bereitschaft hatten dieser aber nicht nur zehn Kinder beschert, sondern auch einen frühen Tod mit fünfunddreißig Jahren. Dieses Alter hatte Viktoria zum Glück überschritten. Oder hielt sie es am Ende für zu riskant, den Hochbegabtenschnitt in der Familie durch ein Normalmitglied zu gefährden? In den letzten fünf Jahren jedenfalls war es zu keiner weiteren Schwangerschaft gekommen.

Doch das süße Familienglück hatte bereits feine Risse. Und genau durch diese Risse tropfte still und unbemerkt Karls letzte Hoffnung auf die Beantwortung der Frage, wie es eigentlich um ihn stand und wie es mit ihm und dem Schreiben weitergehen sollte.

Er hatte als Alleinverdiener für fünf Menschen zu sorgen. Viktoria war mit Kindern, Haus, Hof, Gänsen, Familienorganisation, Klimaschutzbewegung und Hochbegabtenförderung, dermaßen ausgelastet, dass Karl tiefe Bewunderung für seine Frau empfand. Selbst ihr unerbetenes Engagement durch Eingaben an staatliche Stellen für die Entwicklung neuer Intelligenztests, die den Fähigkeiten ihrer eigenen Kinder angepasst waren, brachte sie offenbar nicht an die Grenze ihrer Belastbarkeit. Karl sah, was sie leistete und wie sie es leistete. Bemerkenswert auch, wie sie den sich zuverlässig und termingerecht am Wochenende anbahnenden Familientragödien die Spitze zu nehmen vermochte, falls sie es nicht selbst auf die Spitze trieb. All diese Qualitäten aufrechtzuerhalten, war selbst für sie zu viel, wenn sie dazu noch berufstätig werden sollte. In dem Fall müssten Kompromisse her, die aber niemals die Schranken ihres mütterlichen Anspruchs überwinden würden.

Sie hatte es vor zwei Jahren noch einmal mit außerhäuslicher Arbeit versucht, mit dem Ergebnis, dass Mikoschs Grundschule mehrmals die Woche anrief und Lucy ihre latente Sprachwilligkeit wieder gänzlich einstellte. Kurz darauf versuchte Nathan sich an seinem ersten LSD-Trip. Beiden war klar, dass dies nicht die Lösung sein konnte, wenn man die erstklassigen Anlagen ihrer Kinder nicht schon im Keim zerstören wollte. Der Keim selbst war ja gelegt und begann, hoffnungsvoll zu wachsen. Doch die alltäglichen Verpflichtungen entzogen auch dem besten Boden die Nähstoffe, drohten, das Besondere zunichte zu machen, und es war allein Viktorias Hingabe zu verdanken, dass ihre Pflänzchen weiter gediehen. Ihre Anwesenheit zu Hause war eine absolute Notwendigkeit.

Doch jetzt, mit Anfang vierzig, begann sich ein leiser Zweifel in ihm zu regen und zu wecken, was so lange in ihm geschlafen hatte. Hätte er eine Mutter wie Viktoria gehabt, dann wäre alles ganz anders verlaufen.

2.

Es begann mit Kopfschmerzen, die sich ausschließlich in der Nacht einstellten. Mit Tabletten waren sie auszuhalten, aber sie verschwanden nicht. Waren es Symptome für etwas Unterdrücktes, das kein Arzt herausfinden konnte? Sicher, der Stress. Allerorten und zu allen Gelegenheiten. Vor allem im Job. Bei jedem internen Crash rief alles nach Karl. Und wehe, er war nicht schnell genug. Alles hing von ihm ab. Nichts lief mehr im gesamten Banksystem, wenn er versagte. Ein ständiger Schleudersitzjob. Zudem saß ihm die junge, intelligente Konkurrenz im Nacken, die technisch ausgereifter ausgebildet war als er selbst. Permanente Neuerungen überschlugen sich in einem Maße, dass es selbst das Nervenkostüm eines unbedarften, ruhig dahin lebenden Singles ins Schleudern brächte. Erst recht aber mit einer solchen Familie und einer solchen Bürde! Er musste raus aus dem Job. Und zwar möglichst bald.

Mehr und mehr wurden die Nächte zur Qual und zwangen ihn schon gegen vier Uhr morgens, das eheliche Bett zu verlassen. Er wanderte ziellos durch das Haus. Immer wieder reflektierte er seine Gesamtsituation und steigerte sich unbewusst in eine abgründige Hoffnungslosigkeit hinein. Er liebte seine Familie und hatte für alle tiefstes Verständnis. Doch Sympathie und Zuneigung stießen an ihre Grenzen, wenn sie seine Freiheit in Gefahr brachten.

Freiheit? Karl wusste schon lange nicht mehr, was dieser Begriff für ihn bedeutete. Selbst Freizeit kam nur unzureichend in seinem Alltag vor. Betrat er nach Feierabend erschöpft sein wohnliches Heim, überfiel ihn seine Familie mit Wünschen, nagelneuen Ideen, Gesprächsbedürfnissen – und vor allem Geldforderungen. Waren diese erfüllt, und alle drohenden Streitigkeiten abgewendet, stellte sich nach dem Abendessen nicht etwa die dringend benötigte Ruhe ein, sondern es erwachte die geballte Lebensaktivität Viktorias mit ihrem unbändigen Drang nach noch nicht Erprobtem. Es musste genetisch bedingt sein bei dieser Frau, dass sie alles konnte, nur eben keine Ruhe geben. Ein Bündel von Energie, trotz ihres höchst anstrengenden Nachwuchses.

Alle Versuche, sich ihrer Energie zu widersetzen, scheiterten nach heftigen Debatten und der Einsicht, dass Viktoria mit ihren verrückten Visionen ja nicht nur Recht hatte, sondern ihre Beziehung auch ungeheuer bereicherte. Durchaus auch in sexueller Hinsicht. Sie schien ein Füllhorn der Götter zu sein, die mit ihr ein Wesen erschaffen hatten, dessen Lebenselixier das »immer mehr« war und sich dabei nicht einmal verausgabte. Noch nicht! Karl liebte seine Frau und seine drei Kinder. Nur die Fähigkeit zu einer gesunden, überlebensnotwendigen Selbstliebe hatte ihn niemand gelehrt. Deshalb wurde er krank. Doch auch davon wusste er zunächst noch nichts. Da schlug ja kein Herz einen Salto. Kein Blutdruckmesser wurde außer Kraft gesetzt. Und nirgends floss sichtbar Blut.

Ein ansteigender Missmut legte sich wie eine zweite Haut um Karl. Er wusste selbst nicht so genau, wie und warum es passierte. Er wurde zunehmend nervöser und rastete bei Kleinigkeiten immer leichter aus, je tiefer Nathan in die Pubertät rutschte. Und Mikosch folgte ihm stramm und freudig auf eben diese zu. Doch Freude für ihn? Nichts und nirgends. Es war, als hätte sich alle Zufriedenheit in ihre Atome zerlegt und den Rest der Welt bestäubt, und nur ihn dabei ausgelassen.

Karl konnte später nicht mehr sagen, in welcher der vielen Nächte sich etwas entscheidend in ihm veränderte. Er begann etwas zu tun, was er die letzten fünfzehn Jahre seines Lebens nicht mehr getan und scheinbar nicht einmal vermisst hatte. Er begann, sich wegzuträumen. Er träumte von sich selbst und einem anderen Leben. Er träumte einen zweiten Karl, der im Paralleluniversum seiner Gefühle alles richtig machte, während der Hauptkarl nur die Rolle eines Träumers hatte. Er träumte im Alphazustand den Traum eines Traumes und war dabei voll bewusst und klar. Er befand sich in jener Form von Entspannung, wo Klarträumen nicht nur funktionierte, sondern zu einem schöpferischen Tun wurde, das er selbst gestalten konnte. Diesen Schöpfungsakt wiederholte er nun regelmäßig in seinem Arbeitszimmer zwischen vier und sechs Uhr morgens. Das war seine Zeit. Sie gehörte nur ihm. Die einzige Zeit in 24 Stunden.

Der neue Zustand euphorisierte ihn so sehr, dass er wieder gern zur Arbeit ging. Viktoria fiel eine Last von ihrem mütterlichen Herzen, das auch ihn mit einschloss. Schließlich hatte sie genug mit sich selbst und den drei Kindern zu tun. Sie brauchte wirklich nicht noch eine fünfte Baustelle. Die Sorge, dass der einzige Ernährer irgendwann einmal ausfallen und ihre drei kleinen Genies dadurch einmal zur Normalität verdammt sein könnten, machte ihr seit geraumer Zeit nervlich zu schaffen. Sie musste zusehen, dass er durchhielt. Was hätte sie denn für Alternativen? Doch höchstens, auf den Hausfrauenstrich zu gehen. Vormittags, das ginge, rein zeitlich, überlegte sie kurz. Eine ausschließlich finanzielle Schnellüberlegung, die sich nur aus der praktischen Tatsache ergab, dass sie zufällig nicht nur kurvenreich und attraktiv, sondern auch sexuell begabt war. Und hier wäre nun mal in kürzester Zeit das meiste Geld zu verdienen. Begabungen müssen doch eingesetzt werden. Von jedem. Und möglichst ökonomisch und zielgerichtet.

Eines war Viktoria sonnenklar: Begabungen in so reichem Maße, wie sie in ihrer Familie vorkamen, waren als deutliche Botschaft des Schicksals anzunehmen und in ihr Leben verantwortungsvoll zu integrieren. Und sie selbst hatte eben auch ganz eigene Begabungen, über ihr untrügliches Gespür für die Begabungen der anderen hinaus. Aber andere Kerle interessierten sie nicht wirklich und im Grunde auch nicht einmal Sex an sich. Das Einzige, was sie an Sex reizte, war die Möglichkeit immer neuer Spielvarianten. Nebenwirkungen wie Schwitzen oder Zeitverlust konnte sie als Kollateralschäden hinnehmen, solange sie sich selbst nicht langweilte. Es war fast wie eine schöpferische Art von Schach auf einer anderen Ebene. Oder auch nicht. Je nach Partner war Schach doch wieder spannender. Es bot einfach noch mehr Möglichkeiten. Und aus all diesen und anderen Gründen, die sich ihr explosionsartig erschlossen, kam diese schnelle Verdienstmöglichkeit natürlich nicht in Frage. Es war ja lediglich eine spontane Überlegung des Geldes wegen, in Zeiten von Rezession und Arbeitslosigkeit. Karl hatte einfach tapfer durchzuhalten, dazu gab es letztlich keine Alternative. Sie musste gut zu ihm sein. Das war sie, und zwar von Herzen gern. Nicht aus Kalkül, sondern aus einer seellschen Notwendigkeit heraus, die sie mit Freude erfüllte. Schließlich hatten sie ein gemeinsames Ziel. Und dazu gehörte auch die gemeinsame Verantwortung. Dabei war ihr Leben doch in gewisser Weise viel anstrengender als das seine. Das müsste er doch zugeben! So dachte sie leise.

Auf wie viele Wünsche hatte sie selbst verzichten müssen, seit sie ihr Studium der ›First Nations Studies‹ in Vancouver abgebrochen hatte. Sie war dabei, für ihr Bachelor Studium die Grundlagen der ›Coast Salish Language‹ Hul'q'umi'num' zu studieren und die sozio-kulturellen Konflikte zwischen Ureinwohnern und Einwanderern endlich auf eine bedeutendere wissenschaftliche Basis zu stellen, als sie merkte, dass sie von Karl schwanger war. Wäre es nach ihr gegangen, sie wäre allein schon wegen ihrer Forschungen in Kanada geblieben, von denen sie überzeugt war, dass durch sie ein weiterer Mosaikstein zum Frieden zwischen den Menschen gelegt würde. Dass sie zwischendurch immer mal wieder nach Deutschland flog und just während einer Literaturlesung auf diesen jungen, attraktiven und sprachbegabten Karl traf, sollte diesem Forschungszweig jedoch eine überaus wertvolle und engagierte Bachelor-Absolventin vorenthalten. Aber das Leben war ständig eine Frage von Kompromissen, und so musste der Weltfrieden vorerst ohne ihre Kompetenz auskommen. Sie würde sich aber auf andere Weise erkenntlich zeigen. Mit ihren gleich drei hochbegabten Kindern war sie nun sicher, eine sogar bessere Wahl für das Wohl der Menschheit getroffen zu haben.

Trotzdem dachte sie nur ungern zurück an jenen Verzicht und fand sich lieber flexibel und gutgelaunt mit der Ist-Situation ab. Kräfte an falscher Stelle zu verschleudern, entsprach nicht ihrem Niveau. Immerhin hatte sie sich andere hohe Ziele gesteckt, und mit drei berühmten Kindern würde ihr Leben auch in Zukunft anstrengend bleiben. Vermutlich musste sie, wenn ihre Genies ihre Karriereziele erreicht hatten, ständig um die ganze Welt reisen. Sie musste sie weiter unterstützen, ermuntern und dafür Sorge tragen, dass nichts Unbotmäßiges ihre wahren Talente störte. Diese Ziele jedoch waren nur durch intelligentes Timing und richtige Prioritätensetzung zu erreichen. Das konnte man nicht früh genug üben.

Mit Nathan verband sie eine besondere Nähe. Sie beide bildeten einen perfekten Gegenstrom zu Karls Sensibilität, die manchmal zu sehr ins Empfindliche abglitt, wie Viktoria fand. Oft fand sie es schwierig, die richtigen Worte zu finden. Mit ihrem drastischen Humor hätte sie ihn gern häufiger zur Steigerung der gemeinsamen Lebenswürze auf die Schippe genommen. Aber hier war Vorsicht geboten. Was das anging, musste sie sich andere Spielfelder suchen. Sie musste die schwarzen Pisten, auf die sie ihr locker angelegtes Mundwerk mit ihren radikal gedachten Gedanken gerne schickte, glätten, wenn sie nicht Gefahr laufen wollte, unter einer Superlawine ihren Karl am Ende noch zu begraben. Nathan dagegen war ihr auf dieser Ebene ein ebenbürtiger Spielkamerad. Der Grad verbaler Obsession, die beide selbst ohne irgendwelche Konflikte ständig an den Tag legten, ließ ihr soziales Umfeld nicht selten in Furcht erzittern, mit dem für Viktoria günstigen Ergebnis, dass sich keiner so schnell mit ihr anlegte. Zu scharf waren ihre Wortwaffen. Gleich einer fliegenden chinesischen Guillotine, die den Kopf schneller vom Hals trennt, als die Angst in die Hose rutscht. Auch in solchen Momenten schlich Karl sich lieber leise hinaus, auch wenn er selbst nicht im Zentrum der aktuellen Ereignisse stand.

Karl träumte von einem Leben in völliger Freiheit. Dort gab es keine Kinder, keine Viktoria – überhaupt keine Frauen. Es gab nur ihn. Wenn er in seinen Träumen jemand anderen brauchte, vervielfachte er sich nach Belieben selbst. Diese Karls, mit seinen eigenen Genen ausgestattet, waren ihm lieber als all diese merkwürdigen und anstrengenden Zeitgenossen, deren Gerüche, Nasen, Blicke ihm schon zuwider waren, bevor sie vor seine Sinne traten. Seine Fantasie reichte aus, alle Parts zu bedienen, die er für ein glückliches Leben mit sich selbst benötigte. Selbst den des begeisterten Lesers seiner eigenen Werke. Er wurde sein eigener Kritiker und Lektor und schaffte sich seine eigene Preis-Jurorenschaft. Karl wusste schon lange um sein multiples Innenleben, und wusste es auch gut zu steuern. Die Problematik eines vielfachen Seins stellte sich für ihn seit seiner Kindheit nicht mehr im Sinne einer Fragestellung, sondern nur noch im Sinne eines sinnvollen Umgangs damit. Binnen Minuten konnte er in alle Rollen schlüpfen, die er erschuf. Dann roch er mit dem Spürsinn eines hungrigen Wolfs das frische Fleisch oder verführte als Göttin jene Widersacher, die er selbst auf den Plan gerufen hatte. In Momenten der Erschöpfung gab es nichts Leichteres und Angenehmeres, als zu einem uralten schweren Baum zu werden und das Auf- und Abströmen der Säfte zu spüren. Dem Wind in seinen sich sanft wiegenden Zweigen zu lauschen. So still, so umspielt von den Klängen des Waldes und so friedlich, dass er sich kurze Zeit später an sich selbst vorbei wandern sah, kontemplativ in die Rätsel des I Ging versenkt, während zugleich andere Teile in ihm durch lockere Federwolken auf die Erde lächelten.

Einzig der physische Hauptkarl, der sich für die unselige Rolle eines Systemadministrators mit drei Kindern und einer verdammt anstrengenden Partnerin entschlossen hatte, machte ihm Kummer. Seine Hauptsorge galt seiner charakterlichen Disponiertheit. Er konnte sich einfach nicht von seinem inneren Schwur lösen, der einmal übernommenen Verantwortung für seine Familie bis zu seinem Ende nachzukommen. Selbst wenn er sich von Viktoria trennen würde, aus dieser Versorger-Rolle konnte ihn nichts und niemand erlösen. Denn es war nicht nur eine Frage des Geldes, sondern vor allem des Herzens. Trotzdem kostete das alles natürlich Geld. Es fühlte sich wie in einem Hamsterrad gefangen. Mit normalen Mitteln war an eine Flucht gar nicht zu denken. Zu tief hatten ihn Elternhaus, Religion und Schule geprägt, eine angenommene Verantwortung nicht abzugeben. Vielleicht, so dachte er, schlummerte in ihm ja auch ein schwerwiegendes vorgeburtliches Erbe, das sich nicht nur biologisch, sondern auch geistig auswirkte? Davon musste er zwangsläufig ausgehen, in Anbetracht vieler seiner Kollegen, die mit derartigen Verantwortungsfragen völlig anders umgingen.

So träumte er weiter, bis Karl eines Tages merkte, dass ihn seine Träume nicht mehr befriedigen konnten. Alle Varianten waren durchgeträumt und schossen nur noch in eine graue Leere. So sehr er sich auch bemühte, die Bilder, die ihm so lange eine kurzweilige stille Zufriedenheit verschafft und die Liebesspiele mit Viktoria mehr und mehr abgelöst hatten, wollten sich nicht mehr einstellen. Irgendetwas in ihm verweigerte sich. Als wäre in ihm eine Art innerer Zensor erwacht, der ihm befahl, die Traumebene zu verlassen. Es war an der Zeit, diese Ebene in seiner Lebenswirklichkeit, in seinem Alltag, wiederzufinden.

Lebenswirklichkeit. Dieses schwer aushaltbare Etwas mit seinem ewigen Berufs- und Familiendruck. Was blieb ihm denn schon für eine Alternative? Er konnte sich aufmachen und ins Kloster gehen. Da hätte er dann seine Ruhe. Aber auch das stimmte ja nicht. Als Klosterbruder hätte er neben seinen Tagespflichten zusätzlich allen Verordnungen des Codex Iuris Canonici zu folgen. Und dazu gehörten je nach Klostergemeinschaft auch die Gebetsstunden, die er auch während seiner kreativsten Phasen einzuhalten hätte. Giordano Bruno kam ihm in den Sinn. War die starre klösterliche Zeiteinteilung gar der eigentliche Grund für seine geniale Ketzerei gewesen? Durchaus denkbar, dass sie den Anstoß für sein reformatorisches Gegenwerk gab. Auch schliefen manche Mönche sogar in ihren Kleidern und nahmen nur selten ein Bad. Auf dem Höhepunkt dieser Gedankenfolge recherchierte Karl sicherheitshalber noch einmal genau nach. Ob es noch heute so in allen klösterlichen Bruderschaften zuging, konnte er auf die Schnelle nicht herausfinden. Aber es reichte ihm, was er da las: Zwischen den Messen und geistlichen Übungen werden die klösterlichen Arbeiten verrichtet. Und wann bitte schön sollte er zu seiner eigenen Berufung kommen? Armut und Keuschheit wären ja kein Problem. Der langjährige intensive Sex mit Viktoria reichte bereits jetzt schon für drei weitere Leben aus. Durch lebenslangen Verzicht auf Sex würde er sich für andere Aufgaben schonen. Allein die bildhafte Erinnerung ihrer gemeinsamen wilden Betteskapaden reichte aus und schon war er todmüde und satt von all dem. Der Überdruss eines üppig Gespeisten, der sich nach Wasser und Brot sehnt. Oder einfach nach Licht.

Der Gehorsam konnte jedoch zu einem Problem werden, wenn man ihn im Kloster gängelte. Und man würde ihn bevormunden, da war er sich sicher. Man würde ihm die Zeit neiden, die er für sich beanspruchte, und ihn aus Niederträchtigkeit vermutlich zum Kartoffelschälen abkommandieren. Außerdem, welches Kloster würde überhaupt einen 42jährigen Novizen mit drei Kindern aufnehmen?

Für ihn, Karl, blieb es eine groteske Idee, vor allem wegen der abartigen Betzeiten. Doch auch die absurdeste Idee sollte sauber und wohl überdacht sein, bevor sie aus dem Katalog der Möglichkeiten eliminiert wurde.

Karl wusste schon immer: Alles war erreichbar, wenn man nur fest daran glaubte. Die Energie richtet sich nach der Vorstellung. Immer! Bisher war alles in seinem Leben den umgekehrten Weg gegangen, was für ihn aber keinesfalls die Wahrheit dieses Glaubenssatzes in Zweifel stellte. Es lag einzig an seiner innerlichen Zersplitterung, die er in aller Klarheit sehen und auch benennen konnte. Seine Lebensbilanz war eindeutig: Hätte er nur genug an sich selbst geglaubt, wären ihm entweder seine drei Kinder mit Viktoria gar nicht erst passiert oder er hätte sich auf andere Weise durchsetzen können. Karl wusste jedoch auch: Was spät kommt, hat trotzdem eine Chance! Alles war eine Frage der festen inneren Entscheidung. Sie muss genug Sehnsucht und Kraft in sich tragen. Der Wunsch muss einen starken Impuls haben und eine reiche Vorstellungskraft, die wieder und wieder von Gefühlen und Gedanken gespeist wird. Ablenkende Gedanken sind nicht zu dulden. Nie das Ziel aus den Augen verlieren. Eine Vision darf sich nicht von Hoffnungslosigkeit leiten lassen. Weder von Bequemlichkeit noch vom Risiko. Dann kann es funktionieren. Sein bisheriges Leben abzuwerfen und die eigene Wirklichkeit neu zu gestalten, war nichts für labile Gemüter. Nur für jene, die das nötige Feuer in sich trugen. Die Energie des Feuers war bei jedem Schöpfungsprozess unverzichtbar. Sei es bei der Gestaltung eines Planeten oder eines alltäglichen, banalen Wunsches.

Karl erkannte, dass sein Versagen vor allem in seinem einseitigen Fokus auf die anderen Familienmitglieder lag. Ihm fehlte offenbar jenes besondere Gen, das Viktoria in sich trug. Sie war für die anderen und sich selbst zugleich da. Und weil sie sich selbst gut pflegte, konnte sie mehr für andere tun als er, der nichts für sich tat. Die Formel musste nur umgestellt werden. Doch das war leichter gesagt als getan. Die Erkenntnis war zwar ein erster Schritt, aber ihr mussten konkrete Handlungen folgen, die sich nicht nur in der Fantasie abspielten. Was also war zu tun, um nicht vollends der Depression zu verfallen?

Karl begann von vorn. Was wollte er denn eigentlich? Er wollte frei sein. Er wollte schreiben, wollte seine Talente ausleben. Spüren, wo er in all dem quirligen Leben um sich herum stand, er selbst, als Karl. Er hatte genug von den Rollenspielen seiner Vernunft, von der Verantwortung, er wollte einfach das tun, was für ihn gesund und richtig war. All das möglichst so, dass niemand zu Schaden kam, nicht eingeengt wurde oder seine Wünsche zurückstecken musste. Mit anderen Worten: Karl wollte das Unmögliche – und zugleich nicht dafür zahlen. Allen sollte es gut gehen. Ihm jetzt besonders und erstmalig überhaupt. Keinesfalls aber auf Kosten der Kinder und Viktoria, die von seinem Einkommen abhängig waren.

Er wollte nichts weniger als die Quadratur des Kreises. War er zu feige, einen gesunden Egoismus auszuleben, weil ihm das am Ende Vorhaltungen einbrachte, ohne den es andererseits aber auch nicht ging? – Vielleicht. Warum zögerte er noch? Aber Karl stand in diesen Dingen zu seinen Anschauungen. Er war seines inneren Friedens wegen gezwungen, im Vorfeld alle praktischen Dinge sorgsam zu regeln. Wenn ihm das nicht gelang, war an eine schöpferische Arbeit gar nicht erst zu denken. Sein permanent belastetes Gewissen würde jede Kreativität in ihm ersticken. Sollte er nicht alles unter einen Hut bekommen, dann müsste er eben darauf verzichten. Notfalls müsste er halt krank werden und sterben. Das wäre auf jeden Fall die bessere Alternative, als körperlich gesund in dem Wissen weiterzuleben, seine Talente nicht verwirklicht zu haben.

Wie er es auch drehte und wendete, die Gleichung ging nicht auf. Und nach einem Monat kam ihm die paradoxe Idee, dass es wohl nur einen Weg gab, wenn er seine Freiheit wollte: Er musste ins Gefängnis gehen. Er wusste, er bräuchte fünf Jahre zum Schreiben seines ersten Großwerkes. Fünf Jahre für sich. Das hieße aber auch fünf Jahre Verzicht auf ein normales Familienleben, mit allen Konsequenzen. Dafür hätte er im Falle eines Bestsellererfolgs für den Rest seines Lebens ausgesorgt. Früher oder später würde der Erfolg kommen, wenn seine Grundenergie endlich ins Fließen gekommen wäre. Einmal im Fluss, wäre er nicht mehr zu stoppen. Dann gewänne die Kreativität die Oberhand über sein Leben. Die Dinge dann anders einzurichten, wäre auch kein finanzielles Problem mehr.

Vielleicht eine Hütte am Fluss, am Meer oder in den Bergen. Ganz für sich und seine wahre Berufung. Dazu aus der Entfernung ein harmonisches Familienleben. Nach dem ersten Bestseller würden die Gelder dauerhaft fließen. Dann wäre der Knoten geplatzt und auch die Nachfolgewerke kämen in stetigem Strom aus seiner Hand, seinem Herzen und seiner Inspiration. Notfalls müsste er sich eben befreien, indem er sich vorübergehend physisch einkerkern ließ.

Fünf Jahre väterlicher Erziehung und Prägung würden in den Biografien der Kinder letztlich fehlen. Im Gegenzug hätten sie dann aber keinen toten Vater, sondern einen sehr erfolgreichen. Die Jahre dafür waren zu investieren. Es war doch für alle Familienmitglieder ein Gewinn. Nathan würde es kaum merken, da er genau jene fünf Jahre im Musikinternat verbringen würde und endlich unter einer Kontrolle wäre, die zugleich seinen Bedürfnissen und Talenten gerecht würde. Musikalische Qualität würde ihn mehr zu fesseln wissen als die vielen noch nicht ausprobierten Substanzen. Lucy und Mikosch wiederum würde er jeden zweiten Tag Briefe mit besonderem seelischem Tiefgang schreiben, und so den Mangel an körperlicher Zuwendung kompensieren.

Wie viele Männer, beruhigte sich Karl, waren in Freiheit und dennoch nie für die Kinder da? Sie waren auf Geschäftsreisen rund um den Globus oder tummelten sich abends und am Wochenende auf politischen oder sozialen Veranstaltungen. Oder trieben sich in Kneipen, Stadien oder Bordellen herum. Ja, was waren denn das für Väter! Und überlebten deren arme Kinder nicht auch? Es gab unzählige Beispiele, in denen die leibliche Vateranwesenheit mit den eigenen Kindern weder zeitlich noch emotional etwas zu schaffen hatte. Und sowieso, in allen Familien lebte jeder früher oder später sein eigenes Leben. Das war ganz normal.

Kinder dagegen, die in einer ständigen emotionalen Korrespondenz über ihre Nöte und Geschichten des Alltags mit ihrem Vater standen, die sollte man doch erst mal finden! Ein als großer Schriftsteller aus der Haft entlassener Gefängnisvater war doch allemal besser als jeder Durchschnittsvater. Je tiefer Karl seine Situation betrachtete, umso mehr wuchs in ihm die Überzeugung, dass es geradezu seine väterliche Pflicht wäre, in den Knast zu gehen, damit die Kinder den besten Vater aller Zeiten bekämen. Das würde sogar Viktoria einsehen.

Jetzt konnte er ihr endlich zeigen, was er drauf hatte. Und Viktoria würde mit dem Geld, das es bald regnen würde, all das machen können, was ihr wirklich wichtig war. In diesem Punkt war sie so zuverlässig wie ansonsten permanent anstrengend.

Von all diesen Gedanken ahnte Viktoria nichts. Sie nahm zwar die Symptome einer angehenden Krise wahr, besaß aber genug Feingefühl, nichts vor der Zeit zu problematisieren. Dazu verhalfen ihr eine grundsolide Menschenkenntnis und die besondere Fähigkeit, mit komplexen Zusammenhängen im Umfeld des inneren Gefühlschaos traumwandlerisch sicher umzugehen. Sie hatte eine eigene Mentalrezeptur entwickelt, die ihr bedeutete, man müsse das Komplizierte möglichst in Windeseile unbedingt weiter verkomplizieren, so dass der Verstand wirklich gezwungen sei, eine kluge, schlichte und einfache Lösung zu finden. Sie sah sehr wohl, dass viele Menschen mit solchen Herausforderungen völlig falsch umgingen, indem sie die Not an der falschen Stelle abzuwenden gedachten. Das brachte ihnen eine Reihe unnötiger Schwierigkeiten ein. Denn auch eine Not will ernst genommen werden und sich erst mal zeigen dürfen. Sie will ihre Botschaften aussenden und nicht schon in kleine, alberne Nöte zerstückelt werden, bevor sie erblühen kann. Viktoria hatte Verständnis für jede Not und keineswegs nur für den Notleidenden an sich. Deshalb das Erblühen der Not, die Spitze, der Höhepunkt, der Gipfel, auf dem die Lösung des Ganzen ruhig hockt und darauf wartet, dass sie von jemandem abgeholt wird.

Aber wer dachte schon auf solche Weise über das Wesen der Not nach! Waren doch alle nur bemüht, sie zu ächten und zu verdrängen, so als hätte die Not keine Existenzberechtigung. Kein Wunder also, dass so viele Menschen beständig in Schwierigkeiten steckten. Sie gingen die Sache mit der noch nicht erblühten Not auf dem Höhepunkt ihrer Entwicklung einfach nicht radikal genug an, sondern verblieben im Zustand einer ständigen Angst.

Auch Viktoria war nicht angstfrei. Mehr Angst als die Angst aber machte ihr etwas ganz anderes. Und das war dann auch ihr Motor: Sie hasste ungeklärte Situationen. Gleich danach kam die permanente Sorge, dass eines Tages die Langeweile hinterrücks in ihr ständig aufregendes Leben einfallen könnte. Mit diesen Ideen schaffte sie es, Ängste zu überwinden, das Komplizierte auf seinen eigenen Höhepunkt zu zwingen, um von dort aus die Klarheit der schlichten Lösung zu finden.

Im Herzen wusste sie schon lange, was Karl fehlte. Er kam einfach hoffnungslos zu kurz. Und so sehr sie sein Schreibtalent bewunderte, so sehr bedauerte sie ihn für seine immerwährende Schwäche in Bezug auf die Gestaltung des persönlichen Glücks. Selbst ihre raffinierten Bettspiele vermochten ihn nicht mehr zu fesseln. Nicht einmal die Fesseln selbst. Sie würde sie wieder in Ebay einstellen. Fast neu. Zehn Euro. Taschengeld für Mikosch. Ansonsten würde sie beobachten und abwarten. Es würde sich schon geben.

Die Tatsache der kollektiven familiären Hochbegabung sah sie als Garant dafür, dass alles gut werden würde. Wie sollte es auch anders gehen. Sonst wäre die Hochbegabung ja keine. Sie war schon immer der Meinung, dass intelligente Menschen stärker herausgefordert werden müssten als durchschnittlich begabte Menschen. Das Leben an sich wäre doch sonst inadäquat. Ja, es sei geradezu beleidigend, bedeutende Menschen mit Potential nur mit lächerlich kleinen

Sorgen zu prüfen statt mit heftigen und großen Herausforderungen. Insofern war diese Prüfung nicht nur folgerichtig, sondern auch notwendig und gut. Nach diesen tröstlichen Gedanken stellte sie sich stolz vor den Spiegel und sagte sich: *Viktoria, du musst den Überblick behalten! Nur dann hältst du das Heft in der Hand. Sei wie eine Göttin!*

Göttinnen sind Macherinnen und voller Vertrauen. Sie wissen um ihre Schöpferkraft. Selbst um die von Karl! Auch wenn er selbst es nicht ahnte!

Viktoria, das Leben ist schwer und schön! Schwer schön!

Sich im stummen Zwiegespräch in der dritten Person anzusprechen, war ein uraltes Ritual, das es ihr ermöglichte, in Abstand zu sich selbst zu treten. Dass dabei in aller Regel etwas Positives abfiel oder zumindest doch eine aufbauende Zuversicht, war kein unbeabsichtigtes Nebenprodukt. Es war gewissermaßen ein Erkenntnisakt, der eine ganz eigene Kraft hatte und aus einer Region ihres Wesens kam, die ihr vertraut war. Dass sie dieser inneren Kraft blind vertrauen konnte, stand ganz außer Frage.

Die Nächte dieses Sommers waren schwül. Karls Kopfschmerzen kamen wieder und die Träume im bewusst gewählten Alphazustand waren kaum noch aufrechtzuerhalten. Im Arbeitszimmer holte Karl die alten Kladden aus der Schublade, in denen er die Gedichte seiner Jugend aufbewahrte. Er las und staunte, was ihm alles aus der Feder geflossen war. Fast las er sich wie einen Fremden, und doch offenbarten sich ihm die Sehnsüchte, die ihn damals erfüllt hatten, mit einer Klarheit, die schmerzte. Wo waren all diese tiefen Gefühle hin?

Karl legte die Gedichte beiseite und überließ sich ganz seinen Gefühlen. Er überdachte sein Leben und spürte, wie ihn die kalte Wut überkam. Wie hatte er es nur zulassen können, dass ihn alle Welt dominierte? Oder war er bereits domestiziert? Ein innerlich wildes Tier, an die Kette einer nie enden wollenden Verantwortung gelegt? Der Arbeitgeber, die Familie, die Kinder. Verpflichtungen auf allen Ebenen. Und alles ruhte auf seinen Schultern. Den Gedanken, warum Viktoria unmöglich arbeiten gehen konnte, ohne dass die Kinder zu kurz kamen, hatte er x-fach hin und her bewegt. Es erschloss sich ihm auch jetzt keine neue Alternative. Die Kinder gediehen bei ihr optimal. Daran war nichts zu deuteln, selbst dann nicht, wenn man ihre ständige Hochbegabungsbehauptung als komplett durchgeknallten Spleen ansähe, über den sich fast jedermann hinter ihrem Rücken amüsierte. Aber alles war schon jetzt unverhältnismäßig anstrengend. Wie würde es erst sein, wenn auch die beiden Kleinen in die Pubertät kämen. Die langen Studien- und Ausbildungsjahre! Jahr um Jahr ging dahin. Sein ganzes Leben. Fiel Viktoria aus, um irgendwelchen Jobs nachzugehen, war das für sie nicht nur keine Verwirklichung, sondern sogar Verrat an ihren wertvollsten Prinzipien. Aber verdammt noch mal, das Geld reichte hinten und vorne nicht, wenn er auch mal zu seinen eigenen Angelegenheiten kommen wollte.

Viktoria wiederum hatte noch nie verstehen können, worin bei vielen berufstätigen Frauen denn bitteschön die ernsthafte Selbstverwirklichung liegen sollte, nur weil sie außer Haus für Fremde arbeiteten. Zumeist wären es doch nur lächerliche subalterne Jobs mit armselig entlohnten, inhaltsleeren Tätigkeiten. Manch eine ihrer allmorgendlich aus dem Haus flüchtenden Freundinnen war ja schon dankbar, wenn sie in ihren High Heels für einen kurzen Augenblick zum Blickfang geiler Männer in dunklen Anzügen wurde. Hirnlose Nichtcheckerbräute, die ein körperliches Schütteln bei Viktoria auslösten angesichts des Gedankens, auf solche Karrieren tatsächlich auch noch stolz zu sein.

Anders mochte es bei all jenen Frauen sein, deren Job tatsächlich in irgendeiner Weise kreativ, spannend oder heilend war. Die an Schaltstellen sinnvollen Wirkens saßen, wo die gestellte Aufgabe für das individuelle Talent und die eigene Berufung perfekt zusammenfielen. In diesen Fällen war das Kriterium echter Selbstverwirklichung für Viktoria glaubhaft gegeben. Unabhängig davon, welchen Preis die Frauen dafür bezahlten. Letztlich war bei jeder Variante alles irgendwie mit irgendwas zu bezahlen. Keine bekam ihr Glück zum Nulltarif. Wäre es anders, gäbe sie sich jetzt auf der Stelle die Kugel. Kaliber 45, aus einer Glock.

Aber wie vielen Frauen erging es denn schon so? Ihren teils in Büros arbeitenden Freundinnen jedenfalls konnte sie die Selbstverwirklichung in der Regel nicht ansehen. Hatten sie dennoch jenes gewisse Etwas, so war es in den wenigen Fällen auf anderem Fundament gewachsen, das letztlich mit dieser beruflichen »Selbstverwirklichung« nun wirklich nichts zu tun hatte. Überhaupt war sie der Meinung, dass dieser Begriff grundsätzlich mit Vorsicht auszusprechen sei.

So sprach sie immer wieder zu Karl und er fand, dass sie das durchaus richtig sah. Selbstverwirklichung begänne erst da, wo Qualitäten nicht nur vorhanden waren, sondern auch angewandt und ausgelebt wurden und erst damit eine Einheit mit dem Individuum bildeten. Viktorias Gedankenstrukturen waren auf eine Weise angelegt, die nur von wenigen Menschen nachvollzogen werden konnten. Karl jedoch konnte es, manchmal. Und dann faszinierte es ihn auch sehr. Viktorias Reiz lag eben nicht nur in ihrer Optik, sondern auch in der Klugheit, die sich dem Mainstream feministischer Moderne auf unnachahmliche Weise entgegenstellte. Eine freie Antifeministin, jenseits aller politischen oder gesellschaftlichen Klischees, die sich um nichts scherte als um ihre tatsächliche Berufung. Und die bestand darin, der Welt ihre drei Hochbegabten zu schenken. Notfalls auch um den Preis, dass ein zweiter James Joyce des 21. Jahrhunderts nicht in die Annalen der Literaturgeschichte eingehen konnte. Als starkes Individuum war Viktoria bereit, sich jederzeit zwischen alle Stühle zu setzen. Keineswegs aus reiner Mutterliebe, sondern aus Liebe zur schicksalhaften Berufung.

Entsprechend nahm sie sich das in ihren Augen rechte Maß an Freiheit. Neben ihren vielfältigen Alltagspflichten war sie in diversen Gruppen aktiv, die nur eines gemeinsam hatten: Sie hatten keine der üblichen hierarchischen Strukturen.

Ihre Nebenaktivitäten sorgten dafür, dass sie nicht das Gefühl familiärer Enge empfand, unter dem so viele ihrer Freundinnen litten, die einfach ihre alten Muster nicht wirklich zu verändern wussten. Die nur halbherzige Sachen machten, die keinen Mut erforderten und deshalb auch wenig Befriedigung brachten. Die Familie war auch der Mittelpunkt ihres Lebens. Aber jede Form von Hausfrauenfrust prallte an ihrer Amazonenrüstung ab.

Entscheidend für ihre Grundzufriedenheit aber war die Ausdehnung ihres inneren Aktionsradius. Lebenslust, Tiefe und Gestaltungsdrang kamen bei Viktoria nicht zu kurz. Sie übertrug sie direkt in soziale Modelle innerhalb und außerhalb der Familie. Mit ihren besten Freundinnen konnte sie sich auf so kreative und intelligente Art streiten und wieder vertragen, dass es fast schon berauschend war. Und die eine oder andere lernte dabei, die Dinge endlich auch so perfekt zu verkomplizieren, dass alles am Ende ganz einfach, weil logisch war. Der Umweg über die Komplexität hatte eben seinen tieferen Sinn, weil ja nun einmal der Weg das Ziel war.

Ihr eigener Weg stand ganz im Zeichen des Sozialen und der Erforschung des Zwischenmenschlichen. Wohl wissend, dass dies nicht nur keine Anerkennung, sondern durchaus schiefe Blicke einbrachte. Nicht selten auch Schlimmeres. Vorurteile, mit denen Viktoria wenig anzufangen wusste und die sie innerlich abschmetterte. Ratzfatz! Federstahlwurfmesser! Bei all dem bekam ihre Seele Kratzer ab. Aber ohne Kratzer keine innere Schönheit. Das gehört mit zum Risiko, wenn man so authentisch wie möglich sein wollte. Wenn sie hin und wieder an seelischen Schnittwunden litt, dann weinte sie eben Blut.

In Karl mischten sich ambivalente Gefühle von Neid und Zorn, von Stolz und Freude, von Missgunst und Traurigkeit, über sich selbst und Viktoria, die Kinder, die Familie, die Ehe und vor allem das Leben an sich. Er erlebte erstmals bewusst einen großen Mangel. Er kam zu kurz. Zu lange schon. Dabei, so fand Karl, war er doch nie ein Jammerlappen gewesen. Dennoch hatte er sich selbst zum Opfer gemacht. Unbemerkt, ungewollt. Wo war bloß der Ausweg aus diesem absurden Dilemma?

Karl schloss die Augen und sah sich wieder einmal in einer seiner einsamen Traum-Hütten. Irgendwo in irgendwelchen Bergen auf diesem Planeten oder einem anderen. Was spielte es schon für eine Rolle. Wichtiger als der Ort war seine innere Befindlichkeit. Er sah, wie diese kleine Hütte alles Notwendige enthielt – und nichts Überflüssiges. Das, was überfloss, waren allein seine Gedanken. Sollten sie doch reich fließen. In Tinte und auf Papier. Später über den PC hinein in sein erstes Meisterwerk. Vor allem träumte Karl von viel Zeit. Zeit war ihm schiere Verheißung. In seinen Träumen hatte er davon so viel er wollte. Eine bürgerliche Identität kam in diesen Visionen gar nicht mehr vor. Er war irgendwie versorgt. Wie von Zauberhand. Genauere Details hätten den Traum zerstört. Er träumte, er schriebe. Und er lächelte und schlief darüber ein.

Am nächsten Morgen wurde er von Viktoria in seinem Arbeitszimmer geweckt. Ein Novum – aber kein problematisches, da in ihrer Ehe zwar manches anders, aber alles in Ordnung war. Zumindest dachte er das. Nach fünfzehn gemeinsamen Jahren, in denen ihre Liebe allen möglichen Belastungen standgehalten hatte, war solches nächtliche Fernbleiben kein Problem. Sie hatten schon ganz andere Sachen durchgestanden. Die derzeitige neue Krise war eine Chance. Das las man doch immer wieder, dass Krisen nur Chancen seien. Selbst der Büchermarkt lebte doch millionenschwer davon, wie toll Krisen sind und dass man sich dafür zu bedanken habe. Und diese Chance war zu nutzen. Also her mit den Krisen.

Trotzdem befragte Viktoria ihren Liebsten in liebevoller inquisitorischer Manier nach Schlafstörungen, Potenzstörungen, Verdauungsstörungen, Zahnschmerzen. Oder war es am Ende eine gefährliche Entzündung der Bauchspeicheldrüse? Wusste er überhaupt, wo die lag? Sicherheitshalber legte sie ihre Hand auf die entsprechende Stelle. Sie hatte sich ein umfangreiches medizinisches Laienwissen angeeignet und betrachtete sich als ausreichend kompetent für einen Erstbefund. Nachdem ihr diagnostischer Check mit umfangreicher Anamnese abgeschlossen war, überwies sie ihren Gatten dann doch an einen Spezialisten. Sollte man zunächst mit einem Psychologen beginnen oder doch besser mit einem Urologen? Hier lagen die Problematiken bei Männern doch oft hautnah beieinander. Irgendwie war sie als Frau auch der kompetentere Mann in so manchen Dingen.

Karl winkte freundlich ab. Er fühlte sich erfrischt wie lange nicht mehr. Er erinnerte sich wieder seiner Träume in den frühen Morgenstunden. Seine Arbeit war für ihn erträglicher als die Wochen zuvor und seine gedrückte Stimmung verflog, sobald er sich in seine einsame Hütte träumte.

Drei volle Tage und Nächte ging das so. Dann kam der Durchbruch. Karl schritt zur Tat. Immerhin war die Erde ein Tatplanet und kein Traumplanet. Es musste doch eine lebbare Alternative zu seinen Träumen geben! Es gab immer eine. Eine, die vielleicht nicht billig und auch nicht ganz einfach und ungefährlich war. Aber es gab immer eine! Man musste nur lange genug nachdenken.

Das Ziel war ihm schon länger klar: Er brauchte für eine Weile eine Auszeit, wenn er an diesem verkorksten Leben nicht zugrunde gehen wollte. Er musste sich auf den Weg machen, und zwar jetzt, musste aber gleichzeitig sicherstellen, dass seine Liebsten finanziell in trockenen Tüchern waren. Es war ja kein Luxus nötig, nur ein Mindestauskommen, das ihnen ein anständiges Leben ermöglichte. Und er musste Kontakt zu ihnen aufnehmen können. Neue Bilder zogen an Karl vorbei. Sie sanken in die Untiefen neuer, noch unbekannter Empfindungsregionen und stiegen wieder in veränderter Form hoch. Er sah jetzt nicht nur Hütten, in denen es sich vortrefflich und ruhig schreiben ließe, sondern sein Unterbewusstes offenbarte ihm eine echte Alternative.

Zuerst sah er sich noch einmal in einer traumhaft himmelwärts schwebenden Klosterzelle, die ihn an die Auferstehung erinnerte. So, als sei diese Auferstehung nicht nur für Christus, sondern selbst für Räume, Gebäude und Zeiten vom Allschöpfer vorgesehen, falls es einen solchen gab. Dieses Bild verschwand aber bald wieder in der Versenkung, als ein Impuls ihm noch einmal das Reizwort *Betzeiten* zuflüsterte. Dann verwandelte sich die Klosterzelle langsam in eine Gefängniszelle. Sie kam aus der Tiefe der Erde. Vermutlich direkt aus dem Erdinnern. Doch das besondere daran war: Sie stieg nicht, wie die anderen Bilder, hinauf in den Himmel. Sie blieb waagerecht vor seinem blinzelnden Auge stehen. Gefängnis! Also doch! Das war es! Diesen Weg musste er einschlagen.

Es war wohl der Höhepunkt des Absurden, in einer Gefängniszelle seine Freiheit finden zu wollen, sinnierte Karl über die gerade stattgefundene Bildmeditation. Den Körper einkerkern, damit der Geist frei war? Karl erinnerte sich spontan an einen erst kürzlich ausgestrahlten Film über den holländischen Strafvollzug. Dort wurden höchst komfortable Zellen für zirka 5.000 Euro monatlich das Stück vom belgischen Staat angemietet, dessen Gefängnisse hoffnungslos überfüllt waren. Die liberalen Holländer hatten es den Gefangenen schön gemütlich gemacht. Die Häftlinge hatten dort nicht nur einen Kühlschrank plus Mikrowelle und einen Fernseher, sondern manche sogar einen Computer. Ob mit oder ohne Internetanschluss wurde leider nicht erwähnt. Aber den benötigte er auch nicht unbedingt. Einen Computer, eine Einzelzelle, Vollverpflegung und Ruhe. Dann hätte er, was er brauchte.

Doch gleich welche Zelle, sie musste erst einmal ›verdient‹ sein. Dazu konnte ihm nur ein ordentliches Verbrechen verhelfen. Es müsste kriminell genug sein, dass es eine langjährige Haftstrafe garantierte. Möglichst eines mit flexiblen juristischen Möglichkeiten. Günstig, wenn man wegen guter Führung auch nach zwei Dritteln der Zeit entlassen werden könnte. Unter gewissen Umständen wäre das gut. Zeitlich war für ihn derzeit nicht klar zu überblicken, wie schnell er mit seinem großen Erstlingswerk vorankäme. Seine lebenslang unterdrückten Ideen hatten sich zu einer schwerverdaulichen Masse zwischen seine Synapsen gelegt. Unterzöge man sein Gehirn einer Computertomografie, die Ärzte wären angesichts dieser verdickten Knäuel sicherlich ins Rätseln gekommen. Sollte er seine grob berechneten fünf Jahre vollständig brauchen, würde er sich entsprechend schlecht im Gefängnis benehmen, damit es keine vorzeitige Entlassung gäbe. Das zumindest war schon mal klar.

Und die Familie? Das Gefängnis war ideal. Denn es war die einzige Möglichkeit, um auch das Versorgungsproblem zu lösen. Das Verbrechen brauchte ja nur ein intelligent durchgeführtes Kapitalverbrechen zu sein. Er hatte sich schon informiert, schwerer Raub brachte ihm nach §§ 249 und 250 StGB aber nur dann fünf Jahre Gefängnis ein, wenn mindestens noch Waffengebrauch mit im Spiel wäre. Er musste nur zusehen, dass seine Schüsse niemanden verletzten. Blutige Verletzungen hatte er noch nie ertragen können. Bei seiner polizeilichen Unauffälligkeit würde man vermutlich alle Milderungsgründe ins Feld führen und ihm womöglich nur drei Jahre geben. Derzeit hatte er ja noch nicht einmal Punkte in Flensburg.

Gefängnis bedeutete aber eben auch: Die Kinder hätten einen echten und sogar juristisch zertifizierten Verbrecher zum Vater. Urkundlich kriminell und abgeurteilt. Die wenigsten Kinder würden dies besonders cool finden, obschon er sich bei Nathan da nicht ganz sicher war. Lucy und Mikosch könnten gehänselt werden. Vermutlich aber nicht länger als einige Wochen, die sie ja notfalls mit Viktoria fernab vom Trubel verbringen könnten. Zwei Wochen auf die Kanalinseln. Wer kannte die Sandhausers schon in St. Peter Port auf Guernsey!

Dann, das kannte man ja, kehrte bei den Menschen schnell wieder der Alltag ein. Spätestens am dritten Tag gierten sie nach einem neuen Skandal mit neuen Gesichtern, Namen und Geschichten. Welches Verbrechen hatte in der heutigen Zeit denn schon die Kraft, länger als 72 Stunden ernsthaft ein fremdes Herz zu berühren! Selbst Erdbeben mit einer Viertelmillion Toten, das habe doch Haiti gezeigt, vermochten das nicht. Es verlangte schon eine permanent musikunterlegte Bilderwelt mit dramatischen Szenen von Elend, Blut und Tod, damit aus einer Scheinbetroffenheit eine scheinbar echte wurde.

Und was hatte er denn schon für Bilder zu bieten? Gar keine. Ein unscheinbarer Systemadministrator war doch kein Bild! Da war kein Sixpack unter einem engen Hemd, stattdessen eine leichte Wölbung. Und die Haare waren lichter als noch vor drei Jahren. Mein Gott! Gut, Lucy mit ihrer schönen Mutter war ein Bild. Das würde die Boulevardpresse gern ausschlachten. Aber ihr familiärer Bekanntheitsgrad war derzeit einfach noch zu gering, um damit eine tagelang anhaltende Serie auf der ersten Seite zu füllen. Später, wenn die Kinder einmal alle berühmt wären, dann wäre es natürlich etwas anderes. Mit anderen Worten: Seine Liebsten mussten die öffentliche Kreuzigung und die ganze Dramatik des gehässigen Geschwätzes wirklich nur kurze Zeit aushalten. Und das war doch wohl zumutbar! Er selbst trüge letztlich eine noch viel größere Last, um sie alle zu versorgen.

Mit den Widrigkeiten einer Haft würde er sicher klarkommen. Dennoch musste er den Gedanken akribisch zu Ende denken. Was würden fünf Jahre Knast für ihn bedeuten? Diverse Ängste und Gefahren innerhalb der Mauern, Verletzungen aller Art bis hin zur Selbstverletzung im Wahn, mögliche Bedrohungen durch die Mitgefangenen, all das und mehr musste er einer genauen Risiko-Abwägung unterziehen. Aber im Kern war dieser Knast-Gedanke ein guter Plan. Würde er auch nach seiner strengen Analyse am Ende aufgehen, dann täte sich ihm ein völlig neues Leben auf.

Karl wusste, auf seine Löwin zu Hause konnte er sich verlassen. Würde irgendjemand es wagen, Mikosch oder Lucy wegen ihres inhaftierten Vaters leiden zu lassen, dann konnte ihm derjenige nur leidtun. Viktoria müsste nur früh genug in den Besitz des Geldes aus einem möglichst gelungenen Raubüberfall kommen – und zwar auf eine Weise, die es ganz sicher und auf Dauer vor dem Zugriff der Justiz schütze. Klar war: Man würde Viktoria überwachen und dabei beobachten, dass sie ihr Leben finanziell nicht drastisch einschränkte, obschon er doch im Gefängnis saß. Das würde nur einen logischen Schluss zulassen: Er sitzt ein, während sie die Beute verjubelt. Nur ein perfekt geplantes und sauber durchgeführtes Verbrechen würde all diese unliebsamen Bedenken aus der Welt schaffen. So perfekt, dass man ihn als Täter genau für die gewünschte Zeit einsperrte. Und so flexibel, dass man ihn wegen guter Führung auch eher entlassen könnte, falls er mit seinem großen Werk früher als geplant fertig würde. Und alles so geschickt getimt, dass außer Viktoria keiner an das Geld herankäme.

Das einzige, was er selbst brauchte, waren Ruhe und ein Computer. Viktoria und die Kinder könnten ihn an jedem Besuchstag sehen und erleben, dass es ihrem Vater besser ginge als je zuvor. Ideenreich und gut gelaunt würde er ihnen entgegentreten, und Viktoria wiederum wäre in der Lage, ihr jetziges Leben ohne große Änderungen weiterzuführen. Die Bindung zwischen ihnen beiden war ausreichend tief, dass eine Entzweiung durch den Knastaufenthalt nicht wirklich zu befürchten war. Selbst Beischlaf wäre nach einer gewissen Zeit und einer günstigen Prognose in speziellen Räumen möglich. Hier jedoch verweigerte sich seine Fantasie und ging schnell zu einem anderen Gedanken über.

Beseelt von seiner Idee begann Karl seine Recherchen zu den vielen im Knast geschriebenen Büchern ehemaliger Gefangener. Je tiefer er grub, umso mehr wuchs die Gewissheit, dass dies die richtige Lösung war. Sein Fall lag zwar anders als der seiner schreibenden Knastbrüder, aber das war letztlich nur positiv für ihn. So würde ihm die kritische Nabelschau wegen eines kriminellen Hintergrundes erspart bleiben. Er könnte sich direkt seinen literarischen Anliegen zuwenden.

3.

Als Systemadministrator kannte Karl seine Bank, und zwar nicht nur die elektronischen Sicherheitssysteme, sondern auch die personellen Strukturen. Über den Zentralcomputer hatte er zu allen Informationen Zugang, die auf Schwachstellen seiner Bank abzielten. In jeder Bank gab es eine Schwachstelle – und sei es das eigene Personal. In diesem Fall er selbst. Er, der jetzt sich selbst als Schwachstelle nutzen würde. Er, der für die Sicherungssysteme Hauptverantwortliche, wurde selbst zum größten Sicherheitsrisiko, ohne dass auch nur einer etwas ahnte.

Sein Coup war in allen Details geplant. Karl wusste, wann welche Gelder wo lagen und ankamen. Er wusste um die Ausgänge, Alarmsysteme und Arbeitszeiten des Personals. Er wusste, wann die Geldtransporte kamen, welche immer wieder neuen Wege sie nehmen und wie schnell die Polizei vor Ort sein konnte. Er wusste um die Traumatisierung seiner Kollegen, die schon einmal einen Überfall erlebt hatten. Er wusste vor allem, dass er keine Fehler machen durfte. Ein Fehler und er war tot, statt in zirka fünf bis sechs Jahren ein international gefeierter Schriftsteller zu sein. Sein Tod aber würde bedeuten: auch die Kinder und Viktoria hätte er dann verraten. Er musste also alles perfekt planen, angefangen beim ersten Schritt: dem Zugriff auf die Beute.

Ohne Beute wäre die ganze Aktion nicht nur sinnlos, sondern eine persönliche Katastrophe. Seine Kinder würden ihm dann erst recht niemals verzeihen. Diese Gefahr bestand zwar auch jetzt – aber er war fest davon überzeugt, dass sie seine Tat eines Tages in einem anderen Licht sehen würden, wenn Viktoria ihnen mit ihren eigenen Worten die besonderen Umstände erklärt hatte. Dabei würde sie von seinem besonderen Mut erzählen, für sich selbst und seine Familie alles zu riskieren. Die Kinder würden erkennen, dass ihr Vater in Wirklichkeit ein Held war, auch wenn er selbst nichts davon hören wollte.

Karl verließ nun abends immer häufiger das Haus und kam erst spät in der Nacht zurück. Seiner Frau beteuerte er, dass sie niemals um ihre Beziehung fürchten müsse, dass er keine andere Frau als nur sie wollte. Das nächtliche Fernbleiben sollte sie nicht belasten. Ganz im Gegenteil, so versicherte er ihr, er würde sie mehr lieben als je zuvor. Er bat sie aufrichtig, seinen vorübergehend geheimen Aktionen alles Vertrauen zu schenken, was sie in sich trage. Er hätte etwas Wunderbares vor.

Die Art und Weise, wie Karl das sagte, hatte etwas von einer verzweifelten Bitte. Viktoria glaubte ihm. Zudem sagten ihr ihre weiblichen Sinne, dass es tatsächlich keine andere Frau in seinem Leben gab. Auch deswegen, weil sie wie nebenbei und unvermeidlich den Geruch seiner Kleidung einer Prüfung unterzog und auch am gemeinsamen Konto keine Bewegungen stattfanden, die auf neue ›Sonderausgaben‹ hindeuteten. Kein fremdes Haar auf seinem Jackett – keine unbekannte Nummer auf seinem Handy, keine geheimen Blickzeichen zwischen ihm und ihren Freundinnen, die sie schneller entlarvt hätte, als Wimpern sich verräterisch niederschlagen konnten. Was immer Viktoria aus Sorge und Sicherheitsbedürfnis schnell und gezielt kontrollierte, gab keinen Anlass zu Misstrauen.

Noch stärker jedoch empfand sie seine Wahrhaftigkeit durch die seelische und körperliche Nähe, die seit der vergangenen Nacht wieder einem besonderen Liebreiz besaß. Fast lag so etwas wie eine sehnsüchtige Verzweiflung in seiner Umarmung, die ihr neu und schmeichelhaft vorkam, mit einer leisen Spur der Sorge, als habe man nur noch wenig Zeit zusammen. Dieser Gedanke wurde schnell von einem ihrer Wurfmesser an die imaginäre Küchenwand genagelt. Natürlich hätten sie das ganze Leben noch vor sich. Sie würde einfach vertrauensvoll abwarten. Mit irgendetwas Schönem würde er sie sicher bald überraschen!

Karl suchte so häufig er konnte Spielkasinos auf. Er ließ sich zu verschiedenen Zeiten überall dort blicken, wo er ahnte, dass man früher oder später auf ihn aufmerksam werden würde. Das gehörte zu seinem Plan und war sehr wichtig. Er nahm hier und da auch einmal Platz für ein Spielchen – ohne jedoch groß etwas zu gewinnen oder zu verlieren. Sein Gesicht jedoch wurde immer wieder gesehen. Bewusst nahm er die drei fahrtechnisch für ihn erreichbaren Kasinos ins Visier, lief dort stundenlang herum. Unvermeidlich, dass die Kameras dabei immer wieder sein Konterfei registrierten. Die einarmigen Banditen waren dabei sein häufigstes Ziel. Natürlich nur jene Apparaturen, die über eingebaute Auszahleinheiten verfügten. Kein Croupier, der hier die genauen Ausschüttungen fest in seinem geschulten Blick hatte. Dass diese Ausschüttungen sehr hoch sein konnten, war bekannt.

Hin und wieder, nicht allzu auffällig, trug Karl eine leicht ausgebeulte Aktentasche aus den Spielsälen der Einarmigen Banditen. Wer welches Geld genau an diesen Apparaten verlor oder gewann, entzog sich jeder Kontrolle. Die pralle Aktentasche jedoch suggerierte eine schwere Füllung. Beim täglich wechselnden Publikum hatte niemand den Überblick darüber, ob Karl nun eher der Gewinner- oder der Losertyp war. Diese Unklarheit war Teil seines Plans. Wichtig war, dass er augenscheinlich zur Spielerszene gehörte. Denn die Polizei würde Fragen stellen, wenn sie nach der Beute suchte.

Der Überfall in der eigenen Bank war eine logistische Meisterleistung. Alles klappte minutiös perfekt. Karl entkam unerkannt mit dem Geld, nachdem er noch einige Warnschüsse in den Raum abgegeben hatte. Er hatte die Sicherungsanlagen der Bank so manipuliert, dass nicht festzustellen war, wie der oder die Täter sich ins System einhackt haben konnten. Diese Vorgehensweise passte genau ins Bild einer Raubserie in den vergangenen Jahren. Ein Phantom, das vor jedem Überfall die Kameras außer Kraft setzen konnte, so dass man sich auf sehr vage Zeugenaussagen verlassen musste. Der Täter war bis zum heutigen Tag nicht gefunden worden.

Karl musste als Systemadministrator damit rechnen, dass man früher oder später mit entsprechenden Fragen auf ihn zukommen würde. Und das war auch gewollt. Aber das Timing musste stimmen. Er brauchte mindestens zwei bis drei Tage, um die geplanten finanziellen Transaktionen durchzuführen. Geldwäsche zugunsten seiner Familie. Er hatte sich vorsorglich krank gemeldet.

280.000 Euro hatte er erbeutet. Eine schöne Summe. Keine, mit der man sein ganzes Leben bestreiten konnte, wohl aber ein paar entscheidende Jahre und die Ausbildung der Kinder. Danach würden die Tantiemen aus seinem Bestseller fließen. Auch das Musikinternat für Nathan war damit gesichert.

Seine angebliche Spielsucht mit dem damit scheinbar erworbenen Vermögen würde später dafür sorgen, dass man den entscheidenden Teil des Familienvermögens nicht konfiszieren konnte. Das war zentral für sein Anliegen und seinen Plan. Müsste die Beute zurückgezahlt werden, so könnte er sich noch in der Untersuchungshaft erhängen. Die erste Hälfte des Plans der Geldsicherung gelang. Die sorgsam vorbereiteten Festanlagen auf anderen, teils ausländischen Banken für Studium und Ausbildung der Kinder, die Entschuldung des Hauses und das neue Auto für Viktoria ließen die Beute gleich um eine ordentliche Summe schrumpfen. Dennoch konnte Viktoria sich weiterhin finanziell sorgenfrei um Mikosch und Lucy kümmern. Wenn sie trotzdem arbeiten gehen wollte, so sollte sie es halt tun. Das war allein ihre Entscheidung.

Einen Tag nach dem Überfall gestand Karl Viktoria sein ›nächtliches Geheimnis‹. Sie waren jetzt reich. Nicht superreich. Kein Millionengewinn – aber so reich, dass sie einen Großteil der Schulden tilgen konnten. So reich immerhin, dass er ihr die Schlüssel zu ihrem neuen 3er Kombi feierlich überreichte und ihr die Papiere über die Treuhandkonten für die Ausbildung der Kinder übergab. Viktoria war selig.

Karl wäre ein Glückskind, und sie selbst würde ganz offensichtlich von den Göttern ebenfalls geliebt. Karls Spielerglück verwunderte sie überhaupt nicht, da sie ihm potentiell fast alles zutraute. Hatte er ihr doch in letzter Zeit auf vielfache Weise seine Kraft bewiesen. Seine persönliche Krise schien vollkommen überwunden, er befand sich neuerdings in einem ständigen Wechsel von Hochstimmung und Anspannung, so als hätte sie ihm ihren eigenen unbändigen Lebensvirus injiziert.

Karl erzählte Viktoria in allen Einzelheiten von den diversen Kasinos, und wie sehr er sich darüber freuen würde, wenn sie ihn einmal dorthin begleitete. Am Montag wollte er sich der Polizei stellen, falls man ihm nicht vorher auf die Schliche kam. Auch damit war schließlich zu rechnen. Das mit der Polizei erzählte er Viktoria natürlich nicht. Der Schock würde noch früh genug kommen. Selbst der Zeitpunkt ihrer unvermeidlichen Erschütterung war genau geplant. Den Sonntag wollte er noch einmal harmonisch mit den Kindern verbringen. Eine Herzensangelegenheit. Ein wenig müsste die Polizei eben noch warten. Bis auf den Verbleib der Beute wäre dann alles in wenigen Minuten geklärt. Und auch für das Verschwinden der Beute hatte er eine perfekte und glaubhafte Geschichte, die sich nicht widerlegen ließ.

Viktorias Freude war so groß, dass sich ihre Gedanken überschlugen. Karl wusste, es blieb ihm nur noch sehr wenig Zeit. Aber dann würde er schreiben können. Und Viktoria würde die ganze Wahrheit erfahren. Er würde Viktoria klarmachen, wie sie sich exakt zu verhalten habe, wenn die Polizei konfiszieren wollte oder die Justiz ihre gierigen Krallen ausfuhr. Die Scheine waren nicht nummeriert und notiert und zudem auch längst angelegt und teils ausgegeben. Offiziell stammten sie einzig und allein von legalem Glücksspiel. All dies würde aber erst kommenden Montag geschehen, jetzt hieß es, das letzte gemeinsame Wochenende zu genießen.

Natürlich sprachen Viktoria und Karl auch über den Überfall auf die Bank. Man hatte Karl trotz seiner Krankschreibung sofort zurückbeordert, da es den sensiblen Bereich der computergesteuerten Sicherheit betraf. Er war in den Besprechungen bevorzugter Ansprechpartner für den Bankenvorstand und die Kripo. Er wurde maßgeblich zu den Ermittlungen hinzugezogen und folgte pflichtbewusst dieser Aufforderung. Doch die Ereignisse überschlugen sich ganz unerwartet. Während einer der Sonderkonferenzen kam die polizeiliche Meldung, man habe den Bankräuber durch die Rasterfahndung nicht nur verhaftet, sondern er habe in der anschließenden Vernehmung auch ein Generalgeständnis abgelegt. Seitdem schweige er beharrlich und wurde bereits dem Haftrichter vorgeführt. Der Raub war aufgeklärt. Karl war schockiert. Die Konferenz klatschte. Die Presse feierte die Polizei. Die Justiz feierte sich selbst.

Sieben Banküberfälle legte man dem Täter zur Last. Auf Befragen gab er alles zu. Alle Überfälle trugen die gleiche Handschrift. Die kleinen Unterschiede ergaben sich lediglich aufgrund gewisser technischer Verschiedenheiten computergesteuerter Sicherungssysteme.

Es war das Werk eines ausgekochten Computerfreaks, dessen Spezialkenntnisse die Systeme schon lahmzulegen drohten, wenn er nur an sie dachte. Jetzt aber war der Serientäter nur noch müde und erschöpft. Er befand sich seit vier Jahren auf der Flucht. Teile der Beute hatte man aufgefunden. Er selbst war immer wieder knapp entkommen. Sein Steckbrief hing allerorten. Er selbst war zermürbt von der Jagd, entnervt und geschwächt. Immer neues frisches Geld, das er nicht ausgeben konnte. Ein merkwürdiger Zwang hatte ihn daran gehindert, zu einem günstigen Zeitpunkt aus dieser Masche auszusteigen und es sich einfach irgendwo gut gehen zu lassen. Der bittere Preis dafür war, dass er selbst zur Beute seiner Häscher wurde. Halali! Sein Leben war ruiniert. Trotz der Geldverstecke. Er wollte nur noch Ruhe und hatte mit allem abgeschlossen. Es reichte. Und er würde auch nichts mehr sagen. Zu gar nichts. Aus. Schluss. Vorbei. Mochten sie fragen was sie wollten. Was ging es ihn an. Irgendwann unterschrieb er verstockt, was sie ihm vorlegten, und schwieg. Das Strafmaß hätte sich so oder so in seinem Fall nicht mehr verändert. Und sein Lebensabend war gesichert.

Die kriminalistische Befragung des Serientäters wurde angesichts des überraschend schnellen Geständnisses eher halbherzig durchgeführt. Meist blieb es dabei, dass er alles zugab, falls er überhaupt einmal den Mund aufmachte. Was wollte man noch! Man hatte nicht nur irgendeinen Bankräuber. Nein, man hatte *den* bundesweit gesuchten Serientäter, der sieben Überfälle begangen hatte. Mit solchen Lorbeeren kann sich auch die Justiz nicht so häufig schmücken. Der Fall war erledigt.

Karl konnte es nicht fassen. Im ersten Augenblick empfand er Erleichterung. Er konnte nicht mehr in Verdacht geraten und war frei. Er brauchte den Knastplan nicht weiter zu verfolgen. Seinen Job jedoch durfte er aus zwei Gründen nicht aufgeben. Die zeitliche Nähe zum Überfall hätte, auch wenn man den vermeintlichen Täter gefasst hatte, den Verdacht schüren können, dass er mit seinen Detailkenntnissen der Sicherungssysteme irgendwie in das Ganze verwickelt sein könnte. Immerhin war die Beute weg und über den Täter hatte sich der gesammelte Schlaf der Welt gelegt. Und ein weiterer Grund sprach gegen die Jobaufgabe. Das Geld war ja verplant, bereits angelegt und damit zusammengeschmolzen. Er bräuchte vorübergehend noch sein Gehalt – bis die Buchtantiemen flossen –, da seine staatliche Vollpension für fünf Jahre anders kalkuliert war. Doch das Geld war ja nur die Hälfte des angestrebten Ziels.

Der zweite und entscheidend wichtige Teil des Planes, die notwendige Ruhezone für seine Arbeit, war jetzt gescheitert. Dennoch ging es Karl zunächst besser. Denn es war nicht so, als hätte ihm die Knastvariante nicht auch ein wenig Angst gemacht. Sie war letztlich nur der hilflose Versuch, die Quadratur in den Kreis zu quetschen. Dass er dabei auch Prellungen und Schürfwunden abbekommen würde, war unvermeidlich. Doch die Bilanzierung aller Vor- und Nachteile dieses sonderbaren Unternehmens bis hin zu seinem eventuellen Tod hatte er in Gedanken ausreichend oft durchgespielt.

Binnen weniger Tage kehrte sich die Sachlage gegen ihn. Der Grund lag sowohl in der Familie wie auch in seinem beruflichen Umfeld. Man hatte aufgrund des Überfalls beschlossen, ein neues Sicherungssystem zu installieren, was auch eine neue Personalstruktur nötig machte. Ihm wurde jetzt gleichberechtigt ein junger Computerfachmann frisch von der Universität an die Seite gestellt. Es bedeutete nichts anderes als das Teilen seiner Machtbefugnisse. Eine Entmachtung, eine Degradierung. Niemand sprach es laut aus, für jeden war es offensichtlich. Natürlich bekam er seine Bezüge weiter in voller Höhe. Ein Fehler war ihm nicht direkt nachzuweisen. Dennoch spürte Karl das Misstrauen der Kollegen. Er hatte seine Antennen dafür. Ihm machte da keiner etwas vor. Der Serientäter musste irgendwie an banktechnische Systeminformationen gelangt sein, auch wenn man das Leck noch nicht gefunden hatte. Karls Stresspegel stieg. Die Stimmung in der Bank war durch und durch mies.

Keine miese Stimmung herrschte dagegen in der Familie, dafür war das Leben zu Hause anstrengender denn je. Jetzt, wo alles nicht mehr so knapp kalkuliert werden musste, verwirklichte Viktoria offenbar alle ihre Träume auf einmal. Mit ihrem hyperaktiven Antrieb ließ sie die Zeit schrumpfen und beamte die in der Vergangenheit verpassten Anschaffungen und Renovierungen nun in die einzige Gegenwart, die sie hatte. So, als gäbe es kein morgen mehr. Konkret bedeutete das für Karl: Handwerker gaben sich die Klinken in die Hand und wünschten ihm einen guten Morgen und einen guten Abend. Alles war Baustelle, und das, so versprach Viktoria wäre erst der Anfang! Karl zweifelte nicht an ihrer Kraft, das alles auch wahr zu machen. Sie hätte nun auch für ihn ein paar wunderbare Überraschungen, und er möge ihr jetzt bitte genauso vorbehaltlos vertrauen wie sie ihm. Schon in Kürze würde es ihn in Entzücken versetzen, was sie sich ausgedacht hatte. Als er eines Tages, müde von der Arbeit kommend, ein Architektenauto aus seiner Ausfahrt wegfahren sah, befürchtete er eine baldige Großbaustelle. Nicht ausgeschlossen, dass sie für Monate in ein Hotel ziehen mussten. Oder plante Viktoria den Komplettabriss? Gar ein völlig neues Haus?

Ihm wurde ganz übel bei diesen Gedanken. Er hätte wissen müssen, dass Viktoria sich nun ihrerseits ihre Lust an Überraschungen nicht nehmen ließ. Ein Kardinalfehler, diesen Umstand schlicht und einfach vergessen zu haben. Er hatte jedoch nicht davon ausgehen können, dass ein Fremder sein Verbrechen gestand. Sonst säße er jetzt ja längst im Knast und Viktoria hätte andere Sorgen, als Großbaustellen zu organisieren.

Lucy hatte inzwischen wieder mit Sprechen begonnen. Das beständige Fluchen der Handwerker über die maroden Zustände des Gemäuers und der elektrischen Leitungen übten einen unwiderstehlichen Reiz auf das süße blond gelockte Mädchen aus. Hier lohnte es sich für die Kleine, besonders aufmerksam zu sein. Sie erkannte, dass es hier schöne Wörter zu lernen gab, die ihre kleinen Freundinnen nicht beherrschten. Wahrscheinlich würden sie auch Nathan und Mikosch gut gefallen, und sie würden viel Spaß damit haben.

Die Handwerker boten ihr einen kostenlosen Grundkurs in Verbalattacken, der nicht selten unter die Gürtellinie ging, wenn etwas nicht richtig lief. Ihr noch sehr geringer Sprachschatz bereicherte sich plötzlich um bedeutsame Vokabeln, die ihr ihre Eltern vollständig vorenthalten hatten. Nathan würde staunen. Auch wenn sie nun gar nicht wusste, was es bedeutete. Aber das würde sie schon noch herausbekommen. Manchmal saß sie auf der Wiese zwischen der Betonmischmaschine und einem Sandhügel und übte die korrekte Aussprache schwieriger Wörter wie Schädelficken und Kumpelbumser. Das hörte sich richtig lustig an. Hörte man dem kleinen goldgelockten Engel zu, hätte man alles vermutet – nur keine gute Erziehung.

Viktoria nahm es gelassen und meinte, dass geniale Kinder eben zuerst mit Sprache spielen müssten. Sicher, selbst habe man ein anderes Niveau und einen gehobenen Stil, aber es deute sich doch letztlich nur wieder die Hochbegabung durch diese lebendige Aufnahme von Sprache an. Sich ausschließlich mit gewöhnlichen Worten langweiliger Durchschnittsmenschen abzugeben, wenn man stattdessen eine spannende Alternative geboten bekam, wäre für ein intelligentes Kind ganz und gar undenkbar. Lucys Wahl war auf die Bauarbeiter gefallen, und sie hielt sich in jeder freien Minute in ihrem Umfeld auf. Sie war dort immer gern gesehen. Ihre Bereitwilligkeit, den Arbeitern ständig Nachschub von Karls Bier zu bringen, war scheinbar unbegrenzt. Nirgends jemand, der das liebe Kind stoppte. Und da das Kind derbe Witze besonders zu lieben schien, lernte es im zarten Alter von fünf Jahren, was die meisten Kinder erst zum Beginn der Pubertät erfahren. Auch bauchten sie mit ihr an. Prost, Lucy! Und Lucy trank mehr Limonade als je zuvor. Prost, Männa!

Mit dem erfolgreich durchgeführten Verbrechen waren die familiären Anstrengungen gewachsen. Von seinem eigenen Ziel war Karl jetzt weiter entfernt als je zuvor. Er wurde unruhiger und begann, nachts im Garten umherzuwandern. Einmal stieß er dabei gegen Handwerkszeug, ein anderes Mal fiel er in einen offenen Eimer mit Farbe, der gleich noch einen weiteren mitriss. Es war alles nur noch zum Schreien. Aber selbst das konnte er schon nicht mehr. Karl saß grübelnd im nassen Gras. Der zweite, gescheiterte Teil seines Plans musste korrigiert werden. Er konnte die Polizisten sicher von seiner Täterschaft überzeugen. Er hatte so viel Detailwissen, wie es nur der Täter gehabt haben konnte. Er würde sich stellen. Gleich zu Beginn der kommenden Woche.

Viktoria schmiss Karls Wochenendpläne über den Haufen, und er fügte sich in sein Geschick. Der Sonntag mit den Kindern dagegen wurde noch einmal ein richtiges Highlight. Davon würde er nun die nächsten fünf Jahre zehren. Einzig das körperliche Zusammensein mit Viktoria wollte nicht klappen. Vielleicht nagten die bevorstehenden Belastungen schon zu sehr an seinen Nerven. Aber sie waren Teil des Vertrags, den er mit sich geschlossen hatte.

Am Montagmorgen ging Karl nicht in die Bank, sondern direkt zur Polizei. Er hatte Viktoria nicht eingeweiht. Sie hätte das niemals zugelassen. Sie würde voll hinter ihm stehen, auch hinter dem, was er getan hatte. Bei der Geldverwertung hätte sie sicher keine Gewissensbisse. Völlig egal aus welchen Quellen es stammte. Immerhin diente es der Förderung einer dreifachen Hochbegabung. Vermutlich war sie der Meinung, dass ein gewisses Steueraufkommen dafür unbedingt gerechtfertigt, nein, Pflicht sei. Und die Lasten hätten keine Privatpersonen zu tragen, sondern in letzter Konsequenz eine Bank, der Staat oder die Kasinos. Alles wäre in Ordnung. So oder so ähnlich würde sie wohl denken, wenn sie erst einmal die Wahrheit erfuhr.

Viktoria würde wie eine Löwin um ihn kämpfen, ihn davon abhalten wollen, sich völlig unnütz freiwillig zu stellen. Er kannte doch seine Siegerin. Viktoria! Es ihr vorher zu sagen, hätte alles zunichte gemacht. Erst musste er zur Polizei. Bei ihr und den Kindern zu bleiben, kam für ihn einer Vernichtung gleich, die nur jenen Menschen widerfahren kann, die sich zu Tode geliebt fühlen. Und so fühlte er sich.

Und außerdem, so machte sich Karl gewohnheitsgemäß wieder einmal Viktorias Gedanken, musste er ja auch ihre Sicht der Dinge mit ins Kalkül ziehen. Wie stünde sie denn da? Als eine Xanthippe, vor der man freiwillig in den Knast flüchtet! Hausdrache, Megäre, weibliches Scheusal. Was sollte man denn davon halten? Und das nur, um ein bisschen Ruhe zu haben? Sie wäre dann am Ende das Monster! Eine schwierige, geradezu unmögliche Situation für seine Frau. Die Wahrheit war nur als homöopathische Lösung zu verabreichen. Monatlich ein wahres Wort, verpackt in drei verlogenen Ausreden.

Viktoria war nun einmal ein Mensch, der keinen negativen Gedanken ausließ, wenn er auch nur irgendwie denkbar war. Das Negative als alternative Möglichkeit hatte schon immer einen Reiz auf sie ausgeübt, der im ständigen Widerspruch zu ihrem enormen Kampfes- und Siegeswillen stand. Ganz so, als wäre sie auf diese Erde geschwebt, um ein weltumfassendes Schlachtfeld der Gedanken zu befehligen. Sie war allerdings ungeeignet dafür, eine gute Verliererin zu sein. Dann schon besser tot. Das dachte sie zwar nicht, aber sie lebte es. Bisher überlebte sie sich selbst famos damit.

Aber diese ehelichen Interna brauchte niemand erfahren, da es offiziell ja nur um einen Bankraub mit Schusswaffengebrauch und einer verschwundenen Beute ging. Der direkte Weg zur Polizei war für ihn die einzige Möglichkeit, jemals seine Ruhe zu bekommen ohne dabei phlegmatisch in einem Sarg herumzuliegen und auf sehr untätige Weise wurmstichig zu verfaulen.

4.

Karl traf auf einen frostigen Blick, als er dem zuständigen Kriminalbeamten seine Version des Verbrechens erzählte. Die blaue Iris des Beamten hatte die Farbe eines grönländischen Eisbergs angenommen. Seine Lippen waren fest zusammengepresst wie eine fachgerechte Nietverbindung. In seinem Gesicht mischten sich Ungläubigkeit, Unwilligkeit und schroffe Ablehnung. Karl las seine Mimik wie ein offenes Buch, und was er las, war nicht schön:

Der Täter hatte gestanden und der Hauptprozess wäre in drei Monaten über die Bühne. Und jetzt kam dieser Vollidiot von der Bank! Meinte wohl den Helden spielen zu müssen! Wen immer dieser sonderbare Kauz damit auch beeindrucken wollte, ihn jedenfalls nicht, dachte der Polizist.

Karl beschwor den Beamten, ihm zu glauben und zählte die technischen Details des Überfalls auf. Aber die passten auch auf die anderen Überfälle und stellten die Täterschaft des Serienbetrügers keineswegs infrage. Karl wurde zunehmend wütend und verzweifelt und brüllte den Beamten an. Dieser ließ den Polizeipsychologen kommen, der mit Karl allein und in Ruhe sprach. Zu ihm hatte Karl Vertrauen, und er erzählte nochmals in aller Gefasstheit, dass er allein der Täter und das Geständnis des anderen ein falsches wäre. Diesen siebten Überfall hätte der andere nicht begangen. Die anderen sechs wolle er ihm ja gerne lassen. Der Psychologe verließ für einige Zeit den Raum und es wurde eine Reihe von ersten Schnell-Recherchen von den Kollegen angestellt.

In der Drogenszene war Karl völlig unbekannt. Das Vorstrafenregister gab nichts her. Auch hatte man ihn bisher nicht in Zusammenhang mit Waffenhändlern bringen können. Einzig die Kollegen von der Spielerszene kannten sein Gesicht und seinen Namen. Da er aber in keinem der Kasinos durch kriminelle Machenschaften aufgefallen war, lag auch hier nichts gegen ihn vor. Lediglich einige Hinweise aufgrund genauerer Befragungen förderten seine Neigung zum Spielermilieu zutage. Er war des Öfteren gesehen worden. Sonst aber nichts. Niemand wusste etwas Genaueres.

Der sichtliche Geldsegen der Familie, über den auch schon die Nachbarn tratschten, war damit schnell erklärt. Ein Spinner! Dem auch noch unverschämtes Spielglück in den Schoß gefallen war. Jetzt drehte er durch. So etwas gab es.

Der Kriminalpsychologe kam mit dem ermittelnden Kommissar zurück. Die Recherchen hätten nichts ergeben, sein Ruf wäre einwandfrei, und ein fehlendes Alibi für die Tatzeit wäre nun wirklich kein Indiz für ein solches Verbrechen. Dann wurden sie weich und freundlich. Fragten, ob er denn sonst irgendwelche persönlichen Probleme hätte? Sich nicht ganz wohl fühlte? Ob man irgendwie helfen könnte?

Plötzlich veränderte sich der Ton. Er wurde sarkastisch und drohend. Oder ob der Herr gerne mal unbedingt ein Bankräuber sein wolle? Der Kommissar versuchte, ihn aus der Reserve zu locken. Dann wäre man ja unzweifelhaft auch viel wichtiger und bekannter als ein kleiner Systemadministrator, dem gerade ein junger Mann vor die Nase gesetzt worden war! Er sei sicher, dass dies ein typischer Fall von männlicher Midlifecrisis in Kombination mit beruflicher Frustration sei.

Karl bebte. Das Beben suchte verzweifelt einen Ausgang im Labyrinth seiner sich steigernden Verzweiflung. Seine innerlich aufgestaute Wut verlagerte sich in seinen rechten Fuß. Damit trat er dem Beamten heftig ans Schienbein. Gleichzeitig griff er sich blitzschnell einen Stapel polizeilicher Akten. Diese schleuderte er schreiend durch das offene Fenster auf die belebte Straße. Hunderte von losen Papieren mit brisanten kriminalistischen Inhalten flatterten hinab auf eine sich sehr interessiert bückende Passantenschar. Das alles geschah blitzschnell und war selbst für die hartgesottenen Beamten ein Schock.

Wie paralysiert starrten sie diesen Verrückten an. Völlig außer sich, dieser Kerl! Karl ergriff als nächstes die gefüllte, heiße Glaskanne aus der Kaffeemaschine der Abteilung und bedrohte damit eine junge Polizistin, die gerade ihren morgendlichen Dienst antrat. Sie war zwar auf Nahkampf trainiert – allerdings hatte sie nirgends etwas über die Bedrohung mit heißem Kaffee gelernt. So zweifelte sie mangels Training nun an der Realität dieser aktuell erlebten Szenerie. Wie ihre Kollegen starrte sie ungläubig auf dieses männliche Bündel Wut, bar jeder Vorstellung, dass kochend heißer Kaffee als Waffe durchaus tauglich war.

Nicht einschätzbare Randalierer aus dem Milieu waren ihr täglich Brot. Man sah es diesen Typen schon von weitem an, was ihre Unberechenbarkeit fast berechenbar machte. Sie stanken häufig nach Drogen und Alkohol, Schweiß, Brutalität, Verzweiflung und Vergessen. Der polizeilich gut geschulte Verstand wusste hier blitzschnell seine Intuition zu Rate zu ziehen und zu reagieren. So war es normalerweise. Aber das hier war völlig anders.

Das war keiner aus dem Milieu, sondern lediglich ein normaler verzweifelter Mensch, der nach einem Kaffee griff. Vielleicht hatte er tatsächlich Durst und musste sich beruhigen. Das auf typische Ereignisse gut trainierte Gehirn der Polizistin kam sekundenlang einfach nicht klar. Für diese Situation gab es kein Regelwerk, das binnen kurzer Momente für sie abrufbar war.

Der brühend heiße Kaffee ergoss sich über die Bluse der jungen Frau. Sie schrie entsetzt auf, als das schwarze Nass sich mit einer Temperatur um die 87 Grad plötzlich auf ihr zartes Dekolleté ergoss. Ihre beißend brennende Haut bestätigte den geschätzten Hitzegrad blitzschnell ihrem Schmerzzentrum im Gehirn. Entsetzte Schreie waren die unvermeidliche Folge. Jetzt war aber Schluss mit lustig!

Jan Treblinksi, einen jungen und zielstrebig aufsteigenden Ermittlungsbeamten, hatte man in der Zwischenzeit zu Viktoria geschickt. Sie sollte zuerst ohne Beisein ihres Gatten über die Situation befragt werden. Danach würde man sie mit ins Präsidium nehmen. Vielleicht war es ihr möglich, sachlich aufzuklären und beruhigend auf ihren Mann einzuwirken. Noch war den Beamten und dem Polizeipsychologen völlig unklar, ob sie es mit einer spontanen Psychose eines unbescholtenen Bürgers zu tun hatten oder mit einem ernster zu nehmenden Psycho-Fall, der sich zu einer Bedrohung auswachsen könnte. In jedem Fall musste man diesen Menschen vor sich selbst schützen.

Der junge Ermittler konfrontierte Viktoria mit der Selbstanzeige ihres Gatten. Sie bekam einen Lachanfall. Das machte die attraktive Frau dieses merkwürdigen Mannes noch attraktiver. Plötzlich wurde Frau Sandhauser ernst. Es wäre geradezu absurd, einen Überfall auch nur in Erwägung zu ziehen. Dazu sei Karl aus vielen Gründen niemals in der Lage. Er brächte es ja nicht einmal fertig, die Brötchen beim Bäcker eine Stunde später zu bezahlen, wenn ihm ein paar Cent fehlten. Solch ein Mensch sollte einen Banküberfall begehen können? Viktoria verzog verächtlich die Lippen. Er sollte sich doch umschauen: Sie lebten in wirklich sehr guten Verhältnissen und ihr Mann hätte einen festen Job. Aber das wäre ihm ja sicher bekannt. Mal im Ernst, glaubte er tatsächlich, dies wäre das klassische Profil eines Bankräubers? Hätte er das etwa auf der Polizeiakademie gelernt?

Jan Treblinski war von der klugen und etwas ungestümen Rede durchaus beeindruckt. Was diese Frau sagte, hatte Hand und Fuß. Nichts, was hier auch nur ansatzweise den Anschein von krimineller Energie erweckt hätte. Und Jan hatte eine gute Nase für Täter. Davon war er selbst fest überzeugt. Durchaus auch einen Riecher für Täter in Nadelstreifen, die noch ganz andere Dinger drehten. Letzte Sicherheiten gab es natürlich nie, und alle Indizien mussten sauber geprüft werden. Der private Anteil seiner Person prüfte sich selbst und bemerkte, dass er dieser Frau gerne zuhörte. Sie hatte eine Art Temperament und Kampfeslust in ihrer Stimme, die irgendetwas in ihm auslösten. Irgendetwas Reizvolles, auf das er stand. Schade, dass solche Begegnungen unter solchen Umständen stattfinden mussten. Und noch viel bedauerlicher, dass dieses Vollblutweib offenbar nicht nur Mutter von drei Kindern war, sondern dazu auch noch ihren Mann liebte und eine standhafte Verteidigungsrede hielt. In festen Händen, in festen Verhältnissen. Wirklich sehr schade.

Urplötzlich wehte in Treblinskis Kopf ein Gedankenfetzen vorbei, den er an seinen ausgefransten Rändern gerade noch erhaschte, während er weiter mit Viktoria die Befragung durchführte. Er kam sich als frei lebender Single plötzlich mickrig und verlassen vor.

Ihr Mann wäre psychisch kerngesund, meinte seine Frau. Jedoch wäre aus ihm in den letzten Monaten wie aus dem Nichts heraus ein Spieler geworden. Treblinskis Augenbrauen wölbten sich. Nein, keiner von der pathologischen Sorte, konstatierte sie mit gehobener Stimme, damit es ja keine Missverständnisse gäbe. Ihr Mann wäre von jener seltenen Sorte, die nicht nur wusste, wann man aufhören sollte, sondern zudem von einer irrwitzigen Glückssträhne heimgesucht wurde. Wohlan! So ein Glück aber auch. Wirklich beneidenswert. Wann gäbe es das schon! Damit wiederum hatte sie Recht. Außerdem wäre diese Spielerei schon wieder Vergangenheit. Aha! Treblinskis Zweifel schienen sich zu bestätigen. So schnell also. Trotz der Gewinne.

Sie würde es fast bedauern, dass er ausgestiegen war, da das Spielen ja legal wäre. Und wenn er ihr nicht glaubte, bräuchte er doch nur die Bänder der Überwachungskameras in den umliegenden Kasinos zu sichten. Es wäre ja geradezu unvermeidlich, dass er darauf zu sehen war. So was täte die Polizei doch immer. Sichten, alles sichten. Überall diese Kameras. Also in den Freitagabend-Krimis jedenfalls würde das immer so dargestellt. Immer und überall Überwachungen. Und überhaupt wäre man doch schon längst in einem totalen Überwachungsstaat. Ob er das nicht auch fände. Selbst, wenn er als Polizist da rein beruflich voreingenommen wäre. Also, so ganz allgemein gesprochen, politisch und so. Ob er verstehe, was sie meinte. Alles hätte doch auch eine politische Dimension. Da ginge doch kein Weg dran vorbei. Man müsse die Dinge nur einmal konsequent zu Ende denken. Überhaupt läge das Desaster der Welt am nicht ausreichend gründlichen Denken. Oder ob er das anders sehe? Und Glücksspiel wäre ja nicht nur legal, sondern würde doch staatlich betrieben. Steuereinnahmen! Letztlich würde auch sein Kommissarsgehalt davon bezahlt. Ob er sich das denn eigentlich mal klar gemacht hätte? Ihr Mann sorgte sozusagen in besonderer Weise für die Sicherheit seiner Beamtenbezüge. Insofern würde gerade er doch besonders viel für Polizisten tun, ganz legal. Und voll cash.

Jan Treblinski holte tief Luft. Er hoffte, damit zugleich Viktorias Lungen zu füllen, die doch komplett leer sein mussten, so wie dieses Stakkato von Argumenten über ihn hereinbrach. Aber sie redete immer weiter, so dass es ihm vorkam, als wäre er nun der Verhörte und Viktoria nähme ihn ordentlich in die Zange. Unter anderen Umständen durchaus eine reizvolle Vorstellung, hier jedoch unangebracht bis gefährlich. Er musste seine Sinne zusammenhalten. Was war nur los mit ihm?

Jetzt erwähnte sie die Schlafstörungen ihres Gatten, die zwar mit seiner sonstigen Gesundheit nichts zu tun hätten, ihr aber schon seit einiger Zeit Sorgen machten. Auch wäre nach dem Überfall in der Bank für ihn alles anders geworden, was man sich ja nun auch leicht vorstellen könne. Er könne sich das doch wohl leicht vorstellen!? Eine fast drohende Nachfrage, die Jan sicherheitshalber schnell mit Kopfnicken beantwortete. Ihr Mann wäre mit den vielen Eindrücken der letzten Monate, der Glückssträhne, dem Überfall auf der Arbeit, dem häuslichen Alltagsstress mit den drei Kindern einfach überfordert gewesen und lediglich einem ganz natürlichen und quasi unvermeidlichen Überlastungssyndrom anheimgefallen. Er wäre in einer kleinen Lebenskrise und bräuchte vermutlich nur Urlaub und Ruhe. Nur so wäre sein Wunsch nach Verhaftung zu deuten. Eine reine Projektion. Sie kenne sich aus mit Projektion. Ihre Freundinnen litten auch darunter. Abwehrmechanismen. Nicht nur gegen die Männer. Nein, schlimmer, gegen sich selbst. Das wäre das Ärgste. Oh, die Projektionen, wenn sie unerkannt blieben! Dann würde es gefährlich. Und die Nerven! Ob er sich auch mit den Nerven auskenne? Überall gab es Paranoia. Das musste ihm doch schon aufgefallen sein. Er käme doch viel rum. Aber sie wolle sich hier und jetzt erst mal kurz fassen. Im Präsidium könne sie ihm gern ausführlich Auskunft geben. Und er solle sich doch jetzt endlich einmal dazu äußern. Er schweige und schweige. Das käme ihr ja schon wie ein Verhör vor. Warum er denn überhaupt nichts sage?

Oh, diese Frau! Welch ein Weib, welch eine Kanaille und Kämpferin! So würde er auch einmal gerne geliebt werden. Dafür lohnte sich tatsächlich ein Verbrechen. Soweit seine rechte Hirnhälfte. Seine linke dachte: Alles, was die Schöne hier schildert, klingt glaubwürdig. Unabhängig davon, dass sie ein wenig gaga ist. Ihre Attraktivität schmälerte dies keinesfalls, wenngleich ihr Wesen auf Anstrengung hindeutete. Vielleicht war alles viel einfacher als gedacht! Ein spontaner psychotischer Ausraster eines überlasteten Angestellten in einer komplex und anstrengend gewordenen Welt.

Vermutlich würde man diesen Fall schnell abschließen können. Eigentlich schade. Dann würde er auch Frau Sandhauser nicht mehr sehen. Aber so war das Leben.

Jan bat Viktoria mit aufs Präsidium und machte ihr Hoffnung, dass durch ihre Aussagen, die sie aber nochmals schriftlich zu Protokoll geben müsste, eventuell ihr Mann sogar direkt entlassen werden könnte. Er glaubte nicht, dass er dem Haftrichter vorgeführt würde, obschon seine Selbstanzeige ein schwerwiegendes Vergehen beinhalten würde.

5.

Karl wurde überwältigt und man ging nicht zimperlich mit ihm um. Er lag keuchend, verschwitzt und mit zerzaustem Haar auf dem Boden und hatte Handschellen an, als ein Paar ihm sehr bekannte knallrote Pumps vor die Augen kamen. Sein Blick wanderte an schlanken Beinen entlang nach oben. Dann starrte er in die entsetzt aufgerissenen Augen von Viktoria.

Was um Himmels Willen war hier eigentlich los? Auch ohne die Frage verbalisieren zu müssen, stand sie wie ein großes Fragezeichen in Viktorias Augen. Was immer auch los war, es war grässlich. Karl strampelte hilflos wie ein Käfer, was der gesamten Situation etwas Peinliches gab, wäre da nicht diese stöhnende Frau mit aufgerissener Bluse am Waschbecken. Sie sah, wie sich in aller Öffentlichkeit drei Polizisten an ihrem Oberkörper zu schaffen machten, was Viktorias Sinne für den Augenblick überforderte. Diese Situation wirkte weder eindeutig noch zweideutig auf sie, sondern einzig undeutbar, was das unausgesprochene Fragezeichen auf ihrem Gesicht kursiv unterstrich.

Sekunden später wurde Viktoria von hinten fast umgerannt, als vier Sanitäter sich der Sache mit dem Oberkörper der halbentblößten Frau annahmen, die ein merkwürdiges Stöhnen von sich gab. War sie in eine interne obsessive Situation bei der Polizei hineingeraten? Gab es so etwas hier auf diesem Präsidium? War Karl am Ende Zeuge einer versuchten Vergewaltigung geworden und man wollte ihn jetzt mundtot machen? Was hatte er gesehen, das er nicht hätte sehen sollen? Man wusste doch, dass die armen jungen Dinger unter den männlichen Polizeikollegen einen schweren Stand hatten.

Inzwischen kümmerten sich zwei Polizisten um den immer noch strampelnden Karl, den sie vom Boden aufklaubten wie einen faulen Apfel. Die beiden Sanitäter wiederum verdrängten die Schar der Polizisten um das Busenzentrum der jungen Kollegin, öffneten ihre Koffer und begannen ihr christliches Werk. Die tiefen Seufzer der Frau durchstießen die Stille im Raum, und kein barmherziges Klingeln der sonst nie stillstehenden Telefone erlöste sie.

Karl wurde abgeführt und in einem Auto fortgebracht. Aber wieso war der Wagen nicht blau, sondern weiß? Und wieso waren die Ausnüchterungszellen nicht hier im Präsidium, falls man annahm, dass Alkohol im Spiel war?

Viktoria war schon während der Fahrt mit dem netten jungen Beamten klar gewesen, dass hier Einiges nicht stimmte. Sie war mit der Gewissheit aufs Präsidium gekommen, mit ihrer Aussage die Sache kurzerhand klären zu können und ihren Karl mit nach Hause zu nehmen. Und nun dieses Desaster!

Hatte Karl am Ende etwa die Frau tätlich angegriffen und irgendwie nach ihrem Busen gegrabscht? Das war doch nicht Karls Stil! Aber einen nicht begangenen Banküberfall zu gestehen, ebenfalls nicht. Alkoholische Exzesse waren ihm immer zuwider gewesen. Also blieben nur Drogen. Irgendeiner seiner neidischen Bankkollegen musste ihm etwas in den Morgenkaffee gemischt haben. Und dann musste irgendetwas passiert sein, was ihn ins Präsidium geführt hatte. Es gab keine andere Erklärung. An die, die sie schnippisch und schnell dem sehr netten Beamten gegeben hatte, glaubte sie ja nicht wirklich. Das mit der psychischen Belastung war doch nur eine taktische Ausrede von ihr. Ihr Karl war kerngesund. Er hatte doch sie! Seelsorgerin, Hausärztin, Gespielin und Mutter seiner begabten Nachkommen. Karl war mitnichten in einer Midlifecrisis, sondern im Gegenteil in einer enormen Glückssträhne. Die Polizei war dabei, durch schiere Überreaktion ihr Leben zu zerstören. Wie war noch der Name des freundlichen Polizisten? An ihn würde sie sich wenden. Er konnte gut zuhören. Und endlich mal einer, der sie ausreden ließ!

Als sie von Jan Treblinski zwecks Protokollierung ihrer Aussagen vernommen wurde, hatte sie das Gefühl, von ihm sehr wohlwollend und äußerst zuvorkommend behandelt zu werden. Ihr Mann, so sagte er ihr, wäre vorübergehend in der Psychiatrie, wo man ihn gründlich untersuche. Dann würde man weitersehen. Er hätte mit heißem Kaffee einen tätlichen Angriff auf die junge Beamtin ausgeführt. Sie läge nun mit Verbrennungen zweiten Grades im Krankenhaus. Keine lebensgefährliche, aber eine sehr schmerzhafte Verletzung für die Kollegin, die ihr Mann wohl juristisch zu verantworten hätte – falls man ihn nicht für unzurechnungsfähig erklärte.

Viktoria, die ewige Siegerin, begann die Fassung zu verlieren und weinte leise. Der junge Beamte sah ihr schweigend zu, stand dann auf, ging um den Schreibtisch herum auf sie zu und legte tröstend seine Arme um sie. Diese Berührung jedoch erschütterte sie erst recht, und sie begann hemmungslos zu schluchzen.

6.

Karl wurde zunächst durch Medikamente ruhig gestellt. Sein Einzelzimmer in warmen Farben war nicht nur sonnendurchflutet, sondern bot zugleich einen freien Blick auf einen wunderbaren alten Park. Die Pfleger und Ärzte waren freundlich zu ihm. Vielleicht auch verordnet freundlich. Man konnte seinen eigenen Urteilen in solchen Anstalten ja nicht wirklich trauen. Viktoria brachte ihm am nächsten Tag Kleidung, einen dicken Packen Papier und Stifte, Bücher, Zeitschriften und dicke Küsse von den irritierten und etwas verängstigten Kindern zu Hause.

Sie hatte ihnen noch nicht das ganze Ausmaß der Ereignisse geschildert. Aber sie fühlten, dass da noch mehr sein musste, als das, was man ihnen sagte. Nathan meinte, scheinbar cool, der Alte solle in der Klapse einfach mal ein wenig rumchillen, das würde ihm sicher guttun. Und Mikosch pfefferte, leiser als sonst, dazwischen, dass er es voll krass fände, dass Papa einen Bankraub gestehen würde, den er gar nicht begangen hatte. Das wäre echt mal 'ne Neuigkeit für seine Freunde. Aber Viktoria verbot ihm, das jetzt weiterzutragen. Es würde sich hier um eine sehr ernste Sache handeln, und die Situation wäre schon schwierig genug.

Karls Erinnerungen an die gestrigen Vorkommnisse lagen hinter einer dichten Nebelwand. Bilder stiegen auf, vermischten sich mit Szenen, die er nicht zuordnen konnte. Es musste an den Spritzen liegen, die man ihm gab. Bei all dem fühlte er sich nicht schlecht. Nur müde und benommen war er.

Da waren Gespräche, fremde Menschen, schreiende Polizisten. Einmal sah er eine rote Bluse, über die weißer Kaffee lief. Und dabei lachte eine junge Frau. Dann regnete es Papiere auf die Straße und Viktoria sah ihn ganz böse an. Er wusste nicht wirklich, was los war, ahnte nur, dass all diese merkwürdigen Bilder mit einem gescheiterten Plan zu tun haben könnten. Nach einer kurzen Zeit fiel er wieder in traumlosen Schlaf.

Ein Pfleger weckte ihn und brachte das Essen. Karl war froh, es in seinem Zimmer einnehmen zu dürfen. Die Gesellschaft fremder Menschen wäre ihm im Moment unerträglich gewesen. Er konnte sich selbst so viele Menschen sein, wie er nur wollte. Sein altes Spiel, das er schon bei seinen Hüttenträumen und früher als Kind gespielt hatte. Er war, was er fühlte. Mit der Vorstellung, ein Afrikaner oder ein Chinese zu sein, ließ sich die Form seiner Lippen oder die Augenstellung von einem Augenblick zum anderen verändern. Er konnte sich die jeweilige Menschengattung bis in die feinsten Nuancen der Hautbeschaffenheit und des Teints fühlbar machen. Diese wunderbare Magie beschäftigte ihn im Moment besonders intensiv.

Der Pfleger kam wieder herein und sah, dass er das Essen nicht angerührt hatte und offenbar schon wieder eingeschlafen war.

Für den Pfleger Sven war dies eine alltägliche Situation, vor allem dann, wenn sediert werden musste und diese Menschen vorher clean waren. Da wirkte alles im Organismus noch stärker und Appetit war in der Regel das letzte, was man in dieser Phase hatte. Der Appetit kam bei der Gesundwerdung. Und dann häufig in einem fast beängstigenden Maße. Karl hörte eine Stimme seinen Namen sprechen, öffnete die Augen, sah einen freundlichen Jüngling mit einem blonden Pferdeschwanz. Dann glitt er zurück in seine soeben neu erschaffene Menschheit. Dort hatte er gerade Wichtiges zu tun, und der Pfleger aus der anderen Welt sollte sein eigenes Werk weiter verrichten. Mit einer schwachen Geste der rechten Hand winkte er ihn freundlich von dannen, in der Art, wie Könige dies mit ihren Bediensteten tun. Dass Sven mit dem Tablett leise verschwand und die Tür verriegelte, bekam Karl nicht mehr mit. Er hatte gerade ein neues Amt als Häuptling der Cayuse übernommen, einem Volksstamm der Penutis im wilden, wenig frequentierten Teil der Rockys.

Ein anderes Mal kam die Sonne Karl besuchen. Sie hüpfte an der rechten Seite des Fensters herein auf den Stuhl. Dabei federte sie leicht ab und sprang direkt vor seine Füße. Sie war 15 Zentimeter groß. Dann plusterte sie sich auf, bis sie so breit war wie das ganze Bett. Wollte sie damit etwa angeben? Sie war jetzt zirka 1,80 m groß. So ungefähr wie er, wenn er keine Schuhe anhatte. Karl lag ganz still und blinzelte. Er merkte, dass sie etwas vorhatte. Einfach nur so in seinem Zimmer herumzuscheinen, schien ihr nicht zu genügen. Wie von Zauberhand hob sie langsam die Bettdecke am Fußende hoch und wärmte seine kalt gewordenen Fußsohlen und kitzelte sie dabei. Das war wunderschön. Karl wollte sich bedanken, aber seine Augenlider fielen zu. Als Karl wieder wach wurde, war es dunkel. Es klopfte an der Tür. Sven kam mit Saft, Obst und Medikamenten. Karl war alles recht, und er griff zu. Hier war es schön. Hier wollte er bleiben. Am besten sollte ihn nur niemand ansprechen. Sven sprach nicht viel, das machte ihn sehr sympathisch. Er lächelte nur und half ihm zur Toilette. Ob er Gedanken lesen konnte? Nach dem Toilettengang war Karl erschöpft und schlief wieder ein.

Dann war die Sonne wieder da. Diesmal schien sie ordentlich durchs Fenster und benahm sich wie die Sonne, die die meisten Menschen kennen. Sie stand am Firmament und wanderte sehr gemächlich um die Erde herum. Zumindest hatten das die Menschen im Mittelalter geglaubt, bis man herausfand, dass alles ein immerwährendes Drehen und Fließen war. Selbst die sogenannten Fixsterne waren da keine Ausnahme, wenn man sie nur lange genug beobachtete. Wenn sich aber alles um alles und zugleich um sich selbst dreht, war es doch kein Wunder, dass viele Menschen durchdrehten. Es lag vermutlich allein an dieser kosmischen Gesetzmäßigkeit des zwanghaften Drehimpulses, dass es so schöne Kliniken wie diese gab. Vielleicht war er auch durchgedreht. Er wusste es nicht. Aber hier zu sein, war schön. Das erlebte er. Was man erlebt, muss man nicht noch zusätzlich erklären.

Karl hatte Durst und bediente sich an Tee und Säften. Hier war man fürstlich versorgt.

Seine Gedanken waren nicht mehr ganz so trübe und er erinnerte sich nach und nach, wo und warum er hier war. Er versuchte sich auch daran zu erinnern, ob Viktoria ihn hier schon einmal besucht hatte, und wie viel Zeit überhaupt vergangen war, seit ihm im Polizeipräsidium so schlecht geworden war. All diese Ereignisse bekam er nicht mehr ordentlich sortiert. Man würde ihm sicher dabei helfen, alles zu rekonstruieren. Was er als Einziges ganz klar wusste, war, dass er zum Schreiben ins Gefängnis gewollt, einen Überfall erfolgreich durchgeführt und es geschafft hatte, das Geld für die Familie sorgsam anzulegen. Hier waren die Erinnerungen völlig ungetrübt. Was ihm fehlte, war nur das kleine Stück zwischen einer im Zimmer herumhüpfenden Sonne und der Übelkeit im Präsidium, als er am Boden lag. Wie und warum er dort lag, wusste er nicht mehr. Totaler Blackout. Eine gänzlich neue Erfahrung, die mit in seine Werken einfließen würde. Eine spannende Filmriss-Geschichte. Aber erst einmal musste er einen klaren Kopf bekommen. Er fühlte sich zwar schon ein wenig besser, aber immer noch schwach.

Erstmalig sah er sich genauer in seinem Krankenzimmer um. Dabei schweifte sein Blick über die Äste mächtiger Bäume, die nach seinem Fenster zu greifen schienen. Im Stil eines englischen Landschaftsparks hatte ein Gartenkünstler eine wunderschöne Anlage geschaffen. Die Bäume standen friedlich herum wie Wächter, die auf ihre kleinen dummen Menschenkinder aufpassten. Eine ältere Dame saß allein auf einer der Parkbänke. Karl bemerkte, dass sie die Lippen bewegte. Hin und wieder sprach sie zu jemandem, der aber für Karl nicht sichtbar war. Ob sie mit sich selber sprach oder ob sie wie er die Fähigkeit hatte, sich nach Belieben eine eigene Menschheit zu erschaffen, wusste Karl nicht. Aber es war faszinierend, und so unglaublich natürlich. Ein Mensch, der zu sich selber sprach oder zu einem Unsichtbaren. Karl verstand das sehr gut. Auch er war manchmal viele. In einer Ecke des Parks standen zwei Raucher. Einer war jung, um die zwanzig. Der andere war fast doppelt so alt. Sie rauchten schweigend. Da also waren zwei, die hätten sprechen können, aber es nicht taten. Zwei, die niemand waren? Die kein Gespräch suchten, obschon sie doch zwei Münder hatten? So merkwürdig war die Welt gestrickt.

Zwei Frauen in unbestimmbarem Alter hatten sich untergehakt und gingen spazieren. Die eine führte die andere und sprach immerzu weiter auf sie ein. Und diese nickte hin und wieder und schaute zu Boden. Sie schienen gar keinen Blick für die Schönheit dieses Parks zu haben. Auch hatte man als Beobachter ein wenig das Gefühl, dass die andere nicht zu Wort kam, selbst wenn sie das Bedürfnis danach gehabt hätte. Hin und wieder nickte sie und ließ sich weiter führen, als könne sie nicht alleine gehen. Aber das glaubte Karl nicht wirklich. Ihre Führerin war augenscheinlich stark und dominant. Vielleicht eine gesunde Freundin auf Besuch bei einer Patientin? Oder waren sie beide Patientinnen? Vielleicht würde er es irgendwann herausfinden. Jedenfalls wollte er hierbleiben. Möglichst fünf Jahre. Hier war es wirklich schön.

Es klopfte. Karl erschrak. Er war so in die Parkszenerie vertieft, dass er seine eigene Anwesenheit vollkommen vergessen hatte. Als hätte er durch ein Schlüsselloch in eine fremde Welt geschaut, die ihn persönlich nicht das Geringste anging, jedoch eine fesselnde Wirkung auf ihn ausübte. Das Geräusch an der Tür machte ihm schlagartig bewusst, dass er hier in der Psychiatrie war, und dass es gerade klopfte. Daraus war zu schließen, dass jemand etwas von ihm wollte und gleich vor ihm stehen würde. Alles ging noch langsam in seinem Kopf vonstatten. Das Öffnen der Tür erfolgte von außen, weil er ja in der geschlossenen Abteilung war. Oder irrte er? Er hatte es ja noch nicht einmal probiert, ob er sie auch von innen hätte öffnen können.

Sven stand wieder vor ihm. Den Namen hatte er erstaunlicherweise behalten können. Vermutlich weil der Junge so sympathisch war und kaum ein Wort verlor. Außerdem war der Name in blauer Schrift auf den weißen Kittel gestickt. Sven Langner. Sven. Sven hatte sich ihm wohl schon mehrfach vorgestellt, wie Karl sich zu erinnern meinte. Vermutlich sprach man sich hier mit Vornamen an. Für die Ärzte würde das aber sicher nicht gelten. Sven hatte das Blutdruckmessgerät in der einen Hand. Mit der anderen bugsierte er seinen Medikamentenbauchladen, und er hatte offenbar gute Laune. Er informierte Karl darüber, dass in einer halben Stunde für ihn die erste große Arztvisite anstand, wo man auch das erste intensive Gespräch mit ihm führen wollte. Ob er sich dem gewachsen fühle. Das wusste Karl nicht. Er hatte keine Lust zu Sprechen. Er wollte nichts wissen. Eigentlich wollte er nur schön versorgt in diesem hellen Zimmer mit Blick auf den Park bleiben. Er wollte von hüpfenden Sonnen träumen und sich nicht rechtfertigen müssen. Und er mochte auch weiter die Spaziergänger beobachten dürfen. Hier oben aus dem Zimmer. Nicht zu nah. Er wünschte, Sven würde wieder gehen und ihn hier einriegeln. Aber das sagte er nicht. Das dachte er nur, während Sven seine guten Blutdruckwerte bestätigte. Keine Zigaretten, kein Alkohol, Normalgewicht – wo sollten auch schlechte Körperwerte herkommen. Mit der seelischen Gesundheit würde man sehen. Was das anging, war Karl insofern unsicher, da ihm entscheidende Informationen fehlten, und auf seine Erinnerungsfähigkeit derzeit tatsächlich kein Verlass war.

Auf dem Weg zum Arztzimmer stieg plötzlich Panik in ihm hoch. Was, wenn er hier nur einige wenige Tage verbringen durfte und dann wieder nach Hause entlassen würde? Eine Horrorvorstellung nach allem, was er in den letzten Monaten durchgemacht hatte. Er wollte nicht mehr zurück. Nicht mehr zu seiner Familie und erst recht nicht mehr in die ihm unerträglich gewordene Bank. Er hatte doch nun wirklich alles getan und vorgesorgt. Sie mussten doch auch ohne ihn klarkommen können. Die Einzelheiten der finanziellen Versorgung konnte er aus dem Effeff abspulen, und musste dies auch immer wieder zwanghaft tun, um sich selbst zu beruhigen. Sie waren versorgt! Er durfte gehen! Er konnte auf keinen Fall zu ihnen zurück. Das hieß, so folgerte er schnell, bevor er das Arztzimmer betrat: Ich muss ein so *braver* Patient sein, dass ich hier nicht negativ auffalle. Ich muss aber auch ein so *kranker* Patient sein, dass sie mich nicht rausschmeißen können! Keine komischen Dinger. Nur nicht auffallen. Schön krank bleiben. Unauffällig und krank. Solange es geht.

Das Arztgespräch gestaltete sich einfacher als er befürchtet hatte. Er musste nicht viel reden. Nach der ärztlichen Hauptuntersuchung, die auch gute Herzwerte, intakte Hirnströme und die Blutwerte als unauffällig bestätigte, kam der psychiatrische Teil, der sich heute nur auf die Befragung nach den Vorkommnissen im Präsidium beschränkte. Aber dazu konnte Karl nichts sagen. Er durfte schweigen. Das tat ihm gut. Der behandelnde Arzt erzählte ihm in knappen Worten das Wesentliche. Er hatte also einen Überfall gestanden, den er laut Polizei aber nicht begangen hatte. Hier lag schon mal ein Fehler, wie Karl sofort realisierte. Aber er hielt seinen Mund. Dann hatte er im Präsidium randaliert und unter anderem Akten aus dem Fenster auf die belebte Straße geworfen. Dann hatte er eine junge Polizistin mit frisch gekochtem Kaffee verbrüht. Davon wusste Karl überhaupt nichts und er zweifelte es an. Warum sollte er denn so etwas tun? Was hatte er mit einer jungen Polizistin zu schaffen? Kaffee als Bedrohung und Waffe wäre ihm vermutlich nicht mal in seiner kühnsten Fantasie eingefallen. Aber warum sollten die Ärzte lügen?

Nach ihren Worten hatte man ihn überwältigen müssen, wobei er sich erbrochen hätte. Vermutlich aus der inneren Stresssituation heraus. Daraufhin wäre er dann in die Klinik gebracht worden, wo er die letzten drei Tage mehr oder weniger schlafend verbracht hätte. Zweimal wäre seine Frau ihn schon besuchen gekommen, er wäre aber wegen der Medikamente immer wieder eingeschlafen. Jetzt jedoch kämen seine Vitalkräfte wieder und man könnte mit der Behandlung langsam beginnen. Man würde ihm aber etwas Zeit lassen, da Verdrängungen in psychotischen Krisen bekanntermaßen sehr tief reichen konnten.

Das war's. Karl wurde von Sven zurück ins Zimmer geführt. Sven erklärte ihm, dass er das Zimmer jederzeit verlassen konnte, wenn er gern im Flur spazieren gehen wollte. Er wäre zwar noch in der geschlossenen Abteilung, aber es gäbe auch hier ein Besucherzimmer sowie einen Fernseh- und Aufenthaltsraum. All das konnte er nutzen, wenn ihm danach war. Er bekam eine Liste zur Menüwahl für die nächsten Tage und kam sich vor wie in einem guten Hotel. Nichts fehlte ihm. Bis auf eines: Die Gewissheit, wie lange er bleiben dürfte. Aber danach wollte er jetzt noch nicht fragen, damit gar nicht erst der Eindruck aufkam, er würde sofort entlassen werden wollen, und sie ihn am Ende dann tatsächlich heimschickten. Nicht auffallen! – Und kalkuliert krank sein! Das war die einzig kluge Strategie, wie ihm schien.

Nach dem Mittagessen wurde Karl immer sehr müde. Diesmal störte die Sonne und er zog die dunklen Vorhänge zu. Das Zwielicht war schön und geheimnisvoll. Es brachte ihn in eine ruhige Stimmung, die in Verbindung mit den Medikamenten ein nie gekanntes Wohlempfinden auslöste. Er träumte von einer Krankenschwester in engen weißen Jeans. Dann träumte er von einem Bach und einer Bäckerei, aus der es hervorragend duftete. Zwischendurch tauchte Mikosch auf und schrie seine neuesten Errungenschaften durchs Wohnzimmer, damit ein jeder hörte, was er so drauf hatte. Die Worte Hirnblähung, horizontal und Hummeltitten kamen dabei mehrfach vor.

Dann tauchten rote Pumps in seinen Träumen auf und Polizisten, die sich offenbar im Büro an einer Polizistin vergingen. Dann träumte er, es klopfe an der Tür. Hier stockte der Traum. Es klopfte tatsächlich. Dreimal, viermal. Er wurde wach und realisierte, dass das Klopfen kein Traum war, sondern ihn vermutlich geweckt hatte. Noch ehe er aufstehen konnte, ging die Zimmertür von außen auf und Viktoria kam herein. Sie ging behutsam und leise, als würde er noch schlafen und dürfe nicht geweckt werden. Aber Karl hob seine Hand und gab ihr ein Zeichen.

Zwischen Halbschlaf und leichter Benommenheit gelang ihm ein Lächeln, das von Viktorias schönem und leicht traurigem Gesicht herzlich erwidert wurde. Sie drückte ihm einen Kuss auf die Stirn und dann auf die Lippen. Mein Gott, hatte er eine wunderbare Frau! Aber küssen mochte er sie jetzt eigentlich nicht. Ein Bild von einem Weib! Eigentlich viel zu schade für einen einzigen Mann. Reinste Verschwendung. Viktoria sprach leise und fragte nach seinem Wohlbefinden. Karl hatte aber keine Lust zu sprechen. Er wollte nur schlafen und träumen. Von einer Viktoria, die so schön war wie diese und dabei einfach den Mund hielt. Aber Viktoria blieb eisern am Bett stehen und wollte ihm partout mal wieder Gutes tun.

Mit wenigen Worten bedeutete Karl ihr, dass sie den Part des Erzählens übernehmen müsse. Er wäre noch zu schwach zum sprechen. Sie möge bitte verstehen. Das alles sprach er so schwach und erbärmlich abgehackt, als wäre er voll zugedröhnt. Er hasste sich für diese maßlose Übertreibung. Was seine innere Kraft anging, so entsprach es dennoch der Wahrheit.

Viktoria erzählte von den Kindern, von der Schule und überbrachte die Grüße einiger Kollegen. Sie erwähnte nichts von den Vorfällen, was ihm sehr lieb war. Die Schilderung des Arztes hatte ihn doch sehr verunsichert. Aber diese angeblichen Tatsachen tauchten nicht einmal als Erinnerungsbilder in ihm auf. Ja, man behauptete etwas. Vielleicht war es auch die Wahrheit. Aber er hatte keinen Bezug dazu. Er sah sich in diesen Bildern einfach nicht. Es hatte fast den Anschein einer Realitätsverschiebung. Als wäre irgendetwas in einer parallelen Realität passiert und die Raumzeitkoordinaten wären aus dem Ruder gelaufen. In dem Fall würde man jetzt ihm die Sache anhängen, nur weil irgendein Mensch keinen vernünftigen Bezug zum Hyperraum hatte. Das konnte ja heiter werden. Karl, der Hierseiende, hätte dann womöglich auf Dauer ein Problem mit derlei Merkwürdigkeiten. Im Hyperraum dagegen, war er sich sicher, wäre er der Lachende und die anderen hätten massive Schwierigkeiten.

Viktoria spürte sein Befinden und ließ ihn nach kurzer Zeit in Ruhe. Sie fühlte seine Dankbarkeit, dass er sie nicht hatte hinausbitten müssen.

Hier trat das Dreamteam einer eingespielten alten Partnerschaft zum Vorschein. Die Wünsche des Partners wurden berücksichtigt, ohne dass sie ausdrücklich erbeten werden mussten. Solche Feinheiten im wortlosen Miteinander ergaben sich nach Jahren langer Zweisamkeit, in friedlichen und kriegerischen Auseinandersetzungen, in Zeiten von Harmonie und Mordgelüsten. Hatte man all das gemeinsam überlebt, war die Sensibilität für die Wünsche des Partners auch während einer akuten Psychose in der Psychiatrie auf ein hohes Niveau angewachsen und hatte gute Chance, ihren heilenden Charme zu verbreiten.

Viktoria bemühte sich um einen Termin beim behandelnden Arzt und erfuhr, dass man zu Karls psychischer Befindlichkeit noch nicht wirklich etwas sagen konnte. Es bräuchte eine Zeit der Beobachtung. Entscheidend für die Heilung wäre vor allem die Erinnerung des Patienten. Ohne Erinnerung könne nichts bewusst aufgearbeitet werden. Zudem drohten ja auch noch strafrechtliche Maßnahmen wegen seiner Tätlichkeiten. Alles schien auf einen typischen Fall einer spontanen Überlastungspsychose hinzudeuten. Vermutlich käme Unzurechnungsfähigkeit infrage, die im BGB unter § 827 Ausschluss und Minderung der Verantwortlichkeit geregelt wäre. All das müsste man sorgfältig prüfen. Man hielte jedoch ihre Besuche für sehr wichtig und würde sie und die Kinder eventuell nach genauerer Diagnosestellung auch gerne in die Therapie mit einbeziehen. Da käme man aber noch auf sie zu.

Viktoria ging erleichtert aus dem Arztgespräch. Karl würde sehr schnell gesunden, wenn man sie mit einbezog. Sie glaubte zu wissen, was er brauchte: Ihre Stärke und Zuversicht, ihren festen Glauben an ihn und die ganze Familie. Das würde ihn wieder auf die Beine bringen. Sie war dankbar, dass Karl die Therapie nicht alleine machen musste. Weiß der Himmel, was Männern so einfiel, wenn sie erst einmal loslegten. Vermutlich verhedderten sie sich in ihren eigenen Gedanken und redeten wirres Zeug daher. Und den Psychologen war doch erst recht nicht zu trauen! Die steckten doch selbst im Schubladendenken fest und stellten oft allzu leichtfertig ihre Vordiagnosen, sei es aus unbewusster Hybris oder arroganter Besserwisserei. Und dann nahm alles seinen tragischen Gang. Der Patient wurde in suggestiver Weise befragt, nach seinen Wünschen und Mängeln und Sehnsüchten, die nur auf eines hinausliefen: nämlich dass der Psychologe sich selbst stolz auf die Schulter klopfen konnte. Hatte er es doch von vornherein gewusst! Ein klassischer Fall.

Ein Glück, dass sie das Schlimmste nun zu verhindern wüsste. Karl hatte eine Krise. Na und? Ein lächerlicher Ausraster. Ja, wenn schon! Ansonsten war er doch kerngesund. Die Sache war viel einfacher, als sie es darstellten. Aber das würde sie so nicht sagen dürfen. Viktoria wusste, was zu tun war.

Karl wusste es auch. Aber in ganz anderer Hinsicht. Ihn interessierte das alles nicht. Er lebte jetzt in einer neuen Welt und begann, seine nähere Umgebung zu erforschen. Er sah seine Lieblingsbücher auf dem Tisch gestapelt und freute sich, bald darin lesen zu können. Viktoria wusste um seine

Neigung, mehrere Bücher parallel zu lesen. Sie hatte sein Schreibzeug mitgebracht und Papier. Die Wäsche war ordentlich eingeräumt und sie hatte nichts vergessen. Bisher hatte er all das nicht registriert und in einem raumlosen Raum mit einem automatisch funktionierenden Körper gelebt. Jener leistete den Anweisungen des Pflegers ebenso brav Folge wie den Bedürfnissen seines Verdauungsapparates, der Lunge oder einer schreibwilligen Hand. Die Seele befand sich dabei in anderen Regionen und führte dort ein anderes Leben mit vielen Menschen. Dass es hier auch viele Menschen gab, sogar welche aus Fleisch und Blut, interessierte ihn nicht. Er brauchte keine Unterhaltung oder gar Trost von anderen. Er hatte keinen Kummer. Dafür aber Hunger. Sein gesunder Appetit kehrte zurück.

Sven löste sich wechselweise mit einer Krankenschwester und einem weiteren Pfleger ab. Die Zweiteilung von Tag und Nacht wurde so zu drei personell unterschiedlich besetzten Einheiten. Zwei Männer plus eine Frau in engen weißen Jeans. So wie er sie im Traum gesehen hatte. Vielleicht hatte er sie aber auch real gesehen und dies für einen Traum gehalten. Er wusste nur wenig über die diversen Anschauungen zu Traum und Realität. Jedoch hatte er davon gehört, dass es hier offenbar auch Umkehrprozesse gab, Spiegelwelten, Schattenwelten und vieles mehr. Es gab nicht wenige Menschen, die schon immer behauptet hatten, dass das menschliche Leben der Traum eines anderen Traumes sei. Oder dass der menschliche Traum der Traum eines sehr realen hellwachen Wesens sei, dass den Menschen träumt, während der Mensch von sich selbst träumt und sich dabei viele Gestalten gibt. Das täte er, um sich selbst nicht erkennen zu müssen, aber sich dennoch mit dem eigenen Problem auseinanderzusetzen. War das eine komplizierte Sache! Aber irgendwie verstand er sie auch. Sie hörte sich vertrackter an, als es der Fall war. Der nächtliche Traum war eine höhere Realität, während die Menschen im schnöden Alltag das eigene Leben verpennten. Oder so ähnlich.

Nicht nur die Aborigines, so erinnerte er sich jetzt, lebten mit solchen Umkehrschlüssen, sondern eine ganze Reihe von Menschen in allen Kulturen. Insofern waren die Bildverschiebungen einer realen oder geträumten oder zweifachen Krankenschwester mit engen weißen Jeans im Grunde vermutlich beide richtig. Sicherheitshalber gab Karl dieser Idee noch drei weitere Seins-Möglichkeiten, deren genaue Zuordnung er zu einem späteren Zeitpunkt beschließen würde. Seine persönliche Skala in Bezug auf alternative Möglichkeiten war nach oben ebenso offen wie bei den Erdbeben. Nicht auszuschließen, dass beide sogar den gleichen Ursprung hatten.

Alle Welten schienen sich so zu durchdringen, dass es keine wirkliche Grenze gab. Die Grenzenlosigkeit des Seins als ein Hyperraum, der in reinem Geist mündete. Was immer Geist auch sein mochte. Nicht einmal Elektrizität wurde ja verstanden. Nur die Auswirkung davon kannte man. So war es auch mit dem Geist und den Schichtwelten, wie Karl sie sich vorstellte.

Die Hyperraumtheorien waren ein Forschungsfeld, für das Karl sich schon seit Jahren begeisterte und das er in seine Werke mit einbauen würde, falls er je zum kontinuierlichen Schreiben käme. War jetzt der Gordische Knoten geplatzt und das Schicksal hatte ihm die Grundlage zur Ausübung seiner wirklichen Berufung bereitet? Er durfte es nicht wieder vermasseln.

Der andere Pfleger hieß Wilfried, die Schwester hieß Susi. Susi war keck und drall und immer ein wenig zu schnell aus seinem Zimmer heraus. Schade. Aber er war ja erst kurz hier. Wilfried war ruhig, mit einem leichten Hang zur Mürrischkeit, die sich rechts und links in seinen Mundwinkeln eingegraben hatte. Karl mochte Sven lieber als ihn, vor allem wegen seiner nonverbalen Art. Das musste er ihm dringend sagen. Allein schon, damit er sie auch weiter beibehielt. Insgeheim fragte sich Karl, ob er dazu bereit wäre, sich von der menschlichen Kommunikation mittels Sprechen für alle Zeit zu verabschieden. Lief es darauf am Ende hinaus?

Am folgenden Tag überbrachte ihm Wilfried die unschöne Botschaft: keine Mahlzeit mehr auf dem Zimmer. Er hätte sie von nun an im Gemeinschaftssaal des Klinikums pünktlich einzunehmen. Zu diesem Zweck durften einige ausgewählte Patienten aus der Geschlossenen Abteilung für die Zeit des Mittagessens diesen Trakt verlassen und hatten sich dann wieder einzufinden. Das passte Karl aus gleich mehreren Gründen überhaupt nicht. Es bedeutete ja, dass man ihn nicht für gefährlich oder selbstgefährdend hielt. Daraus war zu schließen, dass man ihn als gesünder einstufte, als es ihm Recht sein konnte. Er musste aufpassen! Dass er nun in den Gemeinschaftssaal musste, war eine unangenehme Vorstellung. Man würde ihn unvermeidlich in Gespräche hineinziehen, die er nicht wollte, weder vom Inhalt noch von der Dauer her.

Gleichzeitig war die ihm anerzogene Höflichkeit ein massiver Hemmschuh, sich völlig danebenzubenehmen. Am Ende erregte er noch auf negative Weise die Aufmerksamkeit der Ärzte und man stufte ihn als sozial unverträglich ein. Hier musste er schon wieder aufpassen! Er wusste ja nicht, nach welchen geheimen Riten die Verweildauer in solchen Kliniken beschlossen wurde. Er wusste, dass es Menschen gab, die lebenslang nicht mehr aus solchen Anstalten herauskamen. Sie hatten in der Regel aber auch Morde begangen oder zumindest mehrere Mordversuche. Selbstmordversuche reichten in der Regel für eine lebenslange Pension hier nicht aus. Alles hing immer von der Diagnose ab, die die Ärzte stellten. Göttergebaren in einem für ihn undurchschaubaren Olymp!

Fünf Jahre wollte er gerne bleiben. Vermutlich würde er schon bald in die Offene Abteilung verlegt werden. Er hätte Ausgang im Park und könnte sogar mit Lucy über die Wiesen toben. Wichtig war nur, dass er als dauerhaft krank eingestuft wurde, was er ja schließlich auch war. Denn Kaffee als Waffe zu benutzen war doch schon ein sehr deutliches Zeichen für einen sehr hirnverbrannten, quasi verbrühten Verstand, wie er fand. Einem solchen Verhalten lag doch eine gewisse Form psychotischer Kreativität zugrunde, die sicherlich über längere Zeit behandlungsbedürftig war. Was, wenn er demnächst mit frisch gekochten Kartoffeln Menschen knebelte. Dagegen wäre heißer Kaffee gar nichts. Je länger er darüber nachsann, umso gefährlicher wurden die potentiellen Attacken, die durchaus von ihm ausgehen könnten, wenn man glaubte, ihn billig für gesund erklären zu können. Zudem wäre aus ärztlicher Sicht zu berücksichtigen, dass er als Systemadministrator in einer Bank gerade selbst einen Überfall miterlebt hatte. So etwas konnte einen Menschen nachhaltig traumatisieren und nicht von heute auf morgen geheilt werden. Er würde wohl noch einige Zeit brauchen, um die richtige Strategie herauszufinden. Noch kannte er die Ärzte nicht gut genug, außerdem hatte er nicht nur einen behandelnden Arzt sondern gleich mehrere. Viktoria war das Risiko. Sie könnte es fertigbringen, die Ärzte mit ihren Tricks zu beeinflussen. Und ihn dann weiter mit ihrer Schönheit, ihrem Temperament, ihrer Fürsorge, ihren vielen Worte und ihrer Liebe quälen.

Essen fassen! fiel ihm ein, als er die Patienten sah, die in Reih und Glied im Gemeinschaftssaal anstanden. In seiner Bank war es ähnlich. Sie gingen immer in die öffentliche Kantine des in der Nähe befindlichen Konzerns und standen brav wartend, bis sie an der Reihe waren. So auch hier. Diese Situation gab ihm das Gefühl einer Vertrautheit, auch wenn er keinen Menschen hier kannte oder je kennen lernen wollte. Aufmerksam hatte er schon beim Betreten der Kantine Ausschau nach leeren Tischen gehalten. Gleich mehrere standen zur Auswahl. Es würde also erst gar kein Gesprächsproblem entstehen. Gezielt hielt Karl Ausschau, welche der leeren Tische im Speisesaal besonders unattraktiv gelegen waren. Dort würde er sicher sein und ganz in Ruhe speisen können, zumal die Kantine höchstens zur Hälfte gefüllt war. Einige Patienten saßen beisammen und unterhielten sich beim Essen. Anderen schien es ähnlich wie ihm selbst zu gehen. Sie hatten sich möglichst weit weg vom nächsten besetzten Tisch gesetzt. Karl fand einen Tisch in einer zugigen Ecke. Hier würde er in Ruhe seine erste Mahlzeit einnehmen können. Er hatte kaum den Löffel in die Suppe getaucht, als zwei Frauen auf seinen Tisch zusteuerten. Er erkannte sie. Das waren die beiden, die im Park untergehakt spazieren gegangen waren. Offenbar waren sie hier beide Patientinnen.

Die beiden Frauen fragten ihn nicht, ob sie Platz nehmen dürften. Oder ob es ihm recht sei, dass sie sich zu ihm setzten. Sie setzten sich einfach und grüßten auch nicht. Es gab nicht einmal ein schwach angedeutetes Nicken, das man großzügig als knappen Gruß hätte interpretieren können. Er nickte ihnen trotzdem freundlich zu, wurde aber auch daraufhin mit keinem Gruß bedacht. Rundherum waren alle Tische frei. Warum setzten sie sich zu ihm? Wohl kaum, um sich mit ihm unterhalten zu wollen. Nicht einmal einen kurzen Blickkontakt ließen sie zu.

Die Offensivere der beiden Frauen sprach wieder auf die stille Frau ein, und Karl wurde ungewollt Zeuge des Gespräches, das dann aber doch seine Aufmerksamkeit erregte. Die Stille wurde dabei hin und wieder mit *Baronesse* angesprochen. Für die junge Frau schien diese Ansprache genauso normal zu sein, wie für ihn sein eigener Vorname.

Wie die andere Frau hieß, war dem weiteren Verlauf des Gespräches nicht zu entnehmen. Es handelte sich um einen langen Monolog. Dabei hatte es schon artistische Züge, auf welche geschickte Weise die intensiv sprechende Frau dabei das Essen in ihren Mund jonglierte. Sie konnte so schnell kauen, dass die Pausen zwischen Sprechen und Essen nicht auffielen. Gleichzeitig war sie geschickt genug, keinen ihrer Bissen beim Sprechen zu verlieren.

Obschon sie mit ihren braunen kurzen Haaren und ihrer hageren Gestalt überhaupt keine Ähnlichkeit mit Viktoria hatte, erinnerte ihn etwas an ihr an seine Frau. Es ging die gleiche besondere Intensität von ihr aus, vor der er sich im jetzigen Stadium unbedingt schützen wollte. Und nun kam ein solches Wesen ungerufen ausgerechnet an seinen Tisch! Mitsamt einer Begleiterin, von der man noch nicht wusste, was von deren Seite drohen mochte, und die nun erstmals ihre Stimme erhob.

Wie er staunend heraushörte, waren die Baronesse und die andere Dame offenbar fest davon überzeugt, Engel zu sein. Die beiden Damen kannten sich offenbar auch bestens in der Hierarchie jener Wesen aus. Wäre nun das Gespräch zwischen den beiden ein rein esoterisches Gebrabbel gewesen, so wäre der pathologische Aspekt offenkundig gewesen. Aber so schien es überhaupt nicht zu sein. Was er unabsichtlich und unvermeidlich erlauschte, schien ihm von hoher Qualität zu sein.

Würden diese Inhalte nicht in dieser absurden Situation und in einer psychiatrischen Klinik ausgetauscht, sondern in einem völlig anderen Zusammenhang, wären eine konzentrierte Aufmerksamkeit und Offenheit ein Muss gewesen. So aber wurde es zu einem *kann*. Irgendetwas in Karl weigerte sich, das Gespräch zwischen zwei Verrückten ernst zu nehmen. Qualität hin oder her.

Unsicher spekulierte er, ob es am Ende nicht ganz eigene Wortschöpfungen der beiden Frauen waren oder ob solche Begriffe eine ernsthafte Substanz hatten, die er nicht kannte. So war von Klangäther und Lichtäther die Rede. Der Name Moroni fiel einige Male, wie auch der von Karl Barth. Von Karl Barth hatte Karl schon einmal etwas gehört – jedoch niemals etwas gelesen. Er wusste nur, dass es sich hier um einen bekannten Schweizer Theologen handelte. Offenbar handelte es sich hier um gebildete kranke Patientinnen. Vielleicht litten beide an einer Art religiösem Wahn. Diese Menschen waren häufig der Überzeugung, mit Gott in direkter Verbindung zu stehen. Und als Engel wären sie dann ja eine entscheidende Karrierestufe hoch gestolpert. Karl schämte sich sogleich für diese innere Bemerkung. Nachdem er mit seinem Nachtisch fertig war, räumte er sein Tablett ab und nickte den Frauen freundlich zu, die ihn einfach nicht zu sehen schienen.

Auf dem Weg zu seinem Zimmer flogen ihm die unverständlichen Gesprächsfetzen immer noch im Kopf herum. Es war doch offensichtlich, dass es sich um gestörte, kranke Menschen handelte. Oder nicht? Sie drangen einfach in die Räume anderer Menschen ein, ohne sich im Mindesten um sie zu kümmern. Konnte es sein, dass sie ihn vielleicht vollständig ausgeblendet hatten? Dass es sich am Ende also gar nicht um eine Unhöflichkeit im engeren Sinne handelte und nicht einmal um eine psychische Störung, sondern um eine Art Raum im Raum, den sie sich beide in ihrer speziellen Welt geschaffen hatten, damit sie wiederum ungestört in ihrer beider Welt leben konnten?

War es reiner Zufall, dass sie an seinen Tisch gekommen waren? Warum hatten sie nicht einen der vielen leeren Nebentische genommen, oder einen der anderen Tische, wo ebenfalls ein einzelner Patient saß? Oder war es so, dass er unwissentlich ihren Stammtisch besetzt hatte und er im Grunde der Eindringling war? Nichts wusste Karl und konnte auch auf keine der Fragen eine Antwort finden. Nur eines wusste er: Er würde dem nächsten Essen mit einer gewissen Spannung entgegensehen.

Rilke war seit jeher einer seiner Lieblingsdichter. Viktoria hatte die Gesammelten Werke mit zu den Büchern gepackt. Rilke war auf eine sehr spezielle Art ebenfalls in vielen Welten zuhause, wie Karl mutmaßte. Welten, die er in seine Wortkunst transferiert hatte. Würden ihm Rilkes Engellieder vielleicht einen entscheidenden Gedankenimpuls geben und ihm weiterhelfen? Bisher hatten ihn diese Gedichte nicht besonders interessiert. Aber angeregt durch das mittägliche Gespräch der beiden Frauen schlug er sie nach. Die Texte sprachen ihn tief an. Es schien sich bei Rilkes Engeln um konfessionslose Engel zu handeln, ohne das übliche Copyright der Katholiken. Das mit der Kirche hatte sich für Karl schon mit Anfang zwanzig erledigt. Warum die Gedichte ihn ansprachen, wusste Karl nicht. Über ihnen schlief er ein und träumte vom Licht.

Ihm träumte, dass Licht keineswegs die Dinge beleuchtete, wie wir es annehmen, sondern dass das sichtbare Licht in gewisser Weise ein Missverständnis war. In anderer Weise aber wieder auch nicht. Ihm träumte, dass es sehr verschiedene Qualitäten von Licht gäbe, wobei nicht die Intensität der Helligkeitsstufen gemeint war, sondern tief verborgene Geheimnisse, die das Licht in sich versteckt hielt. Dann träumte ihm, dass alles auf der Welt nur Licht sei und in Licht zerfalle, wenn man es nur immer weiter auseinander nahm. Plötzlich zerfiel Karl in seinem Traum selbst. Er zerfiel in unendlich viele Lichtspektren. Er zerfiel zur Gänze, ohne sich dabei zu verlieren. Dieses Traumerleben führte dazu, dass er *fiel*. Er zuckte im Bett zusammen und war schlagartig hellwach.

Karl versuchte, seine Gedanken zu sammeln. Er war in der Psychiatrie. Vor wenigen Tagen hatte er vermutlich so etwas wie eine akute Psychose erlitten. Er hatte sich in sehr unangenehme Situationen gebracht, die er leider nicht rückgängig machen konnte. Hier in der Klinik war alles gut. Er hatte mit zwei merkwürdigen Frauen am Mittagstisch gesessen, die ihn eigentlich weiter nichts angingen. Diese Frauen hatten von Engeln gesprochen und von allerlei, das sich seinem jetzigen Wissensstand entzog, aber in Worten, die ihm klar und vernünftig erschienen. Dann hatte er diesen Traum vom Licht, in dem er selbst in Licht zerfallen war. Er bestand aus Licht. Alles bestand aus Licht. Es anders zu sehen, schien ihm falsch. Aber es nur so zu sehen, war gefährlich. Wenn er sich weiterhin solchen Gesprächen unter Verrückten aussetzte, würde der zweite Teil seines Plans scheitern. Es bestünde die Gefahr, dass er selbst auf Dauer verrückt wurde und niemals mehr ein vernünftiges Werk schreiben konnte.

Im schlimmsten Fall würde er sich irgendwann, vielleicht in einem Jahr, als Glühwürmchen bezeichnen und fest an diese Identität glauben. Der Hauptteil seines Plans, der Sinn und die ganze Vorarbeit wären zum Teufel: Glühwürmchen schrieben keine Bestseller. Oder schufen Lampyridae etwa literarische Werke? Hatten sie eine attraktive Frau oder gleich mehrere hochbegabte Glühwürmchenkinder? Jedenfalls nicht in diesem Universum, in dem ein Karl Sandhauser mit drei genialen echten Menschenkindern lebte. Glühwürmchen glühten. Und das nur im Sommer.

Karl war wieder klar. Er brauchte diese gedanklichen Zusammenfassungen seiner aktuellen Umstände, damit ihm die Überschaubarkeit seines Lebens eine gewisse Stütze verlieh. Würden die beiden Verrückten wieder auftauchen, würde er einfach den Tisch wechseln. Er würde ganz früh gehen, dann wäre alles kein Problem. Und er müsste mittags auch nicht mehr in Lichtspektren zerfallen. Karl fühlte sich jetzt so klar, dass er eine erste, wunderbare Inspiration erlebte und mit dem Schreiben begann. Er setzte sich an den Tisch und schaute in den Park. Er schaute und schrieb. Was er schrieb, wusste er nicht. Aber er schrieb, staunte und war voller Glück.

7.

Der Besuch von Viktoria störte dieses Glück. Wie im Rausch hatte er in drei Stunden siebzehn handschriftliche Seiten gefüllt. Eine Unzahl von Ideen und ein nicht enden wollender Bilderstrom warteten darauf, endlich angezapft zu werden. Karl schrieb wie in Trance. Fast hätte er sagen können, dass es ihn schrieb. Dass etwas seine Finger und seinen Willen zum Schreiben benutzte. Doch dieses Etwas war nirgends dingfest zu machen. Es gab keine ominösen Stimmen, die ihm irgendwas diktierten. Und trotzdem war es so, dass er ohne Innehalten weiter und weiter schrieb. Einzig seine hin und wieder verkrampfte Hand oder sein zu lange gebeugter Nacken zwangen ihn zu kurzen Pausen. Aber auch die waren eine Tortur. Denn es drängte und drängte. Und dann klopfte es an der Tür. Viktoria.

Karl riss sich zusammen. Sie wollte ihm etwas Gutes tun. Er musste jetzt fair bleiben. Es fiel ihm schwer, freundlich zu bleiben. Sein brennender Wunsch war: Sie möge auf der Stelle wieder gehen, damit er weiterschreiben konnte. Nur schreiben, Tag und Nacht. So reserviert höflich, wie es ihm nur eben möglich war, bat er sie, doch Platz zu nehmen. Dabei nahm er sie eine Spur zu flüchtig in den Arm. Ihr entging nichts. Sie nahm auf dem Bett Platz und Karl dachte einen kurzen Augenblick daran, wie sie früher miteinander geschlafen hatten. Dann fühlte er, wie fern ihm dieser Wunsch jetzt war, und er schämte sich dafür. Vielleicht war er kein richtiger Mann mehr. Konnten ihm diese Gefühle tatsächlich ganz abhanden gekommen sein? Dieser Gedanke wurde jedoch sofort wieder überschattet von der Überlegung, wie er Viktoria dazu animieren konnte, schnell wieder zu gehen, ohne sie dabei zu kränken. Denn das wollte er nicht. Ihr wehzutun war das gleiche, wie sich selbst wehzutun. Sie war ein guter Mensch. Ein unerträglich guter Mensch. Er liebte sie. Und er hasste sie und sich selbst dafür.

Viktoria versuchte, hinter seiner Stirn zu lesen. Karl war nur oberflächlich freundlich. Er war fahrig und versteckte irgendetwas. Sie merkte sofort, dass sie hier störte. Aber so einfach käme er ihr jetzt nicht davon. Jetzt wollte sie auch wissen, was los war. Um ihn nicht zu überrumpeln, zwang sie sich zur Ruhe und sperrte die ungezügelten Wirbel, die fragend in ihr tobten, in die Kammer der Disziplin. Sie bat Karl, von seinem Tag zu erzählen. Obschon er ein wenig missmutig schien, wunderte sich Viktoria, dass er tatsächlich darauf einging. Er erzählte ihr kurz von der Begegnung mit den beiden Frauen.

Viktoria musste lachen. Ihr Karl inmitten zweier verrückter alter Engel. Und einer war sogar blaublütig. Glückwunsch Karl, du machst Karriere! Da fiel Viktorias Blick die vielen beschriebenen Blätter, und sie sprang vom Bett auf. Karl schrieb! Endlich! Das hatte er doch immer gewollt! Während seiner Behandlung würde er vermutlich noch einige Wochen wunderbar Gelegenheit dazu haben. Anschließend würde er in eine Kur von mindestens vier bis sechs Wochen kommen. Und dann wäre wieder alles beim Alten.

Vielleicht konnte man sogar noch den Sommerurlaub anschließen, damit der berufliche Wiedereinstieg in der Bank ein besseres gesundheitliches Fundament hatte.

Viktoria erzählte Karl, sein Vorgesetzter würde ihm baldige Genesung wünschen. Auch hätte er davon gesprochen, dass man erwäge, ihm einen weniger stressigen Job in der Bank zu geben. Selbstverständlich bei voller Beibehaltung seiner jetzigen Bezüge. Das Ganze hätte nichts mit dieser albernen Selbstanzeige zu tun, sondern schlicht und ergreifend mit einem Vorstandsbeschluss. Sie sollten sich keine Sorgen machen, Karls Job wäre auch weiterhin gesichert, nur eben in einer anderen Abteilung.

Das war es, was Karl brauchte. Nichts anderes. Dann könnte er doch endlich in Ruhe schreiben. Zu Hause, in seinem vollkommen neu gestalteten Zimmer. Eine Tür hätte sie durch das schwere Mauerwerk brechen lassen. Oh, er würde das Haus nicht wiedererkennen. Ob er nicht noch 25.000 Euro investieren könne? Sie hätte da noch einige Ideen, deren Verwirklichung derzeit am Geld scheiterten. Beim nächsten Besuch würde sie ihm die Pläne mitbringen. Er würde begeistert sein. Sie hätte ganz klare Vorstellungen. Und es wäre doch ein schöner Akt kreativen gemeinsamen Wirkens, wenn man ein Haus von Grund auf neu gestaltete. Außerdem würde das umgebaute Haus doch perfekt auf ihre Situation passen, wo doch jetzt alles im Umbruch wäre, und überhaupt.

Karl verspürte ein inneres Zittern. Es wurde von Übelkeit begleitet und war unmöglich vor Viktoria zu verbergen. Mit einem Satz hastete er zur Toilette und übergab sich. Er schloss die Tür, spülte seinen Mund und legte seine Stirn an die kühlen Fliesen. Hörte das denn nie auf? Für einen Augenblick war er versucht, den Schlüssel umzudrehen. Doch er hörte schon ihre Schritte durch den Raum. Gleich würde sie die Tür öffnen. Aber sie musste sich wieder hingesetzt haben, vielleicht starrte sie jetzt aus dem Fenster.

Eines begriff Karl nicht. Viktoria kannte jede seiner Regungen oft besser als er selbst. Wie konnte es da passieren, dass sie so völlig betriebsblind dafür war, dass ihre ständigen Pläne ihn so langsam in den Wahnsinn trieben? Oder war er schon wahnsinnig und es war Teil der Krankheit, sich einen Schuldigen dafür zu suchen? Auf wen, wenn nicht Viktoria, hätte er denn die Schuld an seinem Dilemma schieben können? Die Kinder schieden aus. Die Kollegen ebenfalls. Persönliche Freunde hatte er keine. Also musste Viktoria schuld sein. Und ihre Pläne kamen da gerade recht. Immer waren es die verdammten Pläne. Das ganze Leben: Plan, Plan, Plan. Er erbrach sich erneut, und nun hörte er das lauter werdende Klackern von Viktorias Absätzen.

Karl, was ist los? Er wusch sich das Gesicht, und aus Angst, sie könnte sein Zittern und Erbrechen auf die Psychopharmaka schieben, antwortete er, dass alles in Ordnung wäre. Er würde mit den Ärzten sprechen. Sie bräuchte sich keine Sorgen machen. Aber er wäre sehr müde. Man hätte vermutlich die Dosis verändert, vielleicht auch die Grundsubstanz gewechselt, er wüsste es nicht! Dies klang auch für Viktoria einleuchtend. Karl legte sich ins Bett und Viktoria verabschiedete sich mit dem vagen Gefühl, selbst der Grund für sein Erbrechen zu sein.

Es war bereits später Nachmittag, in gut einer Stunde müsste er zum Abendessen aufbrechen. Die beiden Frauen kamen ihm in den Sinn. Er war müde und schlief ein. Wiederum verfiel er in eine Art Lichttraum. Ihm träumte, das Licht sei gestorben. So, als sei Licht kein Zustand, sondern ein eigenständiges Wesen. Als sei es von der Dunkelheit verschluckt und mit Schwärze überdeckt worden. Dann aber plötzlich drängte sich das Licht aus dem Dunkel wie ein

Keim aus fruchtbarem Boden. Es war, als wäre das Licht in der Welt gestorben, um wieder neu ins Leben zu treten. Es war, als gäbe es Lichtprinzipien, die noch keiner so richtig verstand, als wäre das, was wir optisch wahrnahmen, nur ein Abfallprodukt des eigentlichen Lichts. Dieser Traum war so klar und so nah, dass Karl, als er aufwachte, sofort alles aufzeichnete. Er konnte alle Einzelheiten klar erinnern, aber sein Unmut wuchs, dennoch nichts davon zu verstehen. Wie sollte er die Realität beschreiben, wenn er nicht einmal wusste, wie Licht funktioniert und was es überhaupt ist. Die Selbstverständlichkeit, mit seinen Augen Dinge zu betrachten und diese dann Begriffen zuzuordnen, schien ihm plötzlich ein vollkommener Irrtum. Um einer solchen Sache auf den Grund gehen zu können, so glaubte Karl, müsste der Mensch von den Verpflichtungen des Lebens frei werden. Er hatte offenbar nur zehn Minuten schlafend im Klartraum verbracht. Es war noch eine volle Stunde Zeit bis zum Abendessen.

Diesmal nahm Karl einen Tisch in einer anderen Ecke des Saales. Direkt neben einer Gruppe schwatzender Mädchen. Er war gespannt, ob die beiden Engelfrauen wieder zu ihm kommen würden.

Er saß jetzt allein, und um ihn herum gab es noch viele freie Plätze, es herrschte aber auch eine Unruhe, die nicht dazu geeignet war, tiefe Gespräche zu führen. Wenige Minuten später erschienen die beiden. Sie hatten sich untergehakt, nahmen schweigend ihr gefülltes Tablett entgegen und kamen traumwandlerisch sicher auf Karl zu. Er beobachtete sie genau. Mit keinem Wimpernschlag schienen sie ihn zu mustern, und vorher nach ihm umgeschaut hatten sie sich auch nicht. Er war Luft für sie. Wie tags zuvor. Sie kamen, nahmen Platz, an seinem Tisch, und sie sahen ihn nicht. Scheinbar zumindest. Die Gruppe der schwatzenden Mädels gleich nebenan schien sie nicht zu stören. Und die vielen freien Plätze blieben völlig unbeachtet.

Karl begann, Gefallen an dem Spiel zu finden und grüßte sie diesmal laut und deutlich. Die Stillere der beiden schaute ihn an und nickte mit ausdruckslosem Gesicht. Die Andere schaute – ja, wo schaute sie überhaupt hin? Wohl in sich selbst hinein. Zumindest machte sie diesen Eindruck. Kein Nicken, kein Gruß. Karl ließ sich davon nicht entmutigen. Immerhin befand er sich in einer Psychiatrie. Hier konnte man alles voraussetzen, bloß keine Normalität. Und begegnete sie einem doch, so kam das einem Wunder gleich, das man misstrauisch beäugte. Denn dann hatte man es vermutlich mit einem besonders schweren Fall zu tun. Da beide Frauen nicht sprachen und er nicht so recht wusste, womit er beginnen sollte, sprach er vom Wetter. Er war sich durchaus bewusst, damit keine intellektuelle Glanzleistung zu vollbringen, aber darum ging es ja nicht. Es war lediglich ein Experiment, dessen Ausgang ihn interessierte.

Keine der beiden Damen ging auf seinen infantilen Kontaktversuch ein. Als er bei einem zweiten Vorstoß vom Essen sprach, hob die Stille den Kopf und sagte, das Licht sei noch zu dicht. Sofort unterbrach Karl sein Kauen und schaute sie an. Aber sie schaute auf ihren Teller. Er wiederholte ihren Satz in der Frageform. Und sie sagte wieder, ja, das Licht sei zu dicht. Karl war irritiert. Vor einer Stunde erst hatte er doch einen Lichttraum gehabt. Irgendein Zeugs, das er selbst nicht verstand. Aber soweit er konnte, hatte er alles gleich notiert. Aus einem Gefühl heraus, dass es trotz der Unverständlichkeit wichtig sein könne. Wieder ein Zufall?

Karl warf seine Sortiermaschine an. Seine wertvollste Brücke zur Normalität. Ohne Gedankensortieren würde er durchdrehen. Diese merkwürdigen Frauen kamen also heute wiederum an seinen Tisch, suchten offenbar wieder seine

Nähe, interessierten sich aber Null für ihn. Dann sprach die eine Dinge aus, die thematisch mit seinem kurzen Traum am Nachmittag übereinstimmten. Kein Wort mehr von irgendwelchen Engeln. Und die andere erwähnte auch keine Baronesse. Ihm war merkwürdig zumute, und er startete einen letzten Versuch, damit er später besser schlafen konnte. Er fragte, welche Art oder Form von Dichte denn gemeint sei oder für was das Licht zu dicht sei? Zu dicht für die Dunkelheit? Käme das Licht vielleicht nicht durch die Dunkelheit hindurch? Die Frage war seinem Traum entwachsen und konnte jetzt perfekt eingebracht werden. Die Antwort jedoch schien in eine vollkommen andere Richtung zu zielen. Die Stille sagte nur mit tonloser Stimme, es sei zu dicht zum sterben. Dann standen die beiden Frauen simultan auf. Beide hatten noch einen Teil ihres Abendbrots auf dem Tablett. Hatten sie eine stillschweigende Vereinbarung oder wie erreichten sie diesen synchronischen Einklang? Die Hagere packte die Stille unter dem Arm und sie verließen mit langsamen Schritten den Speisesaal.

Karl blieb verstört zurück und versuchte, das gerade Erlebte nicht so wichtig zu nehmen. Vielleicht war es gefährlich, derart merkwürdigen Gedanken in einer psychiatrischen Klinik nachzuhängen. Sicher waren diese Gedanken aus einer pathologischen Verwirrung heraus gesprochen worden.

Natürlich konnte es sein, dass hinter solchen Worten auch irgendwelche Wahrheiten steckten oder einige Facetten solcher Bemerkungen klug und richtig waren. Aber ein Gespräch, eine Erklärung oder eine Anschauung über ein Thema war es ganz sicherlich nicht. Eher ein Gestammel, als würde man versuchen, die Botschaft einer fremden Welt oder Kultur zu übersetzen. War es denn möglich, dass das, was wir sahen, nicht das war, was es war? War am Ende nicht wahr, was war?

Karl legte sich früh zu Bett und schlief bald tief und traumlos. Zumindest hatte er am Morgen keine Traumerinnerung wie in den letzten Tagen. Fast war es so wie früher. Auch da hatte er sich eher selten an Träume erinnert. Er kannte sich auch mit Traumsymbolen nicht sonderlich gut aus. Das Thema hatte bisher einfach keine große Bedeutung gehabt. Und sein Leben hatte ihm ja auch für nichts wirklich Interessantes Zeit gelassen.

Größere Bedeutung hatte das anstehende Gespräch mit den Ärzten. Auch Viktoria würde daran teilnehmen. Später wollte man die Kinder dazunehmen. Beim Gedanken an die Kinder bekam er ein schlechtes Gewissen. Sie waren so fern, so unendlich fern. So viele Stunden und Tage, an denen er keinen einzigen Gedanken an sie verschwendet hatte, so als wären sie gar nicht geboren. Was war er nur für ein mieser, mickriger Vater geworden! Alles in ihm hatte nur um ihn selbst gekreist – oder, und das war merkwürdig, um Themen, die einfach nur absurd waren. Karl begann, an der gesunden Funktion seines Verstandes und seiner Gefühle zu zweifeln. Es sprengte seine Vorstellung, dass ein halbwegs gesunder Verstand Themen wie Engeln und Licht den Vorrang gegenüber etwas menschlich Naheliegendem einräumte, das für ihn kaum noch erinnerbar war. Er müsste sich ein wenig zusammennehmen, sonst würde er doch noch zu jenem Glühwürmchen im Universum der Durchgeknallten.

Viktoria hatte sich hübsch gemacht. Auch den beiden Ärzten, die am Gespräch teilnahmen, fiel das offensichtlich auf. Sie genoss die wohlwollenden Blicke auf sich, ließ sich dies aber nicht anmerken. Das alte Spiel der Geschlechter. Karl war eifersüchtig und zugleich auch stolz auf seine Frau. Archaisch anmutender Besitzerstolz eines Gockels mit seiner legebereiten gesunden Henne.

Nur einer der Ärzte sprach. Der andere hatte den Part des Beobachters. Karl hätte es sehr interessiert, ob er auch seinen

Kollegen kritisch im Blick haben und eventuelle Suggestivfragen als solche entlarven würde. Aber im Grunde ging Karls Interesse an dieser ganzen Angelegenheit gegen Null. Es interessierte ihn nur insoweit, als er dafür Sorge tragen musste, dass er nicht zu schnell entlassen wurde. Er hatte eine klare Strategie: Niemanden verärgern! Nicht noch einmal so einen Zirkus veranstalten wie bei der Polizei.

Polizei. Das war gleich das erste Stichwort. Man fragte Karl, ob die Erinnerung zurückgekehrt sei und er nun wisse, was bei der Polizei vorgefallen war. Ob Bilder von anderen realen Situationen erinnerbar seien und er nun alles wieder wisse und besser für sich einordnen könne. Nein, er wisse nicht. Er wisse überhaupt nichts und würde sich schon sehr darüber wundern, dass ihm so vieles durch den Kopf gehe, nicht aber diese entscheidenden Stunden. Viktoria wurde auch mit einbezogen und erzählte ihre Sicht der Dinge. Dabei heftete sie ihren Blick immer wieder auf Karl. Sie schien viel mehr zu ihm als zu den Ärzten zu sprechen. Man merkte, dass sie ein klares Anliegen hatte, das darauf abzielte, die Vorkommnisse zu verharmlosen, sie als kleines Missgeschick darzustellen.

Sie sprach davon, dass sie bei der verletzten Polizistin mit einem Geschenk vorgesprochen habe und dass es ein wirklich sehr gutes Gespräch gewesen wäre. Sie hätte eine spätere Kontaktaufnahme seitens Karls fest versprochen und wäre sicher, dass er sich dem sobald wie möglich stellen würde. Das bejahte Karl reuig wie unverständig und beteuerte, dass ihm alles von Herzen leid tue, aber ihm die Erinnerung an diesen Ausraster trotzdem nicht käme. Insofern müsse er nun etwas bereuen, was er nicht wisse, sondern ihm alle eben nur erzählten. All das, so versicherte schnell Viktoria in einem Stakkato schnell gesprochener Sätze, wäre doch nur auf die Ausnahmesituation zurückzuführen, in die er durch den gebündelten Stress der vergangenen Jahre geraten war. Und dann wäre diese Bündelung eben leider an der falschen Stelle geplatzt. Die Ärzte baten sie, innezuhalten und doch bitte ihren Mann zu Wort kommen zu lassen. Karl sagte, er fühle sich noch schwach und irgendwie krank und sehr erschöpft. Die Ruhe täte ihm gut. Er würde sicher wohl noch einige Zeit brauchen, bis er das alles selbst begreife und verarbeiten könne.

Karl trachtete danach, seine sehr guten körperlichen Befunde durch solche Aussagen auszugleichen. Wäre er eine Spur zu gesund, würde er bald entlassen. Wäre er aber eine Spur zu krank, würden sie wieder die Dosis der Medikamente erhöhen und er hätte einfach keinen klaren Verstand, um schreiben zu können. Aber dafür war er ja schließlich hier. Notfalls würde er darum kämpfen, hier bleiben zu können.

Viktoria erzählte von den Kindern, die mit der Situation einigermaßen gut klarkämen. Nichts anderes hatte Karl erwartet. Es tat ihm nur schrecklich leid, dass er seine Kinder überhaupt nicht vermisste und am liebsten auch Viktoria ein klares Besuchsverbot erteilt hätte. Zu seiner Schande gestand er sich ein, dass er dafür unbedingt die beiden verrückten Frauen wiedersehen wollte, und schielte heimlich auf die Uhr.

Bei der nächsten Mahlzeit erschien keine der beiden Frauen. Vielleicht kamen sie diesmal später – Er würde einfach warten, bis der Speisesaal wieder geschlossen wurde. Er wollte wissen, was passieren würde. Nichts passierte. Sie tauchten nicht auf und ließen ihn mit seiner Hoffnung auf eine weitere merkwürdige Begegnung allein.

Mürrisch verließ er gegen 14.00 Uhr den Speisesaal und ruhte sich in seinem Zimmer ein wenig aus. Er schloss die Augen und sah, wie es zu funkeln begann. Es war faszinierend zu sehen, was man alles sieht, wenn man nichts mehr sieht. Er zog probeweise die Decke ganz über den Kopf, um noch tiefer in das Dunkel zu schauen, das sich nun hinter seinen Lidern ausbreitete. Das Spiel machte ihm Spaß. Mit dem Kopfkissen auf dem Gesicht experimentierte er weiter, öffnete und schloss die Vorhänge, legte weißes Papier auf die Augen und öffnete und schloss dann auch wieder die Lider. Plötzlich stand er auf und schrieb:

»*Dunkle* Vergangenheit wird *licht* wenn das *Licht* aus dem *Dunkel* der Zukunft in die Gegenwart *bricht* ...«

Er betrachtete diesen Spruch und bewegte ihn hin und her wie eine Kugel, die es von allen Seiten zu betrachten galt. Karl fühlte eine leidenschaftliche Sehnsucht, sich mit derartigen Gedanken in seinen Werken zu beschäftigen. Man müsste ihm nur die Chance dazu geben. Alles wollte er dafür tun.

Am nächsten Tag hatte er einen weiteren kreativen Schub. Wiederum füllte er Seite um Seite. Er verpasste sein Essen, war ohne Appetit, der Rausch des Schreibens hielt ihn gefangen. Die beiden Engelfrauen waren seinem Interesse vollends entglitten. Niederschreiben, was spontan aus ihm heraus brach. Nichts anderes war angesagt. Fast war es so, als hätte man den Deckel eines Dampfkochtopfes gewaltsam geöffnet. Dann schlief er über das Papier gebeugt ein. So fand ihn Sven.

Karl war ein angenehmer Patient, der keine Schwierigkeiten machte. Er war wortkarg, aber auf seine Weise durchaus sympathisch. Sven sah, dass der Boden übersät war mit vollbeschriebenen Seiten. Er hob die nummerierten Blätter auf und wollte sie auf den restlichen Stapel beschriebener Blätter zurücklegen, als seine Aufmerksamkeit unabsichtlich von einem dick rot unterstrichenen Satz erregt wurde. Er las und staunte. Sven hatte zwar keine Ahnung, um was es da wirklich ging – aber was er las war so ungewöhnlich und schön, dass er sich am liebsten niedergelassen und einfach weiter gelesen hätte. Doch dies hier war Privatpost und ging ihn nichts an. Er durfte den Patienten noch nicht einmal darauf ansprechen, was er sehr bedauerte. Gute Gespräche mit intelligenten Patienten waren eine Seltenheit. Aber das lag vor allem an der fehlenden Zeit durch die permanente personelle Unterbesetzung. Persönliche Gespräche waren nur möglich, wenn man dafür seine Freizeit investierte. Was war dieser Karl nur für ein Mensch?

Als Pfleger war er gehalten, seine Eindrücke und Beobachtungen bei den internen Besprechungen mit einzubringen. So erzählte er dem Team, dass Herr Sandhauser nicht nur mit dem Schreiben begonnen hätte, sondern geradezu gewaltige Mengen schrieb. Zu den Inhalten könne er nichts sagen – aber als er einmal Papier vom Boden hätte aufheben müssen, wäre sein Blick darauf gefallen. Und was er da gelesen hätte, wäre sehr beeindruckend gewesen. Natürlich wäre das nur seine subjektive Laienbeurteilung, aber er würde halt sehr viel lesen und könne durchaus erkennen, ob sich in den Texten nur die Krankheit des Patienten offenbarte oder auch anderes. Über die Durchgängigkeit der Qualität könnte er natürlich nichts sagen, aber er wäre zumindest sehr beeindruckt. Vielleicht hätte man hier ein Genie unter dem Dach, ohne es bemerkt zu haben, fügte er halb scherzhaft, halb ernst hinzu. Lägen nicht Genie und Wahnsinn oft nah beieinander? Immerhin wäre das kein dummer Spruch, wie so manch ein Genie tragisch unter Beweis gestellt hätte. Man mochte allein nur an Nietzsche denken.

Die Ärzte machten sich Notizen. Anlässlich der nächsten Einzelsitzung befragten sie Karl nach seinem Befinden und nach seinen Aktivitäten innerhalb der Klinik. Man sei unterrichtet worden, dass er an keinen Gruppenaktivitäten teilnehme und auch sehe man ihn nicht in der Kreativabteilung oder beim Sport. Was er denn so treibe, wolle man gern wisse. Er schreibe. Er schreibe sich die Finger wund. Karl hatte keine Bedenken, das offen zu äußern, zumal ein Leugnen auch albern gewesen wäre. Die Pfleger betraten ständig sein Zimmer und bekamen zwangsläufig alles mit. Was er denn so schreibe, wollten die Ärzte wissen. Er schreibe an seinem großen Werk. Darüber könne aber zum jetzigen Zeitpunkt nicht gesprochen werden. Das würde es zerstören. Die Ärzte schauten sich an und nickten ihm dann beide zu.

Später besprachen sie sich. Es konnte immer noch keine, eindeutige Diagnose gestellt werden. Der Patient hatte zwar offensichtlich eine temporäre psychische Störung erlitten, aber war keinesfalls ein geisteskranker Patient. Alles was er tat und sagte, war im Normbereich und nicht als pathologisch einzustufen. Seine Verweigerung von sozialen Kontakten wäre erklärbar durch seinen unbändigen Wunsch, seine Zeit zum Schreiben zu nutzen. Und was, wenn es nur darum ging? Der Staatsanwaltschaft hatte man eine gutachterliche Einschätzung in Bezug auf den Vorfall zukommen lassen und es würde wohl keine strafrechtliche Verfolgung geben. Was aber würde man überhaupt bei ihm therapieren können? Überlastung und mangelnde Stressresistenz? Sicher, die Theorie und die klinische Literatur boten viel an. Aber in der Praxis wären die Möglichkeiten begrenzt, wenn die Patienten nicht mitmachten. Die Psychoanalyse wäre wesentlich schlechter als ihr Ruf, was man jedoch nicht allzu laut äußern dürfe, da sie einen nicht geringen Teil des Finanzierungsbudgets der Klinik ausmachte.

Es wäre ja immer das Gleiche. Erst dauerte es Jahrzehnte, bis sich neue Heilmethoden endlich als akzeptabel und gut durchsetzten. Und hätten sie sich dann bis in die Finanzierung endlich durchgesetzt, wäre man mit einer neuerlichen Einschätzung schon längst wieder woanders. Dann aber war es zu spät. Die Kuh durfte nicht geschlachtet werden, jetzt, wo sich nach langer Zeit endlich eine Therapieform etabliert hatte. Ein Sakrileg, wo man doch so lange um die Anerkennung gekämpft hatte. Es musste verdrängt werden, dass der als Unsinn erkannte Unsinn ein Unsinn war.

Die Heilungsquote im Bereich der Psychotherapie wäre auch keine Zahl, auf die man stolz sein könnte. Menschen in seelischer Not bräuchten oft eine Soforthilfe. Und so mancher Patient könnte nach einer kleinen Krise und ein paar guten Gesprächen wieder gestärkt ins Leben entlassen werden. Aber der Anteil der stark psychisch erkrankten Patienten, bei denen quasi alles versagte, die auf Dauer sediert werden mussten, keine freie, selbstbestimmte und gesunde Persönlichkeit mehr hatten, wäre enorm hoch. Zu welchem Kreis gehörte dieser Karl Sandhauser? Je länger sie ihn beobachteten, desto mehr erhärtete sich der Verdacht, dass trotz seiner etwas dominant wirkenden Frau keine wirklich großen Probleme in der Ehe vorlagen. Und der Stressfaktor Arbeit wäre nach diesem Überfall auch nicht wirklich ungewöhnlich, sondern eher erklärlich. Man müsste schauen.

Karl hatte sich etwas Spannendes ausgedacht. Er würde heute den Spieß rumdrehen. Er würde erst dann in den Speisesaal gehen, wenn die beiden Frauen schon saßen. Zweimal hatten sie sich verpasst. Einen Test würde er machen. Saßen sie gut, dann würde er sich nicht zu ihnen setzen, aber er würde sich so nah setzen, dass sie ihn auf jeden Fall sehen müssten. Und wenn er Glück hatte, wäre es ein freier Tisch. Auch würde er sich verhalten wie sie vorher und würde sie scheinbar ignorieren. Unwägbar, wie sie dann reagieren würden.

8.

Kurz nach der Öffnung betraten die beiden Damen den Speisesaal. Sie schauten sich nicht nach Karl um. Sie waren in ein Gespräch vertieft und blickten konzentriert zu Boden, so als benötigten das Gehen, die Balance des Tabletts und das gleichzeitige Gespräch ihre ganze Aufmerksamkeit. Ihre Tischauswahl wirkte wie zufällig oder beliebig. Der nächstbeste sozusagen. Karl schnappte sich sein Essen und postierte sich zwei Tische weiter. Er war nur wenige Schritte von ihnen entfernt. Die meisten der Tische waren Vierertische. Er saß allein und es gab noch drei freie Plätze. Er würdigte die beiden Damen keines Blickes. Dennoch beobachtete er sie verstohlen und war sich sicher, sie bemerkten es nicht.

Kaum saß er, standen die beiden Frauen wie automatisch aufgezogene Puppen auf und setzten sich zu ihm. Wieder grüßten sie nicht, sondern taten so, als wäre er Luft. Karl schwankte zwischen Erstaunen und Empörung. Er machte sich erneut bewusst, dass er in einer Psychiatrie war und willentlich mit Kranken experimentiere. Also war Empörung hier völlig fehl am Platze. Er entschied sich, laut und deutlich zu grüßen und es mit Freundlichkeit zu versuchen. Er freue sich, dass sie ihm wieder Gesellschaft leisteten.

Darauf sprach die Hagere ihn unvermutet an und stellte ihm Baronesse von Rottenberg vor. Charlotte Luise Baronesse von Rottenberg, wiederholte sie in der offenbar korrekten adligen Betitelung. Die Baronesse errötete leicht und nickte ihm zu, sah ihm dabei jedoch nicht in die Augen. Karl stand auf und sagte: Karl Sandhauser. Er streckte seine Rechte aus und sagte mit leichter Verbeugung: Meine Verehrung, Baronesse! Er blieb stehen und die Hagere hielt ihm ihre Hand wie zu einem Handkuss hin und gab ihren Namen bekannt, Seraphina. Karl nahm die Hand und drückte sie sanft und fest und sprach Seraphina seine Verehrung aus.

Seine Hoffnung, dass sich nach dieser unerwarteten und späten Vorstellung vielleicht doch so etwas wie eine normale Unterhaltung ergeben könnte, trog. Übergangslos setzten die beiden Damen ihr Gespräch fort. Als hätte man sich nicht soeben vorgestellt, nicht seinetwegen zuvor den Tisch gewechselt, so, als habe man nur für eine winzige Sekunde den letzten Satz unterbrochen. Gleichzeitig hätte er drauf schwören können, dass das, was er jetzt vernahm, garantiert nicht das gewesen war, worüber sie vorher gesprochen hatten. Sie unterbrach ihr Essen, nahm ein kleines schwarzes Büchlein heraus, auf dem der Name Massimo Scaligero stand und der Titel »Das Licht«. Überall steckten kleine Zettelchen. Mit schlafwandlerischer Sicherheit schien sie die gewünschte Stelle aufzuschlagen und begann leise, fast flüsternd zu lesen:

»Immer wieder stirbt das Licht, das im Begriff ist, aufzuleben. Es stirbt als Licht der Welt. Das Ich hätte als individuelles Ich so wach zu sein, dass es diesen Tod nicht nötig hätte, um zu existieren. Es hätte im Tode das Leben anzuschauen, das es verliert.

Alles was stirbt, hat die Kraft zu werden, eine Kraft, die durch den Tod nicht vernichtet wird. Es gäbe kein Sterben, wenn sich diese Kraft in ihrem Tode nicht in einer anderen Weise ausdrücken würde – durch und für das Ich, das sich dieser Kraft bewusst ist.

Sterben ist keine endgültige Vernichtung, sondern ein Weiterschreiten dessen, dem es nicht gelingt, sich unter gegebenen Bedingungen vollständig darzustellen. Tritt es hingegen aus diesen Bedingungen heraus, sich des bestimmten Zustands seiner selbst entledigend, dann kann es sich verwirklichen, kann seinem Wesen gemäß sein. Das ist ein Akt, der sich nur durch und für ein Ich vollziehe, ohne welches das Sterben sinnlos werde.«

Karl ahnte nicht, dass dies die letzten Worte ihres Lebens sein sollten. Auch wenn er ihren tieferen Sinn nicht verstand, klangen sie ihm vertraut aus seinem Traumerleben, was ihm zugleich unheimlich war. Was blieb, war eine abermals tiefe Verwirrung und das Gefühl, dass dies alles einfach kein Zufall sein konnte.

Nachdem das letzte Wort verklungen war, schaute Seraphina die Baronesse lange und ruhig an. Diese erwiderte den Blick. Dann sahen sie wie auf Kommando beide Karl an. So lange, dass es ihm peinlich wurde und er seine Suppe löffelte. Wie Aufziehpuppen standen die beiden Damen dann mitten im Mahl auf und verließen den Raum.

Karl holte schnell seinen Notizblock hervor, den er nun ständig für spontane Gedankennotizen mit sich führte. Sein Gedächtnis war nicht das Beste, er wollte aber die Inspirationen, die derzeit in massiven Schüben kamen, in den dunklen Gängen seines Cortex auf keinen Fall verlieren. Er notierte sich den Namen des Autors und den Titel des Buches und würde Viktoria bitten, ihm dieses Buch zu besorgen.

Am nächsten Tag sah er die beiden Frauen nicht, auch nicht am übernächsten. Karl passte die Öffnungszeiten des Speisesaals genau ab und vermutete, dass sie die Klinik verlassen hatten. Sofort brach ein starkes Gefühl des Verlusts über ihn herein. Ein Schmerz darüber, etwas ganz Entscheidendes zu verpassen, wenn er diese besonderen Frauen nun nicht mehr träfe. Als sie auch am dritten Tag in Folge nicht erschienen, fragte er bei der Krankenhausverwaltung nach. Sie hätten ein Buch von ihm geliehen. Nun ja, eine kleine Notlüge, die er sich verzieh. Ob sie vielleicht schon abgereist wären, wollte er wissen. Und vielleicht hätten sie ja sein Buch irrtümlich eingepackt. Ob denn die Verwaltung so nett wäre, den Damen bitte seine Adresse nachzuschicken. Die freundliche Dame am Haustelefon bedauerte es sehr. Die beiden Damen seien verstorben. Ja, ganz plötzlich. Sie hätten den Freitod gewählt. Mehr dürfe sie aber nicht sagen. Auch bat sie darum, diese Nachricht vertraulich zu behandeln. Unter labilen Patienten könne eine unnötige Unruhe entstehen, die dem Gesundungsprozess abträglich sei.

Freitod. Alle beide. Karl war fassungslos und hängte den Hörer auf. Das musste er erst einmal verkraften. Später würde er noch einmal anrufen. Später. Jetzt rang er um seine Fassung. Warum mochten sie sich umgebracht haben? Wie standen sie zueinander? Waren sie hier in der Klinik Freundinnen geworden? Sie schienen so intim miteinander, so vertraut. So gleichgeschaltet in den Regungen und Gesten.

Karl begriff nicht, was mit ihm passierte. Da waren diese wenigen denkwürdigen und inspirierenden Begegnungen mit den Frauen, die nicht ein einziges vernünftiges Gespräch erbracht hatten. Irgendetwas mussten sie jedoch für ihn bedeutet haben. Aber was? Und warum waren sie denn so schnell gestorben? Gestorben waren sie ja gar nicht. Umgebracht hatten sie sich. Dazu noch gemeinsam. Ob es mit diesem offenbar sehr besonderen Buch zu tun hatte? Oder war es der Höhepunkt der Krise eines gemeinsamen Wahns? Vielleicht würde das Buch ihm irgendeine Art von Auskunft geben. Karl quälte sich mit all den ungelösten Fragen.

Warum hatten sie ihn bloß so geheimnisvoll in ihren Bann gezogen? War das alles nur ein pathologischer Vorgang verwirrter Gemüter? Oder stand dahinter eine ernstzunehmende Angelegenheit, die mit ihm und seinem eigenen Leben in einem derzeit noch unergründlichen Zusammenhang stand?

Als Viktoria kam, schien er sehr erschöpft. Ihr Bericht über die Kinder interessierte ihn nicht. Mehr noch, ihn schien jedes Wort von ihr zu belasten. Überhaupt kam er Viktoria so stark verändert vor. Er wirkte auf sie in erster Linie nicht krank oder konfus, sondern wie eine gänzlich veränderte

Persönlichkeit. Fremd. Vor allem wirkte er beziehungslos. Das ängstigte sie am meisten. Er schien so weit weg von all dem, was ihnen gemeinsam sonst nah und vertraut war. Von seinen Kollegen und der Bank wollte er schon erst recht nichts hören, nichts von den Nachbarn oder gar ihr selbst. Alles schien einen inneren Ekel in ihm zu erzeugen.

Viktorias Blick entging nicht, dass er offenbar die Nächte durchgeschrieben hatte. Das Ganze kam ihr langsam unheimlich vor. Sie nahm einige der Blätter und begann murmelnd zu lesen.

Karl saß auf dem Bett und schaute aus dem Fenster ins Nichts. Im Nichts fühlte er sich offenbar besonders wohlig und gut. Sein Blick, so schien ihr, kam tatsächlich nicht einmal am Fenster an. Viktoria hob mehrfach ihre geschwungenen Augenbrauen, hielt inne, sah vom Blatt auf und zu Karl hin. Karl war im Nichts. Er saß dort, ungerührt, und schaute und schaute. Er schien dabei nicht einmal zu atmen, so still wirkte er. Sie las weiter, staunte und wunderte sich immer mehr.

Nach der Verabschiedung ging Viktoria direkt zu den Ärzten und erbat sich einen kurzen Sondertermin. In der kurzen Wartezeit spürte sie aufsteigende Wut. Ihr war unklar, auf was oder wen sich die Wut bezog. Sie ging einfach in zu viele Richtungen, also entschloss sie sich zu einer Generalwut. Diese umfasste die Ärzte, die Karl hier behielten. Dann wanderte sie zu Karl, der ein perfides Spiel mit allen spielte, auch mit ihr und den Kindern. Wer so schrieb wie er, war ein Simulant. Man konnte nicht schreiben wie Karl und gleichzeitig den Verrückten geben. Viktoria erkannte ihm seine Krankheit innerlich ab und fühlte sich betrogen.

Den Ärzten erzählte sie eine Kurzversion ihrer Wutgefühle. Nämlich, dass das Verhalten ihres Mannes in sehr kurzer Zeit doch sehr merkwürdig geworden wäre. Sie hätte das

Gefühl, dass das viele Schreiben ihn noch ganz krank mache. Das könne ihm einfach nicht gut bekommen. Zudem seien seine Schriftstücke so voller komplizierter Gedanken, so dass sie nicht wisse, ob er nun langsam tatsächlich durchdrehe. Er hätte keinerlei Interesse an ihren Kindern und ihr selbst und würde sich mehr und mehr in das Schneckenhaus seiner Traumwelt zurückziehen. Sie ängstige sich immer mehr. Es wäre doch wohl besser für ihn, wenn er so bald wie möglich wieder in seine häusliche Umgebung zurückkäme. Dort habe er ja auch nicht diese merkwürdigen Schreibanfälle, sondern habe all die Jahre seine Pflichten erfüllt. Bei diesem Satz horchten die Ärzte kurz auf. Alles sei gut gerichtet und die Kinder sehnten sich nach ihm. Sie als Ärzte sagten doch selbst, dass er vollkommen unauffällig sei als Patient. Oder ob er durch weitere Unruhezustände aufgefallen sei, ob sich irgendetwas Negatives ereignet habe, das auf Fremd- oder Selbstgefährdung hinweise? Es sei doch bei diesem einmaligen Vorgang im Präsidium geblieben. Oder? Seitdem sei er doch konstruktiv bei der Mitarbeit und Aufarbeitung.

Dies mussten die Ärzte bejahen. Sie versprachen, in der nächsten Besprechungskonferenz Karls Zustand nochmals einer erneuten kritischen Beurteilung zu unterziehen. Auch im Hinblick auf den Wunsch nach Entlassung und den Möglichkeiten, zu Hause doch schneller zu gesunden. Das gewohnte menschliche Umfeld wieder um sich zu haben, wäre für viele Patienten einfach unverzichtbar. Manchmal jedoch wäre genau das der Hauptgrund ihres Hierseins. Jeder Fall läge anders.

Eine Woche später hatte Karl die Entlassungspapiere in den Händen. Seine Bemühungen zu intervenieren, waren zu schwach gewesen. Seit dem Tod der beiden Frauen war ihm der Aufenthalt hier unheimlich geworden. Er fand auf seine drängenden Fragen einfach keine Antworten. Zugleich war es aber der optimale Ort, der ihm Schutz gewährte. Schutz vor dem Leben, vor den Worten anderer Menschen, vor einer überlauten Welt, die ihn ständig von sich selbst abhielt. Diesen Schutz entzog man ihm jetzt.

Seine Untersuchungen hatten nun schon wiederholt keine Auffälligkeiten ergeben, und Karls Widerstand gegen die Entlassung war ambivalent. Ein Teil von ihm wollte niemals mehr nach Hause. In überhaupt kein Zuhause, wo er sich hätte kümmern müssen. Der Gedanke an Verantwortung verursachte ihm Magenkrämpfe und neu aufsteigende Übelkeit. Ein anderer Teil, der immer mehr schrumpfte, sehnte sich nach Viktorias Wärme und dem Lachen der Kinder. Aber dieser Teil war sehr klein, verschämt und fast schon mehr eine Erinnerung an Scham.

Solche Dinge hatte er den Ärzten nicht gesagt. Die Sorge, man könnte solche Aussagen anders bewerten als ihm lieb war, hatte ihn davon abgehalten. Er misstraute all diesen Psychologen zutiefst.

Bevor er ging, brachte ihm Sven einen Umschlag. Darin war das kleine schwarze Buch, nach dem er bei der Verwaltung gefragt hatte. Die Angehörigen hatten es freigegeben, obwohl die Seiten mit Anmerkungen in Seraphinas Schrift gefüllt waren.

So verließ er mit einer geheimnisvollen und noch unergründlichen Botschaft über das Licht seine vorübergehende Heimat. Zum ersten Mal las er dabei auch den klein gedruckten Untertitel »Die Entdeckung der schöpferischen Imagination«.

In einer halben Stunde würde Viktoria ihn abholen. Er nahm sein Gepäck und das Buch und ging in den Park. Morgens war er leer und voller Tau. Darin spiegelte sich alles schimmernd und verschwommen zugleich. Man musste nur genau hinschauen. Ihm war, als zeigten sich darin auch Spuren der Träume aus der vergangen Nacht. Karl las:

»…Alles Leid des Menschen rührt davon her, dass er das Licht nicht sieht. Er hat nur ein Wissen davon, dass das Licht die Welt erleuchtet. Er weiß davon, weil er die Dinge, die Formen, die Farben dieser Erde sieht. Das Licht aber ist das nicht gesehene Licht.

Dabei glaubt er, das Licht zu sehen. Dass er es gar nicht sieht, weiß er nicht. Er weiß nicht, dass sein Leiden genau dieses ist, es nicht zu sehen und doch zu glauben, es zu sehen, wenn er in die Welt blickt. In Wirklichkeit stellt er es nur vor, er denkt es, er setzt es voraus. Er sieht, wie sich das Sonnenlicht in seinem Glanz, in seiner Wärme zeigt, sieht es aber nicht wirklich als Licht. Das Licht ist in Wahrheit Idee, reines Bild: Bild einer Wesenheit, die in der Seele auftaucht, wenn das Auge die beleuchteten Dinge wahrnimmt.«

9.

Viktoria servierte zur Begrüßung Karls Lieblingskuchen. Lucy hatte ihn mit vielen bunten Smarties verziert. Fast wie zu einem Kindergeburtstag. Nathan befand sich seit einer Woche im Musikinternat. Er hatte Karl einen Brief hinterlassen, der neben persönlichen Worten Noten für ein Klavierstück enthielt. Mikosch saß merkwürdig ruhig in einer Ecke und konnte sich offenbar nicht überwinden, Karl so temperamentvoll zu begegnen, wie es sonst zwischen ihnen üblich war. Die Stimmung war gedrückt und Viktoria versuchte, sie mit Freundlichkeit und guter Laune zu überspielen. Anders hätte sie es einfach nicht ausgehalten. An nichts und niemand aus ihrer Familie durfte der üble Geruch des Versagens haften. Doch hier roch etwas nach einem peinlichen Defekt, der in ihrem Programm nicht vorkommen durfte.

Sie hatte lange Gespräche mit den Kindern geführt. Nathan war heilfroh, das Elternhaus verlassen zu können. Mikosch hatte sich seit den Vorfällen sehr verändert. Der große Bruder fehlte ihm. Dazu kam der offenbar nervenkranke Vater. Er war in allen Fächern abgerutscht und seine Versetzung war in Gefahr. Im Notfall musste er halt diese Klasse wiederholen. Was war das schon angesichts der akuten Probleme, die es gerade zu bewältigen galt.

Lucy ging verschämt auf Karl zu und rieb ihr Köpfchen an seinem Bein. Sie hatte ihren kleinen Bären in der Hand und drückte ihn sich selbst ins Gesicht. So, als sollte der kleine Bär eine Verbindung zum etwas fremd gewordenen Vater bilden. Als Karl sie auf den Arm nehmen wollte, machte sie sich ganz steif. Sie wollte nicht. Karl setzte sie wieder ab und tat so, als sei nichts. Sie brauchte Zeit. Er wusste nicht mehr, was genau Viktoria alles erzählt hatte und auf welche Weise sie die Kinder informiert hatte. Überhaupt wusste er fast nichts. Er hatte ihr einfach nicht zugehört. Sein Interesse war erlahmt, sobald klar wurde, dass es keine beunruhigenden Neuigkeiten gab. Da wäre er dann wohl aufmerksamer gewesen, einfach aus einem Rest von Sorge und Verantwortungsgefühl, die noch aus seinem alten Lebensmuster stammten.

Karl hatte innerhalb der letzten Wochen ein eigenes, neues Leben gelebt, als hätte das alte nie existiert. Er schämte sich dafür, hier zu Hause noch immer keine liebevollen Gefühle für seine Familie aufbringen zu können. Ihm war, als wären seine Gefühle mit einer undurchdringlichen Folie ummantelt, die eine Mindesthaltbarkeitsdauer von fünf Jahren hatte und sich dann urplötzlich dematerialisieren würde. Fünf Jahre hatte er sich vorgenommen. Fünf Jahre seines Erwachsenenlebens nur für sich allein. Ohne Kinder, Frau oder Kollegen. Ohne existentielle Not und ohne Verantwortung - nur in der Freiheit eines Kerkers.

Viktoria hatte sich verändert. Äußerlich sah man ihr die Sorgen der letzten Wochen und Monate nicht an. Warum sie immer noch so gut aussah, war ihm ein Rätsel. Er selbst war fahl geworden. Sein Spiegelbild konnte er halbwegs ertragen. Seine Ausstrahlung jedoch kotzte ihn an. Viktorias Gesamtausstrahlung war auch anders. Weniger leuchtend. Ihre Schönheit war etwas larvenhaft geworden. Selbst ihre leisen Worte klangen schrill. Sie war so bemüht bemüht. So künstlich hip. Klar, sie wollte diese schwierige Situation entkrampfen und gab ihr Bestes. Und dieses Beste war: falsch. Vielleicht sah er aber auch nur Gespenster und alles war einfach zu viel, und er war derjenige, der falsch oder verrückt war. War er bereits auf der Überholspur zum finalen Irrsinn?

Kaum war ihm der Gedanke an Irrsinn und Gespenster gekommen, fielen sie über ihn her. Sie kamen tatsächlich. Ohne Vorankündigung standen die beiden Toten vor ihm. Bis heute wusste er nicht, wie sie zu Tode gekommen waren. Es war nur von einem Freitod die Rede, und in der Klinik hatte er keine Details oder Hintergründe herausbekommen können. Sofort nahmen die beiden seine Gedanken gefangen und absorbierten den letzten Rest seiner Aufmerksamkeit für die Familie. Sie standen vor ihm und schauten durch ihn hindurch. Dann waren sie wieder weg.

Karl schüttelte sich ein wenig und merkte, dass Mikosch ihn von hinten an den Schultern rüttelte. In einem Anflug von Übermut war er auf seinen Rücken gesprungen und wollte toben. Angesteckt von so viel plötzlicher Lebendigkeit sprang ihn nun auch Lucy an und wollte sofort auf den Arm genommen werden. Karl packte sie, schleuderte sie hoch und erntete ein fröhliches Kinderglucksen. In diesem Moment begann Viktoria zu weinen. Leise und nur für sich.

Die Nacht mit Viktoria war schwierig. Obschon sie sich beide bemühten, klappte das Beisammensein nicht wirklich. Sie belogen sich und spielten eine ihrer vielen Rollen, um den anderen zu trösten. Die Lüge als Mittel der Barmherzigkeit, um die Enttäuschung erträglich zu machen. Das war das Einzige, was sie im Augenblick einander schenken konnten.

Viktoria musste plötzlich an Jan denken. Jan Treblinski, der schon mehrfach hier aufgetaucht war, der Befragungen anstellte und Dinge zu klären hatte. Ein ungemein netter Kriminalbeamter, zu dem Viktoria Vertrauen hatte. Trotz seiner jungen Jahre hatte er eine gewisse Festigkeit in seiner Lebensart und eine Souveränität, die sie beeindruckte. Ob er nun acht oder zehn Jahre jünger war als sie oder vielleicht auch nur sechs, konnte sie unmöglich abschätzen. Aber es gab auch keinen Grund, das zu hinterfragen. Dass sie gerade jetzt, wo sie endlich wieder mit Karl zusammen war, an ihn denken musste, verwirrte sie.

Karl versuchte, sich zu Hause einzugewöhnen. Offenbar wollte man ihn nirgends im Leben. Hier jedoch sehr. Viktoria hatte sich so um seine Entlassung bemüht und er wusste, dass dahinter keineswegs egoistische Motive standen. Nach wenigen Tagen gewöhnten sie sich wieder aneinander und es schien, als kämen so langsam die alten Zeiten wieder. Nur Nathan fehlte. Mikosch litt sehr darunter und baute eine neue Form von Aggression auf, die jederzeit jeden treffen konnte. Er brauchte ebenfalls Zeit.

Was Karl nicht gelang, war die Fortsetzung seines Werkes. Alles war wieder blockiert, völlig versiegt. Die scheinbar optimalen Bedingungen vermochten die Blockade einfach nicht zu beseitigen. Weder sein neu gestaltetes Arbeitszimmer mit Zugang zum Garten, noch die ruhigen Vormittagsstunden, wenn die Kinder morgens in der Schule und im Kindergarten waren. Viktoria verhielt sich leise. Oft war sie für Stunden außer Haus und er spürte, dass sie ihm zuliebe fortblieb. Er sollte seinen Freiraum haben. Aber nichts kam durch.

Die Blockade war vollständig. So als lebte er in einem verfluchten Raum, der ihn umgab, egal, wo er sich gerade befand. Nicht einmal lesen konnte er. Am allerwenigsten in jenem Buch, das ihn geradezu außerordentlich interessierte. Das Buch über das Licht mit der Kraft der schöpferischen Imagination, dem er seine Geheimnisse entlocken wollte.

Der Hausarzt konnte ihn angesichts der Klinikdiagnose auch nicht mehr länger krankschreiben. Seine körperlichen Werte waren geradezu optimal. Da Karl auch jede Depression in der Klinik stets bestritten hatte, war es in seinem Fall schwierig, die richtige Form von Therapie zu finden. Er war weder krank noch gesund. Er war ein Sonderfall.

Karl ahnte bereits, dass es nicht gutgehen würde. Jedenfalls nicht lange. Wenige Wochen vielleicht. Dann würde der nächste Systemcrash eintreten. Er hoffte nur, dann nicht wieder auszuklinken. Das durfte er auf keinen Fall. Er wollte auch keine Psychopharmaka mehr nehmen. Was auch nur kleine Gaben Psychopharmaka in ihm anrichteten, erlebte er ja: Er konnte keine schwierigen Bücher lesen. Er konnte nicht konzentriert denken. Dennoch war er für kurze Zeit trotz Psychopharmaka in eine schöpferische Phase eingetreten, die jedoch schnell wieder versiegt war. Das bedeutete doch, dass sein Unvermögen noch eine weitere Ursache hatte: Er hatte Angst vor der tiefen Hoffnungslosigkeit, die ihn neu übermannen könnte.

Er lebte nicht. Manch eine Leiche kam ihm lebendiger vor als er selbst. Er und seine Zombie-Zeitgenossen. All diese fähigen, aber unnützen Systemstützer. Er funktionierte doch nur. Sie funktionierten doch alle. Fast alle. Wer sich in diesem System gesund vorkam, zeigte doch nur den Grad seiner wirklichen Geisteskrankheit. Funktionieren war aber kein Leben. Es war maximal eine Form von enthauptetem Leben. Ein kopfloses Füßlerleben, das durch die Zeit seinem Tod entgegen stolperte.

Der Gang in die Bank fiel ihm schwer. Merkwürdige Blicke lasteten auf ihm. Offiziell begegnete man ihm aufmunternd und freundlich. Doch in den Begegnungen lag auch so etwas wie Mitleid, das ihn peinlich berührte. Mitleid konnte echtes Mitgefühl sein, aber auch eine Form der Abwertung des Anderen. Den so arg Bemitleideten brachte das in eine Situation, wo er sein Versagen, sein ganzes Drama, noch einmal vor all denjenigen ausbreiten musste, die besser als er selbst dastanden und die heimlich stolz darauf waren, nicht solche Versager zu sein. Oh, diese Pharisäer! Ihr Mitleid glich einer seelischen Messerattacke.

Es verlangte einen hohen Grad an Sensibilität, hier genau zu unterscheiden. Zu erkennen, wo eine grobe menschliche Unachtsamkeit begangen wurde, wo man kalt über die Not des anderen hinweg stolperte. Das fühlte Karl in aller Klarheit und Unterschiedlichkeit, je nachdem wie fein oder schroff, wohlmeinend oder heuchlerisch ihm die Kollegen begegneten. Hier hatte er kein Blockadeprogramm laufen. Mit untrüglicher Sicherheit durchschaute er sie alle.

Seinen alten Arbeitsplatz hatte man umstrukturiert. Er wurde einer neuen Abteilung zugeordnet und war nur noch für die Wartung bestimmter Finanzprogramme zuständig. Viktoria hatte das in der Klinik schon angedeutet. Aber es hatte ihn nicht interessiert. Da war er noch hoffnungsvoll gewesen, niemals mehr hierher zurückkehren zu müssen. Seine Degradierung war nun für jedermann offensichtlich. Der Mitleidsmiene in so manch einem Gesicht seiner Kollegen hätte er am liebsten mit einem Faustschlag in die Fresse ein Ende gesetzt. Jeder neue Tag wurde zu einer neuen Tortur.

Und die Nächte wurden wieder zur Qual. Einzig seine Wachträume brachten Linderung. Geübt versetzte er sich in einen ruhigen Entspannungszustand, atmete tief und sehnte sich glutvoll nach einem freien Leben. Nacht für Nacht sichtete er die in der Psychiatrie niedergeschriebenen Gedanken und spürte dabei, dass eine endgültige Zäsur in seinem Leben nicht mehr lange hinauszuschieben war. Und wenn es sein Leben vor seiner eigentlich bestimmten Zeit kostete. Denn jenes drohte jetzt so oder so vollends wertlos zu werden.

Karl griff nach seinen alten Plänen. Erneut kam er zu der Anschauung, dass ihm einzig das Gefängnis als Lösung blieb. Der alte Gedanke ließ ihn auf bittere Weise lächeln. Lieber einen eingekerkerten Leib, als einen ständig fremdbestimmten Geist, der sich mit Bits und Bytes, Zeugnisnoten oder zu reparierenden Fahrrädern herumzuschlagen hatte.

Was nützte ein Leben in dieser sogenannten Freiheit, wenn er Abend für Abend erschöpft und todmüde in einen immer wiederkehrenden Alptraum eines irrwitzigen Bühnenstücks eintauchte. Schlimmer noch, oft in eine überdrehte Unruhe fiel, die ihm den Schlaf und die Träume stahl. Wenn er nur eine Hand voll Zeit für sein eigenes Werden nutzen könnte!

Dass die Gefängnisvariante ein folgenschwerer Akt werden würde, war von Anfang an klar gewesen. Zu sehr hatte er sich mit den Widrigkeiten dieser Alternative befasst und war durch die Bücher, die er über Gefängnisse gelesen hatte, voll im Bilde über die Härte, die ihn unter Umständen erwartete. Blauäugigkeit in diesen Dingen war kontraproduktiv für sein Vorhaben. Er musste dem Feind ins Auge blicken, nur dann würde er ihn besiegen. Aber das Auge würde auch Muskeln und Raffinesse brauchen, um am Ende nicht permanent blau zu sein oder gar blind.

Den Ausschlag, trotz aller Bedenken und lauernder Gefahren diesen Plan nicht aufzugeben, gaben die Lebensläufe der vielen großartigen Menschen, die teils Jahrzehnte ihres Lebens in Gefängnissen gesessen hatten. Deren Geist, Kraft, Wille, Liebe zum Leben und Ideale dort nicht gebrochen wurden. Nelson Mandela, Bertrand Russell, Martin Luther King, Gandhi, Oskar Wilde, Sokrates. Gefängnis konnte durchaus eine Chance sein, ganz außergewöhnliche Leistungen zu erbringen, großartige Heldentaten für die Menschheit oder Meisterwerke oder der Kunst. Es konnten politische, wissenschaftliche oder literarische Impulse sein, wie z. B. beim unvergleichlichen *Don Quijote*, der auch im Gefängnis entstanden war.

Don Quijote. Cervantes und Karls eigene Kindheit. Karl versetzte sich zurück. Er sah sich als Achtjährigen in seinen abgewetzten kurzen Lederhosen. Wie glühend hatte er dem Großvater damals gelauscht und wie tief war er beeindruckt davon gewesen, dass ein so schönes Buch im Gefängnis entstanden war. Und nun war sein Leben ganz ungeplant so verlaufen, dass er tatsächlich an einem ähnlichen Punkt stand, wenngleich unter anderen individuellen Bedingungen.

Je intensiver Karl über all das nachdachte, desto fester wurde sein Entschluss. Selbst Johann Sebastian Bach und Werner Siemens hatten die Gefängniszellen von innen erlebt. Ihrem Genie hatte es offenbar nicht geschadet, und ihre Familien waren daran ebenfalls nicht zerbrochen. Karl sah sich insofern in der Tradition dieser berühmten Gefängnisinsassen, als er wie sie kein herkömmlicher Verbrecher war. Die echten Verbrecher waren immer Verbrecher im Geiste. Da musste man unterscheiden. Denn genau das war er nicht. Im Gegenteil, später würden die Kinder stolz auf ihren Vater sein. Sie müssten nur alt genug werden, um es zu verstehen. Viktoria würde es ihnen zu erklären wissen.

Karls erstes Hauptwerk würde also ebenfalls in der Abgeschiedenheit einer Zelle zu Papier gebracht werden. Darauf war nun konzentriert hinzuarbeiten. Die beiden Toten und das lichtvolle Buch entschwanden seinem Fokus in genau der gleichen Weise, wie auch seine Kinder und Viktoria aus dem Fokus verschwanden. Sie mutierten zu Zaungästen seines Seins, denen er freundliche Brocken zuwarf, damit sie es mit ihm noch eine kurze Zeit aushielten.

Karl recherchierte im Strafgesetzbuch das Strafmaß für eine Reihe krimineller Taten, die er sich zutrauen würde. Sein Verbrechen sollte ihm ja nicht nur fünf Jahre Freiheitsentzug einbringen, sondern musste für ihn auch menschlich und technisch durchführbar sein. Ein zweiter Raub kam nicht mehr in Frage. Aufgrund seiner Versetzung fehlten ihm dafür jetzt die Voraussetzungen. Dann gab es Verbrechen, die kamen aus anderen Gründen nicht in Frage. Dazu gehörte alles, was andere Menschen körperlich schädigte oder seelisch in schwerwiegender Weise traumatisierte. Er wollte alles tun, das Opfer des Opfers so gering wie möglich zu halten. Ohne Opfer war aber kein Verbrechen möglich. Zum Täter an einem Opfer zu werden, war Teil des Preises, den er zu zahlen hatte. Freiheitsberaubung wäre eine Möglichkeit. Je nach Fall läge das Strafmaß nach § 239 Strafgesetzbuch bei bis zu fünf Jahren. Na bitte! Das brauchte er! Eine möglichst menschenfreundlich durchgeführte Freiheitsberaubung ohne Trauma, sondern mit völlig unversehrter Geisel!

Er hätte im Knast mit Übergriffen aller Art zu rechnen. Dies hatte er auch schon vor seinem Raub in Erwägung gezogen und es auf der persönlichen Angstliste ganz nach oben gesetzt. Sein bereits damals begonnenes Fitnessprogramm zog er nun beharrlich durch. Nur während der Wochen in der Psychiatrie hatte er alles schleifen lassen, da er sich bereits am Ziel gewähnt hatte. Wenn er im Knast seine

Ruhe haben wollte, benötigte er körperliche und mentale Überlegenheit. Opfer suchen sich gern eigene Opfer, damit sie sich als Täter wieder ein wenig machtvoller fühlen können. Erst recht im Knast, wo Macht eine zentrale Frage des Überlebens war. Seine Knastkollegen würden mit allen Wassern gewaschen sein. Vor allem auch mit dem Vorteil langjähriger Erfahrung und einer im Einzelfall hemmungslosen Brutalität. Als Greenhorn täte er gut daran, sich rechtzeitig mit authentischer Knastliteratur zu beschäftigen. Schwierigen Situationen wäre dann leichter zu begegnen. Jeder Anfängerfehler wäre fatal.

Mit dem Gefängnispsychologen würde er sich sofort gutstellen, wie auch mit dem Gefängnispfarrer. Beide waren Autoritäten mit brauchbarem Einfluss. Waren sie verhasst bei den Mithäftlingen, dann müsste er vorsichtig sein. Mit einem Attest, dass ihm soziale Phobie als Krankheitsbild bescheinigte, würde es vielleicht möglich sein, für die Dauer des Aufenthaltes eine Einzelzelle zu bekommen. Sein Aufenthalt in der Psychiatrie wäre da vielleicht eine günstige Voraussetzung. Wichtig wäre, mit allen Schaltstellen so gut zu kooperieren, dass bestimmte Vergünstigungen genug Zeit zum Schreiben ließen, da im Knast ja Arbeitspflicht bestand. Allerdings könnten im Falle von ernsthafter künstlerischer Arbeit oder dem Wunsch nach Studium auch Sonderreglungen getroffen werden. Es gab juristische Spielräume, was die Resozialisierung betraf. Und seine Prognose würde gut sein, da er als bisher unbescholten galt und noch lange eine Familie zu versorgen hatte. Den ganzen Tag nur zu schreiben, würde wohl nicht möglich sein. Eventuell erwies es sich als sinnvoll, sich gleich zu Beginn in die redaktionelle Arbeit der Knastzeitung einzubringen oder eine solche neu ins Leben zu rufen, falls sie noch nicht existierte. Damit würde er seinen Spielraum vergrößern, an all das heranzukommen, was für die eigene schriftstellerische Arbeit von Bedeutung war. Auch könnte er literarische Zirkel anbieten, interne kulturelle Sozialisierungsprogramme mit auf die Beine stellen. Man wusste doch schließlich, dass Kunst und Kultur auf Verbrecher einen positiven Einfluss ausübten. Beruhigend, aggressionshemmend.

Zweiter Teil

1.

Das ›Stahlwerk‹ in einem Düsseldorfer Industriegebiet war die ideale Location für das Rockkonzert. Zahlreiche DJ-Weltstars hatten hier schon an den Turntables gestanden. Und jetzt war Lisanna am Zug, eine der angesagtesten Partys des Landes zu feiern. Mit ihrer neuen martialischen Bühnenshow hatte die Rocksängerin bereits in anderen großen deutschen Städten für Furore gesorgt. Das Industriegebiet bot die perfekte Kulisse, ihre gesellschaftskritischen, frechen Songs in ehrwürdigen Hallen unters Volk zu hämmern. Mit ihren achtundzwanzig Jahren war sie bereits eine lebende Legende.

Für Karls Pläne war der Zeitpunkt günstig. Eine Operndiva hätte er ebenfalls genommen, sofern nicht zu schwergewichtig. Nun war die Entscheidung eben auf diese Rockröhre gefallen. Es würde ihr gemeinsames Schicksal sein.

Die Karten für beide Konzerte waren schon früh ausverkauft. Lisanna sollte drei Tage in Düsseldorf bleiben und zwei Konzerte geben. Dies bot Karl genau die Chance, die er brauchte. Lisanna würde im Steigenberger Hotel, direkt auf der Kö wohnen. Auf den Fanclubseiten im Netz war es neben den üblichen Privatdetails bereits ausgeplaudert worden. Bisher verfügte Karl weder über Kenntnisse der beruflichen Gepflogenheiten berühmter Rocksänger, noch ihrer sonstigen Lebensart. Frischer und unvorbereiteter als er konnte man nicht herangehen. Es wäre völlig gleichgültig, wer das Entführungsopfer war, solange er es nicht mit einem Sicherheitsstufe-1-Kandidaten zu tun hatte, was am Ende noch die GSG 9 auf den Plan riefe. Berühmtheiten dieses Niveaus machten Entführungspläne generell schwieriger. Zugleich aber bestand genau darin die Herausforderung an die logistische Planung, wie sie nur ein vollkommen gesunder Mensch aufstellen könnte. Und genau das war von seiner Seite aus zu beweisen, um wie geplant juristisch bestraft zu werden und nicht wieder in der Psychiatrie zu landen. Einfach irgendeinen Trottel zu entführen, hätte im späteren medizinisch-psychologischen Gutachten in seinem Fall problematisch werden können.

Eine Entführung aus dem Hotel schied von vornherein aus, erwog er. Wer wüsste schon, wie viele Bodyguards da im Einsatz wären. Und die Abschirmung ihrer Suite würde wohl perfekt sein. Auch die Garderobe im Konzerthaus dürfte überwacht werden. Kein Durchkommen für jemanden wie ihn, der mit seinen zweiundvierzig Jahren nicht einmal mehr optisch zur Fangemeinde gehören konnte. Wenn es überhaupt funktionierte, dann nur mit einem Trick, der im Sicherheitskonzept nicht vorgesehen war. Tricks gab es immer. Und die meisten waren erfolgreich, wenn sie das Emotionale und Private des Menschen einkalkulierten.

Lisannas kurzes Leben gab schon viel her. Sogar ein Biograf hatte sich bereits mit dem wilden Lebensweg der jungen Frau beschäftigt. Darüber hinaus gab es aber auch eine ganze Reihe von Foren und eben jenen gut informierten Fanclub.

Dank all dieser Möglichkeiten kristallisierte sich für Karl ein immer genaueres Bild ihrer Person heraus. Lisannas Neigungen und Vorlieben waren ebenso bekannt, wie ihre zahllosen Affären. Ein offenbar spannendes junges Weib, dessen Entführung ausreichend große Aufmerksamkeit auf sich ziehen würde. Wenn seine geistige Gesundheit unzweifelhaft nachgewiesen würde, könnte Karl fest mit einer Verurteilung wegen Freiheitsberaubung rechnen. Diesmal würde ihm niemand das Verbrechen streitig machen.

Lisanna schien ziemlich perfekt das typische Klischee eines international bekannten Rockstars zu bedienen. Häufig wechselnde Partner und Partnerinnen. Bisexualität war derzeit in der Szene en Vogue. Drogen und Alkohol machten solche Erfahrungen so manchem leichter. In Teilaspekten konnte Karl dies gut verstehen, auch wenn es nicht seinen persönlichen Neigungen entsprach. Mit seinem Wunsch nach freiwilliger Einkerkerung zum Zwecke des freien Schreibens war er jedoch ebenfalls ein Grenzfall. Vielleicht war sein Plan nur eine andere Art von Grenzgang im Geistigen. Oder anders: Sie beide spielten im Kern das gleiche Grundthema, nämlich sich aus dem Korsett des Gewohnten und der Gewohnheit zu befreien. Sie wandten eben nur verschiedene Mittel an.

In selbstkritischen Momenten hinterfragte Karl, warum er es denn überhaupt so kompliziert machte. Für Augenblicke war er dann verwirrt über sich selbst und seine scheinbar umständliche und vertrackte Planung. Ginge das alles nicht auch viel einfacher? Dann aber fiel ihm schlagartig wieder ein, warum er es so und nicht anders tun musste. Er musste ins Gefängnis für eine Tat, die so eindeutig war, dass selbst Viktorias Macht versagte, ihn irgendwie herauszuboxen. Der Gedanke an Viktoria erinnerte ihn an einen weiteren profanen Umstand, eine Schwäche, für die er sich heimlich schämte: Er konnte sich nicht selbst versorgen. Und er war zweiundvierzig. Dieses Eingeständnis vor sich selbst verursachte ihm spontane Übelkeit. Er wusste um die Notwendigkeit täglicher Mahlzeiten, frischer Wäsche, beständiger Einkäufe und ungezählter bürokratischer Anforderungen, bei deren Versäumnis Ärger ins Haus stand, ob in Form von Mahnungen, Schuldzinsen oder der Polizei.

Viktoria hatte ihm mit ihren Zauberhänden diesen kompletten Alltagsirrsinn oft und gern abgenommen. Er hatte zum Ausgleich die vielen Überstunden in der Bank gemacht, die ihnen ein anständiges Leben ermöglichten. Für beide ein korrekter Deal. Unbemerkt war er dabei immer tiefer in eine lebenspraktische Abhängigkeit gerutscht, Viktoria umgekehrt in eine finanzielle. Die Vorteile und die Nachteile aus solchen internen Abhängigkeitsmodellen mochten sich am Ende die Waage halten, solange alles normal lief. Aber je nach Situation kippte alles in die eine oder die andere Richtung.

Er brauchte nur eine kleine Zelle, wo kein Wind und kein Regen durch die Ritzen drangen, wo er sich auf die Mahlzeiten so fest verlassen konnte wie auf den beständigen Fluss seiner Atmung. Und wo er nicht genötigt wäre, mit Hausbesitzern, Nachbarn oder sonstigen Menschen ständig zu kommunizieren oder von ihnen belästigt wurde. Die Frauen waren am schlimmsten. Zu viele von ihnen stürzten sich liebend gern auf partnerlose Männer. Je hilfloser, desto angenehmer für sie. Solche Frauen sahen es den Männern unfehlbar an, ob sie an der Nadel der Alltagsversorgung hingen. Ob sie für Zahncreme, Pyjama und Vorsorgetermine selbst Sorge tragen konnten. Geheime Zeichen hatten sich bei all solchen Männern ins Gesicht geschrieben und wurden von jenem Frauentypus fehlerfrei gelesen und interpretiert.

Im Gefängnis erwartete ihn vermutlich das Kontrastprogramm. Dabei wusste er nicht einmal, ob er am Wohnort inhaftiert werden würde oder an dem Ort, an dem die Entführung stattfand. Karl beobachtete sich selbstkritisch. Er hatte sich schon wieder in eine Wut über Frauen hineingesteigert, die ihm nicht zuträglich war. Irgendetwas in ihm hatte den Drang ausgelöst, die ständigen bemühten Freundlichkeiten der weiblichen Welt zur Abartigkeit schlechthin zu erklären. Je unmöglicher all dieses Nettsein für ihn zu ertragen wäre, desto besser würde er die nächsten fünf Jahre in Gefangenschaft überstehen. Viktoria würde er zu den Besuchszeiten sehen. Das war mehr als genug.

Der Gedanke war noch nicht ganz zu Ende gedacht, als die beiden toten Frauen vor ihm standen. Fast hätte er nach ihnen greifen wollen. Er sah, wie die Hagere das Buch aufschlug und wie ihre Lippen Worte formten. Ihre Stimme war in seinem Gehirn. Sie klang wie Glas:

»Aber das Ego muss gar nicht überwunden werden. Es hat sich durchdringen zu lassen – von der Kraft seines Prinzips, das keine egoistischen Beschränkungen duldet. Weil man sich eigentlich nicht öffnet – und nicht einmal weiß, wie man sich zu öffnen hat –, ist man für täuschende Beeinflussungen und für die feinen Strömungen, die aus der eigenen Egoität entspringen, offen. Dann macht man aus dem Sich-öffnen eine sinnliche Angelegenheit und verbleibt im ehernen Zirkel der eigenen Natur: den äußeren Ereignissen und den Zuständen der Seele ausgeliefert.«

Karl schüttelte sich. Die Toten waren weg. Die Worte hallten nach. Wie waren sie ihm jetzt mit dieser Passage über das Ego ungebeten in seine Gedanken gesprungen? Warum kamen diese beiden Wesen erneut auf ihn zu? Hätte er doch einfach nur mehr Zeit gehabt! Ein Nachforschen über ihre Lebensumstände hätte vielleicht Erhellung gebracht. Solche Begegnungen, und wären sie auch nur eine Sache des Kopfes, waren doch keine beliebigen Zufälle. Zufällt, was reif ist. Das hatte ihm Viktoria schon tausendmal gesagt. Nach und nach hatte er begriffen, was sie damit wohl meinte. Eine brennend heiße Sehnsucht nach Viktoria und seinen Kindern überkam ihn jetzt plötzlich. Sie war übermächtig, und sein Aufschluchzen ließ sich nicht unterdrücken.

Lucy war auf seinen Schoß geklettert. Still und unbemerkt war sie ins Arbeitszimmer geschlichen. Sie streichelte Karl und sagte, er solle doch nicht weinen. Warum er denn so traurig sei. Alles würde gut. Sonst müsse sie doch auch weinen. Der kleine blonde Engel auf seinem Schoß ließ ihn nochmals laut und heftig aufschluchzen – und ihn dann zur Besinnung kommen.

Nathan käme am Wochenende zum ersten Mal nach Hause. Das war schön. Alles würde schon gut. Ja, Lucy hatte recht! Er musste sich zusammenreißen. Sonst würde das nichts. Seine Liebsten mit sich selbst zu quälen, wäre ein zu hoher Preis. Zuviel hatte er bereits investiert. Entweder er behielt jetzt ohne große Sentimentalitäten seinen Plan im Auge, oder er konnte sich gleich ganz und gar der seelischen Verwahrlosung hingeben. Dann würde er schneller als gedacht als echter Psychiatriepatient enden – ohne je ein großes Werk geschaffen zu haben, dafür mit jeder Menge zwischenmenschlichem Desaster. Sein Lohn wäre die Nadel mit beständigem Zugang zu Barbituraten.

Karl wischte sich die Tränen ab, nahm Lucy auf den Arm, warf sie in die Luft und gab ihr einen kleinen freundlichen Klaps auf den Po. Er schaffte es, das irritierte Kind zu beruhigen und schickte es zum Spielen wieder hinaus. Lucy ging und Karl konzentrierte sich wieder auf seinen Plan. Lisannas Entführung musste schon sehr bald erfolgen. Sentimentalitäten störten das Gefüge. Gelänge es diesmal nicht, würde er für einen dritten Versuch keine Kraft mehr aufbringen.

Dann müsste er sich wohl töten. So wie die beiden Selbstmörderinnen aus der Klinik. Karl schrieb sinngemäß die erinnerten Worte der toten Frauen in sein Notizbuch und freute sich darauf, in einer ruhigen Zelle all das aufzuarbeiten. Ein Licht in der Dunkelheit wollte er entzünden. Die Sonne des Bewusstseins? Eine schöpferische Imagination auf der ganz persönlichen Ebene, die gelebt und keinesfalls nur gelesen werden wollte.

Karl hielt alles für möglich. Auch, dass seine Fragen seltsam oder letztlich nicht zu beantworten wären. Jedoch nicht, dass die Worte der beiden Toten Ausgeburten eines kranken Geistes waren, der sich nun seiner bemächtigte oder in ihm wurzelte. Gleich einem Spiralwirbel in einer unermesslichen Drehbewegung stieg er von einer Gedankengalaxie zur nächsten empor. Was waren denn Engel, wenn man sie vom Nimbus der religiösen Vorstellung befreite? Wenn man sie erlöste aus der Form und neu erschuf? Dann waren sie reine Weisheit. Eine innere Weisheit vielleicht, die der Mensch nach außen projizierte? Erlag der Mensch dem Irrtum, jenen unbewussten und unverstandenen Teil der eigenen inneren Weisheit auf solche Geschöpfe zu übertragen? Waren die Engel der eigene Anteil des Höheren? So wie es Carl Gustav Jung für möglich gehalten hatte, der seinem eigenen Daimon begegnet war? Engel waren zunächst doch nur Begriffe, die jeder Mensch auf dem gedanklichen Level besetzte, der ihm möglich war, befand Karl. Aber offenbar waren Engel so mächtige Archetypen, dass sie Länder- wie Religionsgrenzen überschritten, in die dunkelsten Tiefen der Menschheitsgeschichte ragten, und auch heute noch in den Herzen vieler Menschen in allen Kulturen lebendig waren.

Und überhaupt, was hatte es denn mit den Seltsamkeiten so auf sich in unserer Welt? War es denn nicht so, dass auch seine immer freundlichen und durchaus voll funktionstüchtigen Bankkollegen häufig höchst seltsam waren, wenn man es genau betrachtete? So viele Situationen, die er sich spontan vor sein geistiges Auge rief, ließen ihn nur erstaunen, so viele von ihnen noch frei herumlaufen zu sehen. Sie waren doch kaum zu unterscheiden von seinen ehemaligen Mitpatienten in der Geschlossenen Abteilung. Das galt auch zum Teil für Viktorias Freunde. Die Menschen, die er in der Klinik erlebt hatte, mochten zwar offiziell medizinisch standardisierte Krankheitskriterien erfüllen. Aber eine ganze Reihe Menschen, die als gesund zertifiziert frei herumliefen, hätten es locker mit jenen Verrückten aufnehmen können. Merkwürdig, dachte Karl, nach welchen Kriterien Menschen als seltsam, krank oder verrückt eingestuft wurden. Und ob Menschen, die sich als Engel wähnen, wirklich so viel verrückter waren als manch ein Dauerverdränger? Der Verdacht, die Kliniken der Welt seien durchaus auch voll von Hochbegabten, die alle wie er nicht zum Zuge kamen, verstärkte sich mehr und mehr. Aber er wollte und er würde zum Zuge kommen! Jedoch im Alleingang und ohne Karriere in einer Engelhierarchie. Sondern mit einer saftigen Freiheitsstrafe. Er legte seine Aufzeichnungen zurück in seine Kladde. Alles kam ihm so unvollständig vor.

Seine Gedanken kehrten zu Lisanna zurück. Ihr Bild auf dem PC mit den hochhackigen Stiefeln, der wilden Mähne und dem Minirock löste automatisch sexuelle Assoziationen aus. Künstler schienen häufiger als andere Menschen die Bisexualität als eine Bereicherung des Geschlechtlichen zu verstehen. Schenkte man der Geschwätzigkeit des Internets Glauben, schien Lisanna nichts von dieser Möglichkeit auszulassen. Zugleich war dort eine sensible Seite angedeutet, die offenbar nur Wenige kannten und die nur spärlich thematisiert wurde. Vielleicht, weil sie uninteressant für die

Masse war? Weil hier keine Spekulation zu erwarten und keine Schlagzeile auszuschlachten war? Vielleicht aber auch, weil sie gar nicht wirklich in Worte zu fassen war und keiner diese junge Dame so genau kannte, wenn es um feinere Bereiche ging. Dank Facebook, Google und Freunde-Suchmaschinen waren jedoch viele Details aus ihrer Schulzeit ausgeplaudert worden. Die Schwatzforen in der Welt der Rockmusik brachten verschiedene Namen aus Lisannas Schulvergangenheit zutage. Geschichten über Pubertätsliebschaften gab es gleich eine ganze Reihe. Das Amüsement auch in späteren Jahren schien gar nicht abzureißen. Ob die dort so Vorgeführten davon etwas ahnten, war wohl oft fraglich.

Ihm kam da jetzt eine Idee. Karl durchdachte sie so logisch und stringent, dass selbst dann nichts verloren war, wenn der Plan fehlschlug. Wenn Lisanna auf den Trick, der ihm in den Sinn kam, nicht hereinfiel, müsste eben eine andere Person gefunden werden. Aber Lisanna war schon seine erste Wahl. Er hoffte, der Plan würde gelingen.

Ihre Musik war funky, schrill und leicht psychedelisch, befand Karl, und ihre Texte nur Mittelmaß. Vielleicht war genau das das Geheimnis ihres großen Erfolgs. Mittelmaß war eben für die große Mittelschicht die entscheidende Größe zur Identifikation und damit der Garant für Erfolg und Gewinn. Intelligente Texte hatten es da schwerer. Mit ihnen ließ sich keine Kasse machen.

Wie Lisannas Persönlichkeit ansonsten beschaffen war, wusste Karl nicht. Aber es interessierte ihn auch nicht wirklich. Ihn interessierten nur sein eigener Plan und die Details seiner Durchführung. Und dieser Plan war jenseits aller Mittelmäßigkeit. Er war radikal, ging an die Wurzel, er verkaufte seinen eigenen Körper einem echten physischen Kerker, damit sein Geist endlich frei fliegen könnte. Mochte dabei nur nicht das müde Flattern eines gestutzten Hahnes herauskommen, weil die Haupthenne im entscheidenden Augenblick den Ausgang blockierte!

Nach seiner Recherche war einer von Lisannas Schulfreunden offenbar ins Ausland gegangen. Ein anderer besaß eine mittelständische Fabrik in Oberfanken. Beide waren damals in Lisanna verliebt gewesen. Die Plaudertaschen im Netz erzählten, Lisanna hätte sich aber nur mit einem von beiden für eine sehr kurze Zeit eingelassen. Gerry hieß der Glückspilz. Mo (eigentlich hieß er wohl Markus, aber niemand nannte ihn so) wiederum hatte dann später finanzielles Glück und lebte seit einigen Jahren in Seoul. Weitere private Details waren über die beiden nicht zu erfahren. Nur die Firmenhomepages zeigten, dass sie es in jungen Jahren schon weit gebracht haben mussten. Offenbar waren sie sich nie wieder begegnet. Zumindest war darüber im Netz nichts zu erfahren. Gäbe es aber nun doch eine Verbindung zwischen den dreien, von der Karl nichts ahnen konnte, könnte der Plan leicht platzen.

Hundert duftende Baccararosen mussten selbst in der Suite einer bekannten Rocksängerin auffallen. Rocksängerinnen bekamen vermutlich keine durchgestylten Blumenbouquets. Eher bedankte sich die Fangemeinde mit etwas Speed oder einem knuffigen Teddybär. Das Ganze wurde noch getoppt durch einen goldfarbenen Briefumschlag. Diese Kombination müsste auch den müdesten Star für einen kurzen Augenblick wach werden lassen. Wenigstens so weit, dass er nachschaute, von wem dieses Arrangement stammte. Er musste auf die weibliche Neugierde vertrauen und auf den Umstand, dass sie seit ihrer Schulzeit tatsächlich keine Kontakte mehr zu ihren beiden alten Freunden gehabt hatte. Das war das Risiko!

Liebe Lissy,
ich bin zu einer Kurzvisite in Deutschland.
Bin auf der Messe. Habe Gerry dort getroffen.
Er sprach von Dir und Deinem Konzert.
Wow, tolle Überraschung!
Muss auch heute Abend schon wieder zurück nach Seoul
Wir möchten Dich beide gern wiedersehen.
Hast du Lust?
Allein, in Ruhe, ohne deinen verrückten Tross!?
Terminlich ist es nur heute Mittag
zwischen 14.00-16.00 Uhr möglich.
Wir haben ein Essen im »Breidenbacher Hof« bestellt.
Komm allein, zwei Stündchen mit uns plaudern.
Wann haben wir schon mal diese Gelegenheit!
Der Kellner weiß Bescheid.
Ruf mich kurz an: 0162-88776765

Hasta la vista!
• •• ••*!*
Mo.

2.

Der »Breidenbacher Hof« war für Karls Plan günstig gelegen. Dazu hatte er den besten Koch der Stadt. Die Tiefgarage hatte eine Direktverbindung zu den Hotelzimmern. Alles war von Karl akribisch ausspioniert worden. Die Fahrtroute nach der Entführung, die Ausfallstraßen, die Autobahnen mit allen Alternativen bei Sperrung und allzu schneller Polizeikontrolle. Das Ersatzauto stand startklar in einer kleinen Tannenschonung versteckt. Würde er es erreicht haben, wären sie nicht mehr so schnell zu finden.

Alles in allem musste die Entführung echt wirken. Insofern waren die strategischen Schachzüge nicht nur für den Plan wichtig, sondern auch für die nachträgliche Beurteilung durch einen Gutachter. Nicht noch einmal das gleiche Desaster. Die Gefahr, in der Psychiatrie unter für ihn dann ungünstigen Bedingungen zu landen, war ihm zu einer neuen Bedrohung geworden. Und diesmal, so ahnte er, würde man ihm noch ganz andere Medikamente verabreichen. Er musste beweisen, dass er ein ernstzunehmender Verbrecher und kein Psycho war.

Karl hatte ein raffiniertes, teures kleines Essen für drei Personen geordert. Das machte Eindruck im Hotel und ließ potente Gäste vermuten. Lisanna jedoch würde nicht einfach so kommen. Sie würde Kontrollen vorschalten. Ihr Management würde ganz sicher im Hotel anrufen und nachfragen. Anschließend würde sie selbst, falls sie Zeit und Lust hatte, vermutlich auch Mo's angebliche Handynummer anrufen. Dort dürfte aber auf keinen Fall seine Stimme zu hören sein. Dann wäre der Plan schon im Vorfeld gescheitert. Auf seinem Handy würde sich die automatische anonymisierte Standard-Stimme unter Angabe der Telefonnummer melden mit dem Hinweis, dass alle Anrufer zurückgerufen würden. Sie möchten bitte auf den Anrufbeantworter sprechen. So würde sie keine falsche Stimme hören. Er würde nicht zurückrufen, stattdessen darauf hoffen, dass nach der Bestätigung durch das Hotel für das Essen zu dritt unter Angabe des Auftraggebers einfach ihre weibliche Neugierde auf die alten Freunde siegte. Hätte sie die geplante Zeit jedoch schon mit einem anderen Termin belegt, wäre der Plan geplatzt. Dann müsste er halt improvisieren. Das war eines der weiteren Risiken, die eben einzugehen waren.

Die Zeit zwischen 14.00-16.00 Uhr war vermutlich die einzige Zeitspanne, die überhaupt für sie infrage käme, so spekulierte Karl. Ein langer Schlaf nach dem Konzert nachts zuvor, später am frühen Abend dann wieder die Proben. Aber irgendwann musste sie auch einmal etwas essen. Und vielleicht schaufelte sie sich diesen Termin frei, allein weil die alten Freunde es vielleicht wert waren.

Es würde nur gelingen können, wenn sie tatsächlich mit keinem der beiden Männer derzeit in Verbindung stünde. Wenn doch, wäre klar, dass es eine Falle war. Auch dieser Fall musste vorher genau durchkalkuliert werden. Eventuell würde dann sogar die Polizei informiert. Aber außer einem tatsächlich bestellten teuren Essen in einem guten Restaurant und einem unbenutzten Zimmer würden sie ja nichts finden. Es wäre bis dahin weder ein Verbrechen passiert noch wären verbrecherische Absichten nachweisbar. Man würde es letztendlich für die Schnapsidee eines verrückten älteren Fans halten. Er selbst war der Hotelrezeption völlig unbekannt und hatte schon im Voraus bezahlt. Karl konnte sich deshalb sogar ungeniert in der Halle aufhalten, selbst wenn die Polizei käme. Aber so weit würde es vermutlich nicht kommen. Und bis die Polizei, wenn überhaupt, tatsächlich auf ihn käme, wäre längst alles gelaufen. Denn warum sollte die Polizei wegen eines Stelldicheins mal eben anrücken. Sie dürfte es noch nicht einmal ohne nachweisliche Verdachtsmomente. Verrückte Fans gab es überall auf der Welt. Und nicht jeder war ein Entführer.

Ihr Management würde von der Rezeption erfahren, dass ein Essen für drei Personen um 14.00 Uhr bestellt worden sei. Ja, ein Herr Markus Merkerding habe dieses Essen telefonisch geordert. Man habe auch seine Handynummer. Man möge sich in der ›Brasserie 1806 – Private Dining‹ einfinden. Dies sei gut abgeschirmt und das Personal sei von Herrn Merkerding bereits darüber informiert, um wen es sich bei dem weiblichen Gast handele. Selbstverständlich könne man sich auf Ruhe und Diskretion verlassen. Alles war ganz offiziell und geheim zugleich: Das würde Vertrauen erzeugen. Karl würde eine kleine Weile vorher, wenn Lisanna schon unterwegs wäre, das Essen kurzerhand auf das ebenfalls gebuchte Zimmer bestellen und es dort anrichten lassen. Damit hatte er die Chance, sie in den Fahrstuhl zu locken, der direkt zur Tiefgarage fuhr. Den fahrbereiten Fluchtwagen hatte er gleich vorne an der Lift-Tür geparkt.

Lisanna kam in Begleitung ihres Bodyguards. Ihre himmelhohen Beine steckten in schwarzen Lackstiefeln. Die pechschwarz gefärbten Haare flossen der Erde entgegen und langten bis an ihre schmale Hüfte. Ihre Augen lagen hinter einer dunklen Sonnenbrille versteckt und ließen ihre Strahlkraft nicht erahnen. Karl erkannte sie nur aufgrund der Fotos, die sie in einer ähnlichen Aufmachung zeigten. Er hatte am Abend zuvor nicht einmal die Zeit gehabt, zu ihrem ersten Konzert zu gehen. Die Vorbereitungen für die Entführung verlangten ihm jede freie Minute ab. Zudem musste er gleichzeitig seinem Beruf nachgehen und die Rolle des Familienvaters offiziell aufrechterhalten. All dieser entsetzliche Stress würde in zwei, drei Tagen endgültig vorbei sein. Durchzuhalten hatte er jetzt. Weitere Ablenkungen waren gefährlich.

Karl trug Armani. Unauffällig, dezent, korrekt. Er sah gut aus. Zurückhaltende Noblesse ausstrahlend stand er im Foyer. Er näherte sich Lisanna und ihrem Begleiter und sagte, er sei der persönliche Assistent von Herrn Markus Merkerding. Herr Merkerding würde sich um wenige Minuten verspäten und er habe ihn gebeten, sie zu empfangen und hinaufzubegleiten. Das Essen habe man doch lieber in die Suite verlegt und der Koch bereite gerade im Zimmer schon vor.

Herr Vandervals sei vor wenigen Minuten ebenfalls angekommen und befände sich bereits in der Suite. Lisanna nickte ihrem Begleiter zu. Dieser hatte still zugehört und begab sich nun zur Rezeption. Dort wurde ihm bestätigt, dass das georderte Essen in spätestens einer halben Stunde in Suite 143 aufgetragen würde. Man sei aktuell bei den Vorbereitungen. Herr Merkerding hätte wegen seines Abfluges nach Seoul ausdrücklich um Pünktlichkeit von Seiten der Küche gebeten.

Diese Auskünfte reichten. Lisanna gab ihrem Begleiter für zwei Stunden frei und begab sich mit Karl zum Aufzug. Finn, so nannte sie ihn, möge sie gegen 16 Uhr hier im Foyer bitte wieder abholen. Eventuell könnte es auch 17 Uhr werden, da Herr Vandervals nicht unter Zeitdruck stehe. Aber 17 Uhr sei das Äußerste, sie müsse zu den Proben.

All diese ständigen Sicherheitsmaßnahmen nervten Lisanna ganz gewaltig. Sie waren ein fester Bestandteil ihres öffentlichen Lebens geworden. Kaum einen Schritt konnte sie ohne Bewachung machen. Für eine junge Frau von 28 Jahren ein Gefängnis. Wenn sie Vorsitzende des Nato-Verteidigungsrates oder direktes Mitglied der englischen Königsfamilie wäre, hätte sie ja Verständnis für diese ganze Maßnahme. Aber so? Umso mehr freute sie sich, dass es nun einmal zu einem ungeplanten Treffen mit zwei lieben alten Freunden kam.

Sie folgte dem höflichen Assistenten zum Aufzug. Dann ging alles blitzschnell. Das Chloroform wirkte sofort. Lisanna brach ohnmächtig zusammen. Zur Tiefgarage brauchte der Fahrstuhl zirka 5 Sekunden. Sieben Schritte bis zum Wagen. Zu dieser Zeit war die Tiefgarage nicht stark frequentiert. Käme doch jemand, so würde er diese Person spontan um Hilfe bitten. Seiner Frau wäre gerade schlecht geworden. Bitte, man möchte doch dringend zur Rezeption laufen und einen Notarzt verständigen. Man sehe doch, dass sie ohnmächtig wäre. Möchte ihm nur vorher bitte helfen, sie ins Auto zu heben. Eventuell ein Herzanfall. Sie wäre sehr krank.

Solche offensichtlichen Notsituationen setzten in aller Regel das Hirn außer Kraft. Alternative Gedanken kamen erst gar nicht zum Zuge. Die Persönlichkeit war dermaßen gefordert, dass nur noch rein intuitive Hilfshandlungen vollzogen wurden. Bemüht, jetzt nur alles richtig zu machen, folgten die meisten Menschen in der Not automatisch jedem Befehl – oder erstarren. Eine archaische Struktur, die noch immer wirkte und zu früheren Zeiten das Überleben der Menschen garantiert hatte. Daran müsste er jetzt anknüpfen und diese Ressource notfalls nutzen, falls es zu einem Zwischenfall kommen würde. Aber es kam niemand. Die Ressource des archaischen Altruismus blieb ungenutzt. Keine drei Minuten nach dem Betreten des Fahrstuhles fuhr Karl mit seinem Entführungsopfer in Richtung der nahe gelegenen Grenze.

In frühestens zwei bis drei Stunden würde Lisanna von ihrem Bodyguard vermisst werden. Vermutlich würde er ihr noch eine weitere halbe Stunde Verspätung einräumen. Gelänge ihm dann kein Telefonkontakt und gäbe es keinen anderen Hinweis auf ihren Verbleib, würde er sich wohl frühestens gegen 18.00 Uhr bei der Polizei melden. Alles schon großzügig in seinem Sinne berechnet. Danach würden mindestens wohl noch eine bis zwei Stunden vergehen, bis es zu einer tatsächlichen Fahndung käme. Wenn überhaupt! Denn heute war konzertfrei und vielleicht hatte die Dame sich mit den beiden alten Freunden auch spontan noch etwas anderes vorgenommen.

Bei der Polizei würden zuerst alle Erklärungen und protokollarischen Formalitäten erledigt werden müssen bis hin zu Recherchen in ihrem direkten Umfeld, bevor eine aufwendige und kostspielige Polizeifahndung herausging. Drei Stunden reichten locker, um ins benachbarte Ausland zu gelangen. Die Küche würde sich zwar wundern, warum die Gäste das Essen nicht einnahmen, aber aus dieser Tatsache allein war ja zunächst noch nicht auf ein Verbrechen zu schließen. Zudem war alles bezahlt. Hoteliers waren Launen gut verdienender Menschen gewohnt. Auch war fraglich, ob die Polizei innerhalb dieser kurzen Zeit im Falle des Verschwindens einer erwachsenen Person so schnell handelte. Dennoch war mit diesem Szenario zu rechnen. Sicherheitshalber hatte er sich darauf einzustellen.

Da es eine Vielzahl möglicher Fluchtwege gab, war völlig unklar, wie die Polizei im Dreiländereck von Benelux und Deutschland ihre Fahndung organisieren würde – zumal ja auch jede Richtung innerhalb Deutschlands möglich wäre. In alle Richtungen zugleich zu suchen, würde einen enormen Aufwand erfordern. Auch konnte man sie noch in der Stadt versteckt halten, in irgendeiner Hinterhofgarage oder auf dem Gelände einer der unzähligen stillgelegten Betriebe.

Würde die Polizei tatsächlich ab einem Zeitpunkt X von dem Verbrechen einer Entführung ausgehen und hätte durch die Staatsanwaltschaft ausreichend Rückhalt, dann würde man sich nach den ersten Befragungen wohl sofort die Kamera des Foyers und der Tiefgarage vornehmen. Vom letzten Aufenthaltsort der Sängerin, dem Hotel, würden die Recherchen ausgehen. Man würde dann auch schnell herausfinden, wer der Entführer war und wem das Auto gehörte. Das wiederum war ganz im Sinne von Karls Plan. Nicht jedoch wusste man von einem Ersatzauto, das wenige Kilometer weiter im Wald versteckt war. Und man wusste auch nicht, ob es sich um einen Einzeltäter oder eine Gruppe von Tätern handelte.

3.

Lisanna war noch benommen und willenlos. Ihr geringes Gewicht machte es Karl einfach, sie von einem ins andere Auto zu bugsieren. Er hatte sich mehrere Routen zurechtgelegt. Die Entführung war für ihn selbst auf maximal zwei Tage und zwei Nächte angelegt. In dieser Zeit wollte er nicht erwischt werden. Dann aber würde er Lisanna freilassen und spontan schauen, ob er sich gleich freiwillig mit stellte oder ob er sich schnappen ließ.

Es war auch hier wieder die Frage des Strafmaßes, die sein Handeln bestimmte. Da er erst kürzlich durch eine merkwürdige Psychose auffällig geworden war, schien es ihm sicherer, sich gleich zu stellen. Denn der Ausraster, den er sich im Präsidium geleistet hatte, konnte die Sonderkommission im Extremfall verleiten, schneller als geboten von der Schusswaffe Gebrauch zu machen und ihn am Ende noch völlig unnötig umzubringen. Es wäre sicherer, sich mit ihr gemeinsam zu stellen. Dann hätte er Ruhe, und sein Verbrechen wäre diesmal auch nachweisbar und würde nicht zur Tat eines Verrückten erklärt werden.

Karl hatte alles besorgt, was er glaubte, was Frauen so bräuchten. Sie würde ihr Outfit komplett verändern müssen. Er wollte ihr nicht mehr zumuten, als irgend nötig war. Auch er selbst wäre eventuell genötigt, sich innerhalb der beiden Tage ja irgendwo einmal sehen zu lassen. Das bedeutete, dass auch seine Fahndungsfotos, die vermutlich überall schnell per Internet verbreitet würden, möglichst keine Ähnlichkeit mit ihm selbst aufweisen sollten.

So ersetzte er seinen schicken Armani-Anzug durch einen fleckigen Schreineroverall und ein Holzfällerhemd, dem noch Späne des frisch gesägten alten Kirschbaumes aus seinem Garten anhafteten. Mit dieser Arbeitsbekleidung samt einer Arbeitskappe, tief in die Stirn gezogen, wäre ein Erkennen so gut wie unmöglich.

Für Lisanna hatte er die Bekleidung einer modernen Krankenschwester besorgt. Bequeme Sandalen, weiße Jeans, weiße Socken und weißes T-Shirt mit eng anliegender Berufsjacke. Das würde sie sich später anziehen müssen, wenn sie wieder voll bei Kräften war. Wo immer sie dann auftauchen mochten, würde man dann nicht nur das Fluchtauto nicht erkennen, es würde auch niemand ein Paar in Berufskleidung mit der Entführung in Verbindung bringen. Zwei Menschen, die müde von der Arbeit kamen, und nach dem Feierabend vielleicht noch ein paar Einkäufe zu erledigen hatten.

All diese Maßnahmen waren vielleicht für diese knapp bemessene Entführungszeit nicht wirklich unbedingt nötig. Aber es entsprach Karls grundsätzlichem Bedürfnis, stets drei bis fünf Ersatzpläne mit einzuplanen. Die mehrfache Absicherung beruhigte seine Nerven. Und gute Nerven brauchte er jetzt.

4.

Fünf Uhr nachmittags. Karl war noch immer nicht zu Hause. Viktoria hatte sich fest auf seine Pünktlichkeit verlassen und wurde langsam ungehalten. Lucy musste vom Aikido abgeholt werden und Mikoschs Hunger nach dem Fußballtraining war sicher gewaltig. Der nächste Termin, den sie wegen Karls Unzuverlässigkeit verpassen würde! Seit seinem Aufenthalt in der Psychiatrie benahm er sich oft unmöglich.

Seit einigen Monaten herrschte eine neuartige Unruhe im Hause. Nervosität und Übellaunigkeit gaben sich ein unschönes Stelldichein mit Missverständnissen oder nicht eingehaltenen Absprachen. Diese Serie schien nicht zu enden. Viktoria schwante, dass ihr Engagement für eine frühzeitige Entlassung Karls vielleicht doch ein Fehler gewesen war. Aber sie hatte doch keinen Verrückten geheiratet! Ein echter Affenzirkus, das alles, schimpfte sie leise vor sich hin. Zuerst diese plötzlichen Depressionen, dann sein merkwürdiger Ausflug in die Zockerwelt. Völlig untypisch für Karls Persönlichkeit. Immerhin hatte es ordentlich Geld eingebracht. Zugleich irgendwie auch schade, auf dem Höhepunkt einer Glückssträhne plötzlich aufzuhören.

Die Vorfinanzierung des Musikinternats für Nathan beruhigte sie ungemein. Und die Gelder für die Studienzeiten der Kleinen waren ebenfalls zinsgünstig angelegt. Da Viktoria konsequent an die Hochbegabung jedes ihrer Kinder glaubte, war auch an Doppelabschlüsse beim Studium zu denken, die zeitlich gesehen noch mehr Geld verschlängen. Vielleicht könnte sie Karl dazu ermuntern, mit ihr auch einmal ins Kasino zu gehen. Dass sie ihm weiteres Glück brachte, wäre doch immerhin möglich. Zu dumm aber auch, dass er ausgerechnet diese Marotte abgelegt hatte. Allein das erschien ihr schon krank.

In den letzten Jahren hatten sie immer weniger miteinander unternommen. Überhaupt war ihre Ehe nicht mehr unbedingt das, was Viktoria als das Gelbe vom Ei bezeichnen würde. Kamen solch trübe Gedanken hoch, wischte sie die beschlagene Sicht schnell mit ihrem inneren Fensterleder frei. Alle ihre Freunde steckten doch miteinander in irgendwelchen Krisen, sofern sie als die letzten Tapferen ihrer Art überhaupt noch in Partnerschaftsstrukturen steckten. Nächstes Jahr würde sich alles ändern. Sie übertrieb wieder einmal.

Schon auf dem Kiesweg vor dem Haus begann Mikosch, sich seines klatschnassen T-Shirts zu entledigen. Er hatte Hunger, und es sollte schnell gehen. Möglichst fettig, heiß, saftig, danach süß und dann Ruhe! Und das binnen ganz weniger Minuten, am besten zeitgleich! Er zog sich weiter nach und nach im Gehen aus. Und irgendwie fand er es auch noch lustig. Den einen Schuh pfefferte er schwungvoll nach links, ein paar Schritte weiter den anderen nach rechts. Auf dem direkten Weg zur Dusche entledigte er sich seiner vollgeschlammten Fußballhose. Stulpen und dreckige Socken säumten seinen Weg zurück in die familiäre Umgebung. Mit den Spuren hätte man wundervoll eine moderne Fassung von Hänsel ohne Gretel inszenieren können. Jedes Bekleidungsstück ein Krümelchen fürs spätere sanfte Mondlicht, das den Weg ins traute Heim wies. Jedoch kein Vöglein weit und breit, dass die verdreckten Klamotten aufzupicken bereit war, und die stattdessen den geballten Zorn der Frau Mutter erregten. *Oh, warte!*, dachte Viktoria und positionierte sich hinter der Badezimmertür.

Lucy kam mit ihrem Kuscheltier aus ihrem Zimmer und wollte wissen, was sie denn da mache und warum sie da so stehe. Doch Viktoria legte nur beide Finger auf die Lippen und machte: *Pssst*! Bei solchen Pssst-Spielen wollte Lucy immer mitmachen. Das verhieß Spannung, gleich würde es lustig werden. Und irgendwann würde einer schreien. Das war immer so! Wer schrie, war nie sicher bei diesem Spiel. Es kam darauf an, wer mitmachte und um was es ging. Auch gab es sehr verschiedene Arten von Schreien. Manche Schreie fand sie schön und dann schrie sie auch mit. So laut sie konnte. Andere waren aber ganz schrecklich. Da hielt sie sich dann die Ohren zu. Manchmal, wenn Nathan mitgespielt hatte, musste sie sogar weglaufen. Dann versteckte sie sich unter dem Bett, bis niemand mehr schrie. Solche Spiele waren einfach zu spannend für sie. Hin und wieder machten sie ihr richtig Angst.

Mikosch kam unter der Dusche hervor, band sich sein Badetuch um und wollte nur noch in sein Zimmer. Er war todmüde und sehr hungrig. Er freute sich auf eine Riesenportion Fritten mit Buletten. Lecker unökologisch, hahaha. Am liebsten gleich hier im Badezimmer. Aber das würde wohl für immer ein Traum bleiben.

Beim Öffnen der Badezimmertür schrie plötzlich jemand aus Leibeskräften *Krrrrrrraaa, krrrrrrrrraaa, kraaaaaaaaa,* und stürzte sich von hinten auf ihn. Klar, das konnte nur seine verrückte Mutter sein. Früher hätte er eher auf Nathan getippt. Sein Vater hingegen hätte diesen gemeinen Hinterrücks-Angriff nie gestartet.

Er versuchte sie abzuschütteln, aber seine Mutter rüttelte ihn fester und fester und machte weiter merkwürdige Geräusche. Dabei drohte sie ihm mit schriller Vogelstimme, er würde binnen weniger Minuten die Hexe in ihr kennenlernen, wenn er seinen garstigen Klamottenweg nicht innerhalb von 62,3 Sekunden bis auf den Kiesweg sauber abgeräumt habe. Ab und in die Waschmaschine damit! *Kraaaaaa, kraaaaa, kkkrrrraaa.*

Lucy stampfte fröhlich mit den Füßen und krallte ihre kleinen Finger vor Spaß in ihren Bär. Ihre Mutter ließ Mikosch einfach keine Ruhe. Und das war schön! Lucie schrie jetzt auch *Kraaa, kraaa, kraaa,* und wiederholte es nochmals mit piepsiger Stimme für ihren kleinen Stoffhund.

Mikosch war sichtlich entnervt. Hatte er in der Schule nicht mal was von einem Kinderschutzbund gehört? Aber er war zu müde, um sich zu wehren. An anderen Tagen, wenn das Hungerloch im Bauch erträglich war, entkorkte sich Mikosch auch schon mal aus dieser Umklammerung und sprang geschickt auf Viktorias Rücken. In solchen Situationen wich Lucy erschrocken zurück, weil die Kämpfenden dabei hin und wieder auf den Boden fielen. Einmal sogar auf ihren Sancho, der von beiden fast erdrückt wurde.

Wieder und wieder schrie Mikosch wütend, sie solle ihn loslassen und dass er ihr blödes Spiel heute nicht wolle, und schließlich: *Ich mach ja schon*! Mit erbarmungswürdig hundemüden Schritten schlurfte er den Weg zurück zur Haustür. Herzlose Hexe, seine Mutter! Weiber! Immer dieses Rumzicken. Papa hätte das auch nicht gemacht. Na ja, wenigstens Lucy würde ihn nicht im Stich lassen.

5.

Langsam erwachte Lisanna aus ihrer Ohnmacht. Nach und nach realisierte sie ihre Situation. Ihr Denken vollzog sich im Zeitlupentempo. Sie fuhr in einem fremden Auto. Neben ihr saß ein unbekannter Mann in einem schmutzigen Arbeitsanzug. Offenbar ein Schreiner. Sie roch frisches Holz. Das roch gut. Ihre Hände waren gefesselt und ihr Geist benommen. Lisanna dachte nach und beruhigte sich. Sie musste mal wieder auf einem Trip sein. Diesmal sah er wie eine Entführung aus. Sie kannte diese Trips. Manchmal waren sie wunderschön. Andere Male lösten sie auch Alpträume und Horrorvorstellungen aus. Hier das war so irgendwie dazwischen. Sie verspürte ein wenig Übelkeit. Hin und wieder sackte ihr Kreislauf weg. Als es ihr besser ging, fragte sie sich, was sie denn da mal wieder eingeworfen hatte.

Plötzlich erfasste sie eine große Wut. Die Autouhr zeigte ihr an, dass sie längst bei den Proben sein müsste. Irgendwas lief hier ganz absonderlich ab. Es wäre besser, die Augen wieder zu schließen und abzuwarten, bis der Trip vorbei war. Sie musste ja vielleicht gar nicht zu den Proben. Das Auto war doch Teil des Trips. Und die Proben auch. Sie war keine Sängerin, sondern lebte mit ihrer kleinen Tochter im Berner Oberland. Eine kleine Weile noch schlafen. Nur die Übelkeit machte ihr zu schaffen.

Karl bemerkte, dass sie aufgewacht war, ihre Augen aber wieder geschlossen hatte. Bis zirka zwanzig Uhr würde es noch hell sein. Dann begann die Dämmerung, und er würde sie bitten, sich umzuziehen. In ihrem jetzigen Aufzug würde man Lisanna erkennen, auch wenn die übergestülpte blonde Kurzhaar-Perücke ein wenig für Verwirrung sorgte. Einige Zipfel ihrer langen schwarzen Haare hingen links hinten heraus. Das müsste sie später selbst richten. Für rasch vorbeieilende Autofahrer aber saß dort eine kurzhaarige Blondine.

Karl konnte nicht voraussagen, wie schnell die Polizei informiert würde. Fast jeder trug heute ein Handy bei sich und konnte jede ungewöhnliche Kleinigkeit sofort der Polizei melden oder gleich der ganzen Weltgemeinde twittern, auch die zufällige Sichtung einer entführten Rocksängerin. Liefe über das Radio die erste Fahndungsmeldung, wären sie bereits über die Grenze im Waldgebiet von Luxemburg. Hier kannte Karl sich aus und rechnete damit, die nächsten 48 Stunden halbwegs gesichert verbringen zu können. Auf den Straßen wären Millionen von Autos unterwegs und die Personaldecke der Polizei war bekannter Weise hauchdünn. Nach diesem ersten gelungenen Manöver hatte er wirklich eine gute Chance, seinen Plan zum Ziel zu führen.

Lisanna träumte sich langsam wieder in einen scheinbaren Wachzustand. Mit der Zeit ließ der Trip nach und verwandelte sich mehr und mehr zu einem realen Grauen. Sie wurde tatsächlich entführt. Sie hatte eine komische schief sitzende Perücke auf, die sehr juckte. Das war kein Trip. Das war knallharte Realität. Finn hatte versagt. Sie war in irgendeine blöde Falle getappt. Gerry und Mo. Das Hotel. Das Essen. Das alles war eine Falle! Keiner der beiden lenkte den Wagen. Der Typ neben ihr war ein völlig Fremder. Diesen Schreiner kannte sie nicht.

Doch. Sie kannte ihn. Aber woher? Lisanna versuchte, ihre Gedanken zu sortieren. Ein mühseliges Unterfangen voller Blockaden. Als hätte man schweres Treibholz in den sonst reibungslos fließenden Strom ihrer Erinnerung geschmissen. Doch halt, das war doch der Mann in dem feinen Anzug. Oh Mann, wie Klamotten einen verändern können! Das hier war eine ganz reale Entführung. Der finale Alptraum für alle, die in der Öffentlichkeit standen und von ihrer Fangemeinde mit Haut und Haaren vereinnahmt wurden. Das bisschen Freiheit, was ihnen blieb, wurde nicht selten im Drogenrausch verbracht, um dieses ach so erfolgreiche Leben auszuhalten.

Lisanna drehte ihren Kopf zu Karl, um ihn genauer anzuschauen. Ein verkrampft wirkender Mann in den mittleren Jahren. Holzspäne in dem sich lichtenden Haar, Holzspäne auf der Stirn und am Hemdkragen. Vielleicht ja auch in Unterhosen und Socken, mutmaßte Lisanna und schloss sicherheitshalber nochmals die Augen. Sie fragte sich, ob ihr Entführer tatsächlich zwischendurch irgendwo am Waldrand aus dem Armani-Zwirn geschlüpft war und ein paar Bäume gesägt hatte. Einfach, weil ihm der erste Teil der Entführung zu langweilig war, schlicht zu unanstrengend. Vielleicht war ihm die ganze Aktion ohne Bäumefällen nicht männlich genug vorgekommen, weil es keine rasante Verfolgungsjagd gegeben hatte? An dieser Stelle streikte ihre Fantasie. Eher war ihm langweilig geworden, weil sie ihren Chloroformrausch träumte und er die ganze Fahrt über keinen Gesprächs- oder Krawallpartner hatte. Das könnte sie ändern! Lisanna dachte weiter angestrengt nach und wollte zuerst das Holzfäller-Armani-Problem lösen, bevor sie ihm irgendwelche Fragen stellte. Es ärgerte sie, dass ihr partout nichts Sinnvolles dazu einfiel. Und noch mehr ärgerte es sie, dass sie so benommen, so völlig unbrauchbar war und nicht einmal wusste, ob sie das wieder selbst zu verantworten hatte oder ob sie Opfer einer ziemlich miesen Story war, die zudem gefährlich werden könnte. Vielleicht war er ja auch ein Perverser.

Sie öffnete die Augen, wie um sich zu vergewissern, wie der Trip, den sie kurz für die Realität gehalten hatte, nun weiterginge. Vielleicht saß jetzt ja ein Priester neben ihr?

Lisanna griff auf einen alten Trick zurück: Sie sagte leise die 17er Reihe auf bis 187, und dann rückwärts bis Null. Wenn das gelang, gelang ihr auch das erste vernunftmäßige Denken wieder. So handhabte sie es immer zwischen den Zahlenreihen von 13 bis 28. Jetzt und hier war die 17er Reihe dran. Es klappte! Das hieß für sie: Wenn sie jetzt die Augen öffnete, würde sie eine der drei folgenden Alternativen erleben: Falls sie tatsächlich entführt wurde, wäre der Entführer jetzt kein Schreiner mit Holzspänen am Hals und im Haar, sondern hätte zumindest seinen ordentlichen Anzug an, den er auch im Hotel getragen hatte. Oder sie würde die Augen öffnen und Finn würde ihr ein Glas Wasser reichen, weil gleich die Probe für die neue Show begann. Oder aber sie würde gleich die Augen aufmachen und realisieren, dass sie einfach nur im Bett lag, endlich einmal Freizeit hatte und nur einen ziemlich abgefahrenen Traum von einer Entführung geträumt hatte. Diese dritte Variante schien ihr die natürlichste.

Eins, zwei, drei! Wach!

Der Schreiner war leider real, mitsamt den duftenden Holzspänen. Und sie hatte nichts geschluckt. Er saß weiter verkrampft und konzentriert am Steuer und schien sich ähnlich unwohl zu fühlen wie sie selbst. Sie schaute ihn wieder an und dachte ganz kurz, dies wäre doch so einer von den Typen, mit denen Frauen sich eigentlich Kinder wünschten. Handfest und zuverlässig, jedoch nicht mit kriminellen Karriereabsichten. Es würde sie nicht wundern, wenn dieser Typ am Ende sogar tatsächlich brav-bürgerlich Frau und Kinder hätte. Aber warum sollte ein Familienvater sie entführen? Sie sortierte weiter mühselig Gedankenfäden und strickte mit heißer Nadel einen merkwürdigen Topflappen für einen bedrohlich brodelnden Eisenkessel, in dem ihr Hirn gerade weich gekocht wurde. Ihre Zunge war trocken und wie gelähmt. Dazu hatte sie einen unbekannten und unangenehmen Geschmack im Mund. Ihr Denken klappte vermutlich auch noch nicht besonders gut. Was wollte der Typ? Geld war das einzige Motiv, das ihr einfiel. Sie schloss wieder die Augen.

Geld. Er würde nur Geld wollen. Vielleicht war er in Hartz IV gerutscht. Kleiner Schreinermeister, der unverschuldet verschuldet war. Musste vielleicht seinen Minibetrieb schließen oder hat seinen Job verloren. Mit mir war ja Kohle zu machen. Den letzten Gedanken nahm sie zum Anlass zu sprechen. Sie fragte ihn, wie viel er wolle. Was er glaube, was sie denn Wert sei. Und wie er sich das mit der Übergabe denke. Ein Schwall von Gedanken brach nun unkontrolliert und schnell aus Lisanna heraus. Und dann begann sie zu schreien. Sie schrie aus Leibeskräften und Karl verlor kurz die Kontrolle über das Auto.

Karl hatte mit allen möglichen Schwierigkeiten gerechnet, nicht aber damit, dass sie grundlos wie eine Irre plötzlich im Auto herumschreien würde. Ein Glück, dass sie noch gefesselt war. Das Auto war wieder in der Spur. Hier auf der Autobahn gab es keine Gelegenheit, kurz rechts ran zu fahren.

Er würde bis zur nächsten Ausfahrt warten müssen. Sie schrie einfach weiter. Sie schrie wie am Spieß, bis zur Besinnungslosigkeit. Unerträglich. Karl dachte nur noch an Mord. Aber zügig. Verdammte Weiber! Er schlug unbeholfen nach ihr in der Hoffnung, dass sie das zur Besinnung bringen würde. Er traf aber nicht ihr Gesicht, sondern ihre Brust. Zu schnell hatte sie den Kopf zur Seite geschleudert. Aber der Schlag saß und sie war sofort still. Er kannte dieses Verhalten von Lucy. Sie bekam auch gelegentlich hysterische Schreianfälle. Durch eine feste Umarmung, die einem Zangengriff glich, konnte sie dann nach und nach wieder zur Ruhe gebracht werden.

Damit sie in den nächsten Sekunden bloß nicht wieder zu schreien anfing, begann er selbst zu sprechen und erklärte ihr in fahrigen, unsicheren Sätzen, dass er kein Geld wolle. Auch würde ihr überhaupt nichts passieren, solange sie sich ruhig verhielte. Er würde ihr nichts zuleide tun. Aber wehe! Sie müsse auf ihn hören. Gehorche sie nicht, wäre er gezwungen, andere Saiten aufzuziehen. Sie solle sich jeden Schritt gut überlegen. Auch jeden Schrei. Eine solche Hysterie könne er einfach nicht ertragen. Da könne er gemeingefährlich werden! Das sagte er drohend und meinte es auch so. Er sei zudem bewaffnet. Keine hysterischen Anfälle mehr! Keine. Basta!

Er machte eine kleine Atempause und sprach dann ein wenig ruhiger. Die Entführung sollte möglichst nicht mehr als 48 Stunden dauern. Dann würde er sie freilassen. Eine überschaubare Zeit für beide. Das würde sie doch wohl aushalten. Vielleicht würden sie sogar vorher von der Polizei erwischt. Was wisse er denn! Aber das wäre vermutlich weniger gut. Man wüsste ja nie, wie schnell irgendwelche Sondereinsatzkommandos von Schusswaffen Gebrauch machten. Immerhin ging es um Entführung. Da wären sie nicht zimperlich. Unter Umständen kämen unnütz Menschen zu

Schaden. Am Ende noch sie selbst. Oder er. Tot, für nichts und wieder nichts. Ob sie das etwa wolle?

Lisanna verstand überhaupt nichts. Doch, eines schon: Ein Irrer! Das war die gefährlichste Sorte. Geisteskranke waren unberechenbar. Dies in Zusammenhang mit Kriminalität trug den Duft des Todes. Diese Typen konnten freundlich und im nächsten Augenblick bestialisch sein. Vielleicht schizophren. Alles war möglich. Sie konnten bei der kleinsten Gelegenheit austicken. Die kleinste falsche Handbewegung konnte sie zu unkontrollierten Handlungen provozieren. Eine Entführung, die nur kurz dauern sollte und dazu keine Geldforderung enthielt? Daran war überhaupt nichts glaubhaft. Was also wollte der Typ wirklich?

Andererseits: Was und vor allem wie er es sagte, wäre unter anderen Bedingungen sogar glaubwürdig gewesen. Seine Stimme klang ehrlich, wenngleich nervös. Aber konnte man sich in einer solchen Situation auf die eigenen Sinne überhaupt noch verlassen? Der Schlag gegen die Brust hatte auch nicht wirklich weh getan. Offenbar war er kein brutaler Schläger. Sie konnte sich sogar in seine Situation versetzen und nachfühlen, wie sich ihr absichtlich inszeniertes infernalisches Gekreische für einen Entführer anhören musste, der mit hoher Geschwindigkeit und unter Druck auf der Autobahn mit einem hysterischen Entführungsopfer unterwegs war. Vermutlich hätte sie an seiner Stelle entschieden fester zugeschlagen. Doch, als Entführerin hätte sie wohl voll reingeballert. Er aber saß zerknirscht am Steuer und wirkte nicht sonderlich souverän in seiner Rolle. Ihr Gefühl, dass sie es vermutlich mit einem Irren zu tun hatte, kam ins Wanken. Aber trotzdem sprach immer noch einiges dafür.

Sie fragte Karl noch einmal ausdrücklich, was das Ganze sollte, wenn er nicht auf das Lösegeld aus war? Irgendwas müsse er doch wollen? Und woher er Gerry und Mo kenne? Ob er in einer geschäftlichen Verbindung mit ihnen stünde? Oder ob es ihm um Publicity ginge? Wolle er vielleicht mal ein Tagesheld sein? Ein paar Wochen gern die Schlagzeilen bestimmen? Solche Wünsche kämen öfter vor als man glaube! Es wäre nicht immer das Geld! Oh nein! Menschen hätten oft ganz andere Wünsche! Aber sie habe Geld, sie könne genug besorgen. Ob ihn Schulden drückten?

Diese Frau war schrecklich. Wenn sie sprach, dann in einem endlosen Schwall. Karl war kurz davor, ihr Paketband um den Kopf zu wickeln, damit sie endlich still wäre. Sie war wie viele starken Frauen: Sie redete einfach immer weiter. Wie Viktoria. Sie ließ keine Ruhe. Sie setzte das messerscharfe Schwert des Wortes brutal gegen seine Ruhebedürftigkeit ein. Eine Sadistin. Wie so viele Frauen. Vielleicht waren auch alle Frauen der Welt so. Ein himmlisch vorimplantiertes Frauensprech-Gen. Eine biologische Mutation, die die Hälfte der Menschheit betraf. Auch blonde gelockte Engel betraf dies, selbst die kleine unschuldige Sorte wie Lucy. Fast war ihm, als hätte er eine verjüngte Version von Viktoria neben sich sitzen. Dann hätte er am Ende seine eigene Frau entführt, von der er endlich für ein paar Jahre loszukommen gedachte. Das Schicksal war das perfekte Irrenhaus. Die Art und Weise ihrer lebendigen, lärmenden und raumgreifenden Dominanz erzeugte Wut in ihm. Alles klang so schrecklich laut, deutlich, durchdringend. Unüberhörbar. Drängend, fordernd, nervend – nicht auszuhalten. Aber vor allem, und das war das schlimmste: unaufhörlich!

Karl fauchte sie an, doch endlich einmal still zu sein. Und wehe, wenn nicht! Er müsse jetzt überlegen. Er würde ihr schon noch sein Motiv verraten. Er war von der Autobahn abgebogen und befand sich in den Ausläufern der Ardennen. Wenige Kilometer, und er würde sich entscheiden müssen, ob er doch lieber Belgien ansteuerte oder wie geplant Luxemburg. Er entschied sich für Luxemburg, auch in der Hoffnung, dass dieser kleine Staat im Zweifelsfall weniger Polizisten aufböte, falls eine internationale Fahndung anliefe.

Aber nach was würde man denn suchen? Das tatsächliche Fluchtauto war unbekannt, und die wilde Rocksängerin mit ihren schwarzen Stiefeln und der pechschwarzen hüftlangen Mähne saß mit einer modernen blonden Kurzhaarfrisur im Auto und maulte. Die Grenzen waren wunderbar durchlässig, und mit den vorsorglich besorgten falschen Papieren aus dem Zocker-Milieu würde bei einer Kontrolle niemand in einem Schreiner einen Entführer vermuten. Auch Frankreich war schnell erreichbar. Lisanna jedoch musste sich jetzt schnell umziehen.

6.

Es war bereits kurz vor sechs. Die Kinder waren satt und Viktoria sauer. Kein Rückruf, keine SMS. Was fiel Karl nur ein! Mikosch hatte die Nachrichten eingeschaltet. Sie hörten von einer entführten Rocksängerin. Der oder die Entführer hätten sich noch nicht gemeldet. Man wisse noch nichts, man würde später weiter berichten. Zunächst gäbe es noch eine Nachrichtensperre. Wer entführte denn eine Rocksängerin, fragte sich Viktoria. Das wäre ja oberkrank! Was wollte man denn mit so einer? Das wäre doch eine tickende Zeitbombe im Auto. Man kannte diese verrückten jungen Dinger doch.

Hoffentlich würde Lucy nicht mal solche Wege einschlagen. Rocksängerin! Und sich dann noch entführen lassen. Als ob es keine Bodyguards gäbe. Aber Lucy war begabt. So ein Unsinn würde für ihre begabte kleine Tochter nicht infrage kommen. Und bei Mikosch waren gleich mehrere Talente da. Wenn nur endlich Karl heimkäme oder sich meldete.

Gegen acht Uhr klingelte es an der Haustür. Der nette Ermittler, den sie von der Bankraubgeschichte schon kannte, stand vor der Tür, zusammen mit einem älteren Kollegen. Viktoria lächelte ihn an. Dann wurde ihr sofort flau. Grundlos und urplötzlich. Ob sie ihren Mann einmal kurz sprechen könnten. Nein, er sei nicht da. Sie wisse auch nicht, wann er genau käme. Auch sie selbst warte ja schon. Telefonisch sei er im Moment nicht erreichbar, kein Rückruf, keine SMS. – Ob man denn trotzdem mal reinkommen dürfe.

Der junge Ermittler lächelte sie an und Viktoria lächelte zurück. Das flaue Gefühl dabei blieb. Ja sicher, man kenne sich ja noch von der Raubsache, die keine war. Oder ob der Serientäter etwa widerrufen habe, wollte Viktoria sofort wissen. Nein, nein, er würde weiter schweigen und die Beute sei unauffindbar. In drei Wochen wäre der Hauptprozess. Aber deswegen wäre man nicht hier. Ob sie Tee anbieten dürfe? Ja, eine Tasse, gerne.

Viktorias innere Unruhe steigerte sich. Was war jetzt wieder los? Karl hatte doch wohl nicht etwas ausgefressen? Diesmal etwas Ernstes? Nein, sicher nicht. Es würde sich gleich aufklären. Er würde gleich kommen. Eine Verspätung. Irgendetwas hatte ihn wohl aufgehalten. In der letzten Zeit war er öfter schon mal später heimgekommen. Ganz entgegen seiner alten Gewohnheit. Nur hatte er ihr bisher immer Bescheid gesagt.

Sie schenkte den Tee ein und sah die beiden Beamten abwechselnd erwartungsvoll an. Die leicht nach vorn gebeugte Haltung verriet ihre Anspannung. Ihre Hände hielten sich gegenseitig fest. Man habe hier eine Videoaufzeichnung auf DVD und möchte gerne, dass sie sie sich einmal anschaue. Die Kinder sollten jedoch in ihre Zimmer. Viktoria legte die DVD ein. Es erschien der »Breidenbacher Hof«. Sie war noch nie dort gewesen, aber sie kannte ihn natürlich. Er hatte eine vorzügliche Küche mit einem aufstrebenden kreativen Koch und einige Hotelzimmer. Ein teurer Schuppen. Zu teuer für sie. Dort spielte eine andere Liga. Sie sah die Eingangshalle des Hotels, in der eine Reihe von Menschen hin und her liefen. Dann kam Karl ins Bild. Den Anzug kannte sie gar nicht. War der neu? Sah aus wie ein Armani, den er sich einmal gewünscht und dann wegen Geldknappheit nicht gekauft hatte. Was sollte denn das jetzt? Dann verschwand Karl wieder aus dem Bild und andere Menschen waren zu sehen. Die Kamera war auf verschiedene Punkte gerichtet und blendete sowohl den Haupteingang, die Rezeption, die Aufzüge als auch die Zugänge zu den diversen Sälen ein. Befand man sich nicht in einem dieser Ausschnitte, war man leibhaftig unsichtbar vor Ort. Die beiden Polizisten baten sie, genauestens darauf zu achten, ob irgendeine Frau oder irgendein Mann ihr bekannt vorkämen. Nein, außer Karl kenne sie niemanden. Bis jetzt. Aber den Anzug, den er trage, den kenne sie ebenfalls nicht. Der müsse ganz neu sein.

Das ging so eine ganze Zeit weiter. Säße nicht die Polizei hier und wäre nicht Karl überfällig, hätte sie sich bei all dem nur entsetzlich gelangweilt. Aber für diese Aufnahmen musste es ja einen Grund geben, auch wenn Karl da nur harmlos herumstand. Plötzlich kam Karl wieder ins Bild. Dann eine schwarzhaarige Frau mit wallender Mähne und hochhackigen Stiefeln. War das nicht diese Rocksängerin? Sie war in Begleitung eines jungen Mannes. So stark wie er aussah vermutlich einer ihrer Bodyguards. Ob das so sei? Ja, so sei es. Nun sprach Karl mit der Frau und der junge Mann ging zur Rezeption. Dann kam er zurück und die Sängerin sprach wieder mit diesem jungen Mann. Wenige Sätze offenbar. Zu hören war nichts. Ob ein Lippenleser ernsthaft so etwas ermitteln könne, wollte Viktoria wissen. Ja, bei guten Aufnahmen fast immer. Auch in diesem Fall. Doch darüber könne man jetzt keine Auskunft geben. Dann ging der junge Mann weg und die Sängerin ging mit Karl zum Aufzug. Karl machte dabei sehr höfliche Gesten und angedeutete Verbeugungen. Das empörte Viktoria. So benahm er sich doch sonst nicht! Und das bei einer jungen Rockgöre? Die war doch nicht die Kaiserin von China. In ihrer Gegenwart machte er auf erlesene Eleganz mit vornehmer Unterwürfigkeit und zu Hause hockte er nur in Jeans oder lockeren Jogginghosen rum. Das aber sagte sie nicht. Sie dachte es leise und sehr erbost.

Das Video lief noch eine Zeit lang. Immer neue Menschen kamen vor die Kamera und verschwanden wieder. Man fragte sie, ob sie irgendwen erkennen würde. Ob Freunde, Bekannte oder Kollegen unter den Leuten wären? Oder vielleicht Patienten aus der Klinik. Patienten aus der Klinik? Was sei denn das jetzt schon wieder für eine Vermutung. Nein, sie kenne keinen.

Die Polizisten stoppten die Aufnahme und legten eine zweite DVD ein. Viktoria wurde wütend. Jetzt wollte sie erst mal wissen, was hier überhaupt los wäre. Nichts hätten sie ihr bisher gesagt, sondern ihr nur wortlos Filme gezeigt. Sie weigere sich weiter zu gucken, wenn sie jetzt nicht voll informiert würde. Was mit Karl los sei und wo er stecke. Und wozu sie wirklich hier wären. Die Polizisten baten Viktoria, sich nur noch wenige Minuten zu gedulden. Man würde sie gleich umfassend aufklären. Sie möge jetzt nochmals genau hinschauen.

Eine Tiefgarage war nun im Bild. Viele leere Parkflächen, einige wenige Autos. Da, vorne, an der Aufzugstür, da stand doch ihr Auto! Also Karls Auto. Es war doch auch sein Kennzeichen. SK. Sandhauser Karl. KS war damals nicht verfügbar gewesen. Und vorne baumelte der kleine Minibär von Lucy am Spiegel. Ganz ohne Zweifel ihr Auto.

Der Film lief weiter. Die Eingangstür zur Tiefgarage ging auf. Karl kam heraus. In den Armen hielt oder zerrte er eine Frau. Es war die Sängerin. Sie ließ ihren Kopf wie willenlos nach unten hängen. Ihre Beine schienen ihr zu versagen. Sie schlenkerten wie bei einer Marionette. Es war ein komischer Anblick, halb schleppte er sie, halb zerrte er sie. Zugleich stützte er sie. War sie betrunken? Wie viel Zeit denn zwischen den beiden Aufnahmen vergangen sei? Sekunden nur, so die Polizisten. Dann konnte sie schwerlich betrunken sein. Im Foyer hatte sie völlig nüchtern gewirkt. Man sah, wie Karl sie hastig ins Auto verfrachtete. Irgendetwas schien er dort zu machen, was die Kameras aber nicht mehr erfassten. Die Beifahrertür versperrte den Blick. Zwischendurch hatte er eine Rolle zwischen den Zähnen. Ob er sie fessele, wollte Viktoria wissen. Man vermute es, könne es aber nicht mit Gewissheit sagen. Es deute aber alles darauf hin. Karl fuhr zügig aus der Garage, jedoch nicht überschnell. Alles hatte wiederum weniger als eine Minute gedauert. Blitzschnell war es gegangen.

Viktorias Mund stand offen und ihre fragenden Augen funkelten die Beamten an. Diese Frau war doch heute entführt worden! Das hatte sie in der letzten Viertelstunde völlig vergessen. Er, der Entführer? Die Beamten nickten? Viktoria lachte. Erst herzlich und locker. Dann ging es ins Hysterische über. Nein, nein, nein, das war doch ein schlechter Scherz! Karl ein Entführer! Erst ein Bankräuber, der keiner war. Jetzt ein Entführer. Irgendwas stimmte hier nicht. Ja, klar, der Mann auf den Bildern war Karl. Das musste sie zugeben. Aber sonst? Nein. Missverständnisse. Merkwürdige Missverständnisse, die sich bald aufklären würden. Sie würde es nochmals auf seinem Handy probieren. Jetzt sofort.

Karls Handy war ausgeschaltet. Viktoria stand auf. Sie ging unruhig hin und her und musste nachdenken. Sie schaute aus dem Fenster und sah, dass mehrere Polizeiautos in ihrer Straße standen. Soviel Polizei? Ob man ihn denn hier im Haus vermute? Ob er sich hier versteckt halte? Nein, sie könnten doch bitte alles bis in den letzten Winkel durchsuchen. Natürlich sei er nicht da. Er sei seit Stunden überfällig. Er hätte einen Termin platzen lassen. Und sie sei sauer. – Kontrolliert hätte man bereits. Die Kollegen seien noch vor dem Klingeln über die Garage lautlos ins Haus eingebrochen. Er sei nicht hier. Aber man habe damit auch nicht gerechnet.

Dann brach Viktoria zusammen. Jan Treblinsky konnte sie gerade noch auffangen. Haarscharf sauste ihr Kopf am Kaminsims vorbei. Viktoria begann zu wimmern und zu weinen. Ein Nervenzusammenbruch, jetzt, wo sie realisierte, dass Karl die Sängerin entführt hatte. Keiner wusste wohin. Niemand wusste wozu.

Der Notarzt war schnell zur Stelle, untersuchte Viktoria und spritzte ihr ein Beruhigungsmittel. Polizisten hatten sich längst von Viktoria unbemerkt auf dem Grundstück umgesehen und von allen Seiten Position bezogen. Ein kleines Sondereinsatzkommando war sowohl durch die Garage als auch durch die Außenkellertür lautlos ins Haus eingedrungen. Bis auf das Wohnzimmer und die Kinderzimmer war längst das ganze Haus durchsucht, ohne dass die Anwesenden es mitbekommen hatten. Danach erst hatten die Ermittler bei Viktoria geklingelt.

Karl hätte keine Möglichkeit zur Flucht gehabt. Sofort wurden Straßenkontrollen im Wohnbezirk der Sandhausers durchgeführt. Selbst eine Haselmaus hätte nicht ungesehen entkommen können. All das ahnte Viktoria nicht einmal. Dass der Entführer mit seinem Opfer jedoch gemütlich bei der Familie am Fernseher saß, hatte auch niemand wirklich in Erwägung gezogen. Dennoch durfte nichts ausgeschlossen werden. Die Vorschriften waren eindeutig.

7.

Karl parkte auf einem kleinen Waldweg. Er warnte Lisanna vor unüberlegten Aktionen. Wie zur Bekräftigung zog er seine Schreckschusspistole heraus, mit der er wie blöd in der Bank herumgeballert hatte. Er besaß sie immer noch und er traute Lisanna keine genaueren Waffenkenntnisse zu. Das Ding knallte jedenfalls laut und es war auch nicht ungefährlich, wenn es sehr nah am Gesicht abgedrückt würde. Man würde nicht sterben, nicht sofort. Aber die Verletzungen könnten gravierend sein. Und würde man nicht gefunden, könnte man durchaus verbluten. All diese Gedanken schossen Karl durch den Kopf.

Er bat Lisanna, sich umzuziehen und übergab ihr die weiße Schwesternbekleidung. Alles saß ein wenig eng – aber sein Augenmaß war halbwegs richtig gewesen. Lisanna machte keine Anstalten und fühlte sofort, dass es für sie als Frau hier keine bedrohliche Situation gab, sondern alles allein auf diese seltsame Entführung ausgerichtet war, die sogar eine Art vorgeplantes Mindesthaltbarkeitsdatum von maximal zwei Tagen haben sollte. Ob dieser Aussage zu trauen war, konnte ihre innere Stimme ihr nicht sagen. Sie schwieg verdächtig beharrlich. Er wolle, so sagte Karl, die Nacht über hier auf dem Waldweg bleiben. Im Umkreis von acht Kilometern gäbe es kein Dorf. Niemand würde sie hier vermuten oder suchen. Er hätte eine Reihe alternativer Streckenabschnitte vorbereitet, sollte dennoch etwas Unerwartetes dazwischenkommen. Im Falle des Falles wäre er sofort startklar. Benzin, Wasser und Nahrungsmittel wären ausreichend im Kofferraum, mitsamt ein paar Utensilien, wenn sie sich morgen früh frisch machen wolle. Dies ginge aber nur, wenn er ihr vertrauen könne.

Lisanna fühlte, dass Vertrauen ihre einzige Chance war, aus diesem Dilemma wieder herauszukommen. Er schien ein eher zahmer Mann zu sein, dessen Schicksal ihn in eine Situation gebracht hatte, die scheinbar alternativlos war und ihn gleichzeitig hoffnungslos überforderte. Vermutlich fiel es ihm schwer, den Krieger zu mimen. Aber den Härtetest zum jetzigen Zeitpunkt zu wagen, wäre gefährlich. So überfordert und überreizt, wie er schien, könnten ihm angesichts fehlender Kaltblütigkeit und mangelnder verbrecherischer Profi-Gene die Nerven durchgehen. Dann könnte es von einer zur anderen Sekunde lebensgefährlich für beide werden. Lisanna wollte aber noch leben.

Karl bot Lisanna an, sie könnte auf dem Rücksitz schlafen. Bedingung sei jedoch eine Handfesselung. Sonst käme er selbst nicht zur Ruhe. Auch er brauche ein paar Stunden Schlaf. 40 Stunden seien mindestens noch gemeinsam zu überstehen. Lisanna legte sich nach hinten. Decke und Kopfkissen machten ihr die Sache auch halbwegs bequem. Sie bat Karl, ihr die Hände nach vorne zu fesseln. Lisanna schloss die Augen und wollte nachdenken. Auch Karl war still und hatte es sich auf dem Fahrersitz halbwegs bequem gemacht. Sicherheitshalber hatte er den Autoschlüssel in der Hosentasche und das Auto von innen verriegelt. Ein Entfesseln ihrer

Hände konnte Lisanna unmöglich alleine bewerkstelligen. Er würde also ein wenig schlafen können. Es gelang ihm nicht. Seine Nerven zerrten an seinen Gedanken und umgekehrt. Lisanna gelang es ebenfalls nicht. Sie schwiegen sich ein in eine helle Sternennacht.

Leise dankte Lisanna einer unbekannten Macht dafür, dass diese schreckliche Entführung nicht einen noch viel schrecklicheren Entführer bereithielt. Wenn sie Glück hatte und sich ruhig verhielt, würde dieser leicht gestörte Mann sie bald gesund aus diesem Alptraum entlassen. Nur reizen dürfte sie ihn nicht. Sie hatte gesehen, dass er außer der Waffe auch noch diverse Messer hatte. Unter anderem ein Stilett, das griffbereit neben ihm lag.

Karl horchte in die Nacht. Das Dunkel des Außenraumes mischte sich mit dem Dunkel seiner Gedanken. Wie weit war er von seinem Ziel entfernt? War er näher denn je? Würde er bald endlich ruhig hinter Gefängnismauern sitzen? Es sollte möglichst alles sehr schnell gehen. Genauso schnell wie der Serienbankräuber würde auch er das volle Geständnis unterschreiben. Er würde jedoch wegen des zu erwartenden Strafmaßes durchaus darauf achten, was er da im Einzelnen so unterschrieb. Fünf Jahre brauchte er. Dann wäre er fast achtundvierzig Jahre alt und Viktoria würde zweiundvierzig. Beide wären sie dann noch nicht wirklich alt. Sie könnten sich noch schöne Jahre mit dem vielen Geld machen, dass er für sein großes literarisches Gefängniswerk bekommen und das bald in viele Sprachen übersetzt werden würde. Der Bestseller wartete nur darauf, endlich durch ihn geboren zu werden. Lucy würde noch immer bei ihnen sein und Mikosch auch, da er dann erst 13 wäre. Trotz der fünf Jahre Knast würde er also sogar noch richtig intensive Familienzeiten erleben, die Pubertät der beiden Kleinen, und könnte dann für alle da sein.

Die Jahre der Haft würden dann auch seine Sehnsucht nach Vereinzelung und Abschottung bis an sein Lebensende gestillt haben. Dankbar würde er zu seiner Familie zurückkehren. Ob all die Jahre Viktoria auf ihn warten würde, wusste er nicht. Das gehörte leider zu den Risiken. Aber Viktoria war eine prächtige Frau. Sähe sie, dass Karl im Gefängnis zu seiner wirklichen Bestimmung heranreife, dann würde sie zu ihm halten. Sollte sie doch ein paar Liebhaber haben! Ach, was bedeutete das denn schon! Was war das bisschen Sex im Verhältnis zu echten, wirklich großen Gefühlen, die auf das Wesentliche zielten. Und das Wesentliche war doch wohl, dass ein jeder Mensch zu seiner wahren Bestimmung gelangte. Treu war doch der, der dem anderen zu seiner eigenen Bestimmung verhalf. Das war die Krönung der Liebe unter den Menschen! Was gab es Größeres als das! Aber wer schaffte das denn schon? Und waren all die, die es ebenfalls nicht schafften, nicht letztendlich in der gleichen Situation wie er selbst? Gefangene ihrer Umstände, ihrer Partner und Berufe. Gefangene ihrer Verantwortung und Pflicht, die nur deshalb so lastete, weil in ihnen die Unfreiheit als gefräßiges Monster hauste.

Die Toten tauchten in ihm auf. Lebendig wie eh und je. Diesmal las die Baronesse. Die Hagere hatte sie, wie so oft, untergehakt. Vielleicht war aber auch sie selbst es, die eine Stütze brauchte und die Stützung nur vorgab. Die menschliche Natur war ja voller Tricks, deren trickreichste Variante der fatale und gründliche Selbstbetrug war. Die Baronesse schien eine bestimmte Seite zu suchen, verwarf die eine oder andere Stelle und las mit ruhiger, klarer Stimme:

»*Sich den instinktiven Regungen gegenüber unabhängig zu machen, das ist der Weg, auf dem das Tun des Menschen sich befreit. Die Tätigkeit, die die Welt ihm abverlangt, nimmt dabei allmäh-*

lich ein unpersönliches Gepräge an, das sie vorher nicht haben konnte, da in der entwickelten Spontaneität zwangsläufig auch die egoistische Natur enthalten war. Jetzt geht der Geist in diese Spontaneität ein. Wenn die Handlung mühelos geworden ist, dann ist sie richtig. Dies aber ist das Resultat einer langen und geduldigen inneren Arbeit.«

Karl lauschte den Sätzen nach. »*Wenn die Handlung mühelos geworden ist, dann ist sie richtig. Dies aber ist das Resultat einer langen und geduldigen inneren Arbeit.*« – Er wiederholte die letzten Sätze noch zweimal. Die beiden Toten standen noch immer vor ihm.

Seraphina sagte dann leise zu ihm: *Wir können dich ab jetzt nicht mehr erreichen. Nur dreimal war es uns gestattet. Nun sind wir endgültig in einer anderen Welt … die dennoch mit deiner Welt in einem gemeinsamen Nichtraum weilt.*

Karl rang nach Luft. Er wollte nicht, dass die beiden Toten unerreichbar wären. Er hatte sie doch nie etwas fragen können! Nur sie sprachen zu ihm. Aber das reichte nicht. Er brauchte sie dringend. Er hatte so viele Fragen. Er rief hinter Seraphina her. Er rief die Baronesse Charlotte Luise Baronesse von Rottenberg. Er wusste ja noch nicht einmal, wer sie zu Lebzeiten wirklich gewesen waren. Auch hier war der unselige Stress seines gelebten Lebens schon wieder das Haupthandikap.

Seraphina, Baronesse, sprecht weiter zu mir! … Kommt zurück!

Lisanna war wach und wunderte sich, mit wem Karl sprach. Er rief nach einer Seraphina. Ob er zwischenzeitlich doch eingeschlafen war und geträumt hatte? Vielleicht war es seine Freundin oder seine Frau? Vielleicht hatte er eine Tochter mit einem solchen Namen? Seraphina! – Ein Engel der höchsten Hierarchie. Ein so schöner Name.

Lisanna wusste einiges über Engel. Gleich nach ihrem Austritt aus der Kirche hatten Engel sie heimgesucht. Als Vision, Thema und als neu erwachtes Interesse. Einen ihrer Songs hatte sie ihnen gewidmet. Sie summte die Worte in ihrem Herzen und ließ die Melodie dazu in einer imaginären Obertonmusik erklingen. Nach wenigen Augenblicken aber kehrten ihre Gedanken wieder in die Realität zurück, und sie vermutete, dass ihr Entführer geträumt haben musste. Denn seine Stimme klang so hohl, so verwaschen bei diesem Ruf nach der Frau. Aber er klang auch verzweifelt, und er schien nicht ganz bei sich zu sein. Vielleicht nahm er ja auch Drogen oder stand unter Medikamenten? Vielleicht war er krank. Brauchte er am Ende ihr Geld für eine medizinische Behandlung und gar nicht für seine persönliche Bereicherung? Im Grunde wusste sie ja immer noch nichts. Sie würde wohl alles erst nach und nach erfragen müssen.

Ob überhaupt und wie lange sie geschlafen hatte, wusste sie nicht. Am Stand des Mondes war es nicht abzulesen. Es war Neumond, die Sterne funkelten ganz ohne ihn. Sie sprach Karl an, um sich zu vergewissern, ob er wach war. Er habe nach einer Seraphina gerufen. Ob alles mit ihm in Ordnung sei? Ob Seraphina seine Frau sei? Mehr sprach sie nicht. Sie erinnerte sich daran, dass ihr Entführer eine psychische Allergie gegen lebhafte Gespräche zu haben schien. Nicht zu viel auf einmal zu fragen, war ratsam.

Nein, Seraphina sei tot. Ein Engel oder eine Verrückte. Oder beides am Ende. Er wisse es nicht. Er habe sie in der Klinik kennen gelernt. Kürzlich. Dort hätte sie sich ihm als Seraphina vorgestellt. Vor wenigen Wochen hätte sie sich mit ihrer

Freundin oder Schwester das Leben genommen. Eine Baronesse, die andere. Angeblich. So sei sie ihm jedenfalls vorgestellt worden. Ob es stimme, wisse er nicht. Er habe es ja leider nicht prüfen können. Dreimal seien ihm die beiden Frauen nach ihrem Tode erschienen. Sie läsen ihm Texte aus einem Buch vor. Dieses Buch besäße er sogar. Ein schwieriges Buch. Es gehöre eigentlich ihnen, aber man habe es ihm überlassen. Es handele von der Entdeckung der schöpferischen Imagination. Vom Licht. Vermutlich gäbe es ja noch ganz andere Lichtspektren als die, die man so kenne. Licht, das reines Bewusstsein sei. Das Abfallprodukt davon wiederum sei das Licht, dass wir Menschen über die Augen wahrnähmen. Dabei seien es aber nicht unsere Augen, die sähen, sondern wiederum unser Bewusstsein, dass sich doch nur der Augen bediene. Eine komplizierte Sache. Er habe das Buch leider immer noch nicht lesen können. Aber bald würde er Zeit haben. Er würde es Seite für Seite studieren. Satz für Satz, Wort für Wort. Es interessiere ihn brennend. Die Sehnsucht, es sich zu erarbeiten, lodere durch seine Haut hindurch. Wie feuriges Licht.

Er hielt inne und Lisanna wartete. Sie merkte, dass da noch mehr kam. Und sie gab ihm Zeit. Er wüsste selbst, dass Tote nicht so einfach erscheinen, bemerkte er. Er sei nicht verrückt. Oder ob sie das glaube? Vermutlich wisse sie selbst nicht, was sie glauben solle. Das jedenfalls könne er verstehen. So erginge es ihm ja auch schon seit Wochen. Er habe eine schwierige Zeit hinter sich. Und er könne verstehen, wenn sie ihm all das nicht abnähme. Wie solle sie da auch nur in der Kürze einen Sinn hinein bekommen. Umgekehrt hätte er wohl auch seine Schwierigkeiten, wenn ihm andere Menschen von solcherart Begegnungen erzählten. Und dennoch waren sie erschienen und hatten sich nun verabschiedet. Endgültig, wie sie ankündigten. Es täte so weh. So unendlich weh. Was und wer immer sie waren, er brauche sie so sehr.

Im Übrigen sei er nicht der einzige, dem das widerfahre. Alle Kulturen behaupteten schon immer, Kontakte zu Verstorbenen zu haben. Warum solle es ihm nicht auch passieren! Nur weil es unüblich war? Immerhin war es auch unüblich, dass man ihm ein Verbrechen einfach gestohlen habe. Und es war unüblich, dass er mit einer anstrengenden Familie voller angeblich Hochbegabter schicksalhaft verbandelt sei. Oder ob das etwa normal sei! Ob sie jemals einen ähnlichen Fall kennengelernt habe, wo die Eltern und die Kinder so hochbegabt seien? Nicht einmal Goethes Kinder hatten den Vater getoppt. Oder die begabten Bachs. Jedenfalls sei dies die Sicht von Viktoria. Seiner Frau. Seine Frau heiße Viktoria. Nicht Seraphina. Sie sei eine kluge Frau und kenne sich aus.

8.

Viktorias Befindlichkeit schwankte zwischen Panik und einer künstlich verordneten Ruhe. Eine ambivalente innere Rebellion hatte ihren Geist ergriffen und sorgte für eine gefühlte Achterbahnfahrt. Auf die Fragen der Beamten antwortete sie so klar und ausführlich, wie es ihr möglich war, während in ihrem Herzen gerade eine apokalyptische Schlacht abging.

Zweimal waren bereits die Kinder ins Wohnzimmer gekommen, um die Nähe der Mutter zu suchen. Sie waren beide verängstigt, ohne den Grund für ihre Angst zu kennen. Aber sie wussten, dass sie mit ihrem Vater in Zusammenhang stand. Jan Treblinski hatte sie zurück ins Kinderzimmer begleitet und ihnen mit wenigen Worten erklärt, dass der Papa weg wäre, und das man alles versuche, um ihn ganz schnell wiederzufinden. Es wäre ihm nichts passiert, und sie bräuchten keine Angst haben. Aber er müsste mit der Mama noch etwas sprechen und diese Nacht würde auch ein Beamter hier im Hause bleiben. Ob es denn möglich sei, dass Lucy heute bei Mikosch schlafen dürfe? Wenn sie artig blieben, dürften sie morgen auch schulfrei machen. Lucy müsste auch nicht in den Kindergarten, wenn sie nicht wollte.

Viktoria schüttelte weinend den Kopf. Karl musste komplett den Verstand verloren haben. Eine Entführung! Wozu denn nur? Man hatte doch das Haus gerade entschuldet. Es ging ihnen doch gut. Er war doch kürzlich erst aus der Klinik raus. Er war normal, gesund. Kerngesund sogar. Sie brauchte sich nur seine Werte ansehen. Auch psychisch. Man brauchte nur auf der Bank nachfragen, er war doch längst wieder im Einsatz. Alles klappte. Auch der Hausarzt könnte das bezeugen. Viktoria suchte nach Zeugen für sich selbst und ihre eigenen Zweifel. Zeugen dafür, dass sie sich nicht jahrelang in diesem Menschen geirrt hatte. Ihre Selbstgewissheit in Sachen Karl hatte schon nach dem unverständlichen Bankraubgeständnis feine Risse bekommen. Aber das hier drohte ihr Vertrauen endgültig platzen zu lassen. Eine Entführung!

Tränen des Zorns stiegen in Viktoria hoch. Sie hatte die ganze schwierige Zeit über zu ihm gehalten. Sie hatte ihn gestützt, wo sie nur konnte. Sie hatte an ihn geglaubt – und nun tat er ihr das an. Das konnte nur schleichender Wahnsinn sein. Kein halbwegs normaler Mensch, der in vergleichbaren Verhältnissen lebte mit einem festen Job, Familie und Geld, entführt eine Rocksängerin.

Hinter ihrem Tränenschleier nahm sie wahr, dass Jan

Treblinsky sie sehr genau beobachtete. Der andere Beamte bat darum, sich gründlich umschauen zu dürfen. Ja, natürlich, das dürfe er, angesichts dieser Situation. Ein Durchsuchungsbefehl sei vorhanden. In solchen Fällen gehe das sehr schnell.

Nachdem rasch die Basisdaten der familiären Handynummern, Bankverbindungen und Scheckkartennummern geklärt waren, besprach man die Vorgehensweise, falls Karl sich telefonisch melden sollte. Früher oder später könnte er es bei der Familie versuchen. Vielleicht auch zuerst bei der Polizei. Noch wüsste man ja nichts. Alles lag noch völlig im Dunkeln, bis auf die Tatsache, dass er der Entführer war. Binnen Kurzem waren Fangschaltung und Aufzeichnungsgeräte installiert. Die Chance, dass er sich über sein eigenes Handy bei Viktoria meldete, wäre eher gering, jedoch nicht wirklich auszuschließen. Ob Mikosch auch ein Handy habe. Ja klar, alleine schon wegen der Abholzeiten. Aber auch so. Alle Handyverbindungen wurden notiert. Und Lucy? Sie doch wohl noch nicht? Doch, sie hatte auch mal eines gehabt, aber das war schon vor einiger Zeit verschwunden. So ein Kleinkinderhandy. Eine Idee ihrer Schwiegermutter zum letzten Geburtstag. Vermutlich beim Spielen verbummelt.

Weitere Befragungen bezogen sich dann vor allem auf Persönliches zur Partnerschaft, Familie, die Kinder, Verwandte, Freunde, Kollegen – Feindschaften vielleicht? Nein, keine. Es gäbe so vieles im Leben eines Menschen, das plötzlich an Bedeutung gewann. Winzige Details, seltene Begegnungen, einmal aufgetauchte Bilder oder Impulse. Jeder Impuls könnte wichtig sein.

Viktoria schwirrte der Kopf. Ob sie sich eine halbe Stunde hinlegen dürfe. Ja, sie solle sich ausruhen. Der ganze Polizeiapparat arbeite auf Hochtouren. Morgen könne sie ins Präsidium kommen. Heute würde man in ihrem Haus bleiben, es würde jetzt eh Tag und Nacht observiert werden. Das sei üblich. Aber damit rechne der Entführer wohl auch.

Viktoria schlich ins Schlafzimmer. Die beiden Kinder kuschelten sich aneinander und schliefen fest. Sie legte sich an den Rand und war bemüht, ihre Kleinen nicht zu stören. Trotz des Beruhigungsmittels war sie noch immer aufgekratzt. Eine merkwürdige Mischung aus Bleischwere und Ekel, Müdigkeit und bitterer Enttäuschung floss durch ihre Adern. Ihre Wut auf Karl schrie nach Entladung, die hier und jetzt leider nur stumm vollzogen werden durfte. Wäre er anwesend, er hätte sie gewiss von ihrer handfesten Seite kennengelernt. Karl hätte alle seine untrainierten Muskeln am eigenen Leibe spüren dürfen. Windelweich hätte sie ihn gekocht. So ein Schuft! Ein echter Penner! Ihr und den Kindern das anzutun. Warum nur um Himmels Willen! Wenn man es wenigstens verstehen könnte! Ein Geständnis für einen nie begangenen Banküberfall war schon idiotisch genug. Eine Polizistin zu verbrühen völlig abartig. Aber jetzt noch eine Entführung, ohne äußere Not, das schrie doch nur noch nach therapiebedürftigem Wahn! Das würde ihn so oder so für einige Jahre hinter Gitter bringen – oder endgültig in die Geschlossene.

Sie würde, nein, sie müsste mit der Polizei kooperieren. Die alleinige Verantwortung für ihre drei Kinder ließe ihr doch gar keine Wahl, nachdem ihr Göttergatte den einsamen Beschluss gefasst hatte, sein Leben lieber im Wahn zu verbringen als mit seinen patenten und vielversprechenden Kindern. Allein dieser Gedanke streng zu Ende gedacht, machte ihn zu einem unheilbaren pathologischen Fall. Ein toller Vorzeigevater. Die Kinder würden Jahre lange darunter zu leiden haben. *Du Vollidiot! Warum, Karl, bist du nur so ein Vollidiot!* Was war da los? Ihr Gatte schickte sich an, eine neue Verbrecherkarriere zu starten, nachdem man ihm den Bankraub vor der Nase weggeschnappt hatte. Ob ihn dies traumatisiert hatte? Fand er es am Ende unmännlich, nicht mal ein Bankräuber sein zu können? Oder war Karl das Opfer irgendwelcher versteckten Hintermänner geworden? Viktoria hielt inne. Irgendetwas sagte ihr, dass alles ganz anders wäre als es den Anschein hatte. Aber wie? Vielleicht würde man morgen eine internationale Entführerbande in der Rasterfahndung entdecken, mit der Karl durch irgendeine Schicksalsfügung verwickelt war. Und was, wenn sie Karl zu all dem gezwungen hatten? Ihn, den Oberdummkopf, für die Drecksarbeit benutzt hatten? Dann hätte sie ihm jetzt innerlich tiefes Unrecht getan.

9.

Karl sprach und sprach und Lisanna hörte weiter aufmerksam zu. Sie realisierte zum ersten Mal in ihrem Leben: Wer nicht ständig neugierige Fragen stellt, erfährt mehr! Vor allem ein Mehr an Qualität, ein Mehr vom Wesentlichen. Das war ein Geheimnis unter den Menschen. Sie wollten nicht immer ausgefragt und bedrängt werden. Die meisten wollten selbst bestimmen, wann und was sie zu wem sagten. Wie langsam, wie schnell, wie umfassend und wie ehrlich. Je stiller der Zuhörer, desto größer die Chance, dass er vom Sprechenden ganz vergessen wurde. Irgendwann sprach der Sprechende nur noch zu sich selbst. Ein ganz intimer Akt. Die dann offenbarten Geheimnisse waren dann ebenso zu behandeln, wie es Priester und Ärzte taten, die an ihre Schweigepflicht gebunden waren. Wehe dem, der da Verrat an der Sache beging!

In einem langen ruhigen Atemstrom erzählte Karl seine Geschichte. Er hörte sich selbst sprechen und in manchen

Momenten rührte ihn seine eigene Tragik. Dann hielt er inne. Er achtete nicht darauf, ob Lisanna wieder eingeschlafen war, oder ob sie ihm wachsam lauschte. Es war nicht wichtig. Nur das Aussprechen dessen, was war, schien jetzt wichtig und wohltuend. Niemals zuvor hatte er so umfänglich über sich selbst und seine Situation nachgedacht.

Alle erinnerbaren Stationen seiner Kindheit beleuchtete er. Besondere Betrachtung fand dabei seine Liebe zum Schreiben. Da waren seine tiefsten Seelenmomente zu finden. Er ließ seine Jugend mit seinem Stolz über die ersten Literaturpreise vor seinem geistigen Auge auferstehen. Dazu die leuchtenden Augen Viktorias, die ihn bewundernd anblickten. Der Abbruch seines Studiums wegen der ungeplanten ersten Schwangerschaft, die Freude über Nathan und der Einstieg in die Computerwelt zogen hinter seinen geschlossenen Lidern vorüber. Die weiteren Geburten, das Lachen, die Kinder, der Stress. Der immer erdrückendere Stress. Das Empfinden des Mangels, der sich leise in sein Leben und sein Herz schlich. Der Horrorstress, der sich später an seiner inneren Talsperre mehr und mehr staute, Milliarden nicht gelebter Kraftmomente bändigend. Wehe, ein solches Bauwerk bricht!

Karl erschöpfte sich im Sprechen über das Erlebte. Er seufzte auf, und es klang zugleich wie eine große Erleichterung. Froh, all dies einmal laut auszusprechen. Es gab ihm die Kraft für das, was noch bevorstand. Er hatte alle Risiken wieder und wieder gegeneinander abgewogen. Von der Verletzlichkeit der Kinder bis zum langjährigen Zölibat im Gefängnis. Vom Risiko, durch ein Sondereinsatzkommando erschossen zu werden bis zum Risiko, alternativ an der Unruhe des Lebens zu sterben. In den Fluten der eigenen Talsperre unterzugehen. Oder schlimmer, zu sterben, ohne je in Ruhe am Kern seiner selbst angekommen zu sein. Ein Zombie auf Lebenszeit, biologisch voll funktionsfähig, aber degradiert auf bloßes Reagieren. Nur fünf Jahre für sich! War das denn zu viel verlangt? Die Kinder und die Ehe hätte man doch noch über viele Jahrzehnte. Nur fünf Jahre für sich als erwachsener suchender Mensch. Ob sie ihn da verstehe? Lisanna verstand durchaus. Aber nicht nur das. Die Worte entfalteten eine eigentümliche Wirkung in ihr und zwangen sie zum Nachsinnen über sich selbst. Nein, sie wolle jetzt nicht sprechen. Sie müsse nachdenken. Er solle ihr Zeit geben. Später könne man sprechen. Nicht Karls Tragik war es, die Lisanna in diesem Moment anrührte, sondern ihre eigene Tragik. Karl hatte sie durch das ruhige Erzählen seiner Lebensbürde berührt. Solche Geschichten mochten sicher gleichzeitig Milliarden von Menschen erleben. Und dennoch war jeder einzelne Mensch doch mit seiner eigenen Geschichte ganz allein. Jeder hatte seinen Weg aus diesem grausamen Lebensdschungel zu finden oder darin irgendwie zurechtzukommen. Klappte beides nicht, konnte man immer noch von einer Brücke springen. Es gab immer Alternativen. Und es gab genug Brücken, die zum Springen verführten.

Aber wer wusste schon, welche der Alternativen für einen selbst richtig und gleichzeitig auch gangbar waren? Wer war denn schon frei unter den Menschen? Wirklich frei? Wer konnte sich schon einfach aus der Verantwortung stehlen? Und wäre denn etwa Verantwortungslosigkeit Freiheit? So primitiv war das Menschsein wohl nicht gestrickt. Um es so zu sehen, bräuchte es eben auch eine große Portion Egoismus mit einem gehörigen Schlag Naivität. Oder bräuchte es eine Leidensbereitschaft, die so groß war, dass sie das zugemutete Leid der anderen zusätzlich zu tragen vermochte? Hatte man nur für sich selbst zu leiden und Mitleiden am unvermeidlichen Leid der anderen war gar nicht angesagt? Was war einem selbst denn zuzumuten? Was muteten einem die anderen zu? Was mutete man selbst den anderen mit sich zu, ohne dass man auch nur ahnte, wie sehr man selbst schon Zumutung war? Es war ein Dilemma. Wie man es drehte und wendete, wenn man unfähig zum Egoismus war, blieb jede Alternative nur eine brüchige Krücke, für deren Benutzung man auch noch in harter Gefühlswährung zu zahlen hatte.

Wer hatte denn schon den Mut zu einem Ausstieg, wenn alles Liebgewonnene auf dem Spiel stand und der Preis ein langer Verzicht war? Immerhin, so dachte Lisanna, hatte dieser Mann bereits ein Verbrechen begangen, um zu seiner eigenen Bestimmung zu finden. Und gerade jetzt beging er aus lauter Verzweiflung eine zweite schwerwiegende Tat. In seinem langen Monolog hatte er geschildert, warum war, was war. Sie glaubte ihm, dass das Geld aus dem Bankraub letztlich einem überpersönlichen Ziel diente. Einem, das der ganzen Menschheit diente, auch wenn diese Menschheit es weder verstehen noch zu würdigen wusste. Sie verstand es sofort. Sie erkannte den entscheidenden Unterschied seiner inneren Not zu der üblichen Gier der vielen Nimmersatten. Verbrechen und gute Taten waren gleichsam relativ. In beiden Fällen spielte die Intention des Täters eine entscheidende Rolle, auch wenn es juristisch irrelevant sein mochte. Einige wenige Dinge des Gehörten verstand Lisanna noch nicht. Es würde sich ihr sicher noch erschließen, sollte es wichtig sein. Wichtig wurde sie jedoch sich selbst. Mit jedem Gedanken mehr und mehr.

Karls Schilderung hatte das spontane Bedürfnis in ihr ausgelöst, einen ehrlichen Rückblick auf ihr eigenes Leben zu wagen. Auf das Leben der reichen, erfolgsverwöhnten Rocksängerin, die weltweit gebucht wurde. Die sich Bodyguards leisten konnte und auch musste, und die die Lächerlichkeit solcher Sicherungsmaßnahmen gerade hautnah erfuhr. Lisanna konnte sich mit Ende zwanzig schon alles leisten, für das die Mehrheit der Menschheit nicht mal in drei Leben hätte ausreichend viel arbeiten können – rein finanziell gesehen. Und sonst? – Sie hatte plötzlich eine unbändige Lust auf radikale Ehrlichkeit sich selbst gegenüber. Eine Generalbeichte, deren Absolution allein in ihren Händen lag. Hier lag sie nun, gefesselt und in Embryohaltung und war trotz ihres Reichtums nur ein Häufchen Elend. Mit etwas Glück wäre es in ein paar Stunden vorbei. Dann könnte sie weitermachen wie gewohnt. Weitermachen wie gewohnt hieße in ihrem Fall: Stress, Termine, Drogen, Konzerte, Geld, Liebhaber und Liebhaberinnen, Schmuck, Klamotten, Feten, wichtige Leute. Rote Teppiche, Kameras, Blitzlichtgewitter, neues Styling, neue Frisur, neue Farbe, neue Songs, alles ständig neu und anders. Das vor allem. Es bedeute Interviews, Stalker, Fernsehshows, Lampenfieber und Erschöpfungsfieber, das unterdrückt werden musste, weil Termine anstanden, die zu wichtig waren, um einfach mal krank werden zu können. Es hieße auch, sich weiter nach Quoten richten zu müssen, nach Chartplätzen, nach Forderungen der Branchen und nach ewig kreischenden Fans. Es hieße, nach den Konzerten so manchen Zusammenbruch hinzunehmen und es bedeutete durchweinte Nächte alleine im Bett. Es hieße, ein strenges Programm durchzuziehen, das ohne Tabletten nicht zu überstehen war. Keinen Schritt frei zu gehen, ohne nicht von irgendwem belästigt zu werden. Ein öffentliches Leben zu haben und auf alles Private und Persönliche zu verzichten oder sich die kleinsten Inseln immer wieder neu erkämpfen zu müssen. Schlammschlachten in der Presse, Neider, Häme, schlechte Kritiken für gute Songs und weitere Preise, anschwellende Konten, Betrügereien an ihr, die sie vermutlich nicht einmal bemerkte. Es hieße jetzt sogar, sich von Verrückten entführen lassen zu müssen, weil man eben eine bekannte Persönlichkeit war, die jedem Fan, jedem Idioten, aber niemals sich selbst gehörte.

Lisanna konnte sich nicht daran erinnern, wann sie zuletzt drogenfrei einen klaren Sternenhimmel gesehen hatte. Auch konnte sie sich nicht mehr klar daran erinnern, wann sie sich eigentlich hatte sterilisieren lassen. Waren es drei oder schon vier Jahre her? Kinder hätten nicht in ihre Art von Leben gepasst. Sie war nicht so eine wie diese Viktoria. Offenbar eine Übermutter, deren Fürsorge einen so normalen Menschen wie diesen Karl an den Rand des Wahnsinns brachte. Das hatte er nun davon. Und sie auch. Es schien eine merkwürdige Ehe zu sein. Liebe und Hass schienen sich im Wechsel die Klinke in die Hand zu geben. Wäre er glücklich mit dieser Frau, hätte es nicht dieser sonderbaren Flucht und Entführung bedurft. Auch das Gefasel von drei hochbegabten Kindern schien darauf hinzudeuten, dass diese Frau einen an der Klatsche hatte. Vermutlich eine Kompensation all der Dinge, die sie selbst nicht geschafft hatte und die nun die Kinder für sie erledigen sollten. Die Kinder taten ihr plötzlich leid. Vermutlich waren alle drei bereits hochgradig verhaltensgestört. Vermurkst durch die Übermutter und ihre ungesättigte Gier nach Erfolgen jedweder Art. Verrückte, wohin sie nur schaute.

Vielleicht tat sie der Frau auch Unrecht. Vielleicht war sie tatsächlich das Opfer dieser tragischen Beziehung. Und vielleicht hatten diese beiden ja tatsächlich drei Superschlaue in die Welt gesetzt. Aber er selbst schien ja auch schon daran zu zweifeln. Und was war mit ihr selbst? Sie hatte bereits zwei Abtreibungen hinter sich. Müsste sie sich selbst ein medizinisches Gutachten ausstellen, so rangierte sie auf den untersten Plätzen der Gesundheitsskala. Sie selbst war doch auch verkorkst. Wer eigentlich war es nicht? Darüber nachzudenken und jemanden zu finden, hätte wohl die ganze Nacht in Anspruch genommen. Plötzlich schämte sie sich ihrer negativen Gedanken über dieses ungleiche Paar, über das sie bisher nur einseitig und nur ganz wenige Einzelheiten vernommen hatte. Wie schnell nur immer alle Menschen im Urteilen waren. Wie schnell mischten sich in die Urteile über andere Menschen doch die eigenen Probleme und Projektionen hinein, ohne dass sich auch nur ein leiser selbstkritischer Ton mahnend anschlich.

Lisanna fühlte sich in diese Gedanken tiefer und tiefer hinein. Ekel stieg in ihr auf. Sie führte ein abartiges Leben. Sie war schon verlebt, bevor das Leben überhaupt begonnen hatte. Ein Freund hatte sie früh gewarnt. Die Früchte des Erfolgs wären nicht nur süß, sondern auch verführerisch und vor allem Selbstläufer. Aber da hatte sie schon zig Verträge unterschrieben und einen Hit nach dem anderen gelandet. Sie war so sehr in die Musikszene mit all ihren menschlichen und juristischen Untiefen involviert, dass ihr ein eigenes Privatleben vollkommen abhanden gekommen war.

Fast sieben Jahre dauerte dies alles schon an. Oft kam sie sich ausgelaugt und zerfressen vor. Zerfressen und zerfleddert von Fans und Managern, Eventverträgen und Bankoptionen. Und immer hatte sie zu lächeln. Schnitt sie Fratzen, wie sie es wollte und wie es ihr guttat, fiel die Presse über sie her, spekulierte Krisen und Dramen herbei. Jede kleine Freiheit, die sie sich nahm, hatte sie anschließend hart zu bezahlen.

Lange schon hatte sie keinen Überblick mehr darüber, wer eigentlich was mit ihrem vielen Geld anstellte. Wenn sie etwas brauchte, war irgendwie alles da. Hin und wieder ließ man sie neue Fonds unterzeichnen oder Anteile an irgendeinem Aktiengeschäft. Wie viel sie eigentlich besaß, wusste wohl nur ihr Steuerberater. Ihm musste sie vertrauen, wie auch ihrem Management. Was hätte sie denn tun sollen! Ihre Auszeiten waren knapp bemessen. Nicht einmal alte Freundschaften konnte sie pflegen.

Auf Mo und Gerry hatte sie sich echt gefreut. Auf wen von beiden mehr, wusste sie nicht einmal wirklich. Sie war schon lange nicht mehr so lieb überrascht worden. Ihre Hotelzimmer an allen Orten ihrer Auftritte waren zwar immerzu voll mit irgendwelchen Geschenken und Fan- oder Liebesbriefen. Aber gleich hundert Baccararosen waren etwas so altmodisch Schönes, was auch Rocksängerinnen nicht täglich bekamen. Kein Wunder, dass sie neugierig geworden war. Was passierte denn sonst schon Aufregendes in ihrem Leben! Das, was anderen abenteuerlich erschien, war für sie langweiliger und anstrengender Alltag. Ein Riesenstrauß Baccara-Duftrosen mit einem goldenen Brieflein. Wie romantisch! Zum Lachen romantisch und süß! Sicher ein verrückter Fan. Aber mal einer, der nicht wieder ein Kuscheltier schenkt. Okay, der Inhalt war keine Liebeserklärung, sondern nur eine Einladung zum Essen. Aber es war eben nicht irgendwer. Sondern Kindheit und Jugendzeit hatten sich zurückgemeldet. Küssen, Lachen und Feiern. Es war Erinnerung und ein Stück eines ganz anderen Lebens, das sie früher einmal gelebt hatte. Eines gesunden Lebens, das so fern, so fremd geworden war. Die Rosen und der kleine goldene Umschlag hatten etwas in ihr bewirkt. Herzklopfen. Eine Regung, von der sie schon gar nicht mehr wusste, dass sie noch in ihr lebte. Allein das war eine so schöne, so seltene Freude. Sie hätte beide auf der Stelle küssen mögen! Lisannas Gedanken wanderten zu Gerry und Mo. Es war so anders als das, was sie heute erlebte. Es war so zart und so erregend gewesen. Vieles geschah damals noch auf eine geheimnisvolle Weise, die an etwas Großes gemahnte. Nichts war entzaubert, und die Welt war noch heil. Das war nun schon eineinhalb Jahrzehnte her. Sie wurde alt, und sie war noch nicht einmal dreißig Jahre auf diesem Planeten.

Wann eigentlich hatte sie das letzte Mal gelacht – rein aus Freude? Einfach einmal ein fröhliches, grundloses Lachen, das keinen dummen Witz als Auslöser brauchte. Lachen, nur weil das Leben so schön war. Weil es wunderbar war, wenn das, was man erlebte, sinnvoll und gut für einen war.

Ein Lachen ohne satirischen Hintergrund, ohne Häme, ohne jede Spur von Ironie. Ein reines Freudelachen. Wann hatte sie das letzte Mal Herzklopfen vor Freude gespürt? Wie arm sie doch war!

Ihre Seele war verkauft. Und der Teufel saß im Zentrum der Musikbranche. Sie war mindestens ebenso eine Gefangene wie dieser arme Tropf auf dem Vordersitz, der offenbar wieder eingeschlafen war. Sie horchte und vernahm ruhige, gleichmäßige Atemzüge.

Plötzlich spürte sie eine unbändige Wut in sich aufsteigen. Zuerst war es nur ein starkes Gefühl. Dann schoss es unkontrolliert in ihre Glieder und infolgedessen trampelte sie mit ihren Füßen wild gegen die Beifahrertür. Ihre gefesselten Hände ballerten mit ungestümer Kraft in die Rückseite des Fahrersitzes. Und dann schrie sie laut los.

Karl erwachte aus einem tiefen Schlaf. Er wusste im ersten Moment nicht, wo er sich befand. Er war vollkommen desorientiert. Da war eine kreischende Frauenstimme, die er nicht zuordnen konnte. Sie schrie ihn an, er sei ein Betrüger. Ein Dreckskerl. Der größte Betrug an ihr sei nicht die bescheuerte Entführung. Es sei die Enttäuschung! Er sei solch ein blöder Dreckskerl! Die Enttäuschung wiege viel schlimmer. Ob er überhaupt eine Ahnung habe, was er ihr angetan habe! Er hätte sie ja entführen können, für seine blöden Ziele, aber nicht unter diesem Vorwand! Keinesfalls unter dem Vorwand, ihre alten Freunde zu treffen. Das würde sie ihm nie verzeihen! Er sei ein brutales Schwein. Ein dreckiger Widerling und ein Unmensch. Er hätte sich einfach etwas anderes ausdenken müssen. Aber nicht Gerry und Mo. Nicht ihre Freunde!

Karl atmete tief durch und versuchte zu verstehen. Natürlich verstand er nicht. Das Einzige, was er verstand, war, dass diese Frau gerade völlig außer sich war und er ihr offenbar mit der Art und Weise der Entführung einen ihm unbegreiflichen Schmerz zugefügt hatte. Offenbar einen noch schlimmeren als mit der Entführung an sich. Plötzlich hörte das Geschrei auf, und er vernahm ein verzweifeltes Schluchzen.

Karl ließ sie weinen. Es dauerte eine ganze Weile. Er spürte, dass sie nicht wegen der Entführung weinte. Da musste noch etwas ganz anderes sein. Sie weinte immer weiter vor sich hin. Dann schüttelte es sie zwischendurch und sie schluchzte markerschütternd. Die junge Frau steigerte sich in einen schweren Nervenzusammenbruch hinein. Es war so herzerweichend, dass er sie auf keinen Fall in diesem Elend liegen lassen konnte. Er schnitt ihre Fesseln entzwei und nahm sie in den Arm. Sie war ein einziger nicht versiegen wollender Tränenstrom. Karl fühlte sich ohnmächtig und schuldig. So, als sei er der Verursacher aller Tränen dieser Welt. Er hielt ihren heftig bebenden Körper und bedauerte, keine ausreichenden Mengen an Taschentüchern zu haben. Sie weinte bis in die Morgendämmerung hinein. Kein Gespräch war möglich, keine Beruhigung. Sie weinte sich hinaus aus ihrem alten Leben. Sie war eine nasse schluchzende Bitte an Gott. Und er war doch nur ein Mensch. Und irgendwie nicht einmal das.

10.

Es war bereits nach 23 Uhr. Der ältere Beamte war nach Hause gegangen. Jan Treblinski würde heute über Nacht bleiben. Ernst Sauerbruch übernahm die morgige Nachtschicht. Sie gehörten beide zur Sonderkommission. Haus und Familie standen nun unter Nonstop-Bewachung. Das

Tätermotiv war so unklar wie das Täterprofil. Die Familie schien die beste Adresse für Nachforschungen zu sein. Und da es keine zerrüttete Familienbeziehung war, was die Beamten leider allzu oft erlebten, wäre die Kontaktaufnahme des Täters früher oder später so gut wie gewiss. Dann müsste man vor Ort sein. Die Rolle der Ehefrau war noch völlig unklar. Auch wusste man nicht, ob man es mit einem besonders raffinierten oder aber einem psychisch kranken Täter zu tun habe. Beides in Kombination wäre eine hochexplosive Mischung. Experimentell häufig erprobt im Laufe der menschlichen Geschichte, nicht selten mit dem Ergebnis einer Menge Toter. Der Gau des menschlichen Seins, wenn diese beiden Eigenschaften in einem Träger zusammenkamen.

Jan erinnerte sich plötzlich in diesem Zusammenhang an das Nash-Gleichgewicht. Eine genialer mathematischer Ansatz der Spieltheorie, den er aus dem Film *A Beautiful Mind* kannte.

Er beruhte darauf, in einer Konkurrenzsituation ein strategisches Gleichgewicht zu erreichen, von dem ausgehend keiner der Konkurrenten für sich einen Vorteil erzielen könnte, indem er einseitig von seiner Strategie abwich. Im Film war es eine heiße Blondine gewesen, die Nash auf die zündende Idee brachte. Vielleicht ließ sich dieses Prinzip ja auch auf seinen Fall anwenden?

Diese Entführung war sein zweiter größerer Einsatz seit der Polizeiakademie, die er mit einer sehr guten Bachelornote abgeschlossen hatte. Für gewöhnlich bestand seine Arbeit aus Kleinkriminellen-Recherche. Dass sein zweiter Einsatz ihn in Verbindung zu einem Mann brachte, der schon in seinem ersten größeren Fall eine Rolle gespielt hatte, war schon mehr als merkwürdig. Nun war er also schon wieder beruflich in dieser Familie engagiert. Ob das alles ein Zufall war? Jan glaubte nicht an Zufälle nach dem Beliebigkeitsprinzip, durchaus aber an Zufälle nach einem geheimen und unbekannten Ordnungsprinzip. Noch lieber jedoch glaubte er an die unzufällige Realität von Blondinen. So eine wie bei Nash. Oder Viktoria Sandhauser.

Blond, schön und verzweifelt. Diese Frau machte Schlimmes durch. Oder trieb sie ein raffiniertes Spiel mit ihm? War er am Ende in Gefahr, irgendwie auf sie hereinzufallen? Sein Sonderauftrag zumindest war ganz gewiss nicht zufällig. Er war gezielt hier eingesetzt worden. Anlässlich des Banküberfalls mit dem merkwürdigen Geständnis war er mit der Familie in Kontakt gekommen. Vertraute Gesichter wirkten selbst in kriminellen Zusammenhängen positiv. Auch die Psyche von Verbrechern hatte Schwachstellen. Genau wie die ihrer Angehörigen. Dieser Umstand war für die Aufklärung zu nutzen. Der Mensch im Allgemeinen war in der Regel so strukturiert, dass er in schwierigen Situationen lieber bekannte Gesichter um sich hatte. Das schaffte schneller Vertrauen. Bekannte Menschen, und seien sie von der Polizei, hatten mehr als nur einen optischen Wiedererkennungswert. Der emotionale Wert war entscheidend. Dahingehend waren er und sein Kollege auch vom Kriminalpsychologen gebrieft worden. In jeder Hinsicht wäre sehr sensibel mit den Angehörigen umzugehen und alle Kraft und Zeit vor allem darauf zu verwenden, eine persönliche Vertrauensbasis herzustellen. Die polizeilichen Ermittlungen liefen auf verschiedenen Ebenen. Über Vertrauen zu den Angehörigen könnte man in solchen Fällen an den Täter vielleicht schneller herankommen. Mauerte die Familie innerlich, wäre keine Kooperation zu erwarten und damit wäre auch der polizeiliche Erfolg gefährdet. Diese schwierige Situation erfordere also höchstes psychologisches Geschick.

Viktoria war wieder aufgestanden. Sie konnte weder schlafen noch ruhen. Man fragte, ob sie in der Lage wäre, mit den

Beamten private Fotos zu sichten und sie zu kommentieren. Sie war hellwach, trotz der Beruhigungsspritzen. Die Beamten kannten das. Die Nerven waren in einer solchen Sonderanspannung, dass das Schlafbedürfnis sich oft für viele Stunden hinauszögerte. Dann allerdings schliefen die Menschen lange. Manchmal bis zu 24 Stunden, bis der Körper wieder seinen normalen Level erreicht hatte. Natürlich reagierte jeder anders, aber Viktorias übersteigerte Wachheit war zum jetzigen Zeitpunkt trotz Spritze normal. Irgendwann, so rechnete man damit, würde sie wohl binnen Sekunden einschlafen. Bis dahin war die Zeit ihrer Kooperationsbereitschaft behutsam zu nutzen. Dass die Frau im Moment auch Wut auf ihren Mann hatte, war günstig. Später würde sich das vermutlich wieder umkehren und sie würde gar nichts mehr sagen wollen. Sie arbeiteten auf allen Ebenen gegen die Zeit.

Karl Sandhauser war derzeit noch nicht einzuschätzen. Bekannt war, dass der Täter die Frau offenbar mit Chloroform oder einer ähnlichen Substanz im Fahrstuhl betäubt hatte, um sie ins Auto zu schaffen. Doch das sagte nichts über seine Brutalität aus und wie weit er im Ernstfall gehen würde. Ob er noch immer mit ihr in diesem Auto unterwegs war, war völlig offen. Überall hätte er ein Ersatzauto deponieren können. Nach dem derzeitigen Stand der Ermittlungen konnte lediglich Karls privater Wagen zur Fahndung ausgeschrieben werden. Aber die Chance war eher gering, dass er damit auch unterwegs war. Dies würde auch nicht zur übrigen Handschrift des Entführers passen. Er hatte zu viel vorher investiert. Das war kein Spontanakt, sondern mit langer Hand vorbereitet. Alle vorherigen Aktionen, wie er zum Beispiel die Frau ins Hotel gelockt hatte, sprachen gegen einen Dilettanten. Zumindest hatte man es mit einem intelligent vorgehenden Täter zu tun, auch wenn die Motive im Dunkeln lagen.

Als Systemadministrator musste er zumindest über gewisse logische Fähigkeiten verfügen. Häufig war bei Verbrechen das Gegenteil der Fall. Sie wurden oft aus persönlichen Gründen begangen und aus dem Affekt heraus. Verletzte Eitelkeiten, Minderwertigkeitsgefühle, Neid, Missgunst und immer wieder Eifersucht waren Motive, denen die Art des Verbrechens oft angepasst war. Auch persönliche Zurückweisung war ein häufiger Grund, um kriminell zu werden. Seelische Kränkungen boten bei immer mehr Menschen eine Plattform, ihr gewohntes Verhaltensmuster zu verlassen und Dinge zu tun, die sonst mit ihrem Leben in keiner Weise in Zusammenhang standen. Diese Verbrechen oder Taten hatten aber ganz andere Strukturen und waren in gewisser Weise schwieriger zu entdecken als die klarer zuzuordnenden Diebstahldelikte beispielsweise. Nichts war vorausberechenbar, wenn man die Psyche nicht kannte.

Man konnte wohl davon ausgehen, dass er ein festes Ziel hatte. Man würde abwarten müssen, bis er sich mit der ersten Forderung meldete. Es waren ja erst wenige Stunden vergangen. Enttäuschend war, dass die Ehefrau offenbar tatsächlich nichts wusste. Ihre Wut und ihre Kooperationsbereitschaft erschienen den Beamten echt. Das war kein Trick. Das hätte sie so nicht durchgehalten. Nicht mit den verängstigten Kindern im Hintergrund. Keine Bonny-and-Clyde-Aktion. Er war vermutlich Einzeltäter. Eventuell psychisch gestört bei zugleich klarer gedanklicher Konzeption.

11.

Lisanna wollte gehalten werden und ließ die Nähe von Karl zu. Einen Bezug zu diesem tränennassen Nervenbündel in seinen Armen konnte er nicht wirklich aufbauen, außer dass er darüber betroffen war, sie in eine seelisch schwerwiegende Situation gebracht zu haben. Das war nicht seine Absicht gewesen. Er hatte es aber auch nicht ahnen können. Einmal, als seine Gedanken zu Viktoria wanderten, vergrub er seinen Kopf ihn ihre blonde Perücke. Sie war steril und geruchlos, aber der Körper der Frau strömte genug Eigenduft aus, in den er sich wie betäubt sinken ließ.

Als es dämmerte, war sie eingeschlafen. Auch er versuchte, noch eine Stunde zu schlafen. Es war sechs Uhr morgens und sie hatten ein gutes Versteck. Warum sollten sie überhaupt weiterfahren. Noch einige Stunden, und er würde sich stellen. Was in der Zwischenzeit passierte, interessierte ihn wenig. Wichtig war nur, dass es zu keinem Schusswechsel kommen würde. Das einfachste würde sein, wenn er zur nächsten kleinen Polizeidienststelle auf dem Land fuhr. Dann könnte er sich direkt festnehmen lassen und Lisanna wäre sofort frei. Das war vermutlich der beste Weg. Warum er noch zögerte und nicht jetzt direkt zur Polizei ging, war ihm nicht wirklich klar. Es war ein unbestimmtes Gefühl. Und warum auch immer hing dieses Gefühl mit den beiden toten Frauen zusammen. Es gab keinen kausalen Zusammenhang, aber es gab so etwas wie eine Art innerer Bitte, die Sache nicht sofort zu beenden.

Er wollte Lisanna nicht länger fesseln. Sie hatte sich ruhig niedergelegt und schlief. Sicher, sie konnte auch jederzeit wieder aufwachen, aber er würde aufpassen. Zudem wüsste sie ja, dass sie bald freikäme, und es lohnte sich für sie einfach nicht, ihre Lage durch eine unkalkulierbare Eskalation zu gefährden. Sie bräuchte im Grunde jetzt nur noch zu schlafen. Ein wenig essen, trinken, träumen oder nachdenken. Was immer sie wollte. Über diese beruhigenden Gedanken nickte Karl noch einmal ein.

Ein stechender Schmerz durchfuhr ihn. Er erschrak und schrie kurz auf. Dann erst realisierte er, was ihn da peinigte. Noch ganz benommen von seinem viel zu kurzen Schlaf signalisierte sein Körper einen kleinen spitzen Gegenstand, der sich langsam in sein Nackenfleisch bohrte. Warmes Blut rann in einem kleinen Strom seine Schulter hinab. Sein Stilett! Den Kopf zu wenden, getraute er sich nicht.

Lisanna hatte eine völlig veränderte Stimme. Sie klang ruhig und drohend. Das Spiel werde ab sofort nach ihren Spielregeln gespielt. Und wenn er damit Probleme habe, dann sei es aus mit seinen Plänen. Sie habe ein gleiches Recht auf Freiheit und Würde wie er. Auch sie sei eine Gefangene ihres Lebens. Viel schlimmer als er. Und wenn er jetzt nicht pariere, würde sie zustechen. Ihr sei jetzt alles egal.

Karl hatte Angst. Ihre Stimme war fest und entschlossen. Er verstand nur nicht ganz, worum es ging. Er wolle doch mit ihr die nächste Polizeistation anfahren. Notfalls auch jetzt direkt! Sie solle doch bitte das Messer von seinem Hals nehmen.

Lisanna drückte es noch fester in seinen Nacken. Seine Wunde begann heftiger zu bluten. Panik kroch in ihm hoch und legte sich wie ein lähmender Ring um sein Herz. Seine Stimme versagte. Vielleicht würde er hier nun auf eine völlig unsinnige Weise sterben. Die Frau hatte gerade einen schweren, stundenlangen Nervenzusammenbruch hinter sich. Vielleicht war sie nun von Sinnen, in irgendeinem Ausnahmezustand. Hatte er ihre seelische Verletzung am Ende vollkommen unterschätzt? Hätte er sie sofort zu einem Arzt bringen sollen? Mit seelischen Erkrankungen kannte er sich nicht aus. Auch wenn er selbst erst kürzlich Patient in der Psychiatrie gewesen war. Viktoria war immerzu nur stark gewesen. Stark und nervend. Unerträglich oft, aber eben nicht schwach oder gar von Sinnen. Was tat man in solchen Situationen nur? Er konnte das alles nicht durchdenken. Seine Angst hatte ihn voll im Griff. Nur sein Instinkt ließ ihn jetzt ruhig bleiben. Wie ein Hund auf dem Rücken. Alle Viere von sich gestreckt.

Lisanna befahl ihm loszufahren. Sie hatte das Kartenmaterial auf ihrem Schoß und schien zu wissen, wo sie hin wollte. Sie dirigierte ihn bis zur nächsten Abzweigung und hieß ihn dann, anzuhalten. Sie stocherte ein wenig tiefer in der kleinen aber schmerzhaften Wunde. Er solle bloß keine Anstalten machen, sie meine es ernst. Entweder er folge ihren Anweisungen oder er sei tot. Sie sei zu allem bereit. Auch sie sei schon längst eine lebende Leiche. Leichenhafter als er selbst. Und damit sei jetzt Schluss. Sie erfinde sich nicht nur neu in Gedanken, sondern setze diese jetzt konsequent um. Die letzten Sätze schrie sie. Denn sie erinnerte sich, wie schrecklich für ihn Geschrei war.

Karl begriff immer noch nicht, worauf das Ganze hinauslaufen sollte. Sie entführte ihren Entführer einzig zu dem Zweck, dass er sie weiter entführte? Wollte auch sie den Zwängen des Lebens entfliehen? Waren sie am Ende auf tragisch absurde Weise Seelenverwandte mit dem gleichen Ansinnen, nur leider mit äußerst verschiedenen Plänen, die derzeit nicht zusammen passten? Wieder Fragen über Fragen, die sich auftürmten zu einem Berg ohne greifbare Substanz. Fragen, die zugleich aber durch die veränderten Umstände auch bezwingend real waren.

Die lange Nacht der Tränen und der tiefe, aber kurze Schlaf hatten Lisannas Entschlusskraft gestärkt. Sie würde nun alles auf eine Karte setzen. Ein völlig neues Leben beginnen. Unerkannt und namenlos für die Welt. Sicher, man würde sie suchen, aber man würde sie nicht finden. Niemals. Es würde sie gar nicht mehr geben. Da wäre nichts mehr zu finden. Sie würde eine neue Identität annehmen und eines ganz sicher nicht tun: jemals wieder eine Bühne betreten! Jemals wieder Songs aufnehmen und ihre Seele dem Teufel des Showbusiness verkaufen. Sie würde frei sein. Ob arm oder reich, es war einerlei. Derzeit kam sie noch an ihr Geld. Oder zumindest an die Teile ihres Geldes, die nicht fest angelegt waren. Etwas würde sie brauchen, noch wären ganz sicher ihre vielen verschiedenen Konten und Checkkarten nicht alle gesperrt. Und ihre Handtasche befand sich im Kofferraum. Wenigstens die hatte der Idiot ihr gelassen oder sogar bewusst mitgenommen, als er sie im Fahrstuhl betäubt hatte.

Zunächst aber musste sie ihren Entführer in Sicherheit wiegen, damit er keinen Unsinn anstellte. Die Entführungsverhältnisse durften sich nicht wieder umkehren. Körper lich war er ihr gewiss überlegen. Dies war jetzt nur durch Cleverness auszugleichen. Trotz aller Risiken wollte sie diese krasse Zäsur in ihrem Leben vollziehen. Von ihrer Warte aus war es das Klügste, was sie je im Leben beschlossen hatte. Schade, dass sie für diese eine kluge Tat 28 Jahre alt werden musste: Sie entführte ihn, um für sich den Schritt in die Freiheit zu machen. Danach würde sie ihn freilassen. Alles genau umgekehrt wie er es geplant hatte. Dann könnte er solange wie er wollte in seinen Knast und seine abartige Form der Freiheit gern in Unfreiheit verbringen. Jeder nach seiner Art. Für sie waren jedenfalls Knast und Freiheit so wenig miteinander vereinbar wie der Einsatz von taktischen Nuklearwaffen mit dem Segen des Papstes am Ostersonntag. Sollte er an solch einem Unort doch seinen Bestseller schreiben oder dort vermodern. Das war ihr herzlich egal. Aber wenn er sie zur Polizei brächte, dann wäre alles aus. Dann ginge alles so weiter wie bisher. Besser also, sie legte noch eine Schippe drauf: Sie meine es toternst! Sein Hemdkragen sei schon rot und das T-Shirt darunter auch. Aber es passe farblich gut zum zarten Gelb seiner Holzspäne in Kragen und Haar. Und wie er überhaupt heiße! Er habe sich immer noch nicht vorgestellt. Eigentlich sei das ja der Oberhammer nach all den Stunden und der bisherigen Dramatik. Aha, Karl heiße er. Dass sie Lissy heiße, hätte er ja wohl schon rausbekommen. Lissy aber für die Freunde. Für ihn Lisanna. Damit das klar sei.

Es war nun gegen sieben Uhr am Morgen und sie befanden sich mitten in Luxemburg, unweit der französischen Grenze.

Lisanna hatte ein Problem. Wie sollte sie denn mit dem Stilett an Karls Nacken die Entführung weiter durchführen? Das klappte doch nie! Er musste austreten, sie musste verdauen. Profane menschliche Bedürfnisse. Sie nicht zu berücksichtigen, wäre einfach nur lebensfremd und naiv. Erst recht in ihrer Situation. Man müsste tanken und essen. Einer müsste Autofahren und sie könnte ja nun nicht beides zugleich: Autofahren und ihn in Schach halten. Sie könnte es nur, wenn er nun gefesselt würde. So wie sie gestern. Aber mit einem gefesselten Mann durch Frankreich oder Belgien zu fahren, wäre sicherlich auch keine Lösung. Dennoch müsste sie ihn kurzfristig fesseln. Allein schon, damit sie sich endlich einmal in Ruhe waschen konnte. An einem der Waldbäche, und dann bitte ohne Gaffer. Sie war völlig verschwitzt. Und die Knochen taten ihr weh von der langen Fesselung. Dazu die Heulerei in der Nacht. Zudem müssten sie beide bald was essen. Sonst sei es schnell mit der Kraft vorbei. Ein verhungerter Entführer sei ebenso lächerlich wie eine verhungerte Entführte, die unbedingt entführt werden wollte.

12.

Die Bewachung der Rocksängerin war üblicher Standard. In der Regel betraf es die Auftritte und Konzerttourneen. Nicht jeder Schritt jeder bekannten Persönlichkeit auf der Erde konnte schließlich bewacht werden. Und so bekannt, berühmt und gefährdet war sie schließlich nicht, als dass ein Hotelessen als potenziell lebensbedrohlich eingestuft werden musste. Im Grunde war es schon übervorsichtig gewesen, dass Finn sie bis dorthin begleitet hatte. Ihm dann frei zugeben war ihr nicht als Nachlässigkeit anzulasten. Er hatte sich korrekt verhalten und stand auch nicht im Verdacht, selbst etwas inszeniert zu haben.

Was Karl in seiner schicken Aufmachung zu Lisanna sagte, damit sie ihm in den Fahrstuhl folgte, wurde durch Lippenanalyse bei der Kripo ermittelt. Der Auftraggeber des Essens, Herr Merkerding, hätte kurzerhand telefonisch alles in sein Zimmer geordert. Und genau das hätte der Bodyguard an der Rezeption hinterfragt, was von dort bestätigt wurde. Dass Lisanna ihm folgte, war logisch. Ihre Freude hatte der Entführer geschickt genutzt. Die Freude über ein spontanes Treffen mit alten Freunden hatte sich über alle anderen Überlegungen wie ein feiner Schleier gelegt. Polizeilich hatte man die alten Freunde bereits ausfindig gemacht. Jener Markus Merkerding befand sich aktuell in Seoul, war aber gerade auf einer Sitzung, als man ihn anrief. Gerry Vandervals befand sich mit seiner Familie im Italienurlaub und meldete sich derzeit nicht übers Handy zurück. Aber, so erklärte seine Assistentin, er habe noch vor ein paar Stunden angerufen und ihr ein paar Aufträge erteilt. Er sei Inhaber eines mittelständischen Unternehmens im Fränkischen.

Wie man es auch betrachtete, es schien jetzt schon festzustehen, dass beide Herren mit der ganzen Aktion nichts zu tun hatten. Sie waren in diesem Plan nur meisterhaft benutzt worden. Auch das zeigte die Intelligenz des Täters. Benötigte Details hatte er vermutlich im Internet recherchiert. Man müsste die Denkstruktur des Täters besser kennenlernen und so viel wie möglich aus seinem Leben erfahren. Mit emotionalen Tricks die Sängerin in dieses Hotel zu locken, war so schlicht wie raffiniert. Die nette Einladung im Goldumschlag, so wurde ermittelt, hätte der Auftraggeber des Rosenbouquets schon verschlossen in der Boutique mit abgegeben und die Blumen bar bezahlt. Ein netter Mittvierziger, vielleicht auch etwas jünger, unauffällig, aber freundlich und sympathisch. Nachdem die Floristin Karls Bild sah, war auch der Teil dieser Recherche sehr schnell geklärt.

Die Aufklärung über den Hergang des Verbrechens war binnen eines Tages gelungen. Die entscheidenden Fragen jedoch blieben offen: Mit welchem Wagen waren sie unterwegs, war er überhaupt unterwegs oder befanden sie sich in einer Wohnung mitten in der Stadt, vielleicht nur wenige Meter vom Polizeipräsidium oder Hotel entfernt? Oder waren sie längst im Ausland? Die offenen Grenzen Europas ließen alles zu. Einzig von der Ehefrau konnte man sich Anhaltspunkte erhoffen. Die beiden Beamten vor Ort bekamen per Handy immer wieder neue Anweisungen und Informationen, über deren Inhalt aber geschwiegen wurde. Klingelte das Handy, so stand einer von ihnen sofort auf und verließ den Raum.

Viktoria konnte keine Einzelheiten in Erfahrung bringen. Aber dazu hatte sie wohl auch kein Recht als Frau eines Verbrechers. Sie konnte schon froh sein, dass man sie und die

Kinder hier im Haus betreute und freundlich mit ihr umging. Insofern hatte sie Glück im Unglück. Abgesehen davon würde nun schon überall bekannt sein, dass sie mit einem Kriminellen oder einem Psychopathen verheiratet war. Der Gedanke beschämte sie und machte ihr schwer zu schaffen. Die Polizeipräsenz vor ihrem Haus konnte den Nachbarn nicht entgehen. Was mochten sie denken? Sie hatte von diesem Unmenschen drei Kinder bekommen. Eine Sippenhaft würde sie über viele Jahre begleiten. Ihre Wut auf Karl wuchs ins Unermessliche. Der Gedanke, auch nur eines ihrer Kinder könne aus diesen Umständen heraus seelische oder schulische Probleme bekommen, ließ sie in ihrer Fantasie spontan zu einer eiskalten Mörderin werden.

Die Bilder lagen unsortiert in einer großen Kiste. Nur wenige trugen einen Datumsstempel. Viele davon waren bereits verblichen. Die digitalisierten Bilder auf der Festplatte waren ähnlich unsortiert im Ordner *Bilder* gelandet. Ein Unterordner existierte nicht. Stichworte wie *Ferien, Geburtstag, Kinder* oder *Kleinwalsertal* wären jetzt hilfreich gewesen. Da hätte sie bessere Anhaltspunkte für die gewünschten Aussagen. So musste sie länger überlegen. Nur das Datum der Bilddateien half etwas weiter. Die Ermittler gingen jede Person ab zirka 16 Jahren einzeln durch. Wer war wer? Wer stand mit wem in welcher Verbindung? Wo befand man sich hier und zu welchem Zweck? So viele Fragen, die Viktoria interessant gefunden hätte, wenn nur nicht der Anlass so entsetzlich wäre.

Die Bilder erinnerten sie an Freunde und ehemalige Begleiter. Manche Menschen darauf kannte sie wiederum gar nicht. Sie schienen allein mit Karl in Verbindung zu stehen. Andere schienen mehr zufällig auf den Bildern zu sein und hatten mit der Familie nichts zu tun. Und da, ein paar alte Freunde. Ein ganz enger sogar. Martin. Wie lange hatte sie schon nichts mehr von ihm gehört. Lucy war noch nicht geboren, als sie sich das letzte Mal gesehen hatten. Länger als ein halbes Jahrzehnt. Die Kinder beim Spielen, am Meer, im Baum, im Badeschaum, in Fastnachtsmasken, in einer selbst gebuddelten Erdhöhle im Wald. Karl mit raushängender Zunge, Faxen machend, und sie voller Schnee, eine Axt schwingend. Sie musste lächeln. Die Beamten lächelten auch. Ihr Leben lag unsortiert in der großen Kiste. So unsortiert wie jetzt ihre Gefühle waren, so unsortiert war nun die Zukunft, die so gut geplant gewesen war.

Viktoria wollte nicht mehr. Das brachte doch alles nichts. Hier war nichts zu finden. Alles harmloser Familienkram, der mit der kriminellen Wirklichkeit ihres offenbar verkannten Karls nichts, aber auch überhaupt nichts zu tun hatte. Viktoria wünschte eine gute Nacht und zog sich erneut ins Schlafzimmer zu den Kindern zurück.

13.

Lisanna zwang Karl wieder auf einen der vielen Waldwege. Alle einsam gelegen und anscheinend nur selten von Menschen betreten. Ausgenommen Waldarbeiter oder Jäger. Seit zirka zwei Kilometern fuhren sie an einem Bach entlang, der immer mal wieder verschwand und dann wieder auftauchte. Jetzt war er wieder da. Eine gute Gelegenheit, ein paar notwendige Dinge zu erledigen. Sie bohrte das Messer wieder ein klein wenig in die blutige Wunde. Nicht wirklich fest, aber unangenehm genug für Karl. Nach ihrer deutlichen Ansprache müsste er mit allem rechnen. Vor Blut scheute sie nicht zurück, und war damit wohl weiter gegangen, als er es je vermocht hätte.

Karl Schmerz zuzufügen, war für Lisanna in dieser Situation unverzichtbar. Eine Art Warnung, falls er es an Respekt fehlen ließe. Welcher Mann würde sich schon kampflos ergeben, wenn er eine Möglichkeit zur Gegenwehr sah. Lisanna ließ sich die Autoschlüssel geben. Möge er nun keine idiotischen Aktionen planen und auf die Idee kommen, das Auto zu starten. Karl musste das Autofenster öffnen, damit sie ihre Bedrohung weiter aufrechterhalten konnte. Sie stieg aus, hielt ihr Messer durch das geöffnete Fenster in Nackengegend und zog es nach seinem Ausstieg sofort an seine linke Niere. Er spürte es durch seinen Overall.

Er könne jetzt austreten. Müsse ja wohl mal sein. Sie müsse auch. Aber nach ihm. Wie jetzt! Hier? Direkt? Ja, was er denn denke? Ob sie ihn vielleicht zum nächsten Hotel bringen sollte oder der Herr vielleicht die heimische Toilette bevorzugte? Lisanna wurde ungeduldig. Und Karl musste schon lange und war überfällig. Aber mit einer bewaffneten Frau im Rücken? Nichts lief. Die einsetzende Scham blockierte, was der Körper sonst natürlich und selbstverständlich alleine regelt. So schrecklich die Situation für ihn war, so intelligent wusste Lisanna sie zu meistern. Sie konnten nicht ewig Zeit verplempern wegen einer dämlichen Harnverhaltung. Lisanna machte *Psspspssps, pspspssspssps.* Karl musste lachen. Ein gequältes Lachen, kehlig und rau. Aber er musste tatsächlich lachen. Es war wie bei einem kleinen Kind.... *Pspspspssss,* machte sie schon wieder. Und schon lief es tatsächlich! Er schämte sich zutiefst und war erleichtert ohne Ende. Lachen und Scham, Angst und Erleichterung: was für eine bizarre Situation. Dabei so natürlich und normal. Eine körperliche Tröstung, lindernd und besänftigend. Eine Situation, an die man im normalen Leben keinen Gedanken verschwendet und die jetzt zur reinen Wohltat wurde. Für einen Augenblick spürte er so etwas wie Körperglück.

Lisannas Unkompliziertheit beeindruckte ihn. Nur war jetzt nicht die Zeit, darüber nachzudenken.

Lisanna brachte ihn ans Auto zurück. Er hatte sich bäuchlings auf den Waldboden zu legen, mit den Händen auf dem Rücken. Das Messer bohrte sich noch immer deutlich spürbar durch den Overal in Richtung Nierenzentrum. Ein gewagter Sprung, und schon wäre sie überwältigt. Alle möglichen Überwältigungsszenarien gingen Karl durch den Kopf. Aber das Risiko, dass sie blitzschnell das Messer in seinen Körper rammte, war zu groß. Sie war nicht so zimperlich wie er. Lohnte sich dieses Risiko? Er würde ganz sicher noch eine Reihe von Chancen bekommen, sie schnell und sicher zu überwältigen. Und würde sie ihn töten wollen, hätte sie das auch schon im Auto tun können. Mord- oder Tötungsabsichten hatte sie nicht. Nur Pläne, die sie sich nicht durch ihn kaputt machen lassen wollte.

Lisanna kniete sich schnell und geschickt auf seinen Nacken und fesselte ihn. Schnelle Fesselungen schienen ihr überhaupt keine unbekannte Tätigkeit zu sein. Sofort kreuzten Bilder von sexueller Obsession die Umlaufbahn von Karls Gedanken und verschwanden ebenso schnell wieder im Nichts. Er selbst hatte sich gestern unbeholfener angestellt. Ohne das Chloroform hätte er es wohl nicht geschafft. Nicht bei diesem Temperament und erst recht nicht bei dieser Art von Niedertracht. Dann durfte er auf dem Beifahrersitz Platz nehmen.

Lisanna verschloss das Auto. So könnte er nicht türmen und sie hätte endlich ein paar freie Minuten. Solle er doch schreien oder Opernarien singen, ganz wie ihm zumute sei. Verdi sei doch jetzt angemessen. Nabucco, der Gefangenenchor. Er sei doch viele. Hier würde ihn niemand hören.

Lisanna brauchte ein wenig Abstand von ihrer gemeinsamen Situation. Zeit, zu überlegen, wie das Ganze weitergehen könnte. Welche Möglichkeiten gab es, welche waren unsinnig? Sie bräuchte Ruhe für unaufgeregte Erwägungen, was nun realistisch und für sie machbar wäre. Wenn es nach diesem Karl ginge, könnte das alles bald ein Ende haben, und sie könnte dann wieder in weichen Federn liegen, nach einem duftenden heißen Bad mit den Essenzen von Dreams of Sheherazade. Nach dieser Entführung den Rest der Tournee abzusagen und dann endlich einmal einen langen Urlaub zu machen – niemand würde ihr das verübeln. Keiner würde es in dieser Sondersituation versuchen, ihr Vorschriften zu machen. Dennoch. Man konnte nicht einfach aussteigen für ein paar Tage oder Wochen. Das war doch lächerlich und reiner Selbstbetrug! Auszeit für Pseudoaussteiger. Auszeit nehmen! – man sagte das so gedankenlos leicht dahin, als handelte es sich um nichts. Als sei Auszeit eine Marotte, eine Modeerscheinung im individuellen Lebensplan, vor allem für diejenigen, die es sich finanziell irgendwie leisten konnten. Ein bisschen auf Buddhismus machen oder in Tibet Yak-Tee trinken und Mantras murmeln. Anschließend zu Hause dann ein paar spirituelle Bambus-Klänge in die neuen Songs einflechten. Geradezu peinliche Formen modernen Auszeitlertums. Inkonsequent wie das ganze derzeitige Zeitalter. Albern und widerwärtig in ihrer mangelnden Radikalität.

Die ganz Mutigen machten vielleicht tatsächlich einen echten Indientrip – oder sähen sich mal im Hochland von Bolivien um. Und dann? Ein wenig Aufschneidereien vor den Daheimgebliebenen über die Auszeit, die aber letztlich dann doch nicht mehr als ein gelungener Individualurlaub war. Und anschließend wäre alles wieder beim Alten. Letztlich wie in jedem Urlaub, nur nicht in der Pauschalgruppe vom Discounter, sondern vielleicht mit einer kleinen feinen Trekkinggesellschaft oder einem einheimischen Touristenführer. Aber all das war doch kein Ausstieg, keine echte

Auszeit! Das war doch nichts als nur ein tiefes Atemholen, damit man die Last des Alltags wiederum für ein weiteres Jahr ertragen konnte. Erholungen, damit man gesünder das kranke System stützen könnte, auf dass es gut weiter funktionierte und weiterhin Gesunde krank machte, die dann in Auszeiten wiederum gesunden durften, um später erneut zu erkranken. Alles immer nur vorübergehend, damit das Hamsterrad zuverlässig weiter lief.

Lisanna steigerte sich in Rage bei dem Gedanken an all die Angeber, die im Laufe der letzten Jahre bei ihr aufgetaucht waren und von ihren angeblichen Transformationen berichtet hatten. Sie waren ein paar Wochen oder Monate weg, in irgendeiner Behausung auf dieser Welt, und kamen zurück mit Behauptungen, die nicht ein Spurenelement von jener Freiheitsqualität enthielten, die sich gerade so tief in ihre eigene Herzkammer schlich. Unkorrumpierbar. All diese Formen des Aussteigens blieben in aller Regel letztlich doch nur kleine Trips, wenn man nicht anschließend wirklich ein völlig neues Leben beginnen würde. Das aber hatte sie bisher bei keinem ihrer Freunde und Bekannten erlebt. Das war die echte, seltene Ausnahme.

Aber wollte sie überhaupt nur vorübergehend aussteigen? Sie wollte doch wirklich und auf Dauer frei sein und nicht nur für ein paar lächerliche Urlaubswochen oder Monate. Und jetzt war ihr ihr Retter über den Weg gelaufen mit der geradezu grandiosen Entführungsidee. Die würde sie nutzen. Er könnte sich gern selbst mit retten, auch wenn seine Freiheit im Knast ihrer Auffassung nach einen makaberen Höhepunkt fände. Aber gut. Freiheit war ja vor allem eine Eigenwahrnehmung, ein innerer Beschluss, der mit der Örtlichkeit nichts zu tun hatte. Niemand, den sie kannte, war frei. Kein einziger.

Auch dieser Karl nicht. Aber er wäre ganz klar auf dem Weg. Auch wenn er dabei durch den Knast gehen müsste.

Letztlich verstand sie ihn und er tat das Richtige. Aber nun spielte sie mit. Auf ihre Weise. Ob es eine gemeinsame Weise werden würde, entschied sich in den nächsten Stunden. Sie müsste ihm klarmachen, dass sie in dieser Phase der Freiheitssuche aufeinander angewiesen waren. Eine kurze gemeinsame Zeit. Eine Zeit des Anlaufes, nach dem sich dann ihre Wege trennen dürften.

An verschiedenen Bankautomaten der nächsterreichbaren kleineren Orte würde sie sich mit ihren diversen Kreditkarten eine ordentliche Stange Geld abheben. Sie lächelte. Freiheit? Geld? Ja, die Abnabelung würde dauern. Sie machte sich nichts vor. Aber sie bräuchte nun einmal neue Papiere, eine neue Identität. All das waren wiederum neue Abhängigkeiten, die ihrem Freiheitsanspruch zu widersprechen schienen. Freiheit war ein Wachsen. Und von der ersten Sehnsucht danach bis zur Befähigung, Freiheit auch tatsächlich auszuhalten, zu leben und mit Sinn zu füllen, bräuchte es vermutlich viele Leben. Beharrlichkeit brauchte es vor allem, und keine Überforderung. Scheiterte sie, dann würde sie wenigstens mit der Gewissheit sterben, es ernsthaft versucht zu haben.

Natürlich würde man ihre Kontobewegungen prüfen und bald wissen, wo sie Geld abgehoben hatte. Aber dann wäre sie längst weit weg. Äußerlich, räumlich zunächst, aber zunehmend mehr auch innerlich. Darum vor allem ging es. Fort von sich selbst! Hin zu sich selbst! Und der Raum als vorübergehende Bahnstation des Seins.

Der Bach war klar und führte ausreichend Wasser für eine gründliche Körperwäsche. Karl hatte an all die notwendigen Utensilien gedacht. Lisanna dankte ihm leise dafür. Welch ein Entführer denkt schon an Waschzeug für Frauen, nebst Zahnbürste und Zahnpasta! Zumal diese Entführung doch nur kurz hatte dauern sollen. Ein Ästhet, wie er in keinem Buche steht. Sie ließ sich Zeit und hing ihren Gedanken nach. Das Wasser war herrlich kalt, belebte und erfrischte sehr. Auf ihrer Haut prickelten die kleinen Tropfen wie Sekt. Aufgekratzt und tatenhungrig setzte sie sich nieder ins Gras und überdachte ihre ganz konkreten Möglichkeiten.

Brächte sie Karl zur Polizei und floh alleine weiter, so würde er kooperieren und von ihrer Flucht erzählen müssen. Dann würde über Interpol eine regelrechte Hatz auf sie in einem dann auch bekannten Auto beginnen. Die Haupthatz jedoch würden die Reporter veranstalten, die per Handy rund um den Globus sekündlich vernetzt waren.

Die Story der Entführung gäbe durch die Wende der Ereignisse viel zu viel her. Allein schon der Schlagzeilen wegen, die fette Euros in die Kassen der Regenbogenpresse spülen würden. Über Monate würde man die Sache am Laufen halten. Man würde Gerüchte verbreiten, Lügen erfinden. Sie hier und dort sichten, als wäre sie eine Magierin und der Teleportation kundig. Alles der Auflage zuliebe. Es würde eine Megasache vor allem deshalb, weil der Entführer wieder da war, nun aber umgekehrt selbst ein Opfer von Lisanna geworden war. Das Opfer wiederum wäre nun als Täterin auf der Flucht. Eine geradezu grandiose Geschichte, die sich keiner entgehen lassen dürfte. Sie würde als Frau zum Freiwild, das man lebend oder tot der Öffentlichkeit zum Fraß vorwerfen konnte und es gewiss auch tun würde.

Derzeit, so hoffte Lisanna, wusste aber die Polizei immer noch nicht, nach welchem Auto überhaupt zu suchen war, sofern Karl sich intelligent genug angestellt hatte.

Stellte sich Karl ohne sie der Polizei, gäbe es aber auch für ihn unter Umständen ein sehr massives Problem. Man würde vielleicht den Verdacht gegen ihn hegen, sie längst umgebracht zu haben, zumindest solange sie nicht lebend gefunden würde. Seine Behauptung über ihre Flucht würde man ihm nicht so ohne weiteres glauben, falls man nicht irgendein kleines glaubhaftes Lebenszeichen von ihr hätte. Man hatte bisher ja keine Nachricht von ihr seit der Entführung. Seine Absichten und seine komplette Geschichte waren völlig unglaubwürdig für den Durchschnittsmenschen. Einfach nicht nachvollziehbar. Für sie schon.

Dazu kam der Umstand seines Klinik-Aufenthaltes. Käme er wieder in diese Anstalt, wäre sein Traum vom Bestseller ausgeträumt. Oder er käme durch einen Indizienprozess ohne Leiche in Haft – dann aber nicht wegen Entführung, sondern wegen Mordes an einer jungen Frau. Und wieder wären seine Pläne gescheitert. Denn fünfzehn Jahre Knast waren keinesfalls in seinen Plänen vorgesehen. Das hielte er auch nicht durch. Diesem Typen fehlte dazu die notwendige Härte. Aus all diesen Überlegungen ergaben sich langsam die logischen Konsequenzen.

Und diese Konsequenzen gefielen ihr mehr und mehr. Sie malte sich aus, wie Karl ohne Entführungsopfer vor der Polizei stand. Das würde man ihm nicht durchgehen lassen. Die Wahrheit, dass sie während der eigenen Entführung plötzlich aus ihrem Leben aussteigen wollte, würde man ihm nicht glauben. Warum sollte sie eine laufende Konzerttournee abbrechen wollen? Und hätte sie nicht genug Geld, jederzeit sonst ihre Karriere zu beenden? Das eine wie das andere war unglaubhaft. Und das war ihre Chance!

14.

Das Klingeln an der Haustür weckte sie. Die Kinder schliefen noch immer. Es war ein frischer Morgen. Die Sonne schien aufs Bett und tauchte alles in gleißendes Licht. Viktoria stand auf und zog leise die Vorhänge zu. Es war gut, die Kinder noch eine Weile schlafen zu lassen. Sie selbst hatte nur eine kurze Nacht gehabt. Sie fragte sich, ob es die Adrenalinbefeuerung der letzten 24 Stunden war, dass sie trotz Erschöpfung jetzt keine Müdigkeit verspürte. Ihr Körper hätte gerne geruht, ihr Geist jedoch war angespannt wie ein Raubtier auf Beutezug. Alles in ihrem biologischen System war in Unordnung. Nicht nur der Tages- oder Schlafrhythmus, sondern das ganze Leben an sich. Sie schlich ins Bad, machte sich frisch und hörte Stimmen. Offenbar waren neue Beamte zur Ablösung ins Haus gekommen. Oder es hatte sich etwas Neues ergeben, was sie wohl gleich erführe. Hoffentlich hatte Karl sich gemeldet. Und hoffentlich auch die Frau, damit man wüsste, dass ihr nichts passiert war.

Im Wohnzimmer stand eine junge Polizistin mit frischen Brötchen. Ihr Kollege schien in Karls Alter zu sein. Über die Brötchen freute sich Viktoria mehr wegen der menschlichen Anteilnahme, als aus Gründen des aufkommenden Hungers. Der Appetit war noch nicht da, aber die menschliche Geste von Seiten der Polizei tat gut. Lebensmittel fehlten. Soweit hatte sie noch gar nicht gedacht. Im Moment war nicht daran zu denken, mal eben zum Bäcker um die Ecke zu gehen, einen kleinen Plausch über die spannende Entführung ihres Göttergatten zu halten, das Kleingeld abzuzählen und wieder zu verschwinden.

Die Polizei kannte die Situationen für die Angehörigen besser als sie selbst. Viktoria verstand und rechnete damit, mit den Kindern vermutlich für einige Tage quasi Hausarrest zu haben. Auch wenn sie es *Betreuung* nannten. Vielleicht wären die Beamten so nett, die Kinder einmal irgendwohin zum Spielen zu fahren. Unmöglich, sie tagelang in ihre Kinderzimmer zu sperren. Sie brauchten frische Luft und dürften das Ganze ja auch erst nach und nach im ganzen Ausmaß erfahren. Noch ahnten sie mehr als sie wussten.

Und das verängstigte sie sehr. Aber wer wusste schon überhaupt was!

Die Autos fuhren langsamer als sonst an ihrem Haus vorbei. Schon früh am Morgen waren Spaziergänger und Radfahrer unterwegs, die man gewöhnlich um diese Zeit nicht sah. Mittlerweile war also jeder im Bilde. So wie sie das schon befürchtet hatte. Kein Wunder, jede Nachrichtensendung begann mit dem Entführungsfall. Aber besser alles direkt in die Öffentlichkeit, dann hatte man es auch schneller hinter sich. Wenn nach vier Tagen nichts weiter passierte, würden die Neugierigen müde an ihrer eigenen Neugierde, und das nächste verbrecherische oder politische Tagesereignis würde die Tragödie um die Familie Sandhauser ablösen. So hoffte Viktoria.

Seit einigen Minuten bereits sprach die junge Polizistin mit Viktoria, aber sie hatte einfach nicht richtig zugehört. Jetzt lachte sie auch noch auf eine bittere Art, die keiner im Raum nachvollziehen konnte. Viktoria war in Gedanken weggedriftet, realisierte aber ihre Situation und entschuldigte sich sogleich. Die Beamtin müsste einen merkwürdigen Eindruck von ihr bekommen, befürchtete Viktoria. In der Küche hatte ihr Kollege mittlerweile für sie alle Kaffee und für die Kinder Kakao gekocht.

Viktoria hörte vertraute Geräusche in dieser unwirklichen Situation. Mikosch schluffte gerade ins Bad und Lucy quengelte nach ihr. Käme Karl jetzt gleich aus dem Schlafzimmer, dann wüsste sie, dass ihr Verstand ihr gerade einen heftigen Streich gespielt hätte.

Was zuerst jetzt? Lucy. Dann die Polizei. Die Beamten waren real und Karl ein Verbrecher. Sie musste klar bleiben. Alles hing an ihr. Lucy kletterte auf ihren Arm und fragte, wo Papa wäre. Er sei immer noch nicht da und man würde ihn suchen. Aber es sei auch nichts passiert, worüber sie sich sorgen müsse. Er würde irgendwo stecken, mehr wisse Mama nicht. Aber sie möge noch ein wenig im Bett mit den Kuscheltieren spielen, Mama müsse jetzt mit der Polizei sprechen. Sie bräuchte die ganze Woche nicht mehr in den Kindergarten, wenn sie nicht möchte. Oder ob sie doch lieber möchte? Lucy schmiegte sich an sie und schüttelte den Kopf. Dann sprang sie ins Bett, zog die Laken über den Kopf und baute für sich und ihre Kuscheltiere eine Höhle.

Nein, man habe keine neuen Informationen. Habe nichts gehört. Auch kein Anruf. Keine Forderung. Man habe gehofft, er würde hier anrufen. Aber es seien ja noch keine vierundzwanzig Stunden vergangen. Die Entführung sei erst gestern kurz nach vierzehn Uhr passiert. Jetzt sei es halb neun morgens. Achtundvierzig und mehr Stunden nichts zu hören, sei bei Entführungen nicht ungewöhnlich. Oftmals würden sich die Entführer erst einmal selbst sichern und dann gern etwas Zeit verstreichen lassen. Das erhöhe den Druck auf die Betroffenen. Das sei ein gängiges Vorgehen. Weltweit. Manchmal höre man sogar Wochen, ja Monate lang nichts. In solchen Entführungsfällen müsse man Geduld haben und Sensibilität beweisen.

Sensibilität. In diesem Augenblick dachte Viktoria an die Brötchen und bedankte sich. Was sie denn schuldig sei. Nein, das sei schon in Ordnung. Die Beamten frühstückten ja auch mit. Es seien ja auch für sie Sondereinsätze, wo Sonderumstände gelten. Den Tagesablauf könne man gern beim gemeinsamen Frühstück besprechen. Ob es wichtige Termine gäbe, wollten die Polizisten wissen? Müsse irgendjemand zum Arzt? Seien andere außerhäusliche Verpflichtungen zu beachten? Heute Nachmittag würden sie wieder abgelöst. Dann kämen wieder Sauerbruch und Treblinski. Sie heiße Tanja Schleringer. Angenehm. Angenehm. Und ich bin Horst Werster. Angenehm. Angenehm.

Die Schule sei informiert, der Kindergarten auch. Es würden keine Details an die Öffentlichkeit gehen. Man hoffe immer, es gäbe in den eigenen Reihen keine undichten Stellen. Hin und wieder gäbe es diese schon einmal. Besondere Pressekontakte, die über die private Schiene liefen. Aber in diesem Fall sei das nicht zu erwarten. Alles sei vertraulich und müsse vorsichtig angegangen werden. Das Leben der jungen Frau stände unter Umständen auf dem Spiel. Sie hätten beide da jetzt noch einige Fragen, ob sie denn fragen dürften. Nein, jetzt nicht, später. Erst die Kinder.

Die Kinder nahmen am Tisch Platz. Mikosch fragte ebenfalls nach seinem Vater und nach Nathan. Was denn mit Nathan sei. Er möchte, dass Nathan heimkomme. Ja, man habe mit dem Internat natürlich gestern noch gesprochen. Auch mit Nathan persönlich. Er würde gegen 13 Uhr von der Polizei abgeholt und nach Hause gebracht. Treblinski würde das übernehmen.

Der große Bruder sollte jetzt für die Geschwister hier sein. Er wäre jetzt eine Stütze für die Kleinen. Die Mutter müsste zwischendurch auch mal ins Präsidium. Der Ordnung wegen. Protokolle müssten unterzeichnet werden. Aber man warte damit, bis Nathan da sei. Und einer der Beamten sei in den nächsten Tagen immer hier. Ob es denn möglich sei, dass einer der Beamten eventuell für die Zeit der Betreuung hier wohnen dürfe. .

Ja, sie könne das Arbeitszimmer herrichten, meinte Viktoria. Es müsse ja sein.

Oh Karl, warum tust du uns das an! Was haben wir verbrochen? Was ist nur mit deinem Verstand!?

Die beiden neuen Polizisten fragten Viktoria, ob die Kinder Wünsche hätten. Ja, Lucy wolle gern eine Freundin zum Spielen. Das ginge jetzt leider nicht. Heute Morgen müsse sie mit Mikosch spielen. Mikosch zog ein langes Gesicht. Er hatte sich auf einen freien Tag gefreut. Und nicht auf Kinderaufpassen. Aber noch mehr wollte er wissen, warum Papa denn weg sei. Papa würde doch nicht einfach weglaufen. Ja, die Sache sei die, der Papa sei mit einer jungen Frau weg. Ob er denn die Plakate von Lisanna gesehen habe. Ja klar, habe er. Der große Bruder eines Klassenkameraden wollte heute Abend auf das Konzert. Aber das hätte sein Vater ja jetzt wohl ganz toll verhindert. Aber was denn nun genau passiert sei? – Nun ja, der Papa sei mit der jungen Frau weg. Einfach so? Nein, vermutlich hätte der Papa sie dazu gezwungen. Ja, aber dann wäre doch der Papa ein Verführer. Nein, Mikosch, kein Verführer. Entführer hieße das. Ach so. Ob man dann nicht doch eine Freundin für Lucy besorgen könne? Später. Man müsse schauen. Aber jetzt würde man gern mit der Mama reden. Ob sie denn nicht den Kakao und die Brötchen doch einfach mit in ihre Zimmer nehmen möchten. Die beiden trotteten weg. Lucy kam wieder zurückgelaufen und küsste Viktoria. Dann lief sie in ihr Zimmer. Viktoria weinte. Die Beamtin legte die Arme über ihre Schulter. Viktoria vergrub ihr Tränengesicht in ihren Händen und schluchzte.

15.

Im Kofferraum befanden sich Säfte und Brote, Obst, Salami, Käse, Wasser, kalter Kaffee und Trinkbecher. Lisanna ließ Karl aussteigen und sich ins Gras setzen, sie würde ihn füttern. Dann aber überlegte sie es sich anders und sagte, bevor sie frühstückten, müsse sie mit ihm in Ruhe die Lage besprechen.

Lisanna sah die Situation so: Sie vermutete, dass er früher oder später unter Umständen Gelegenheit zur Flucht bekäme. Eine Totalüberwachung könnte sie auf ihrer Flucht nicht leisten. Und dann hätte sie damit zu rechnen, dass er schnurstracks zur nächsten Polizeistation liefe. Ob in Ungarn, Kroatien oder Andorra. Je nachdem, wo sie letztendlich gemeinsam landeten. Dann wäre er zwar frei für sein Gefängnis, aber er stünde doch recht bedenklich da, wenn er kein Entführungsopfer präsentieren könne. Man würde ihn so lange für einen Mörder halten, bis sie lebend auftauchte. Das aber würde sie niemals mehr. Ihr Beschluss sei felsenfest und unumstößlich. Diese Nacht sei Entscheidendes mit ihr passiert. Also würde man einen Indizienprozess gegen ihn anstrengen. Lebenslänglich vielleicht. Mit etwas Glück zehn oder fünfzehn Jahre. Vielleicht noch eine anschließende Sicherheitsverwahrung. Wegen all der merkwürdigen Umstände. Und nach dem Knast wäre er uralt. Ob er kapiere? Die Konsequenzen einer Flucht für ihn selbst, meinte sie.

Sie habe alle Varianten für ihn durchgespielt. Zum Beispiel auch eine Rückkehr zur Ausgangslage. Er könnte sie gefesselt wieder zur Polizei bringen. Hier, da habt ihr sie! Ich gestehe und will in den Knast. Fünf Jahre! In einem solchen Fall hätte er sich aber geschnitten. Sie würde dafür sorgen, dass er dann mindestens 10 Jahre oder mehr wegen weiterer Delikte bekäme, die sie notfalls erfinden würde. Da kenne sie nichts. Sie würde schreckliche Geschichten erzählen und sie wüsste dafür zu sorgen, dass die Psychologen ihre Glaubwürdigkeit bestätigten. Dann hätte er zwar sein Opfer zurückgebracht, aber seine Pläne gingen wiederum nicht auf. Also könne er auch dieses Ansinnen vergessen.

Und im Übrigen würde sie nach dem Frühstück mal kurz zu ein paar Bankfilialen und in die nächste größere Stadt fahren. Er müsse hier auf sie warten. Sie habe auch schon da hinten einen Baum erspäht, an dem es sich vortrefflich sitzen ließ. Oder ob er lieber stehen wolle. Er könne es sich aussuchen. Er solle über all das jetzt nachdenken. Sie sei hungrig und würde nun ein kleines Frühstück für beide zubereiten.

Während Lisanna rumhantierte, dachte Karl nach. Lisanna hatte Recht. Er vollzog im Geiste noch einmal ihre Argumente nach. Bei der Polizei ohne sie aufzutauchen, würde übel für ihn werden. Er war auf sie angewiesen, sonst war sein Fünf-Jahres-Plan zum Teufel. Er dachte plötzlich an Kommunisten. Hatten sie nicht auch solche Fünf-Jahres-Pläne gehabt? Seiner Planerfüllung wegen war er nun schon zweimal zum Verbrecher geworden. Eine steile kriminelle Karriere, um die Kreativität in ihm selbst zu bedienen. Erstaunlich, zu welchen Mitteln Menschen greifen, wenn sie das Gute wollen. Faustische Prinzipien allerorten.

Lisanna würde, so dachte Karl weiter, dann allein ohne ihn auf der Flucht, sich von ihrem Geld sofort einen anderen Wagen mieten oder kaufen und gewiss nicht dumm genug sein, dies offiziell zu machen. Mit Geld ließ sich doch alles regeln. Und das beschaffte sie sich gerade. Manch ein Bauer wäre froh für einen kleinen satten Schnellverdienst jenseits der Steuerbehörden.

Auch schätzte er sie so ein, dass sie keineswegs dumm mit ihrem vielen Geld um sich schmeißen würde, sondern sie würde es vorsichtig dosieren, damit sie keinen unnötigen Verdacht erregte. Gerissen war sie, auf eine fast schon sympathische Weise. Begabt für das Kluge, wenn es die Situation erforderte. Wie Viktoria. Sie würde sich in allem so normal stellen, dass sie im Heer der Durchschnittlichen selbst Durchschnitt blieb. Aufzufallen war genau das, was ihr schon lange auf die Nerven ging. Für die Schattenseiten des Berühmtseins hatte sie einen zu hohen Preis zahlen müssen. Sie war mindestens so clever wie er. Vermutlich aber cleverer. Die Drogen hatten bei ihr offenbar noch nicht alles im Hirn zermatscht. Er, Karl, stünde also ziemlich dumm da vor der Polizei. Man würde alle Moore untersuchen wollen, alle Teiche, Seen, Flüsse – aber nein, das wäre unmöglich bei dem langen Weg, den sie zurückgelegt hatten. Sie könnte ja auch irgendwo verscharrt sein. Aber es gäbe ja keine Leiche. Und der Rest seiner Geschichte wäre von vorne bis hinten tatsächlich unglaubwürdig. Die Presse würde etwas Dunkles und Gemeines daraus stricken. Und er bekäme, da hatte Lisanna recht, einen ordentlichen Indizienprozess. Lebenslang statt fünf Jahre! So sähe es wohl aus. All das war Lisanna voll bewusst. Und sie nutzte es für sich.

Es blieb nur eines: Ob er wollte oder nicht, man müsste für eine kleine Weile gemeinsame Sache machen. Dann könnte man sich so schnell wie möglich trennen. Lisanna müsste sich in Sicherheit fühlen. In Sicherheit vor ihrem eigenen alten Leben und der Gefahr, die von ihr selbst ausging. Sie wollte nicht rückfällig werden durch den Druck von außen, dem sie ausgesetzt war durch die ganze Struktur ihres alten Lebens. Dazu müsste aber erst einmal Ruhe einkehren, die bei ihren ständig wechselnden Fesselungen nicht gegeben war.

Das alles aber hieß für sie beide: Sie müssten einander vertrauen lernen. Sie müssten erkennen, dass sie derzeit vollständig aufeinander angewiesen waren. Diese Abhängigkeit voneinander war vorübergehend nicht nur zu akzeptieren, sondern in die weiteren Pläne mit einzubeziehen.

Damit war Karl ungefähr dort, wo er schon einmal mit seiner Viktoria war. In der Abhängigkeit von einer Frau. Diesmal sogar von einer ihm fremden Frau. Das machte es nicht leichter und nicht angenehmer. Das Leben war offenbar unendlich kompliziert. Und er offenbar ein Meister ungewollter Verstrickungen.

Und? Fragte Lisanna. Ob er nun darüber nachgedacht habe. Und was er denn zu all dem meine. Karl zuckte die Schultern. Sie habe schon Recht. Sie seien beide aufeinander angewiesen, so wie die Sache jetzt stände. Er sei in gewisser Weise im Moment sogar mehr auf sie als sie auf ihn angewiesen. Andererseits auch wieder nicht, da ihr Freiheitswunsch offenbar genauso groß sei wie sein Wunsch, eingekerkert zu werden. Eine Patt-Situation für beide. So könne man es ganz klar sehen.

Sie schwiegen. Sie führten sich beide die Absurdität dieser Situation vor Augen und mussten dann plötzlich lachen. Ganz laut lachten sie. Lisanna frisch gewaschen und Karl gefesselt, mit blutigem Nacken, Holzspänen im Haar und ziemlich verschwitzt. Sie lachten so laut, dass die Rehe sich ängstigten, bis weit nach Frankreich hinein.

Lisanna wurde als erste wieder ernst. Ein Teil in ihr gebot ihr, Karl die Fesseln abzunehmen, damit er essen könnte. Ein anderer Teil stutzte. Was, so fragte sie sich still, würde geschehen, wenn sie ihm die Fesseln abnahm? Dann könnte er sie doch sofort wieder überwältigen und zur Polizei schleppen. Trotz des vorherigen Gedankenspieles. Sie konnte ihm im Moment doch noch nicht so ohne weiteres vertrauen. Erst einmal wolle sie ihn füttern. Sie müsse Sicherheit gewinnen. Das mit dem Vertrauen sei gut, aber es gelinge ihr nicht so schnell.

Karl aß hungrig und trank. Danach wurde er von Lisanna mit gefesselten Händen zu dem bereits ausgewählten Baum geführt.

Karl maulte, und sie konnte es ihm nicht verdenken. Gerade vor Sekunden hatte man gemeinsames Vertrauen als Grundlage für weiteres Vorgehen beschlossen und schon war alles wieder Makulatur. Misstrauen als Antwort auf die Erkenntnis des notwendigen Vertrauens. So würde keiner der Pläne je klappen. Dank der Stricke, für die Karl ebenfalls üppig vorgesorgt hatte, würde Lisanna ihn für zwei, drei Stunden hier allein lassen können. Sie müsse zur Bank, einkaufen und vor allem noch einmal tief nachdenken. Danach sei sie vielleicht in der Vertrauensfrage ein wenig weiter als jetzt.

16.

Kurz vor eins stand Jan Treblinski mit Nathan vor der Tür. Er hatte sein Gepäck in der Hand und wirkte sehr ernst. Auch wirkte er älter und reifer als noch vor sehr kurzer Zeit. Nathan nahm Viktoria fest in den Arm und drückte sie an sich. Viktoria weinte leise. Es war alles zu viel. Wie sollten die Kinder das alles verkraften? Nathan fragte nichts. Er war von dem Ermittler über alles, was man derzeit wusste, aufgeklärt worden. Auch hatte er alles beantwortet, was man ihn fragte. Die Monotonie der Autobahnfahrt eignete sich gut zum ruhigen Gespräch mit kleinen Pausen der Besinnung. Es war offenbar eine so normale Familie, dass es schon fast unglaubwürdig klang. Eigentlich schon eine Spur zu gesund, gemessen am Standard. Nicht einmal eine wirklich heftige Ehekrise? Er würde doch schon bald 15. Ihm wäre das doch sicher nicht entgangen. Die Kleinen könne man das nicht fragen. Aber ihn doch sicher.

Ja, klar man könne fragen. Er habe die Frage ja schon gestellt. Aber er könne nur verneinen. Die Eltern verständen sich gut. Kleine Streitereien, natürlich, sicher. Öfter sogar. Quasi regelmäßig. Aber genauso häufig wie harmlos und heftig und anschließend auch wieder voll befriedet. Unter einer schweren Krise verstände er etwas anderes. So halt, wenn einer die Koffer packe, mit Gegenständen geschmissen werde oder alles nur noch zum Schreien sei. Oder wenn einer immer wieder mit Scheidung drohe, hysterische Anfälle bekäme und so weiter. Das verstände er unter einer anständigen Krise. So jedenfalls berichteten seine Freunde hin und wieder über den elterlichen Zoff und die Kacke. Aber so sei es bei ihnen ja nicht. Nicht, dass sie friedlicher seien als andere Menschen, sondern lediglich unwilliger zum Streiten aus Zeitgründen. Vielleicht sogar unbegabter. Ob es das gäbe? Und Papa wäre auch nicht besonders zänkisch veranlagt, wenngleich oft empfindlich. Er denke eher, dass die beiden insgesamt eine eher langweilige Ehe führten. Also er würde es aushalten, auch wenn er froh sei, jetzt im Musikinternat zu sein. Aber das habe andere Gründe, die nur mit ihm selbst zu tun hätten. Voll das normale Programm bei ihnen zu Hause! Nein, halt, stimme nicht. Er müsse sich korrigieren. Das normale Programm wäre ja Scheidung. Das sei heute normal. In seiner alten wie in der neuen Klasse sei er mit zwei noch verheirateten Elternteilen absolut in der Minderheit. Also insofern dann doch volles Kontrastprogramm. Mehr könne er da nicht sagen. Mit Viktoria lache er aber oft und zoffe sich heftig mit ihr. Aber das sei voll okay. Sie kämen gut klar. Auch wenn sie manchmal eine Nerventussi sei. Musikalisch sei er zu Hause total unterfordert, deshalb ginge er auch gerne aufs Internat. Dort gäbe es Spezialförderung in Musik. Er würde jetzt das vierte Instrument spielen lernen. Hichiriki. Doppelrohrblattflöte. Japan. Kenne er nicht? Ja, das kennen nur wenige. Schwer zu spielen. Ähnele ein bisschen der Oboe. Das Geld sei bis vor kurzem dafür ja nicht da gewesen. Dann habe Papa eine Zeit lang verdammtes Schwein gehabt. Kasinos. Seine Mutter habe es ihm erzählt. Aber er solle nicht drüber reden. Die Leute machten daraus schnell irgendeine fiese Story. Die Polizei dürfe es wissen. Vermutlich wisse er es schon. Er solle es ruhig zugeben.

Ja, natürlich wisse er es, meinte Jan. Aber es sei trotzdem gut, dass er alles einmal von seiner Warte aus schildere. Das helfe vielleicht weiter, den Vater und sein Motiv besser zu verstehen. Man wolle den Vater gesund wiederfinden und die junge Frau auch. Keine Ahnung habe man aber bisher, was er genau vor habe und warum das Ganze überhaupt passiert sei. Geldsorgen könnten es wohl kaum gewesen sein. Keine klassische Motivlage. Deshalb seien seine Auskünfte, und vor allem auch die von Viktoria, unter Umständen von entscheidender Bedeutung. Dem Vater solle möglichst nichts passieren. Aber das gehe nur, wenn man seine Handlungsweise ein wenig einschätzen könne.

Ob Karl schon einmal die Hand ausgerutscht sei, wollte der Polizist weiter wissen. Ob er vielleicht schnell jähzornig werde. Nein, nein, alles nicht. Da würde im Zweifelsfall Viktoria viel früher die Hand ausrutschen. Aber auch ihr passiere das nicht, sie sei mehr der Schreityp wenn es mal nicht mehr auszuhalten sei. Aber Hallo! Dann seien Ohropax angesagt und gute Nerven. Oder schnelle Beine. Aber generell würden sie sich schon alle mögen. Der Bockmist, den sein Vater gerade schoss, ließe wohl viel Raum für Spekulationen. Im Moment wisse er gar nicht, was er überhaupt noch glauben solle. Vielleicht sei alles nur ein großer Irrtum. Wie er das meine. Das mit dem Irrtum. Na, so und so. Vielfach, eigentlich. Wisse er selbst nicht so genau. Irgendwie halt.

Mikosch war schier aus dem Häuschen, als Nathan zu Hause ankam. Wie ein kleiner wilder junger Hund sprang er ihn an und riss ihm vor Freude den Rucksack herunter. Nathan taumelte. Mikosch hing mit einer ganz besonderen Liebe an Nathan. Immer schon. Für Nathan war er hin und wieder ganz schön lästig. Selbst bei ihm im Bett wollte er oft schlafen. Als er noch kleiner war, war das für Nathan okay. Aber seit zwei Jahren fand er das blöd. Dass er jedoch von seinem Bruder so geliebt und vermisst wurde, freute ihn. Er warf ihn in die Luft und klopfte ihm wie einem echten Kumpel auf die Schulter. *Na, Alter!* Mikosch war gern ›der Alte‹. Da musste er immer lachen. Zu seinen Freunden sagte Nathan das auch schon mal. Und zu ihm. Na, Alter! Jetzt kam Lucy auch noch angehüpft und wollte auch herzlich begrüßt werden. Er solle auch »Na, Alter« zu ihr sagen! *Na, Alter!* Damit rauschte sie wieder ab. Die Atmosphäre unter den Kindern verblüffte die Beamten. Werster hatte ebenfalls drei Kinder. Alles lief normal bei ihm zu Hause. Mal mochte man sich, manchmal zankte man sich. Aber so wie die Sandhauser-Kinder mochte sich doch niemand. Merkwürdig. Was machte er falsch? Oder war diese Familie letztlich nur seltsam und außerhalb der Norm, und er und seine Familie doch voll normal? Werster hatte echte Zweifel. In beide Richtungen.

17.

Im dicht besiedelten Europa gab es noch immer Waldgebiete, wo tagelang kein Mensch vorbeikam. Auch war derzeit keine Jagdsaison, während derer man wenigstens auf Jäger oder Hunde hätte treffen können. Sie waren tief genug im Herz des Waldes und ausreichend weit weg vom nächsten offiziellen Weg, den vielleicht der eine oder andere Wanderer nahm. Dies war weder eines der typischen Touristengebiete, noch gab es schon Pilze.

Die Chance, hier nicht gefunden zu werden, war enorm groß. Käme also Lisanna doch nicht mehr zurück, würde er des Hungers sterben. Vorher würde er aber wohl verdursten, direkt neben einem Bach. Bei anbrechender Dunkelheit die ersten wilden Tiere ihre Behausungen verlassen. Sie würden ihn wittern und ihn anfallen. Er war doch eine perfekte Beute. Wölfe würden es nicht sein. Die waren eher an der polnischen Grenze zu erwarten. Und der einzige ernstzunehmende Bär, der es gewagt hatte, aus Oberitalien deutsche Luft zu schnuppern, war in einem Anfall von Kollektivhysterie erlegt worden. Luchse aber könnten ihn angreifen. Aber er könnte ja treten, wenngleich nur zaghaft und begrenzt wegen der Fesseln. Eher also nur zappeln. Aber schreien, gewiss würde er sehr laut schreien. Vielleicht machte das ausreichend Eindruck und würde sie vertreiben. Menschliches Geschrei, das hatte ihm ja Lisanna zweimal demonstriert, konnte eine grässliche Wirkung auf andere Lebewesen haben. Stechender als manche Messerattacke. Zumindest für Männerohren. Er hoffte, die herannahenden Luchse wären männlich und empfindlich für menschliches Geschrei.

Lisanna war schon mindestens eine gefühlte Stunde weg. Oder länger? Er hatte keine Möglichkeit, auf seine Uhr zu schauen. Seine Situation war wirklich absurd. Er taugte nicht zum Vater, obschon er alle seine Kinder liebte. Er taugte nicht zum Ehemann, obschon er eine tolle Frau hatte, um die ihn andere Männer beneideten. Er taugte nicht zur Karriere, obschon es ihm weder an Fleiß noch an Talent für den ungeliebten Beruf mangelte. Er taugte nicht zum Räuber, da man ihm statt der Beute die Strafe klaute. Er hatte nach einem Geständnis nicht einmal einen Zellenplatz ergattert. Er taugte nicht zum Psycho, weil er trotz allem immer noch nicht verrückt genug war. Er taugte nicht zum Entführer, da er jetzt selbst entführt wurde. An einen Baum gefesselt von einer zierlichen jungen Frau. Und zu allem Übel tauchte in seinen Gedanken nun auch noch ein geiler Klatschreporter auf, der vor ihm stand, und auf den Auslöser drückte. Klick! Willkommen im absurden Theater des internationalen Schriftstellers Karl Sandhauser! Es war so irrwitzig, dass er lachte. Sein Lachen glitt mehr und mehr ins Hysterische. Er lachte auf eine Art, an der ein Mensch überzuschnappen droht.

War er bereits irre? Sähe ihn jetzt jemand in dieser unwürdigen Situation, würde er vor Scham vergehen. Seine aktuelle Lage, gefilmt für ein Video auf YouTube, hätte einen weltweiten Siegeszug der Lächerlichkeit zur Folge. YouTube-Held für eine ganze Woche! Er sah schon die Schlagzeilen in den Gazetten: »Entführte entführt Entführer – Wie dämlich kann Mann sein?«

Karl überfiel plötzlich eine unbändige Lust, das Wasser des Bachs auf seiner Haut zu fühlen. Sich jetzt in diesen Bach hineinsetzen können und sich dann langsam in ihm niederlegen. Ausgestreckt wie ein langer Fisch. Stromlinienförmig angepasst. Und ganz still. Nur die Strömung an sich spüren. Auf seiner Fischhaut, die sich streicheln ließ von den kleinen Wellen. Seine Ohren würden noch frei sei, so niedrig war der Wasserstand. Er würde durch Kiemen atmen, wäre Mensch und Fisch zugleich. Ein Zwitterwesen, das eine Trennung aufhob, die es in einer anderen Wirklichkeit auch nicht gab. Der Bach floss schnell und bewegt, war kalt und frisch. Und er ein Mann und ein Fisch. Fischmann Sandhauser.

Er schloss die Augen. Das klare Wasser netzte ihn und drang langsam in jede seiner Poren. Jede Zelle wurde belebt und tanzte an dem ihr eigenen Platz mit prickelnder Freude. Ein Fließen, dass von außen in seinen ureigensten Kern überging und ihm etwas schenkte, das er schon ewig nicht mehr gefühlt hatte. Eine Einheit mit der Natur. Ein Ineinandergewobensein von Wasser und Fleisch. Der Mann wurde Fisch, der Fisch wurde Bach. Er wurde Bachmann. Ein Mannbach, ein Karlbach. Oder noch schöner: Er wässerte sich mehr und mehr, bis sich die Zellen verflüssigten. Er dehnte sich auf diese Weise auf einen Karlbach aus.

Die beiden toten Frauen flirrten über dem Wasser in der klaren Waldluft. Zuerst sah er nur ihre Gesichter. Dann lösten sie sich aus den Luftmolekülen heraus und verdichteten sich zu sichtbaren Gestalten, einzig weil er es wollte. Sie waren ätherisch und fein, real und sichtbar. Und dennoch allein nur von seinen Augen zu erkennen. Eine Sehnsucht nach ihrem Wissen brannte schmerzlich in ihm und er versuchte, sie zu beschwören. Musste man sie nur laut genug rufen? Würden sie dann wieder mit ihm sprechen? Sie waren doch da. Sie zu rufen, hatte er noch nie versucht. Mit geschlossenen Augen rief er leise: *Seraphina. Seraphina. Baronesse. Baronesse. Seraphina –*

Aber da war nichts. Da kam nichts. Sie lösten sich wieder auf. Truggebilde seiner Sehnsucht. Eine Fata Morgana seiner Seele. Laut mochte er nicht rufen. Das war ihm peinlich, auch wenn ihn niemand hörte. Das Beschwören klappte nicht.

Er versuchte erneut sich beide Frauen vorzustellen. Aber ihre Gesichter blieben verschwunden. Er wusste jetzt plötzlich nicht mehr, wie sie beide ausgesehen hatten. Auf einem Bild hätte er sie wiedererkannt. Aber er konnte das Bild innerlich nicht mehr erzeugen. Was war denn das jetzt schon wieder? Eben ging es noch. Jetzt war es gelöscht. Wieso konnte er das nicht mehr? Er geriet in Panik. Dann dachte er an Lucy und Nathan, an Viktoria und Mikosch. Auch ihre Gesichter waren weg. Er schämte sich. Wie konnte es sein, dass er als Vater erst jetzt wieder an seine Kinder dachte? Warum hatte er die merkwürdigen Frauen eben vorgezogen? Es hing mit dem Bach zusammen, nicht mit den Frauen. Jetzt müsste er aufpassen. Er dürfte nichts verwechseln. Es wäre nicht gesund, wenn er jetzt zu falschen Schlüssen über sich selbst käme. Er brauchte alle Kraft.

Mit angestrengter Konzentration gelang es ihm, wenigstens seine Familie wieder als Gesamtbild flüchtig aufleben zu lassen. Es war erschreckend schwer. Würde er sie bald ganz verlieren? Was war mit ihm los? Ging ihm das denn mit allen Menschen so? Er imaginierte seine Kollegen. Sie blieben ferne Nebelgestalten. Es schien sich etwas in ihm dagegen zu wehren, sich sein altes Leben vor Augen zu führen. Kein Blick zurück. Wie Lot in der Bibel, der auch zwei Engeln begegnete und später nicht zurückschauen durfte. Ihm wurde bange ums Herz. War das ein unbewusster Abschied seiner Seele von seinem alten Leben? Eine Art innerer Vorbereitung, die sich ohne sein Wollen vollzog. Oder war es einfach nur der Stress der letzten Wochen und Monate, der sich in solchen Momenten äußerte?

Lisannas Bild dagegen konnte er sich lebhaft und gut vorstellen. Das klappte. Dass es klappte, ärgerte ihn. Ausgerechnet sie. Andererseits war es auch logisch. Im Übrigen sah sie nett aus in ihren weißen Jeans, die schon einige Flecken hatten. Obschon er lieber an seine im Erinnerungsnebel verschollene Familie gedacht und sie gern bildhaft heraufbeschworen hätte, zwang ihn etwas, sich jetzt und hier nun doch mit Lisanna zu beschäftigen. Ob er wollte oder nicht. So stellte er fest, dass auch die blonde Kurzhaarfrisur ihr ausnehmend gut stand. Vielleicht hätte er noch ein knallrotes Ersatz-T-Shirt für sie mitnehmen sollen. Lisanna sah so verändert aus, dass nicht mal ein Bandmitglied sie auf der anderen Straßenseite erkannt hätte. Unglaublich, wie man Menschen mit einfachsten Mitteln optisch verändern kann. Durch einen kleinen Luxemburger Ort lief jetzt also eine eilig daherkommende Krankenschwester und brauchte vermutlich Geld für Benzin oder den Haushalt und hielt an diversen Bankautomaten an.

Fasziniert und erschreckt zugleich stellte er fest, wie ernste und flüchtige Gedanken, intime und lächerliche sich in seinem Hirn beliebig ausbreiteten. Unsinniges zerfloss mit Wichtigem. Behutsam sammelte Karl seine Zellen wieder aus dem Bach, fügte sie sorgfältig zusammen und materialisierte sich als gefesselter Mann von etwas über vierzig Jahren an einem Baum in einer lächerlich grotesken Situation, die er sich selbst eingebrockt hatte. So hatte alles wieder seine Ordnung in der Realität. Damit konnte ein anderes menschliches Bewusstsein etwas anfangen und sagen: Hier sitzt ein Schreiner am Baum. Gefesselt aus unerklärlichen Gründen. Lange nicht mehr gewaschen, aber sonst alles dran. Auch für ihn war diese Form von Realität derzeit leichter zu ertragen als weiter den Karlbach zu geben. Wenngleich der Karlbach angenehmer war. Aber besser jetzt ein ordentliches Gesicht aus Fleisch und Blut als all diese Nebelgesichter mit diesen verschwommenen Konturen oder Gespenster, die lautlos zu ihm sprachen.

18.

Schleringer und Werster wurden abgelöst, als Sauerbruch kurz nach vierzehn Uhr wieder dazu kam. Die vier Beamten besprachen sich ohne Viktoria und die Kinder im Arbeitszimmer. Man tauschte aus, was man an weiteren Details oder Auffälligkeiten ermittelt hatte. Viel gab es nicht. Die Geschichte wurde durch diese scheinbare Normalität immer mysteriöser. Da, wo besondere Umstände vorliegen, Nöte, Hass, ein asoziales Grundmilieu, da war das alles einfacher zu verstehen. Da griffen die zwischenmenschlichen Formeln, die man so kannte. Aber hier griff gar nichts. Eine anständige Lösegeldforderung etwa wäre eine begreifbare Normalität gewesen. Oder Liebesbriefe an eine heimlich geliebte Rocksängerin. So etwas passierte auch bei Familienvätern mit schönen Ehefrauen. Das war menschlich und normal. Hierfür gab es aber ebenfalls keine Indizien. Zumindest nicht bisher. Man würde jetzt den Freundeskreis abklopfen müssen und die Kollegen.

Sich in gefährlichen Entführungsfällen zu verplaudern, konnte großes Übel nach sich ziehen. Vielleicht stammte der Entführer ja aus dem Umfeld der Rocksängerin. Oder von der Musikkonkurrenz. Der Markt war hart umkämpft. Jeder, der eine internationale Bühne für sich hatte, hatte auch Neider, Konkurrenten, Feinde. Es gab Menschen, die durchaus ein Interesse an einem Karriereabbruch haben konnten. Andere wiederum hatten Interesse an Schlagzeilen, erst recht an schlechten, und eine Entführung kam da gerade recht. Der neue Song einer entführten Rocksängerin würde sich viel besser verkaufen lassen. Auch das waren Überlegungen. Vielleicht bastelte bereits einer an einem Entführungssong, der in zwei Wochen in den Charts war. Die Sängerin konnte dann ganz frisch ihre Schmach und ihr Leid verarbeiten und von ihrer Traumatisierung singen – zur Freude der Branche und des Eventmanagements. Was die Hintergründe dieser Entführung anging, durfte es keine Denktabus geben.

Eine Reihe Polizisten kümmerten sich um den Personenkreis, aus dem die Entführte stammte. In diesem Stadium der Ermittlungen durfte keine Möglichkeit ausgeschlossen werden, nicht einmal die scheinbar unmöglichen. Karl Sandhauser könnte zum Beispiel selbst ein Erpressungsopfer in der Angelegenheit sein, mit einer Bande zusammenarbeiten oder doch Einzeltäter sein – und unter Drogen oder einer Psychose stehen. Ein korrektes und umfangreiches Profiling war eine der wichtigsten Maßnahmen.

Andere Ermittler kümmerten sich um die Kollegen, die Freunde, die Nachbarn und die Anverwandten. Die direkte Familie war dabei noch der kleinste Personenkreis, der abzuchecken war. Viktorias Bruder lebte in Brandenburg und Karl hatte ebenfalls nur einen Bruder, der jedoch in den Vereinigten Staaten lebte. Die Vettern und Kusinen hatten selten Kontakt miteinander. Bei Beerdigungen zumeist, wenn mal eine Tante oder ein Onkel verstarb.

Schwierig war vor allem Viktorias Freundeskreis. Es war ein bunter Haufen von Individualisten aus allen Kreisen der Gesellschaft. Darunter Begabte, Unbegnadete, selbsternannte Künstler, Durchgeknallte, Kluge und Gestrandete, Experimentierfreudige, ein paar Sozialhilfeempfänger mit kreativem Hang zur Austestung staatlicher Zahlungswilligkeit, zwei alte, müde gewordene Revoluzzer, ein emeritierter Professor, ein schwuler Single, und ja, man glaubt es kaum, eine kirchliche Nonne, die in ständiger Konkurrenz mit allen und überhaupt im Kampf um das Gute in der Welt stand.

Viktorias Kreis war im Grunde nicht wirklich einzukreisen. Entsprechend sahen ihre Emailkontakte aus. Eine schweißtreibende Sisyphusarbeit für die Kollegen. Für Viktorias Bekannte allein hätte man schon eine eigene Sonderkommission gründen können. Dabei waren vermutlich alle unschuldig oder unauffällig, zumindest im Zusammenhang mit diesem Verbrechen. Es war ein bunter Haufen, allesamt Typen, die in kein festes Schema passten. Das bedeutete: Mehr Ermittlungsarbeit. Hier war eine feine Nase gefragt. So manch einem aus diesem Kreis, der gerade mal wieder keinen Bock auf diesen Staat hatte, war unter Umständen zuzutrauen, dass er mit vollständig legalen Mitteln extra falsche Fährten legte. Nicht um Viktoria oder Karl zu schädigen oder gar ihnen zu helfen, sondern einfach nur, um Staatsdiener hereinzulegen.

Bei Karls Bankkollegen hatte man es mit einer anderen Spezies zu tun. Ordentlich, gut durchschaubar, planbar und berechenbar wie die Zinseszinsrechnung. Inkarnierte Zuverlässigkeit in Männer- und Frauenkörpern. Adrett, willig, kooperativ, angepasst, unauffällig. Manche derart, dass es fast verdächtig wirkte. Das mit Karl hätte keiner erwartet. Nicht einmal im Traum. Solche Menschen träumten anders als die Freunde von Viktoria. Dass es zwischen diesen Kreisen Kontakte gab, war eher unwahrscheinlich.

Auch gab es nach den bisherigen Recherchen in diesen Gruppen keine Anhaltspunkte für Kontakte zur Musikszene. Einzig die von Karl angesteuerten Homepages wiesen Recherchen seinerseits nach, die er ganz offenbar aber nur zur Planung des Verbrechens gebraucht hatte. Keine Altrecherchen. Alles nur aus den letzten Wochen und Monaten. Dies verstärkte den Verdacht auf seine Einzeltäterschaft. Beim Datenvergleich wurde offenbart, dass all diese Recherchen mit der ersten großen Werbungsoffensive für das Konzert in der Stadt zusammenfielen. Um Lisanna persönlich ging es eventuell gar nicht. Dann ginge es um ein Druckmittel an sich. Ob eine politische oder finanzielle Forderung gestellt würde, müsste man abwarten.

Nur über ein gründliches Ausschlussverfahren würde man in diesem merkwürdigen Fall ohne erkennbares Motiv weiterkommen können. Viktoria müsse sich noch eine Reihe weiterer Fragen stellen lassen. Ob es in ihrem Bekanntenkreis denn beispielsweise eine Person gäbe, die eine gewisse optische oder typmäßige Ähnlichkeit mit Lisanna aufweise? Oder ob sie zufällig Kenntnis von einer alten Freundin Karls habe, auf die das zuträfe oder früher einmal zugetroffen habe? Ob es da noch andere alte Bilder gäbe? Aber da war nichts. Doch, eine Frau mit langen schwarzen Haare und einer ähnlichen Figur. Eine Kollegin aus der Bank. Auf einem Betriebsfest sei sie ihr aufgefallen. Die Partner wären mit eingeladen gewesen. Sie habe sich wohl sehr gut mit Karl verstanden. Mehr aber auch nicht. Man solle doch mal in der Bank nachfragen. Das tat man auch. Die Kollegen erledigten dies. Diese Frau arbeitete noch immer dort. Jetzt aber mit Kurzhaarfrisur. Halbtags und mit zwei Kindern im Kindergartenalter. Normale Verhältnisse. Eine heiße Spur sah anders aus.

19.

Lisanna stolperte nicht gerade lautlos durchs Unterholz. Sie pfiff ein Lied. Oha! Da musste irgendetwas gut gelaufen sein. Sie stellte sich vor Karl und hatte nun ein blaues T-Shirt an. Darüber trug sie eine blaue Jeansweste und eine weiße Sommerkappe. Die große moderne Sonnenbrille verlieh ihr etwas leicht Mondänes. Lisanna grinste über das ganze Gesicht: *Let's go*!

Im ersten Moment hatte sie wohl vergessen, dass Karl nicht einfach nur so aus reiner Langeweile an irgendeinem Baum herumstand, sondern daran gefesselt war. Er deutete mit seinem Kopf auf die Seile, sie möge doch bitte – Lisanna hielt inne. Für einen Moment hatte sie ganz vergessen, in welcher Situation sie Karl verlassen hatte. Sie war mit ihren eigenen Überlegungen und Planungen mittlerweile schon weiter und musste sich erst wieder zurückversetzen.

Alles hatte perfekt geklappt. Sie hatte einen richtig fetten Batzen Geld von den diversen Konten bar abgehoben. Genug, um das nächste halbe Jahr locker zu überstehen, bei ein wenig Sparsamkeit auch länger. Dann war sie seelenruhig in die nächste Boutique spaziert und hatte eine ganze Reihe Klamotten gekauft. Unauffälliges, das fast langweilig wirkte im Gegensatz zu ihrem bisherigen Outfit, welches nicht schrill genug sein konnte. Das war die alte Lisanna, die sie nicht mehr viel anging, auch wenn sie immer einen Teil ihrer selbst bleiben würde.

Jetzt ging sie bei ihren Einkäufen anders vor. Praktisch und sinnvoll. Dabei dachte sie an festes Schuhwerk für die Berge, ebenso an einen ganz normalen Badeanzug. Sie wusste ja nicht, wo das Leben sie bald hintreiben würde. Für alle unterschiedlichen Situationen, Temperaturen und Gelegenheiten brauchte sie das Rechte. Jedoch so wenig wie irgend möglich. Für ihr Entführungsopfer kaufte sie ebenfalls ein. Besser, wenn sie das gleich mit erledigte. Man wusste ja nicht, wann es wieder so eine Gelegenheit gäbe. Eines wusste sie jedoch schon: Männer und Einkäufe – eine in der Regel unmögliche Konstellation.

Jetzt konnte die Reise beginnen.

Ernst und intensiv sprach sie auf den noch immer Gefesselten ein. Kämen sie miteinander klar, so seien sie beide schnell voneinander befreit. Ohne gegenseitiges Vertrauen wäre keiner ihrer Pläne sinnvoll und machbar. Loyalität gegenüber sich selbst und den Zielen des anderen sei Voraussetzung. Man habe sich auf subtile Weise jetzt gegenseitig in der Hand. Breche einer der beiden die Absprachen, so habe der andere sehr unschöne Vergeltungsmöglichkeiten, die ja schon genau besprochen seien. Vor allem aber sei sie die Glaubwürdigere von ihnen. Was immer sie von ihm erzählte, würde man ihr abnehmen. Offiziell sei sie das Opfer und er ein Patient aus der Psychiatrie.

Natürlich wusste Lisanna, dass Karl jetzt lügen und ihr Vertrauen vortäuschen konnte. Und wenn er geschickt log, würde sie nicht einmal eine Unsicherheit in seiner Stimme feststellen können. Sie musste mit allem rechnen. Dennoch blieb ihr kein anderer Weg als der des Vertrauens. Sie wollte dem Stress ihres längst fremdbestimmten Lebens endgültig entkommen. Vertrauen war die Grundwährung, die ab jetzt häufiger zu zahlen wäre. Eine Währung, deren Handhabung sie nun in jeder Beziehung erüben müsste. Alles auf eine Karte! Das passte genau genommen für beide. Es war für beide gleich fair und gleich risikobehaftet.

Karl sah sie an. Er bat sie, die Sonnenbrille abzunehmen. Er möchte ihr in die Augen schauen und auch, dass sie ihm dabei in die Augen schaue. Von diesem gegenseitigen Vertrauen für die nächsten Tage hinge alles ab. Es sei ihm alles klar, er habe genug Zeit gehabt, darüber nachzudenken. Keine weiteren Erklärungen mehr! Ja, er sei bereit, solange ihr Spiel mitzumachen, bis sie in Sicherheit sei. Seine Bedingung: Sie wiederum würde ihm dann ein Video mitgeben, wo sie ihren freien Willen verlas. Es müsse klar sein für das Gericht, dass sie nicht nur gesund und wohlauf und gut von ihm behandelt worden sei, sondern zudem ihn umgekehrt dazu gezwungen habe, ihr selbst ein freies Leben zu ermöglichen. Damit war Lisanna einverstanden. Sie würde dann in den Untergrund abtauchen und niemand sollte auf die Idee kommen, nach ihr zu suchen. Ihre neue Identität würde sie schützen und ihr weltweites Netzwerk echter Freunde tauge endlich einmal auch für eine wirklich wichtige Aktion.

Lisanna schnitt mit ihrem Stilett geschickt die Fesseln durch. Sie gaben sich ein gegenseitiges Ehrenwort und besiegelten die Vereinbarung mit Handschlag. Beide hatten sie einen tiefen Prozess des Nachdenkens durchgemacht, dessen einzig sinnvolles Fazit diese Form von Kompromiss war. Keine Übereinkunft, die sie beide besonders liebten, aber dennoch vielleicht eine, aus der sich etwas Gutes schmieden ließ.

Innerhalb ihrer Zweiergefangenschaft waren sie endlich in gewisser Weise frei. Zumindest so frei, um frei zu werden. Später vielleicht sogar einmal frei genug, um dann auch endlich auf Dauer frei zu bleiben. Das wäre dann das Höchste: Freiheit ohne Verfallsdatum und ohne weitere Bedingungen. Aber das hatten sie sich beide zu erarbeiten. Ein jeder auf seine ganz spezielle Art.

Lisanna brach zwei kleine Stöckchen ab. Eines länger als das andere. Das lange sei die Hohe Tatra. Ab nach Osten. Das kurze seien die Pyrenäen. Ab nach Südwesten. Er solle ziehen! Die Pyrenäen. Gut. Also los.

Die Programmierung des Navigationssystems, das sie aus der Stadt mitgebracht hatte, kostete nur wenige Minuten. Lisanna wusste genau, wo sie hin wollte. Sie erkundigte sich danach, ob er glaube, dass man das Fluchtauto jetzt schon in der Fahndung habe. Nein, das glaube er nicht. Er habe im Voraus für drei Wochen bezahlt. Obwohl er nur achtundvierzig Stunden veranschlagt habe? Lisanna war verwundert. Ja, er baue generell Unwägbarkeiten ein. Durchweg, immer! So sei er eben. Diese Marotte sei zwar teuer, aber es sei seinen Nerven zuträglich. Er sei nervlich etwas anfällig. Deshalb die Sicherungszwänge. Zudem erschlössen sich ihm einfach immer zu viele Möglichkeiten gleichzeitig. Seine Fantasie! Sie sei zu groß für dieses kleine Leben hier. Weiterhin sei er ungeübt in kriminellen Machenschaften. Deshalb also die Sicherungsmaßnahmen. Ob sie verstehe, was er meine. Nein? Das mache nichts. Sie müsse ja nicht immer alles verstehen. Nur so viel: Ein Plan, neun Alternativen und fünfzehn Haupterwägungen mit zahllosen Ereigniskombinationen bräuchten eben eine andere Form von Logistik.

Drei Pässe habe er übrigens. In der Zockerszene habe er Kontakte zu Fälschern bekommen. Auf einen der Pässe liefe dieser Leihwagen. Das mit den fremden Pässen habe ihm damals Spaß gemacht. Er habe sich schon immer mehrere Identitäten gewünscht. Ob sie einen solchen Wunsch nicht auch kenne?

Oh doch, den habe sie sogar ständig. Mehr als er ahne! Aber ein weiterer Pass mit einer anderen Identität hätte ihr niemand abgenommen. Dazu sei ihr Leben zu öffentlich, zu bekannt. Anfangs sei es schön gewesen, aber jetzt sei es nur noch lästig und ätzend. Er solle doch mal schauen, hier, ins Gesicht, hier am linken Auge. Sie sei doch erst Achtundzwanzig. – Ja, was denn da sei? – Na, die ersten kleinen Falten. Nicht einmal dreißig sei sie. Dabei hätte sie noch einige Jahrzehnte vor sich. Nein, ihr Plan sei genial. Auch wegen der Falten.

Seit Beginn der Entführung waren beide erstmalig fröhlich und gut gelaunt. Sie fühlten sich frei, in aller gegenseitigen Abhängigkeit. Sie fühlten sich frei trotz einer vermutlich europaweiten Fahndung durch Interpol und Boulevardpresse. Sie fühlten sich frei, obschon sie ahnten, dass es verhängnisvoll werden könnte, wenn irgendetwas ihre fragilen Pläne störte. Einzig sicher war das nächste Etappenziel: Die Pyrenäen.

Dritter Teil

1.

Lucy quengelte rum. Ihr sei langweilig. Und ob denn der Papa nicht schon angerufen habe. Nein, habe er nicht. Aber Viktoria würde sehr mit ihm schimpfen, dass er sich nicht gemeldet habe. Das dürfe er niemals mehr tun. Lucy würde auch schimpfen. Und der Bär. Sie wolle zu Lotte. Viktoria sprach mit den Ermittlern und erwog, wenigstens nachmittags Lucy zu Lotte bringen zu lassen. Ira war eine sehr enge und zuverlässige Freundin und wüsste die Kinder zu schützen. Lucy solle halt wieder zurückgebracht werden, wenn sie es möchte. Ira war einverstanden und über alles Notwendige informiert. Alle wussten es ja mittlerweile. Aber sie selbst wusste auch nicht mehr als alle wussten. Lucy könne so oft und so lange kommen, wie es für sie richtig sei. Die Jungs spielten an ihren Computern und verglichen ihr Level. Nathan genoss ein wenig den Urlaub von seiner Musik. Zudem konnte er im Musikinternat seine Spielleidenschaft nicht so ausgiebig ausleben. Jan Treblinski wollte mit Viktoria nochmals die Fotos durchgehen. Vielleicht hatte man ja etwas übersehen. Sie setzten sich zusammen aufs Sofa und kramten in der Fotokiste. Alles lag wahllos durcheinander. Aber nicht erst seit gestern Abend. Sie griffen beide in die Kiste. Dabei berührten sich ihre Hände. Viktoria erschrak und zog ihre Hand schnell zurück. Jan erschrak, weil Viktoria erschrak, und entschuldigte sich. Obschon er nichts falsch gemacht hatte, nahm Viktoria die Entschuldigung innerlich an. Wieso, wusste sie nicht. Elektromagnetische Ströme. Das allein reichte. Sie schauten sich dabei kurz an – und ganz schnell wieder weg. Viktoria sortierte ihre Bilder vor sich hin und schien eine geheime Ordnung darin zu suchen, die sich ihr aber wohl erst noch erschließen musste.

Verstohlen beobachtete Jan sie dabei. Sie war eine wundervolle Frau. Der Traum von einer Frau. Es war nicht ihre Schönheit. Es gab eine Reihe schönerer Frauen, die er kannte. Nein, was diese Frau auszeichnete war eine Art Reiz, der ihn grundlos unruhig werden ließ. Unbenennbar und unauslotbar. Er konnte es weder am Blick noch am Lächeln festmachen. Ihre gute Figur spielte auch keine entscheidende Rolle. Einige Kilo mehr oder weniger wären völlig belanglos angesichts dieser geheimnisvollen Ausstrahlung. Sie war wie eine Löwin. Sie hatte ein unberechenbares animalisches Temperament. Zumindest glaubte er das, in ihr zu spüren. Sie hatte etwas von einer Amazone, einer Kämpferin, die sich notfalls für ihre Ziele töten lassen würde. Nun ja, sagte er zu sich selbst, das war jetzt mehr metaphorisch gemeint. Vermutlich übertrieb er, und seine Fantasie ging mit ihm durch. Sie war dieser besondere Typus, der stark und weich zugleich war. Biegsam aber unbrechbar, in eindeutiger Weise vieldeutig, voll weiblich mit so viel starken männlichen Aspekten, als stehe sie selbst für ein drittes Geschlecht. Ein starker Mix, der atemlos machte. Keine von dieser Sorte Weibchen, die sich über High Heels und vorgeschobenes Becken definieren müssen. Diese Frau definierte sich nur über eines: sich selbst. Jetzt hatte er es endlich! Er wusste nun, warum sie ihm so reizvoll erschien. Sie strahlte eine kraftvolle Authentizität aus. Im Umkehrschluss, so vermutete er, war mit ihr auch nicht gut Kirschen essen, wenn man sie erzürnte. Aber vermutlich war sie gar nicht so leicht zu erzürnen.

Hier sei das letzte Foto aus der Serie. Er solle doch mal schauen. Jan wurde aus seinen Gedanken gerissen und rückte näher an die Bilder heran, die jetzt sortiert vor ihm lagen. Es war unvermeidlich, dass er damit auch näher an Viktoria rückte. Sie schien es genau zu beobachten und saß ein wenig steif neben ihm, gleichzeitig bemüht, lässig zu wirken. Das sei eine chronologische Serie von Urlauben mit Freunden. Bevor die Kinder kamen. Einmal Paris, dann in den Ardennen, Belgien, Luxemburg, diese Gegend, hier, hier sei man in der Kurischen Nehrung gewesen und hier in Schweden. Hier, das sei in Monte Carlo. Da sei Karl ihres Wissens nach zum ersten Mal im Kasino gewesen. Sie auch. Nein, sie hatten nicht gespielt. Sie wollten nur schauen.

Und die Freunde? Das da seien Irma und Gerd, hier sei Moni, hier habe Irma eine ganz andere Frisur und sähe total verändert aus. Hier auf dem letzten Foto sei übrigens Ira mit ihrem damaligen Freund. Da wo Sauerbruch gerade mit Lucy hin sei.

Viktoria roch gut. Weihrauch. Und das im Sommer. Er war berauscht. Er brauchte Abstand. Er musste ermitteln.

Sauerbruch kam mit Neuigkeiten. Man habe Karls Auto gefunden. Daneben Fußspuren von einer Frau und einem Mann. Das Auto wäre in einem kleinen Wald entdeckt worden. Gut getarnt. Da käme nur selten jemand vorbei. Schwein gehabt. Theoretisch hätte es noch wochenlang unentdeckt bleiben können. Aber manchmal hatte man eben Glück. Zumindest war ihre Mutmaßung nun zur Gewissheit geworden. Er wäre nun ganz offenbar mit einem anderen Auto auf der Flucht. Himmelsrichtung unbekannt. Vom Fundort des anderen Autos aus gab es zahllose Möglichkeiten, ein Autobahnkreuz lag in direkter Nähe. Da man das Ziel der Entführung nicht kannte, wäre eine Fahndung schwierig.

Dennoch hätte man mit allen infrage kommenden Nachbarstaaten bereits Kooperationsabsprachen getroffen. Interpol wäre dran. Aber nach welchem Auto man suchen sollte, wäre noch offen. Nicht einmal Reifenspuren in unmittelbarer Nähe. 50 m weiter jedoch sei ein öffentlicher Parkplatz. Da könnte man sich gern tausend Spuren aussuchen. Und geregnet hätte es zudem auch noch. Die Spurenermittler könnten sich freuen. Ob er auch etwas heraus gefunden habe? – Nein! Vielleicht heute Abend. Er sei ja heute zum Dienst bis morgen früh eingeteilt. Ja, man habe nochmals mit den Fotos begonnen und gehe in die Details. Ach ja, Lucy wolle unter Umständen bei ihrer kleinen Freundin übernachten. Sie wisse es noch nicht genau. Die Freundin rufe gegen sieben Uhr an.

Viktoria ließ die Bilder liegen und bereitete das Abendbrot. Die Ermittler aßen mit gutem Appetit. Die Kinder zum Glück auch. Ihre eigene Lust auf Nahrhaftes war noch nicht zurückgekehrt. Alles war einfach zu belastend und ihr Magen sagte Nein. Nach dem Abendessen kümmerte sich Jan Treblinski um die beiden Jungs. Er ließ sich von Mikosch dessen liebste Spiele zeigen und vor allem jene, die er schon mal mit dem Vater gespielt hatte. Aber Karl war offenbar kein Spielefreak. Zumindest nicht, was Computer anging. Vermutlich hätte er auch nicht den Hauch einer Chance gegen seinen jüngsten Sohn, der gern »der Alte« sein wollte und seinem großen Bruder glühend nacheiferte.

Es schien, als wäre in dieser Familie der Computer noch nicht in den Rang eines Fetisch oder Ersatzgottes aufgestiegen, wie in Familien mit Kindern dieses Alters zumeist üblich. Außer Lucy benutzte jeder seinen eigenen PC, anscheinend jedoch in Maßen. Zumindest schien das auf den ersten Blick so.

Mikosch war äußerlich scheinbar ruhig und freute sich über seine Sonderferien. Dennoch hatte er Angst. Als das

Gespräch wieder auf Karl kam, weinte der kleine Junge. Er wollte nicht, dass sein Vater ein Verführer war. Ob er dafür ins Gefängnis käme. Jan war in einer sehr schwierigen Situation. Er hatte noch keine Kinder. Durfte man Kinder belügen? In einer solchen Situation? Sollte er ihm etwa sagen, nein, dein Vater kommt nicht ins Gefängnis, obschon er einen Menschen entführt hatte? Oder war es besser, dem weinenden Kind zusagen, klar, nach § 239b des Strafgesetzbuches muss er für mindestens drei bis fünf Jahre in Haft. Das wäre ehrlich. Und unmenschlich. Mikosch quengelte und wollte aber nun die Frage für sich geklärt haben. *Kommt er nun ins Gefängnis?*

Jan blieben nur Ausflüchte. Dass könne man unmöglich wissen, weil man im Grunde gar nichts wisse. Es sei so: Der Vater habe anscheinend etwas Falsches getan. Das müsse unter Umständen bestraft werden. Aber unter Umständen hieße, dass man erst einmal klären müsse, ob der Vater das freiwillig getan habe oder ob er dazu gezwungen worden sei. Auch gäbe es Menschen, die krank seien, die schon einmal merkwürdige Sachen täten. Dann zum Beispiel käme man nicht ins Gefängnis, sondern in eine Art Krankenhaus. Denn dann wäre der Mensch gar nicht richtig schuldig. Und das sei doch dem Papa erst kürzlich einmal passiert. Und er solle sich jetzt erst einmal keine großen Gedanken machen, sondern alle wollten nur hoffen, dass die junge Frau und Karl gesund nach Hause kämen.

Der verweinte Mikosch bemerkte dazu, das hieße nicht Krankenhaus, sondern Klapse. Und dahin kämen Verrückte. Ob Verrückte wieder gesund werden könnten? Jan beneidete in diesem Augenblick Eltern nicht um ihre Herausforderungen. Und doch wünschte er sich später einmal Kinder, auch wenn es nicht immer leicht war mit ihnen. Die Richtige müsse es halt sein.

Nathan hatte die ganze Zeit in der Tür gestanden und das

Gespräch mit angehört. Mikosch solle zu ihm kommen. Er könne ihm das mit der Klapse erklären. Josis Mutter sei auch schon länger in so einem Kasten. Wäre nicht so schlimm. Es ginge ihr schon besser. Josi kenne er nicht? Die Rothaarige aus seiner Klasse. Also seiner alten Klasse. Die mit der verrückten Frisur. Mikosch folgte willig in Nathans Zimmer und verschloss sogleich die Tür, um mit dem Bruder allein zu sein.

Eine Stunde später war Mikosch in Nathans Bett eingeschlafen. Jan setzte sich mit Nathan zusammen. Es gab immer noch jede Menge Gesprächsbedarf, auch zu der Frage, wie das alles hier zu Hause vernünftig weiterlaufen könnte. Natürlich käme sein Vater in den Knast, meinte Nathan. Ihm brauche keiner was vorzumachen. Aber es sei gut, wie er es Mikosch erklärt habe. Mikosch sei schwer verstört und er überlege schon den ganzen Nachmittag, ob es für Mikosch nicht besser sei, wenn er mit ihm zur Oma fahre. Zu Viktorias Mutter. Sie wohne nur wenige Kilometer von hier. Der Schulbus sei für Mikosch kein Problem. Und er selbst sei eh jetzt erst einmal auf vierzehn Tage Zwangsferien eingestellt. Bis dahin würde der Alte sich ja wohl gemeldet haben. Aber er raffe es ja nicht. Total durchgeknallt. Ey, das sei echt voll krass. Der Alte ein Entführer. Und dann eine Rocksängerin. Wow! – Dass da noch einiges in ihm steckte, wäre ihm klar gewesen. Aber das? Nee, voll abgefahren sei das. Der Alte und das Girly, das sei echt galaktisch. Aber wegen Mama habe er eine Sauwut auf ihn. Sie tue ihm leid. Am liebsten würde er ihn in der Luft zerreißen. Auch wegen Lucy und Mikosch. Und er selbst? Ja, er finde es übel. Voll gallig. Dieser Trashtyp!

Mit der Oma-Idee wolle man noch einen Tag abwarten, meinte Treblinsky. Aber sie sei gut. Er wolle gern mit Viktoria darüber sprechen. Sie könne es wohl besser beurteilen, was der alten Dame zuzumuten sei. Er hoffe ja nun, dass sein Vater sich bald melde. Andererseits würde er als Täter sicher fest davon ausgehen, dass alle Telefone abgehört würden. Und er, Nathan, habe tatsächlich nicht die geringste Ahnung? Nicht mal einen Schimmer, warum ausgerechnet diese Frau und wozu überhaupt? Stehe der Vater vielleicht auf diesen Frauentypus und die Mutter ahne es nicht? – Nee, das glaube er nicht. Stecke man natürlich nie drin. Aber das glaube er wirklich nicht. Der Alte sei voll okay. Also in dieser Hinsicht. Habe sich nie für andere Frauen interessiert. Würde man doch merken. Guckte sich ja noch nicht mal Zeitschriften an. Lese lieber Literatur. Sei so ein Schöngeist. Ob er die Sorte Männer kenne? Ja, kenne er, bestätigte Treblinski. Er habe selbst einen leichten Hang dazu. Jedoch nicht nur. Und sonst? Was macht die Musik? Was geht so ab?

Der Abend verlief ruhig. Viktoria hatte weitere SMS an Karls Handy geschickt. Man hatte sie dazu weder ermuntert noch es ihr verboten. Sie sollte sich so verhalten, wie sie es auch sonst getan hätte. Sie sollte ruhig ihre Gefühle herauslassen, ganz so wie ihr zumute war. Karl würde es entweder lesen oder nicht. Vielleicht würde es einen positiven Einfluss haben. Möglich wäre auch, dass das Handy längst nicht mehr in Gebrauch war. Auch die Sängerin hätte bisher keinen Kontakt über ihr Handy gehabt. Bei ihr ergäbe sich jedoch das Problem, dass nur eine Handynummer bekannt wäre, sie aber mehrere Handys besaß. Zwei Telefongesellschaften hätte man ausfindig gemacht. Wenn sie jedoch Geräte über andere Namen benutzte, und das wäre durchaus möglich, dann würde es sehr schwierig, ihre Anrufe zu verfolgen.

Das Ersatzauto sei ebenfalls ein Problem, sagte Treblinski zu Viktoria. Ob sie ahne, wie viele Leihwagenvermieter es offiziell gäbe? Und wie viele dazu noch inoffiziell Autos vermieteten. Unter Umständen könne Karl einen anderen Namen benutzt haben. Ach, was hieße unter Umständen! In diesem Fall sei man sich dessen fast gewiss, da man die Handschrift der Entführung immer klarer lesen lerne. Allein der Trick mit den beiden alten Freunden zeige doch schon, wie gerissen ihr Ehemann vorgehe. Die ganze Hotelaktion sei ja ebenfalls erfolgreich unter falschem Namen gelaufen. Alles bestens geplant. So einer würde kein Fluchtauto unter seinem Namen leasen.

Und die ungewisse Anzahl der Handys von Lisanna? Man fürchte, dass sie da einige Möglichkeiten habe. Allein schon wegen der Fans und der vielen Belästigungen. Immer wieder waren ihre Nummern durchgesickert. Da hatte sie sich was einfallen lassen. Etwas, was wohl nicht über ihren Namen laufe. Das sei üblich bei VIPs. Und eben nicht mal in wenigen Stunden rauszubekommen. Es gäbe so viele Spuren. Einzig das Motiv liege nach wie vor im Dunkeln. Jan schaute sie ernst an. In diesem Ernst lag aber auch ein Interesse. Der junge Ermittler war sehr sympathisch.

Sie setzten sich wieder zusammen und nahmen sich die angefangene Bilderreihe vor. Es war schon spät, aber Viktoria hatte nicht das geringste Schlafbedürfnis. Ihre Gefühle waren in Aufruhr. Sorge mischte sich mit Wut, Angst mit Hilflosigkeit. Sie musste so oder so stark bleiben. Allein schon für ihre Kinder. Dann kam wieder die Wut. Aber sie wollte sie nicht zulassen und konzentrierte sich wieder auf die Bilder. Hier, das da. Das sei auf dem vorletzten Betriebsfest. Hier sei die Frau drauf. Schau mal, da habe sie noch die langen Haare. Viktoria war nicht aufgefallen, dass sie dabei war, Jan zu duzen. Jan bemerkte es sofort, aber sagte nichts. Auch Nathan hatte ihn eben schon mal geduzt. Wie bewusst oder unbewusst, war nicht zu sagen. Jan schaute sich das Bild an.

Tatsächlich, dieser Typus sah rein äußerlich wirklich der Rocksängerin ähnlich. Aber diese Spur hatte sich ja bereits als falsch erwiesen und war überprüft.

Lisanna sei vermutlich nur ein zeitliches Zufallsopfer seiner Pläne. Zwischen der Kollegin und Karl habe es nicht einmal so etwas wie einen harmlosen Betriebsflirt gegeben. Jan stand zwischendurch auf und rauchte eine Zigarette vor der Tür. Die Kinder, so konnte er vom Garten aus sehen, waren mittlerweile beide eingeschlafen. Alles war stockduster. Auch Lucy läge wohl jetzt mit ihrem Bär im Arm im tiefen Schlummer bei der Freundin. Gut, dass in Notzeiten solche menschlichen Verbindungen funktionierten. Lucy, so war es vereinbart, durfte nach Belieben in den nächsten Tagen hier oder dort schlafen und spielen. Auch sie würde mal ein Traumweib werden, dachte Jan. Das war schon jetzt angelegt. Er merkte, wie Viktoria in seinem Gedankenkreis nach und nach mehr Platz einnahm als Karl. Das war gefährlich. Er war immerhin Leiter der Sonderkommission. Und das hieß, klare Prioritäten setzen. Erst recht, wenn Gefühle ins Spiel kommen. Aber die ließen sich nicht unterdrücken. So sehr er sich auch wehrte.

Viktoria schenkte Wein in ihre Gläser ein. Bedanken möchte sie sich. Die Polizei ginge fair mit ihr um. Auch die Kollegen seien alle zuvorkommend. Immerhin seien sie nun Frau und Kinder eines Verbrechers. Da wäre es nicht unbedingt normal, so gut behandelt zu werden. Sie habe gerade nach ihren Jungs geschaut, beide schliefen. Prost! Und nochmals Danke. – Jan nahm das Glas und stieß an. Ihre Augen begegneten sich.

In dieser Begegnung sanken ihre Blicke tief ineinander. Die Zeit wurde für einen Moment außer Kraft gesetzt. Und nicht nur die Zeit; auch die Entführung, die Ehe, die Polizei, die Kinder, der Alltag und die Welt an sich. Alles stand still.

Vier Augen befanden sich auf dem Grund eines tiefen, noch unerforschten ruhigen Sees.

Gegen zwei Uhr war die Flasche leer. Viktoria wurde vom Klingeln ihres Handys wach. Einen Augenblick lang war sie desorientiert. Sie saß eng an den jungen Polizisten geschmiegt, der ebenfalls eingeschlafen war. Behutsam hatte er seinen Arm um sie gelegt. Das Handy klingelte erbarmungslos schrill weiter. Ausgelöst durch ihre Bewegung schrak Jan blitzartig hoch. Fast im gleichen Augenblick stand Nathan im Zimmer. *Papa*! Jan machte *Psst*! Noch einmal klingeln lassen. Jetzt rangehen! Viktoria meldete sich und sagte mit zitternder Stimme: *Ja*? – *Karl*? *Bist du es*? Dann war sie still und Jan hörte nur: *Ja*. --- *Ja*. Beides kam stockend, zitternd. Dann war Schluss. Nicht einmal eine einzige Minute hatte es gedauert. Vermutlich nicht mal 20 Sekunden. Was er gesagt habe. Schnell! Er müsse es übermitteln, es sei ganz wichtig. Nur wenig: Alles sei in Ordnung. Die Frau sei gesund. Er auch. Er erkläre es später. Die Polizei überwache das Telefon. Er liebe uns!

Schluss, nichts mehr, aufgelegt. Sie hätte nur zweimal Ja sagen können. Nicht einmal richtig antworten hätte sie können. Viktoria war benommen. Alles an ihr war wie betäubt. Erst der Wein, dann das plötzliche Klingeln, dann ohne innere Vorbereitung Karl. Sie schlief ja noch fast. Dazu an der Schulter dieses Polizisten. Alles war nun gefühllos und schien sich außerhalb ihres Körpers abzuspielen. Sie spürte nichts, war überfordert von allem und unendlich müde. Und sie war es leid.

Jan telefonierte sofort mit der Dienststelle. Ja, das Aufzeichnungsgerät habe funktioniert. Man habe den Text. Aber es seien wohl maximal zwanzig Sekunden. Wegen der Telefonüberwachung habe er ganz schnell und nur wenig gesprochen. Nur eine Botschaft. Keine Forderung. Zum Orten des Handys würde es vermutlich nicht reichen. Man müsse es versuchen.

Immerhin wusste man, dass der Entführer lebte. Die Chance, dass diese Sängerin ebenfalls lebte, war zumindest groß. Wenn sich überhaupt in solchen Fällen etwas als glaubwürdig einstufen ließ, dann die Stimme. Sie würde genau analysiert werden. Gab es einen Bruch oder eine Veränderung, als er sagte, die Frau sei in Ordnung? Das würde man besonders streng prüfen. Hatten die Worte die gleiche Modulation und Schwingung wie die anderen kurzen Sätze, wäre von einer erhöhten Glaubwürdigkeit auszugehen. Letzte Sicherheiten gäbe es nie, aber erhärtete Indizien.

Man fragte Viktoria, was sie selbst von der Stimme hielte. Ob sie den Aussagen Glauben schenke. Ganz subjektiv. Sie solle einen Moment rein auf ihr Gefühl hören. So wie halt sie ihren Mann kenne. Einzig ungewohnt sei die Sprechgeschwindigkeit gewesen, erklärte Viktoria. Sonst nichts. Das jedoch sei wohl der berechtigten Angst vor Überwachung zuzuordnen. Ob man denn Handys per Satellit genauso orten könne wie Festnetze? Ach ja, schon lange. Sie müssten natürlich eingeschaltet sein. Das funktioniere auch im Ausland, an jedem Ort der Welt quasi. Es gäbe schon ganze Branchen, die sich allein auf die Übermittlungsdienste spezialisierten. Da gäbe es Tricks. Aber bei vielen sei ein Mini-Chip im Handy Voraussetzung. Jedoch habe Karls Handy diesen nicht. Man habe dennoch Möglichkeiten. Aber es würde dauern. Und garantiert würde er das Handy kein zweites Mal benutzen. Man sei eh schon erstaunt, dass er auf ihrem Handy angerufen habe. Aber man dürfe nicht vergessen: Er sei Systemadministrator. Wer kenne sich schon besser mit all diesen Tricks aus.

Nathan wusste nicht was er sagen sollte. Selten ein Moment, der ihn sprachlos machte. Dies hier war so einer. Sein Vater also auch noch voll krass gerissen? Das war der Oberhammer. Viktoria sagte, sie habe es nochmals nachvollzogen. Also das, was Karl eben gesagt habe. Das Wenige. Nachvollzogen im Fühlen. Information sei ja fast keine dabei gewesen. Ja, sie glaube ihm. Alles. Auch, dass er sie liebe. Auch, dass es der Frau gut gehe. Das fühle sie. Eben sei sie zu benommen gewesen. Eine kleine Schockstarre. Auch, weil sie aus dem Schlaf gerissen worden war. Ob sie es nochmals hören könne. Ja, sicher. Das wäre sogar sehr wichtig. Man hörte gemeinsam die Worte nochmals ab. Ja, auch Nathan hätte das Gefühl, als spräche der Vater die Wahrheit. Nur halt ungewohnt schnell.

Keine Nebengeräusche waren zu hören. Es musste eine ruhige Gegend sein. Aber es war ja auch zwei Uhr nachts. Und er hatte nur 13 Sekunden gesprochen, wie das Aufzeichnungsgerät anzeigte. Vermutlich befanden sie sich in ihrer Zeitzone. Einen Flug hätte er mit seinem Entführungsopfer ja nicht durchziehen können. Mittlerweile waren die Flughäfen informiert. Keine spontane Buchung auf einen der beiden Namen. Sie konnten ganz nah sein – oder aber auch schon 1.500 km weiter. Wo würde denn jetzt gesucht werden und wie ginge denn die Polizei damit nun um, wollte Nathan wissen. Mikosch kam rein. Ob Papa wieder da sei? Nein, er habe angerufen. Es gehe ihm gut.

Komm Schatz, leg dich wieder hin, sprach Viktoria beruhigend auf ihn ein und brachte ihn ins Bett. Sie war ganz verwirrt. Sie war froh, dass beide lebten. Auch seine kleine Liebeserklärung an die Familie klang glaubhaft, obschon er mit einer jungen Frau unterwegs war. Aber die Polizei hatte ja wohl schon herausgefunden, dass es sich vermutlich wirklich nur um eine Art Zufallsopfer handelte. Es ging nicht um diese Frau persönlich. Es hätte auch ein Mann sein können oder eine andere Frau. Irgendeine x-beliebige. Eine Frau als Opfer war jedoch aus mehreren Gründen sicherer gewesen als ein Mann. Allein schon die geringere körperliche Gegenwehr. Oder dieser spezielle emotionale Trick mit den alten Freunden.

Immer noch keine Forderungen. Was wollte dieser Mann? Aber es waren noch keine achtundvierzig Stunden vergangen. Erst die zweite Nacht war angebrochen. Das konnte alles noch kommen. Dieser Anruf galt tatsächlich nur der Familie. Er war riskant für den Entführer. Dass er ihn trotzdem wagte, zeigte seine Verbundenheit mit seinen Angehörigen. Also genau jene Merkwürdigkeit, die sie von Anfang vor Probleme gestellt hatte. Ein Mann, der seine Familie liebt, der in guten Verhältnissen lebt, zieht ein solches Ding durch. Einer, der drei begabte Kinder hat, wo derzeit keine Scheidung droht oder eine sonstige schwerwiegende familiäre oder berufliche Belastung das Leben unerträglich macht. Warum, um Himmelswillen, entführt so ein Mensch eine Frau? Dazu, wo er selbst so ein Traumweib an seiner Seite weiß, das ihn tatsächlich auch noch liebt. Oder ob am Ende alles ganz anders war? Was übersah man in diesem kuriosen Fall, das vielleicht offensichtlich vor Augen lag?

Nathan wollte jetzt nicht mehr ins Bett. Er wollte bei Jan und Viktoria bleiben. Er saß da und schüttelte immer wieder den Kopf. Das Schlimmste für alle war nicht das Verbrechen, sondern die Unbegreiflichkeit. Das brachte sie fast alle um den Verstand. Verstärkt noch durch die Liebeserklärung, die glaubhaft für ihre Ohren klang. Zwei Beamte der Sonderkommission waren eingetroffen, die das Originalband zur Stimmenanalyse mit ins Präsidium nahmen. Gleichzeitig präparierten sie alles für neue Gespräche, obschon alle glaubten, dass dies das erste und letzte Telefonat auf diese Weise gewesen sei. Karl würde sich vermutlich im Falle eines Kontaktwunsches etwas anderes einfallen lassen. Seine weiteren Pläne würde er wohl nicht unnötig gefährden, sondern achtgeben. Vielleicht würde er eine Brieftaube schicken, meinte Nathan sarkastisch. Wäre doch intelligent in Zeiten von Cyberspace-Überwachung. Am besten eine schlachtreife. Oder ob die nicht schmeckten? Schwarzer Humor war für Nathan ein wirkungsvoller Rettungsanker, mit dieser abgefahrenen Aktion klarzukommen.

2.

Nach der Rush Hour am späten Nachmittag starteten Lisanna und Karl durch. Erst Frankreich, dann weiter in die spanischen Pyrenäen. Polizeikontrollen auf der Strecke waren kaum zu fürchten. In der Nacht würde Karl einmal ganz kurz zu Hause anrufen. Er konnte sich durchaus vorstellen, was los war. Die Polizei hätte längst eine Belagerungsstelle eingerichtet und alle Telefone vernetzt. Die Rasterfahndung liefe. Gewiss war auch Interpol benachrichtigt. Jedoch war der Wagen unbekannt. Den konnten sie in der Kürze der Zeit nicht ermittelt haben. Sie hatten keinen Anhaltspunkt, wo er welchen Wagen wie besorgt hatte. Barzahlung kam dem Autohändler gerade recht. Ein Schwarzgeschäft. Nirgendwo vermerkt. Und mehrere Hundert Millionen Autos waren in Europa auf dem Weg von Punkt A nach Punkt B. Auch wüssten sie nicht, dass Lisanna völlig anders aussah und so schnell nicht wiedererkannt werden würde. Dass sie zufällig auch ein gutes Französisch sprach, machte sie noch weniger verdächtig. Und nach Belieben konnte sie auch in ihre diversen neuen Sachen schlüpfen, zu denen sie sich auch noch eine rote Kurzhaarperücke zugelegt hatte. Denn jetzt hatte sie längst eigene Pläne.

Ein Glück, dass er nicht die Hohe Tatra gewählt hatte, als sie die Richtung ausgeknobelt hatten. Da hätte schon einer von ihnen slowakisch sprechen müssen. Oder polnisch. Je nach Gebiet. Andererseits spräche durchaus einiges auch für diese Region. Hatte man je gehört, dass mitteleuropäische Entführer in eine solche Gegend gefahren wären? Hier hätte man sie also auch nicht so schnell vermutet. Und Englisch sprachen so manche Polen und Slowaken schließlich auch. Frankreich und Spanien waren ihm jedoch vertrauter. Es war gut, dass es so gekommen war. Spanien war ihm innerlich näher als die mystischen Berge der Slowakei.

Das Telefonat mit Viktoria stimmte ihn traurig. Es war ja kein Gespräch gewesen und konnte auch keines sein. Nur wenige Sekunden hatte er Zeit gehabt. Eine reine Sicherheitsmaßnahme. Sein Handy war selbstverständlich manipuliert. Zur Ortung hätten sie mindestens eine acht Sekunden längere Gesprächszeit gebraucht. Sie würden nicht herausfinden, von wo er angerufen hatte. Hier endlich waren seine Berufskenntnisse einmal von Vorteil gewesen. Jetzt war das Handy zerstört. Keinen Anhaltspunkt hätten sie. Wichtig war nur, dass Viktoria wusste, dass er lebte. Und auch die Frau. Insofern war das Telefonat trotzdem unverzichtbar gewesen. Diese Frau würde Viktoria Kopfzerbrechen bereiten. Das tat ihm leid. Es war so unnötig. Er liebte Viktoria. Auch wenn er jetzt eine Auszeit von ihr und den Kindern brauchte. Hätten Lisannas Pläne seine eigenen nicht so unvermutet durchkreuzt, wäre er jetzt schon ganz in Viktorias Nähe. Vermutlich bereits in Untersuchungshaft. Er hätte darauf drängen können, Viktoria zu sehen. Mit ersten Teilgeständnissen hätte er Vorteile für sich herausholen können. Sie hätten sicher nachgegeben für einen schnellen Fahndungserfolg. Die Polizei hätte wiederum gut dagestanden. Aber nun stand er bei Lisanna im Wort. Und sein Wort galt.

Der alte Plan musste nun für eine Weile anders durchgezogen werden. Soviel Alternativen hatte er im Vorfeld angedacht, nur nicht jene, die jetzt Wirklichkeit geworden war. Er wurde zum Entführungsopfer der Entführten, auch wenn man jetzt schon wieder eine Stufe weiter war und es quasi eine freiwillige doppelseitige Entführung war, die stattfand. Karl musste trocken auflachen. Er und sein Sicherheitsdenken!

Die Kinder hätte er gern beruhigt. Ob sie Nathan aus dem Internat geholt hätten, fragte er sich im Stillen. Vermutlich. Allein schon Mikoschs wegen. Nathan war so etwas wie ein sehr junger Ersatzvater, wenn Karl keine Zeit hatte. Er vergötterte ihn geradezu, obschon sie nur wenige Jahre trennten. Nathan war es gewesen, der Mikosch das Zündeln beigebracht hatte. Den Umgang mit Feuer, für einen Jungen eine elementare Erfahrung. Nathan hatte ihm gezeigt, wann und wie man sich am schnellsten und sichersten die Pfoten verbrennt. Er hatte sich dabei selbst absichtlich kleine Brandblasen geholt, damit Mikosch das niemals vergessen sollte, inklusive der Schmerzensschreie. Real empfundene Schmerzen mit akustischer Untermalung prägen sich eben noch stärker ein als schnöde Erklärungen vom Trockendock des Lebens, wenn es nur um Vorsicht ging. So weit gehen wohl selten Brüder. Einmal hatte Nathan ein Feuer im Garten inszeniert. Er hatte es kontrolliert eskalieren lassen. Mikosch sollte ganz früh lernen, dass Feuer schön und gefährlich zugleich war. Wenn er damit spielte, und damit war immer zu rechnen, sollte er es gefälligst intelligent tun. Nathan war wirklich clever rangegangen und hatte Karl damit richtig beeindruckt. Mikosch konnte man tatsächlich schon mit acht Jahren alleine lassen mit Feuer. Dieses Vertrauen verdienten nur wenige Jungs in seinem Alter.

Auch Lucy hing an Nathan und hatte Spannendes von ihm gelernt. Zum Beispiel, wie gestapelte Stühle am schnellsten kippen. Nathan hatte ihr gezeigt, wie man an bestimmte Schränke mit eventuell spannenden Inhalten kommt. Als Lucy das gelernt hatte und perfekt mit den richtigen Stühlen akrobatisch hantieren konnte, enttäuschten jedoch die Schrankinhalte. Für solcherart Tricks wurde Nathan von seinen kleinen Geschwistern bewundert und geliebt. Nichts machte Nathan auf normale Weise. Alles war schön gefährlich, aber man konnte es sicher überleben. Das alles hatte die Kleinen in ihrer Entwicklung mit geprägt. Nathan selbst hatte ja keinen älteren Bruder, der ihm das alles gezeigt hatte. Und dass Nathan einmal alle möglichen Drogen ausprobieren würde, gehörte so gewiss in seine dringend benötigte Lebenserfahrung wie auch das Erlernen von mindestens drei weiteren Musikinstrumenten. Nathan war und blieb außergewöhnlich. Hier zumindest hatte Viktoria mit ihrer Hochbegabtenbehauptung tatsächlich Recht. An so viele schöne Dinge mit den Kindern musste Karl denken. Es wurde ihm schwer ums Herz.

3.

Während seiner Ausbildung auf der Polizeiakademie hatte Jan allerhand künstliche, aber denkbare Schulungsszenarien durchlaufen. So viele Tätertypen und Profile, die man lehrplanmäßig besprochen hatte. Aber dieser Typus hier stand in keinem Lehrbuch. Auch die Familie war krass. Die ganzen Umstände überhaupt. Es lag natürlich auch an Viktoria, die seine Sinne weiter benebelte. Er hatte sie müde und überanstrengt im Arm gehalten. Nach dem Wein waren sie auf dem Sofa vor Erschöpfung eingeschlafen. Es war für alle viel, sehr viel gewesen. Sie hatte sich vorsichtig an ihn gekuschelt. Er hatte es gern zugelassen. Ihre Beine hatte sie hochgelegt und er hatte es ihr bequem gemacht. Mit der einen Hand hatte sie seine Hand festgehalten. Dann waren sie eingeschlafen. Der Geruch ihres Körpers und seine Weichheit waren dabei in seine Sinneserinnerung gestempelt worden. Daran würde er sich für immer erinnern. Wie gerne würde er sie jetzt in den Arm nehmen. Und sie hatte ihn einmal geduzt. Ob es ihr nur so herausgerutscht war, wusste er nicht. So etwas konnte passieren. Nathan war es ja auch passiert. Ob sie ihn mochte?

Ihren Mann liebte sie. Und sie hasste ihn. Je nach Befindlichkeit in diesen Ausnahmestunden ihres Lebens. Wechselbäder der Gefühle, die keine Erklärung brauchten. Jeder verstand sie unmittelbar. Vermutlich liebte sie ihn mehr als sie ihn hasste. Noch vermutlicher hasste sie ihn überhaupt nicht, sondern hatte nur eine entsetzliche Wut auf ihn. Eine Art Heiligen Zorn. Auch das musste man niemandem erklären. Er musste sich jedoch hüten, durfte sich nichts anmerken lassen. Ein Glück nur, dass Nathan sie nicht in seinem Arm gefunden hatte. Nicht einmal in dieser eigentlich harmlosen Weise. Aber das war für Außenstehende so ja auch nicht erkennbar. Hier hatte er einen gefährlichen Fehler begangen. Es war nochmal gutgegangen, wenn auch nur knapp. Vermutlich ging es nur um Sekunden. Gut, wenn er abgelöst würde. Das alles war zu heavy.

Die Reise durch Frankreich verlief ruhig. Eine ganze Weile sprachen sie nicht miteinander. Alle zwei Stunden wechselten sie sich am Lenkrad ab. Lisanna war müde geworden und eingeschlafen. Erstmalig konnte sie nach der ganzen Tortur etwas ruhiger schlafen. So ganz sicher konnte sie nicht sein – aber sie hatte keine Wahl und sich für das Experiment des Vertrauens entschieden. Sie mussten nun beide vertrauen. Ab irgendeinem Punkt der Erschöpfung muss man loslassen können.

Sie benutzten möglichst selten Autobahnabschnitte und bevorzugten Bundes- und Landstraßen. Bis zum frühen Morgen würden sie in den Pyrenäen sein. Lisanna wollte zunächst in die Gegend von Canfranc. Dann würde man weiter sehen. Ein Grenzbahnhof in den Bergen der Zentralpyrenäen. Als Kind war sie einmal mit ihren Eltern dort gewesen. Im Tal des Aragón hatten sie damals Station gemacht. An einen großen merkwürdig schönen Bahnhof konnte sie sich noch erinnern. Jugendstil vermutlich. Sie wusste es nicht mehr so genau. Von dort aus würden sie die fruchtbare Gegend von Huesca ansteuern in der autonomen Region von Aragón. Im Nationalpark ›Ordesa y Monte Perdido‹ lag das alte Kloster ›Del Carmen‹ aus dem 17. Jahrhundert, in dem heute das Hotel ›Barceló Monasterio de Boltaña‹ untergebracht war. Eine hervorragende Adresse, die sie beide unauffindbar zwischen vielen Menschen machen würde.

Hier war nicht mit Polizei zu rechnen. Vielleicht mit der örtlichen, das ja. Aber nur anlassbedingt, sonst nicht. Sie waren hier nun gewöhnliche Touristen. Lisanna hatte sich bereits in Luxemburg umgezogen und auch Karl hatte mittlerweile sein Schreiner-Outfit gewechselt. Nur die blonde Perücke hatte sie anbehalten, jedoch vernünftig zurechtgerückt. Wenn sie ihre Sonnenbrille trug, erkannte sie sich selbst kaum wieder.

Lisanna lachte in sich hinein, fuhr vor Freude ein paar Zickzackkurven auf der fast leeren Bergstraße und dachte dabei, wie gesund es für Karls Geist doch wäre, dass er ausgerechnet sie entführt hatte. Sonst säße er jetzt schon in seinem blöden Knast. Das fand sie dann so schön, dass sie es auch noch einmal laut aussprach. Etwas Besseres als sie hätte ihm doch gar nicht passieren können! Endlich einmal ein Mensch, der seine Pläne nebst weiteren elf Notfall-Ersatzplänen komplett zu sprengen verstehe. Nun stehe er da und könne sich jetzt überlegen, ob er sich immer weiter Sorgen machen möchte oder ob er gern dreizehn weitere Ersatzpläne für sieben Haupt- und fünf Nebenvarianten auf Sicherheitsvorrat schmieden möchte. Denn er müsse doch zugeben, dass sie ein unkalkulierbarer Faktor bliebe. Und ob er nicht langsam mal denken könne, dass das doch genau typisch für das menschliche Leben sei. Vertrauen sei das Stichwort. Gerade deshalb, weil absolut alles unkalkulierbar sei, wie er doch jetzt an dieser kuriosen Geschichte selbst sehe.

Karl hörte diesen fröhlich glucksenden Worten mit Unbehagen und offenem Interesse zu. Sie zeigte ihm gerade einen ungeschminkten Spiegel, der Stärken und Schwächen zugleich aufzeigte und dessen Analyse eine komplizierte Sache war.

4.

Die Sonne bewegte sich langsam über den morgendlichen Horizont. Lisanna hatte sich tief in ihren Sitz gekuschelt. Im Schlaf stöhnte sie mehrfach auf. Dann verfiel sie in ein leises, rasselndes Schnarchen, als ob sie gerade wieder etwas Schwieriges im Traum verarbeitete. Karl hing wieder ungestört seinen eigenen Gedanken nach und stellte sich derweil seine zukünftige Zelle genauer vor. Das Gefängnis an sich interessierte ihn nicht sonderlich. Er hatte noch nie eines von innen gesehen. Nur diesen Film über die holländischen

Gefängnisse mit jener durchaus wohnlichen Ausstattung. Daran war wirklich nichts Schlimmes. Er war sicher, dass es viele Menschen gab, die in Freiheit bedeutend schlechter wohnten, aßen und schliefen und darin durch Bettelei und Not wiederum unfreier waren als er mit Vollpension im Knast. Selbst die medizinische Versorgung war gesichert. Ein guter Ort, um in Ruhe denken zu können.

In Gedanken schleppte er nun alles höchst persönlich in seine noch nicht bewohnte imaginäre Zukunftszelle, die ihm Drohung und Wunschziel zugleich war. Er ordnete alles nach Maßgabe seines Arbeitsstils und erbat still, dass man ihm all das beließ. Notfalls müsste er Begründungen einreichen. Gefangene sollten ja möglichst nach der Haft auch wieder so ins Leben entlassen werden, um in kürzester Zeit die finanzielle Selbstversorgung wieder herzustellen. Das würde sein stärkstes Argument sein.

Er möge die Klappe herunter machen, das Licht blende sie, bat Lisanna und rekelte sich in ihrem Sitz. Die Sonne stand schon tief. Die Straßen waren wenig befahren und der Parkplatz völlig leer. Die ganze Nacht waren sie durchgefahren und befanden sich nun am Fuße der Pyrenäen. In zirka einer Stunde würden die ersten Berufspendler die Straßen ein wenig mehr bevölkern. In dieser bäuerlichen Gegend war jedoch nur mit wenig Verkehr zu rechnen. Die Autobahnen hatten sie umfahren, und unterwegs war ihnen nicht ein einziger Polizeiwagen begegnet. An einer kleinen Tankstelle hatten sie sich am frühen Abend gleich auch frische Lebensmittel und Getränke gekauft.

Lisanna streckte sich, lief ein wenig hin und hier und begann dann mit Tai Chi. Anmutig und sorgsam bewegte sie sich durch die Strahlen der frühen Sonne. Jede ihrer Regungen schien ein Gebet des Körpers zu sein. So geschickt und so schön. Karl fühlte sich von diesen geschmeidigen Bewegungen stark angezogen, die zugleich mit großer Dynamik in die Ruhe des Morgens strömten. Sie hatte ihre Perücke abgenommen und ihre langen Haare fielen sanft auf ihre Hüften. Die Grazie, die von ihr ausging, ließ darauf schließen, dass sie diese Bewegungskunst schon länger praktizierte. Sein Staunen über die Wandlungsfähigkeit dieser Frau, die alle Welt nur als wilde Rocksängerin wahrnahm, war groß.

Was war sie eigentlich wirklich für eine Frau? Zwei Tage und zwei Nächte war er mit ihr zusammen und hatte sich kein einziges Mal mit dieser Frage beschäftigt. Dabei drängte sie sich immer häufiger auf, durch die immer neuen Facetten, die er wahrnahm, und die keineswegs zum schnell zurechtgezimmerten Bild seiner ursprünglichen Recherchen passten. Aber wann hätte er das auch machen sollen! Die Durchführung seiner Pläne stand im Vordergrund. Und dann hatten sich die Ereignisse überschlagen. Als er an die Waldszene denken musste, stieg ihm wieder Schamesröte hoch. Die Meisterung dieser für beide schwierigen Situation musste er auch aus ihrer Sicht anerkennen, was seine Bewunderung für sie nur stärkte. Der Art, wie natürlich und absolut souverän sie sich dabei verhalten hatte, zollte er jetzt mit höchstem Respekt. Das müsste einer ihr erst einmal nachmachen! Eine, korrigierte er sich innerlich.

Beide hatten sie so gegensätzliche Pläne, und dennoch das gemeinsame Ziel, einfach nur ein authentisches Leben zu führen. Ein jeder auf seine Art und mit seiner Bestimmung. Karl berichtigte sich in Gedanken. Das ›nur‹ war zu streichen. Es war doch das Schwerste überhaupt. Das mit dem Führen eines authentischen Lebens.

Verstohlen blickte Karl zu Lisanna hinüber und tat so, als wäre sein Blick auf die Landschaft ringsherum gerichtet. Doch er hatte sie im Blick. Sie hatte ihre weiße Jeans mittlerweile gegen eine blaue verwaschene getauscht. Der Kofferraum war voll mit Zeugs. Ihr kurzer Ausflug in den Luxemburger Einzelhandel hatte die dortigen Regale geleert und sein Auto gefüllt. All das, während er in eine atomisierende Bachmeditation versunken war und über die Gefräßigkeit von Luchsen nachdachte, die durchaus auch an menschlichen Gliedmaßen knabbern konnten, wenn sie nur hungrig genug waren.

Und nun saß er mit ihr hier im Auto und beide wagten auf jeweils eigene Art einen Aufbruch in ein neues Leben.

Karl würde sie beide im ›Barceló Monasterio de Boltaña‹ unter einem seiner falschen Namen einmieten und man würde dann sogar innerhalb der nächsten zwei Wochen Post bekommen können. Allerdings würde man eine der abseits vom Haupthaus gelegenen Hütten nehmen. Über Lisannas Handy hatten sie bereits die Möglichkeiten recherchiert, samt aktuellem Belegungsplan. Sie hatten Glück. Eine dieser Außenhütten war tatsächlich frei. Dann konnte man unerkannt und unbemerkt zugleich ein scheinbar touristisches Dasein führen und hatte die Wahl zwischen der Einfachheit und Schlichtheit eines uralten Gemäuers und einem feinen Klosterambiente, das es einem an nichts fehlen ließ. Man könnte sich jederzeit zu den Mahlzeiten unter die Gäste mischen oder sich selbst versorgen, ohne dass eins von beiden Aufmerksamkeit erregen würde.

Wichtig war, dass sie eine Postadresse für den neuen Pass hatten, den Lisanna für ihr neues Leben benötigte. Die Frage des Geldes war dabei ebenso erledigt wie die Frage, wie man in seinen Besitz käme. Läge er vor, könnte man sich unter den besprochenen Bedingungen einvernehmlich trennen. Aktuelle Fotos von ihr gab es massenhaft im Internet, man konnte sie leicht umbauen. Mitsamt neuer Frisur. Die technischen Möglichkeiten für Fälschungen waren geradezu perfekt, solange es noch nicht die biometrischen Pässe betraf. Aber das dauerte noch ein paar Jahre, bis die gesamte

Menschheit darauf umgestellt war. Es klang gut und fair für beide Seiten. Mehr als zwei Wochen würden vermutlich darüber nicht ins Land gehen.

Das Kloster war ein Traum. In Stein gemauerte ästhetische Schönheit, aus gemeißeltem Glaubensherzblut einer vergangenen Zeit. Die Gebäude aus dem 17. Jahrhundert waren mit viel Aufwand liebevoll restauriert worden und boten durch ihre Schlichtheit einen Zauber, der die Seele anrührte. Dass bei alldem zugleich aber auch die Wahlmöglichkeit von Luxus oder sehr einfachem Leben bestand, erfreute Lisanna ganz besonders. Sie wollte sich selbst testen. Hier zeigte sich schnell, wo die Grenzen ihrer Abhängigkeiten lagen. Diese Alternativen boten ihr geradezu eine verführerische Möglichkeit, sich selbst in Stärke und Schwäche zu erleben. Hier konnte sie den Grad ihrer eigenen Degenerierung hautnah erfahren und schauen, wie weit die Sehnsucht nach einem einfachen stillen Leben denn für sie überhaupt lebbar wäre, wenn sie jederzeit in ihr altes Luxusleben zurückkehren konnte. Keine Alternative zu besitzen, war keine Prüfung, sondern Zwang. Aber sie zu haben, und dann zu schauen, wohin es einen zog, war die Chance, die den Weg in die Freiheit wies.

5.

Die Einsatzzentrale hatte den zweiten Beamten für die Familienbeobachtung nach der dritten Nacht abgezogen. Jan Treblinski war für die nächsten drei Nächte ab 18 Uhr alleine für die Betreuung zuständig. Seine Kollegin Tanja Schleringer hatte die Tagesschicht übernommen. Bei beiden würde das Überstundenkonto wieder gegen jede Vorschrift anschwellen. Die Menschen ahnten nicht, wie teuer Verbrechen waren. Jan rechnete schnell hoch, wie die Verbrecherrate aussehen müsste, um allein damit einen Staatsbankrott herbeizuführen. Nur zehn Entführungen dieser Art zur gleichen Zeit an verschiedenen Orten, und das gesellschaftliche Leben der Bundesrepublik stünde vermutlich still. Nur zehn Menschen von über achtzig Millionen Menschen, die man einmal nur gleichzeitig entführen sollte. Die Gesellschaft würde Kopf stehen.

In den drei Tagen und Nächten des unvermeidlichen Beisammenseins war Viktoria zum Schmelzpunkt all seiner Gedanken geworden. Der Mann und der Polizist in ihm kämpften tapfer beide um das gleiche Objekt.

Ein reiner Gedankenkonflikt wäre lösbar. Die Gefühle machten es ihm jedoch nicht so leicht. Erbarmungslos ruinierten sie aufs Neue seine gedankliche Gegenwehr, die sich auf die Seite der Vorschriften schlug. Korrekterweise hätte er um dienstliche Ablösung bitten müssen. Dieser Gedanke jedoch war so idiotisch, weil er für nichts und wieder nichts seine Karriere schon im Keim erstickt hätte, nur weil er ein wenig verliebt war.

Immerhin, es ging nicht um einen Taschendiebstahl, sondern um ein schweres Verbrechen mit Menschenraub in einem gefährlichen Stadium. Dazu war er mit einem Sonderauftrag von Vertrauensbildung betraut, was für ihn die Sache zwischenmenschlich jedoch noch komplizierter machte. Die Sonderkommission war auf alle internen Informationen, die er aus der Frau des Entführers herauslocken konnte, in besonderem Maße angewiesen. Der Fall lag untypisch und erforderte dadurch auch andere Maßnahmen.

Hier aber passte nichts. In gewisser Weise wäre es seinen Vorgesetzten gar nicht mal unlieb gewesen, wenn das Vertrauen auch in eine persönlichere Richtung ginge, falls man sich dafür nicht hätte rechtfertigen oder juristisch zur Verantwortung ziehen lassen müsste. Offiziell mussten diese Grenzen eingehalten werden. Verriet er am Ende gar Viktoria? Sie hatten kein Verhältnis, keine Beziehung. Und dennoch machte ihm der Konflikt zu schaffen, als sei die Heisenbergsche Unschärferelation mit ihren Wahrscheinlichkeitsmodellen von der Zukunft in die Gegenwart geplatzt. Verrat und Untreue, bevor überhaupt eine Treue anstand. Eine Art gefühltes Paralleluniversum, dass den Strukturraum der Zeit durch ein Wurmloch austrickste und Gefühle, die erst für die Zukunft anstanden, in der Gegenwart oder der eben kürzlich vergangenen Vergangenheit schon schmerzen ließen, bevor sie erzeugt wurden.

Verrat beginge er, wenn er ihre Wut auf ihren Mann oder ihre Traurigkeit, ihre Hilflosigkeit und ihr Schutzbedürfnis ausnutzen würde. Entweder müsste er die Finger von ihr lassen oder ihr reinen Wein einschenken, was er wirklich für sie empfand.

Viktoria siezte ihn wieder, nachdem er auch beim ›Sie‹ bleiben musste, um keinen Verdacht bei seinen Kollegen zu erregen. Die Polizisten konnten untereinander so geschwätzig sein wie ein Fanclub im Internet oder die Mitglieder einer Bundestagsfraktion. Jan befand sich in einer Zwickmühle. Kam er in ihre Nähe, schnürte es ihm die Kehle zu. Ihr nah zu sein und sie dabei nicht berühren zu dürfen, empfand er als schmerzlich. Dabei fühlte er auch eine innere Unruhe in Viktoria, die nicht allein dem Verbrechen galt. Gewissheit darüber hatte er nicht. Sicher war, sie liebte ihren Mann. Gewiss war auch, es gab viele Formen und Arten der Liebe. Viktoria schien zu den Menschen zu gehören, die sehr ernsthaft mit der Liebe und ihren Bedingungen umging. Bedingungen, die doch eigentlich bedingungslos zu sein hätten, wenn man dieses Thema wirklich ernstnahm. Und wo stand die Weltgemeinschaft der Liebenden in diesen Dingen, überlegte Jan leise weiter? Unten. Ganz unten noch am Anfang wahrer Liebe.

Mit seinen Freunden, die nicht aus Polizeikreisen stammten, hatte er dieses Thema schon öfter bewegt. Immer waren auch Frauen dabei gewesen, die eine noch viel radikalere Sicht der Dinge als er vertraten. Zunächst mutete ihn dies überspannt und fremd an. Ungewohnte Gefühle, die keineswegs nur schön waren, sondern die etwas von ihm verlangten. So zum Beispiel auch eine gewisse Verzichtskraft, wenn sich die Liebe öffnete. Oder das ewig währende Problem der Eifersucht. Der eine fühlte sie aus schierer Verlustangst, ein anderer aus purem Neid oder Missgunst. Welches Motiv auch immer dahinter stand, es trug einen giftigen Stachel, der zum Beziehungstod führen konnte oder eben zu jener Einengung, die in der Abhängigkeit eines Zweieruniversums keine weitere Entwicklung zuließe. Wahrhaftige Liebe, so wusste er heute, hatte kein Verfallsdatum und konnte keines haben, da ihr Wesen nicht der Zeit unterlag. Es war nicht wirklich möglich, einen Menschen heute zu lieben und morgen nicht. Aber es war sehr wohl möglich, in einen Menschen heute bis an den Rand des Wahnsinns verliebt zu sein, und ihn später dennoch wie eine heiße Kartoffel fallenzulassen. Eine Charakterfrage, eine Frage persönlicher Reife, nicht jedoch eine Frage von wahrer Liebe. Nur ein menschliches Dilemma von Verliebtheit und ihrer meist kurzen Dauer.

Und er? Liebte er Viktoria denn schon? Nein, natürlich nicht. Die Bedingungen waren doch noch gar nicht gegeben. Er kannte sie doch kaum. Und dennoch zerriss es ihn innerlich, wenn er an sie dachte und zugleich ihrer beider Situation realisierte. Die Situation war klar: Er war verliebt! Und wie! Bevor auch nur an Liebe zu denken war, galt es, die Zeit der Verliebtheit auszuleben. Vor allem war herauszufinden, wie es Viktoria dabei erginge. Und das ausgerechnet in einer so komplizierten Lebenssituation. Liebe aber war das, was wachsen durfte, wenn man sie ließ. Und der beste Nährboden waren gemeinsam gemeisterte Probleme. Kamen sie zu früh, hatte das Wachstum keine Chance. Kamen sie zu heftig, zermalmten sie die Verliebten. Aber kamen sie zur rechten Zeit, dann konnte die Liebe ihre Kraft entfalten und an sich selbst stark werden. Die Werkzeuge dazu waren die Schwierigkeiten.

Jan war verrückt nach Viktoria. Er befand sich in einem inneren Ausnahmezustand. Besonders heftig fiel dieser aus, weil er ihn aus beruflichen Gründen so absolut zu vermeiden hatte. Niemand dürfte seine Gemütsverfassung mitbekommen. Viktoria war der Typ Frau, von dem er annahm, dass sie einen Mann zum Liebe-wachsen-lassen motivieren könnte, aber nicht ohne ihn vorher verrückt zu machen. Er beneidete Karl. Er wollte Viktoria für sich.

Viktorias Mutter nahm die Kinder gern auf, froh darum, in dieser schwierigen Situation wenigstens auf diese Weise ihre Anteilnahme zu zeigen, wenn sonst schon Ohnmacht angesagt war. In zwei Stunden würde Jan Tanja ablösen. Die Polizistin hatte Viktoria heute das »Du« angeboten. Es hatte sich auf natürliche und ungezwungene Weise ergeben. Eine spontane Situation, die es leicht gemacht hatte. Von Frau zu Frau hatten sie vertraulich miteinander gesprochen. Tanja sprach von ihrer kleinen siebenjährigen Tochter. Ein weiteres Kind könne sie sich aber nicht leisten, wenn sie berufstätig bleiben wolle. Sie sei froh, dass jetzt die Schulzeit beginne. Man habe eine zuverlässige Nachbarin, die Katie jederzeit bei sich zu Hause aufnehmen würde. Ihr Mann sei auch Polizist und man sehe sich nur selten. Die Dienstpläne ließen es eben nicht anders zu. Und von einem Gehalt allein könnten sie unmöglich leben.

Tanja nutzte die frisch entstandene Vertrautheit dazu, ein wenig mehr über die Ehe der Sandhausers zu erfahren. Es war zwar bekannt, dass dieses Paar derzeit offenbar keine größeren Probleme miteinander hatte, aber es war immer noch nicht klar, wie dieses Paar zu kategorisieren war angesichts der noch unergründlichen Motive von Karl. Mit dem Profiling taten sich die Polizeipsychologen weiterhin schwer. War Karl eher der Einfaltspinsel, der sich von seiner Frau alles vorschreiben ließ? Oder war er trotz seines eher leisen Auftretens eine dominante und treibende Kraft? Verhielt er sich dabei absichtlich zurückhaltend und überließ den Part der Temperamentvollen lieber seiner Frau, um seine wahre Dominanz zu verstecken? In feinfühliger Weise sprach die junge Polizistin solche Fragen offen an. Es durch die Blume zu versuchen, wäre albern gewesen. Viktoria hätte es sofort durchschaut. Viel zu intelligent und hellhörig war sie in solchen Dingen. Deshalb blieb nur offene Ehrlichkeit, die schonend um Vertrauen warb. Information um Information.

Viktoria selbst hatte volles Verständnis für diese Situation, weil die sieben Siegel ihrer persönlichen Apokalypse ja noch nicht gebrochen waren. Was diese apokalyptischen Reiter antrieb, war immerhin fraglich angesichts all der Ungereimtheiten, die wirklich nur noch chaotisch anmuteten. Und ob dabei der Herr über die Pestilenz nicht mit dem Herrn des Chaos die Rolle getauscht hatte, der sich als fünfter Reiter frech anschloss, wie Terry Pratchett behauptete, war in ihrem Fall mehr als fraglich. Pratchett! Sie hielt kurz inne und dachte an Nathan. Was hatten sie beide für einen Spaß gehabt mit der Scheibenwelt. Nun schien ihre eigene Welt in Scheiben zu zerbröseln. Schnell sprang ihr Geist in die Realität zurück.

Die Kooperation, so bedeutete sie Tanja, diene nicht allein einem vordergründigen Interesse für die Polizeiarbeit, sondern vor allem ihr selbst und ihren Kindern. Sie wolle selbst

Klarheit. Vermutlich würde man ihren Mann, wenn man ihn fasste, zuerst psychiatrisch untersuchen. Sie könne nur auf die sieben Engel hoffen, die nicht das Ende ihrer Welt durch ihre Posaunen verkündeten, sondern das Ende eines Alptraumes, dem dann ein neues Leben folge.

Die beiden Frauen fühlten sich nach dem kurzen Ausflug in die Offenbarungen des Johannes schnell wieder in die Wirklichkeit des gelebten Alltags ein. Karl und sie seien knorrige Individualisten. Das sei wohl eine ihrer größten Gemeinsamkeiten. Es sei nicht immer leicht miteinander. Manchmal zum Gegen-die-Wände-rennen. Ob sie das denn nicht auch kenne! Aber in der Summe sei es gut. Man dürfe ja nicht verwechseln, dass das Gute oft das Schwerere sei und das Unangenehme durchaus auch häufig das Sinnvolle. Dieser Gedanke sei ihr Trost. Und er beziehe sich keineswegs auf Karl, sondern auf alles. Auch, dass sie wegen der Familie ihr Studium abgebrochen hätte und eben nicht so ein Tausendsassa sei, der alles unter einen Hut bekomme, wie so manche ihrer Geschlechtsgenossinnen, diese modernen Heldinnen, die einfach alles mit links schafften. Nicht bei ihren Kriterien, die sie an bestimmte Dinge anlege.

Sie bitte um Pardon, setzte Viktoria gleich nach, das sei jetzt nicht gegen berufstätige Frauen an sich gerichtet. Sie sei ja auch eine und mache ihren Polizistinnenen-Job sehr gut. Und jetzt verzettele sie sich gerade mal wieder auf gedanklichen Nebenwegen. Sie möge entschuldigen. Also man müsse das alles genau unterscheiden und spüren, wann diese Bilanz halt kippe und krank mache. Und das täten sie beide. Zumindest bemühten sie sich darum. Sie hätte jedoch das Gefühl, dass ihr persönlich das Individuelle im Zusammenleben besser gelinge als Karl. Sie könne einfach besser und rechtzeitiger für sich selbst und ihre ganz ureigenen Bedürfnisse sorgen, ohne dabei ständig den Egoisten raushängen zu lassen. Er habe da Hemmungen und sei unbegabt in der Selbstbeglückung. Es sei einfach so, dass er sich von vielen Äußerlichkeiten noch sehr abhängig mache, die man durchaus leichter regeln könne. Aber der Hauptgrund, warum Karl immerzu zu kurz käme, liege viel tiefer. Er liege ganz in seinem Wesen selbst. Pflichterfüllung sei ihm so stark eingeimpft durch das eigene Schicksal, dass gewisse Verkrampfungen unausweichlich schienen. Dabei bemerke er sie selbst gar nicht, sondern bekäme nur die Auswirkungen mit, die er aber häufig nicht in einen ursächlichen Zusammenhang bringen könne. Natürlich habe das alles auch seine guten Seiten, aber letztlich fehle doch etwas. Vor allem ihm selbst. Er müsste einen Mangel verspüren. Und manchmal habe sie Angst, dieser so schwer benennbare Mangel könne letztlich irgendetwas mit seinen verrückten Aktionen der letzten Zeit zu tun haben. Aber das seien auch für sie noch unausgegorene Gedanken, weil es ihm eigentlich doch gut ging. Irgendwie. Irgendwie aber ganz offenbar auch nicht.

Es war nicht ungewöhnlich, dass sich einzelne Polizisten von ihrer privaten Seite zeigten, wenn ein engerer Kontakt über eine gewisse Zeit mit Observierten bestand. Grenzen sollten dabei beachtet werden. Eine Überschreitung dieser Grenzen war nicht immer unerwünscht, falls es sich als günstig für die Ermittlungen erwies und kein juristischer Ärger deshalb anstand. Wie hoch jedoch die Dunkelziffer lag, wo selbst interne Ermittler lieber schwiegen, wusste keiner. Es hing zu sehr von der persönlichen Sympathie und Beziehung der Beteiligten ab. War sie sehr stark, blieb vieles Private privat. Stand die Karriere des Polizisten im Vordergrund, so war ein detailgenaues Berichten über Privates selbstverständlich.

6.

Jan war klar, dass er bald mit Viktoria sprechen müsste. Sobald Lucy aus dem Haus und sie alleine wären, würde er es wagen. Vielleicht. Er nahm es sich vor. Ein Risiko für ihn. Denn über ihre Gefühle konnte er sich nicht sicher sein. Es könnte ja geradezu zu absurden oder auch ablehnenden Szenen kommen, die er dann zu verkraften hätte. Ein unschöner Gedanke, der Bauchgrummeln verursachte. Aber das wäre allemal besser, als der ungestillten Qual weiter ausgesetzt zu sein. Wenn alles zwischen ihnen beiden geklärt wäre, würde er eventuell innerhalb der Sonderkommission um Versetzung bitten. Aber dazu bräuchte es eine eindeutige Klärung.

Neben allen Sorgengedanken ertappte sich Viktoria dabei, dass sie immer mal wieder Karl mit dem jungen Ermittler verglich. Ihr Augenmerk lag dabei auf dem unterschiedlichen Wesen der beiden Männer. Äußerlich waren sie so grundverschieden, dass es gar nichts zu vergleichen gab. Einzig gemeinsam war beiden eine gewisse Attraktivität, die bei Karl auf natürliche Weise mit der Patina des höheren Alters mitsamt der Erfahrung überzogen war. Die Frische, die ihr an Jan besonders gefiel, hatte Fröhlichkeit und Ernst zugleich. Karl war im Laufe ihrer Zweisamkeit mehr und mehr in sein Schneckenhaus gekrochen. Die Kriseleien hatten in den letzten Monaten zugenommen. Grund waren die äußeren Umstände seines Ausrasters und der psychischen Veränderung, dachte sie. Die Liebe zueinander jedoch würde nicht daran zerbrechen. Sie müsste sich halt mit verändern. Wenn alles in Veränderung war, hätte sie mit- oder nachzuziehen, jedoch in einer Weise, in der ihre Authentizität nicht infrage stand. So war das nun mal in lebendigen Beziehungen. Da gab es keine bequeme Statik. Das fließende Gebilde einer Partnerschaft brauchte starke und geschickte Schwimmer. Sie würden im Lebensstrudel nicht so schnell untergehen. Die Gegenwart derzeit als glücklich zu bezeichnen, wäre wohl niemandem mehr in den Sinn gekommen. Dennoch würden sie ihre Chance weiterhin haben, wenn sie wachsam blieben und das Wesentliche nicht aus den Augen verlören.

Viktoria hatte die Vision, ihren eigenen Möglichkeiten noch weiter entgegenzuwachsen, während Karl scheinbar den Weg in den eigenen Abbau ging und sich auch dementsprechend verhielt. Umso erstaunlicher, dass er zu einem Verbrechen in der Lage war. Oder am Ende sogar zu zweien. Sie wusste doch schon gar nicht mehr, was sie überhaupt noch glauben sollte. Alles passte nach wie vor nicht wirklich ins Bild. In kein Bild. Auch in kein alternatives Alternativbild.

Dass sie selbst das fast altertümliche Modell einer scheinbar klassischen Familie mit zwei Kindern und Eigenheim gewählt hatte, war nur für Unwissende auf den ersten Blick als kleinbürgerlich einzustufen. Viktoria selbst sah es anders, weil sie wusste, dass sie längst eine sinnvolle Alternative lebte, die aber nur wenige Menschen begriffen. Ein ziemlich freies, selbst bestimmtes gutes Leben, das sich mit Qualitäten angefüllt hatte, ohne dass sie sich danach richtete, wie man als Frau, Partnerin, Mutter, Tochter, Arbeitnehmerin, Künstlerin, Heilerin, politisch Engagierte ›denn so zu sein hatte‹. Sie hatte es geschafft, unter den klassischen Bedingungen einer augenscheinlichen Nur-Hausfrau-und-Mutter eben nicht nur nicht verrückt zu werden, sondern sogar dabei selbstbewusst und glücklich zu sein. Eine fast verdächtige Leistung. Eine Frau ohne Valium oder Kaufzwang. Eine ohne Minderwertigkeitsprobleme, obschon ihr fast schon, wie sie es heute mit Abstand sah, verrücktes Studium der Hul'q'umi'num'-Sprache der Alternative neu gezeugten Lebens zum Opfer gefallen war. Frisches Leben, das Prägung und Vorbild brauchte, Liebe und Stärke, Humor und Kampfesgeist. Kinder, die nicht schon in der Babykrippe an Fremde abgegeben wurden, sondern eine kraftvolle individuelle Prägung erhielten. Und all das war das Wunder, worum sie von so manchem Zeitgenossen bestaunt, beneidet und häufig verunglimpft wurde. Doch auch das focht sie nicht an. Sie ging ihren Weg mit der Sturheit eines Widders, Aszendent Widder.

Viktorias Gedanken wanderten von Karl wieder zu Jan. Seine Blicke waren ihr nicht entgangen, und sie merkte das Aufflackern ihres körpereigenen Elektromagnetismus. Alle Energie in ihr floss zurzeit in einer so veränderten Weise, als stünde ein biologischer Polsprung bevor. So als würden die Richtungen bald Kopf stehen und in einem überwältigenden Akt von Unmittelbarkeit öffnete sich ein neuer Himmel und gebäre eine neue Erde.

Diese spontane und stark empfundene Analogie aus dem Bereich der Geologie gefiel ihr gut und war ihr nicht zufällig eingefallen. Sie befasste sich gerade mit dem Thema des schwächer werdenden Erdmagnetfeldes und den zyklischen Polsprüngen. Das, was im Großen anstand, erlebte sie in anderer Weise gerade in ihrem ganz persönlichen Mikrokosmos. Der Magnetismus eines anderen Menschen, ausgelöst durch Gefühle, hatte ihr persönliches Kleinuniversum ins Trudeln und dann zum Kippen gebracht. Und jetzt war alles anders. Es war wohl nur noch eine Frage der Ehrlichkeit, bis sie sich eingestand, sich in den Ermittler verliebt zu haben. Ihre Gefühle zu Karl waren völlig unberührt davon und blieben so stark wie gespalten. Sie konnte ihn lieben oder hassen, je nachdem, was in welchem Moment sich die Vormachtstellung in ihr erkämpfte. Die Doppelgleisigkeit ihrer Gefühle verursachte ihr keine Scham. Sie empfand sie als folgerichtig und natürlich. Dennoch irritierte und verunsicherte es sie. Alles geschah unter solch besonderen und auch für sie unerwarteten Umständen, denen sie sich keineswegs souverän gewachsen fühlte. Der Mann, der gerade mit leisen Schritten ihre Gefühle eroberte war immerhin als Ermittler gegen ihren eigenen Mann eingesetzt. Dieser Umstand allein, neben allem anderen, sorgte für emotionale Turbulenzen, die sie sich nicht wünschte und dennoch auch nicht zu verhindern wusste. Er würde seinen Anteil daran haben, wenn Karl ins Gefängnis käme. Konnte man sich in so einen Menschen verlieben? Alles war doch nur noch grotesk.

7.

Jan hatte ein paar frische Lebensmittel aus der Stadt mitgebracht. Tanja war froh um die Ablösung und freute sich auf ihren Feierabend. Viktoria deckte den Tisch geschmackvoll und gekonnt und schmückte ihn mit vielen Kerzen. Ihr war nach all dem Übel der letzten Tage nach etwas Ästhetik und Luxus, und sei es nur ein schön arrangierter Tisch, wenn schon das Leben selbst zurzeit mit eiserner Hand auf denselben drauf schlug. Lucy war in der kommenden Nacht wieder einmal bei ihrer Freundin und sie selbst nun zum ersten Mal mit dem jungen Polizisten allein. Diese Konstellation hatte es so bisher noch nicht gegeben. Eine erwartungsvolle Unruhe erfüllte sie. Vor allem war sie bereit, sich in ihrer gesammelten Verwirrung noch tiefer verwirren zu lassen. Zwischendurch drohte sie leise, Karl solle es nur nicht wagen, ausgerechnet heute Abend anzurufen. Wenn er sie schon hängen ließ und sich nicht um ihre Tränen kümmerte, könnte er das auch noch bis morgen hinausschieben. Jetzt wäre es sowieso schon egal. Ihr ginge es schlecht und sie wollte das alles nicht mehr. Ihr sollte es gut gehen. Wenigstens für ein paar Stunden. Nur heute mal.

Karl hatte auf privater und polizeilicher Ebene totale Konfusion ausgelöst. Und weil das so war, hätte die Aufklärung dieses Chaos jetzt auch noch ein paar Stunden mehr Zeit. Das Allerwichtigste war bekannt: Er lebte. Und die entführte Frau auch. Das hatte sie vorher auch schon gefühlt. Sie kannte Karl dafür zu gut. Er mochte derzeit diverse unbekannte Zustände von geistiger Verwirrung haben, aber ein Mörder war er nicht. Ein Mann, der jede Spinne fein säuberlich in den Garten trug. Wüsste das sein Opfer, dann würde es wohl eher an Lachen ersticken als an einem Knebel.

Viktorias Gedanken unternahmen weitere Achterbahnfahrten. Irgendwann würde man die beiden fassen, oder sie stellten sich freiwillig. Karl würde ganz sicher für einige Jahre hinter Gitter kommen. Sie wiederum würde vielleicht niemals erfahren, was da alles während der Entführung zwischen den beiden gelaufen wäre.

Jan stocherte unentschlossen in seinem Essen herum. Obwohl es liebevoll angerichtet war, bekam er keinen Bissen runter. Sein Vorhaben, Viktoria über seine Gefühlslage zu unterrichten, war viel schwieriger auszuführen als gedacht. Man konnte einem Menschen nicht so ohne weiteres sagen, dass man ihn sehr mochte, wenn man sich zugleich mit ihm in einer beruflichen Zwangslage befand, gegen ihn ermitteln und der Dienststelle Privates verraten musste. Auch ihre Kinder und ihre Ehe waren eine große Hürde. Immer wieder schaute er von seinem Essen auf und sah in Viktorias Gesicht, das er gern mit Küssen bedeckt hätte. Die Angst vor einer möglichen Zurückweisung ließ jeden Appetit in ihm ersterben. Hatte er denn eine Wahl? Sollte er weiter leiden? Was hatte er von ihr denn zu befürchten? Maximal eine Abfuhr. Vielleicht auch nur eine halbherzige Abwehr. Aber das war das Risiko doch wert.

Die Stille zwischen ihnen hatte nicht nur den äußeren Raum, sondern auch ihr Inneres und ihre Glieder ergriffen. So saßen sie sich reglos gegenüber als seien sie paralysiert. Viktoria spürte Jans Veränderung. Er war so anders als an den Tagen zuvor. Seine Zuversicht und seine Kraft waren fort. Fort war auch seine freundliche und offene Art, mit der er den ersten Schock für sie gemildert hatte. Und sie war so dankbar, dass man ausgerechnet ihn in diese unselige Belagerungssituation geschickt hatte.

Sie saßen sich gegenüber. Der Tisch war Brücke und Kluft zugleich. Keiner wagte es aufzustehen und auf den anderen zuzugehen. Die Benommenheit steigerte sich so sehr ins Unerträgliche, dass sie es nicht einmal mehr wagten, einander anzusehen. Scheu schob Viktoria mit gesenktem Blick ihre Hand über den Tisch. Die aufgebaute Spannung steigerte sich und Jan ergriff sie vorsichtig. So gern hätte er etwas gesagt. Worte jedoch hätten alles zerstört. Karl war weg. Nicht nur räumlich. Sondern ganz und gar. Keine Faser Karl mehr in dieser Sekunde, die sie band. Karl war nie geboren, er hatte nie Kinder mit ihr gezeugt, war ein Nichts im Nichts. Die ganze Welt war leer. Es gab nur Jan und sie selbst. So einfach war es manchmal. So schlicht und einfach. Jan und sie. Nichts sonst. Viktoria ließ ihr Herz sprechen und flüsterte dabei ein einziges Wort.

Komm!

Sich an den Händen haltend, standen sie gemeinsam auf. Sie gingen aufeinander zu und sahen sich lange an. Dann fielen ihre Körper ineinander als hätten sie sich Jahrtausende lang gesucht.

8.

Eng aneinander geschmiegt lagen sie wohlig in der selbst erzeugten Wärme. Viktoria fühlte sich richtig und gut in den starken Armen, die ihr auch einen seelischen Schutz zu bieten schienen. Da war nur Freude und Ruhe. Reine Freude und Stille im Auge des Orkans. Hier war es gut. Hier war es nach langer Zeit endlich einmal richtig, ruhig und gut.

Jan rieb seine Wange an ihrem duftenden Haar und wünschte sich, diese Nacht wäre der Zeit enthoben und würde nicht enden. Was werden sollte, war offen. Man würde sehen. Was er gerade erlebt hatte, war die Erfüllung seiner tiefsten Sehnsüchte. Diese würde er nicht kampflos aufgeben. Sie schauten beide durch das offene Fenster in einen Himmel voller Sterne. So klar, so schön, so nah das Universum. Und sie beide mit einer ganz eigenen Galaxie mittendrin. So als hätten sie göttergleich gerade eben neue Sterne erschaffen. Als wären sie Schöpfergeister der Freude und Liebe. Hell klingend sich durch den ganzen Kosmos verstreuend. Sternenmusik entfachend.

Dann erklang ein Kinderlied. Mitten in der Nacht. Jan saß sofort aufrecht im Bett und Viktoria zog zutiefst erschrocken die Bettdecke über sich zusammen. Keiner von beiden realisierte, was das war. Wer war im Haus? Wo kam das her? Jan legte Viktoria blitzschnell die Finger auf die Lippen. Ganz still sein! Das Lied spielte munter weiter. Jan stand schon in der Schlafzimmertür und lauschte genauer. Lucys Zimmer. Aber Lucy war doch gar nicht da!? Er schlich zur Tür, die nur angelehnt war. Auch hier waren die Rollläden nicht heruntergelassen, was Sternenlicht ins Zimmer ließ. Es war leer. Da war nichts. Nur das Lied. Aber das Lied barg noch einen anderen Ton. Es brummte. Eine Spieluhr vielleicht? Aber wer sollte die aufgezogen haben. Er rief nach Viktoria. Viktoria erkannte es nun sofort. Lucys Handy! Vor Monaten verloren gegangen. Sofort spürte sie: Das war Karl!

Pinky, wie Lucy ihr Handy genannt hatte, lag tief unter dem Kleiderschank und spielte brummend seine Melodie. Mit einem langen Besenstiel konnte es herausgefischt werden. Es hing noch an der Ladestation, wo Lucy es irgendwann mal einstöpselt und dann vergessen hatte. Keiner hatte es bemerkt. Die Steckdose neben dem Kleiderschrank war durch eine umgekippte Kiste Legos völlig unsichtbar geworden. Legos aus 15 Jahren Kinderzeit. In allen Größen und aus drei Spielgenerationen! Schlamperei der Kollegen, dachte Jan. Das hätte nicht passieren dürfen. Man hatte doch das Haus untersucht. Wieso war das keinem aufgefallen? In Lucys Zimmer war man offensichtlich nur nachlässig vorgegangen. Das Lied erklang immer noch.

Los, ran! Viktoria hielt mit zitternden Händen Lucys Kinderhandy mit den fünf Telefonnummern ans Ohr. Karl. Das war klar. Dennoch, als sie jetzt seine Stimme hörte, zitterten ihre Beine. Jan schob ihr schnell einen Stuhl hin. Jan hörte mit einigen Unterbrechungen nur: *Ja… Ja… Nein, … Oma, ja. Bei Ira … ja… ist gut. … Ja, wir auch. Wir dich auch!*

Keine Freisprechanlage. Oder wenn es sie gab, kannte Viktoria sie nicht. Wenige Bedienungsknöpfe für ein kleines Kind. Was er denn gesagt habe? Es ginge ihm gut. Aber sie müsse sich jetzt erst mal fassen. – Sie zittere ja. Sie solle sich beruhigen. Durchatmen - Ein Glas Wasser bitte.

Also, es ginge ihm gut. Auch der Frau. Sie seien in den

Bergen. Irgendwo in Südeuropa. In einer Hütte. Sie solle sich keine Sorgen machen. Alles werde gut. Ganz gut. Ob sie ihn liebe, wollte er ernstlich wissen. Das habe er tatsächlich gefragt. Ob die Kinder da seien. Nein, bei der Oma, habe sie geantwortet. Dass die Jungs bei der Oma seien, fand er gut. Lucy bei Ira. Es würde ihm entsetzlich leidtun, was er ihnen antäte. Aber sie solle ihm unbedingt vertrauen. Es sei kein wirkliches Verbrechen, auch wenn alles gegen ihn spräche und alles ganz anders für sie aussehe. Er würde es ihr erklären. Später. So bald wie möglich. Die Frau brauche nur neue Papiere. Es könne noch ein, zwei Wochen dauern. Er würde jetzt nicht mehr anrufen. Er habe gehofft, dass das mit Lucys Telefon klappen würde, war sich aber unsicher gewesen. Es sei im Moment seine einzige Chance, sie kurz zu erreichen, ohne die Polizei auf die Fersen zu bekommen. Wie schön es sei, sie zu hören. Das habe er tatsächlich gesagt. Jan solle sich das mal vorstellen! Alles werde gut, ganz gut. Er liebe sie und die Kinder, er liebe sie so sehr! -- Aus. Nichts mehr. Scheusal!

Viktoria zitterte immer stärker. Dann verlor sie die Fassung und weinte sich die Seele aus dem Leib. Jan brachte sie zum Bett und schmiegte sich an sie. Er hätte jetzt sofort lossprinten müssen. Hier war nun der entscheidende Augenblick, auf den alle gewartet hatten. Südeuropa. In den Bergen. Das konnte alles zwischen Griechenland und Portugal sein. Überall gab es Berge. Und vielleicht war er ja auch längst in den schwedischen Wäldern.

Aber Jan konnte nicht lossprinten. Er war wie gelähmt. Viktoria ging jetzt vor. Der Polizist in ihm trat den Rückzug an. Sie war in einer tiefen Verzweiflung. Was sollte er nun tun? Er müsste es aber doch sofort melden. Bräuchte sie einen Arzt oder schaffte sie es mit seiner Hilfe? Keinem war dieses verdammte Handy aufgefallen. Die Schlampigkeit seiner Kollegen war eine schwerwiegende Ermittlungspanne. Das würde massiven Ärger geben, wenn er jetzt mit Lucys Handy plötzlich ankäme, wo keine Fangschaltung installiert war. Auch für ihn selbst würde es massiven Ärger bedeuten. Er, der er hier tagein tagaus mit Tanja Dienst hatte. Das würde keiner erklären können, warum niemand ausreichend sorgfältig in diesem Legoberg herumgewühlt hatte. Das war die eine Seite seiner Gedanken. Die Rückseite war für ihn noch schwerwiegender, weil persönlich.

Würde nun in den südeuropäischen Bergen gezielt durch Interpol gesucht, bestünde die Gefahr, dass er vielleicht schnell geschnappt würde, auch wenn die Chance relativ klein war. Aber wollte er das? Wollte er tatsächlich, dass Karl jetzt zurückkam? Was wäre mit seiner ganz zart begonnen Beziehung zu Viktoria? Die hätte doch ein jähes Ende, bevor sie sich auch nur ein klein wenig stabilisieren könnte. Das wollte Jan nicht. Auf keinen Fall.

Keiner seiner Polizistenkollegen wusste vom Verbleib des Kinderhandys. Es war verloren gegangen. Vor Monaten schon. Deshalb tauchte es in keinem Protokoll auf. Und genau das war der Punkt. Es musste verschwinden, so gründlich, dass nichts mehr daran erinnerte. Dann müsste er auch keine Meldung machen, könnte bei Viktoria bleiben und sie jetzt trösten. Vor allem aber würde man keine hektische Suchaktion einleiten. Sollte dieser Typ doch oben in seiner Hütte bleiben! Je länger, desto besser. Zeit für ihn, die frische Beziehung zu Viktoria weiter zu vertiefen. Wenn sie nur etwas mehr Zeit miteinander hätten, gäbe es für sie beide vielleicht eine reelle Chance. Sie war sein Traum. Und die Sache war beschlossen.

Viktoria hatte sich etwas beruhigt. Hin und wieder schluchzte sie nochmals auf. Jan gab ihr Taschentücher und streichelte sie. Was war das nur für ein komisches Verbrechen. Offenbar war doch die Entführte jetzt ganz freiwillig bei ihm. Wie hätte er sonst mit ihr in einer Hütte leben können! Oder ob er sie da gefesselt und geknebelt hielt? Aber auch ohne Einzelheiten zu wissen, glaubte Viktoria das nicht. Es war ein Gefühl. Er hatte doch gesagt, dass sie neue Papiere brauche. Das deutete nicht auf einen geplanten Mord oder eine Affekthandlung hin. Allerdings auch nicht auf eine perfekte Vorbereitung. Irgendwas musste sich anders entwickelt haben, als er es vorausgeplant hatte. Aber was und warum?

Jan erklärte Viktoria die Situation. Auch sie hätte ja gründlicher suchen können. Nicht nur ihre Putzgewohnheiten würden merkwürdige Fragen aufwerfen, die wenig angenehm waren. Aber wer putzte schon ständig unter solch flachen Schränken, unter die zwar ein Handy, aber keinesfalls ein Schrubber passte. Sie jedenfalls nicht. Würde Karl zudem jetzt bei einer plötzlichen Polizeiaktion im Ausland aufgetrieben, war mit einem Schusswechsel zu rechnen mit unbekanntem Ausgang. Das war die Sache nicht wert. Er sagte doch, ein paar Wochen dauere es eventuell noch. Sollte er sie doch haben! Wie Messerstiche bohrten sich die Gefühle in Viktoria, die sie für Jan und Karl zugleich empfand. In ihrem Kopf war alles dumpf und grau.

Ja, er solle das Handy verschwinden lassen, so gründlich wie nur möglich. Sie wisse genug. Auch wenn sie nichts verstehe. Sie verstehe sowieso nichts. Aber sie begreife langsam, dass sie sich um Karl mal nicht mehr so viele Sorgen machen brauche. Sie müsse sehen, wie ihr eigenes Leben und das der Kinder weitergehe.

Jan streichelte Viktoria. Gleich würde er das Handy einer finalen Dematerialisierung anheimgeben. Dieser Anruf hatte nie stattgefunden, war nie aufgezeichnet worden und würde Viktoria und ihm eine Chance geben! Vor allem, weil Viktoria dabei war, sich nun von Karl innerlich ein wenig zu lösen.

9.

Die Stille machte zu schaffen. Die ersten beiden Nächte in der Hütte waren gewöhnungsbedürftig.

Es war so ungewöhnlich ruhig. Konnte Stille im Gehörempfinden anschwellen, gar dröhnen?

Zweimal zwei Etagenbetten standen in der Hütte. Lisanna musste schmunzeln. Jeder hatte also die freie Auswahl, ob er oben oder unten schlafen möchte. Lisanna wollte selbstverständlich beides und wechselte nicht nur nächtlich, sondern sogar innerhalb der Nacht nach Belieben. Es waren diese einfachen Verhältnisse mit zugleich freien Möglichkeiten zur Entfaltung, die immer weiteres Entzücken in ihr auslösten. Und die Chance, jederzeit zur luxuriösen Alternative greifen zu können.

Lisannas leichter Grad von Degenerierung gab ihr offenbar die Chance, in dieser wild zerklüfteten Bergwelt eine ganz neue Erfahrung zu machen. Neben Verzicht auf gewohnten Luxus versprach sie sich einen anderen Zugewinn. Die Qualitäten waren neu zu gewichten. Einfachheit, die Tiefe versprach. Die Ruhe der ersten beiden Tage hatte sie ein wenig nervös gemacht. Sie konnte nicht mal so eben aus einer inneren Belastung heraus alles abschütteln und genießen, als wäre nichts vorgefallen. Umso weniger, als es sich bei den Vorfällen durchaus um traumatische Ereignisse handelte, nach denen sie gleich eine ganze Anzahl einschneidender Veränderungen durchlaufen hatte. All das musste erst einmal verarbeitet werden, was nur durch ein Innehalten in einer neuen Ruhezone gelingen konnte. Dann frühestens war das Aufkeimen einer neuen Qualität auch zu genießen, falls sie sich entfaltete.

Genussfähigkeit war ein Geschenk, ein Talent. Viele verwechselten Genuss mit schlichter Gier, die aber dem Trieb zuzuordnen war. Genuss brauchte eine Feinheit, die der Gier völlig fremd war. Genuss und Gier waren Gegner, obschon sie einander so nah waren. Ein Gegensatzpaar, das nachdenklich machte, wenn man es differenziert betrachtete. Manch einer hätte wohl eher gesagt, dass der Gegensatz von Genuss Verzicht wäre. Falsch war beides nicht, aber auf interessante Weise alternativ.

Lisanna spielte diese Art Gegensatzspiel oft und mit vielen Begriffen. Damit hatte sie sich eine eigene Welt aufgebaut. Es verschaffte ihr eine andere Anschauung der Dinge. Sie kippte sozusagen die Gegensätze in eine andere Lage zueinander. Dadurch veränderte sich nicht nur die jeweilige Position, sondern auch die Qualität der Positionen. Und dadurch zwangsläufig auch die Wirklichkeit ihrer eigenen Erfahrungen.

Für sie war durch dieses Spiel der harte Stress im Musikbusiness einfach besser zu ertragen. Wenn sie keinen von den Typen mehr sehen konnte, spielte sie ihr Spiel mit ihnen und verwandelte sie.

Im Laufe der Jahre hatte Lisanna noch ganz andere Varianten dieses Spiels erfunden. Dazu gehörte die Übung, alle Arten von Gedanken bewusst fühlen zu wollen. Ganz ohne Bewertung. Was fühlte sie, wenn sie dies oder das dachte? Und umgekehrt: Was dachte sie eigentlich, wenn sie von diesem oder jenem Gefühl überrollt wurde? Dachte sie dann überhaupt etwas? Konnte sie diesen Moment des reinen Fühlens einfangen? War sie an das lineare Konzept der Zeit gebunden und konnte alles nur nacheinander realisieren? Oder hebelte sie umgekehrt die Zeit aus, lebte nicht mehr digitalisiert sondern analog?

Lisanna spielte es mit Hingabe. Ihre Begrenzungen zeigten sich dabei in einer erbarmungsloser Klarheit, die sie interessiert beäugte. Die Begrenzungen selbst wurden dann ins Spiel mit eingebunden, mitsamt ihrer Angst oder den Risiken, die es bargen. Nichts wurde festgezurrt. Alle Ängste durften neben den Hoffnungen und den Möglichkeiten in ihr leben. Besonders gern hatte sie ihr Gegensatzspiel auf den langweiligen Pflichtpartys gespielt, immer wenn sie keine Drogen genommen hatte.

Vier Tage war sie nun schon drogenfrei und nichts fehlte ihr. Dabei hatte sie fest geglaubt, sie wäre davon abhängig. Ob die Ereignisse der Entführung genug andere Stoffe freigesetzt hatten, die die Drogen voll ersetzten? Und nun hier? Wiederum große Ausschüttungen von Melatonin, abgelöst vom Adrenalin der ersten Tage? Sie bemerkte es am veränderten Schlaf, der nun tiefer wurde und die Aktivitäten der Zirbeldrüse offenbar in Schwung gebracht hatte.

Sie war eine Gefangene und hatte ihren Entführer entführt und sie damit beide befreit! Das war ihr absolutes Lebensmeisterstück. Bis jetzt zumindest! Sie wusste ja noch nicht, wie süß Freiheit unter solchen Bedingungen auf Dauer schmeckte. Spontan spielte sie dabei die nächste Variante ihres Spieles: Wenn sie etwas Schönes fühlte, kapselte sie es bewusst für einen Moment ab und fühlte stark und gewollt sein Gegenteil. So versetzte sie sich jetzt in die Stimmung, wie bitter die Freiheit sein konnte. Dazu brauchte sie die passende Assoziationskette, wie: *Ich bin eine Gefangene meines Entführers, den ich entführt habe und habe aufgrund dieser Tatsache weder Zugang zu Drogen noch einem heißen Schaumbad! Zudem hält mich der Entführer vom Beifall meiner Fans ab und kostet mich eine Menge Geld, die er nie finanziell wird ausgleichen können.* Und schon könnte sie aufgrund dieser Gedankenkette nun ihre gleiche Situation hier vor Ort jetzt auch als unangenehm oder als bitter fühlen. Jeder Situation, die irgendein Gefühl in ihr weckte, konnte sie auf diese Art eine andere Situation imaginär entgegenstellen.

Bei diesem selbst gewählten Beispiel lachte Lisanna herzlich auf. Es stimmte nicht mehr! Das kam selten vor. Aber es stimmte einfach nicht, dass sich Bitternis über sie zog, weil sie kein Schaumbad und keine Drogen hatte. Sie brauchte beides nicht mehr. Hier waren endlich einmal auch Gefühle und nicht nur Gedanken aus der Matrix der Dualität herausgeflutscht. *Erwischt!* Sagte sie sich. *Ich werde euch jagen. Da fällt demnächst noch so Einiges durchs Netz!* Sprach sie leise, nahm sich einen Apfel, erfreute sich an der Erkenntnis und ging zum nahen Bach.

Ihr war nach Eigenlob zumute. Sie klopfte sich beim Schreiten durchs nasse Gras in Gedanken selbst auf die Schulter und meinte, ihr Grad an Selbstreflexion habe schon eine ordentliche Wachheit erreicht. Fast war es verwunderlich, dass all dieses Gift diverser Drogen ihr nicht längst den letzten Tropfen Verstand aus dem Hirn geschwemmt hatte. Mehr und mehr kam sie dahinter, was ihr guttat und was nicht. Die Emanzipation von all den einflüsternden Stimmen all der Menschen, die in irgendeiner Weise Macht über sie hatten, gelang mehr und mehr.

Sie weilte zeitvergessen am Gebirgsbach, der die Minuten und Stunden gurgelnd mit in die Tiefe des Tales nahm. Das Licht floss, und die Blüten der Aconitum anthora verströmten Duft und Farbe. Wolken berührten das Moos und nässten ihr Haar. Lisanna hatte ihren eigenen Ort gefunden. In diesem Raum war nichts als Fließen. Ein immerwährender Ort der Veränderung, auf den sie sich fest verlassen konnte.

Ihr Gesicht hatte sie der Sonne zugewandt. Karl beobachtete sie und hielt inne. Ein Moment tiefer Intimität. Er wagte kaum zu atmen, um nicht das zu stören, was sich hinter ihrer Stirn vollzog, während ihr Mund ein angedeutetes Lächeln verriet. Was denn nun? Gedankenarbeit oder Gefühle? Es mussten offenbar Gedanken sein, die schöne Gefühle bei ihr auslösten. Sonnenbeschienen und gelöst saß sie auf einem Stein, während ihre Füße im eiskalten Bergbach baumelten. Karl entfernte sich geräuschlos mit leiser Scham, sie in diesem selbstversunkenen Zustand beobachtet zu haben. Die Stille gab dieser Szenerie einen besonderen Zauber. Die Natur selbst schien den Atem anzuhalten.

Karl ging zurück in die Hütte und setzte Tee auf. Das Telefonat in der letzten Nacht mit Viktoria hatte eine kleine Erleichterung gebracht. Gut, ein Gespräch war es nicht gewesen. Aber wenigstens einige erklärende Worte. Notwendige Informationen. Und wenigstens hatte er sagen können, dass er sie liebte und ihr alles erklären würde. Später, wenn dieser ganze Alptraum vorbei wäre und er sie im Besucherraum des Gefängnisses erwarten würde. Er musste auf die Tiefe ihrer Beziehung vertrauen. Verstünde Viktoria es nicht, so wäre es einzig seine Schuld.

Dass dieses Telefonat jedoch überhaupt zustande gekommen war, hatte ihn überrascht. Er hatte es auf gut Glück versucht. Offenbar hatte Lucy ihr Handy doch nicht irgendwo draußen verschlampt, sondern im Haus. Es war seine letzte Hoffnung gewesen. Auch war er froh, es des nachts versucht zu haben. Tagsüber wäre sicher die Polizei im Haus gewesen. Oder aber Lucy selbst wäre am Ende an ihr Telefon gegangen. Offenbar schlief sie in Viktorias Bett oder war schon bei seiner Schwiegermutter untergebracht. Hätte er mit Lucy selbst telefoniert, so hätte er ihr sehr viel zu erklären gehabt. Es hätte spontan Tränen gegeben und ganz viel Unverständnis von Seiten des Kindes.

Eine emotional schwierige Situation nicht nur für das Kind, sondern auch für ihn. Nicht auszuschließen, dass er unter diesem Eindruck vielleicht sogar sofort die Hütte verlassen und sich der örtlichen Polizei gestellt hätte, je nachdem wie das Gespräch verlaufen wäre.

Aber es war anders gekommen. Viktoria war relativ schnell am Apparat, wo immer genau sich dieses Ding befunden haben mochte. Vermutlich war sie dem Klingelgeräusch nachgegangen und musste erst selbst horchen, woher es kam. Viktoria war stark und erwachsen. Er wusste, was er ihr antat, aber die Alternativen dazu waren nicht verhandelbar, weil überlebensnotwendig für ihn. Damit konnte er auch sein eigenes Gewissen ruhigstellen. Nichts was er tat, war nicht einkalkuliert. Seine Schuld war vorweggenommen. Nur deshalb war es auszuhalten. Schwer zu tragen war sie dennoch.

Unter den ursprünglich geplanten Umständen hätte Viktoria ihn vermutlich jetzt schon in der Untersuchungshaft besuchen können. Er wiederum hätte vielleicht sogar schon die Struktur seines Bestsellers skizziert. Mit den Inhalten seines Prozesses bräuchte er sich ja nicht belasten, weil alles klar und gestanden wäre. Sein Lebenswerk stünde an, das mehr wäre als einfach nur ein Buch. Es wäre seine zweite Geburt. Vielleicht würde es einmal das einzige Zeugnis sein, die einzige Tat, vor der sein Leben im Tode bestehen könne.

Der Tee hatte viel zu lange gezogen und Lisanna stand in der Tür und kicherte. Sie war so gelöst, so anders. Und wie anders! Karl hatte sich zunächst nur ein wenig umgedreht – aber dann stockte er. *Lisanna*! Er schrie fast. Lisanna kicherte nur noch lauter. Sie stand vor ihm mit einer Millimeterfrisur. So kam es ihm vor. Fast kahlköpfig. Nein, das konnte nicht sein. Ein kleiner Schock. Doch, sie stand vor ihm mit einer extremen Kurzhaarfrisur. Sie hatte ihre langen schönen Haare radikal abgeschnitten. In einem Anfall von was? Warum tat sie das?

Sie schaute nun ernst mit ihren großen Augen. Es sei richtig so. Sie sei nicht mehr Lisanna. Auch nicht Lissy. Sie sei auf der Suche nach einem neuen Namen, der ihr angemessen sei. Deshalb müsste auch das lange Haar weg. Auch das wäre ein Teil ihres alten Lebens, das ab jetzt keine Gültigkeit mehr hätte. Eben am Bach sei ihr diese spontane Eingabe gekommen. Morgen würde sie ihre Haare entfärben. Dann sei sie dunkelblond. Jene Allerweltsfarbe, die keine sei. Ihre natürliche Haarfarbe. Er werde staunen. Das würde sie nochmals verändern. Ihr Weg zu sich selbst sei unumkehrbar. Wie es ihm gefiele.

Das wusste Karl nicht. Die Blondhaar-Perücke war ja auch wie optisches Kurzhaar gewesen. Nur war es bei ihr offensichtlich, dass es eben künstlich war. Es stand ihr gut. Aber diese neue Optik ihrer Natürlichkeit war zunächst, na ja, gewöhnungsbedürftig. Die schwarzen langen Haare waren einfach eingestempelt in sein Bild von ihr. Doch, es stehe ihr gut. Aber er sei noch irritiert. Noch mehr aber über den radikalen Schritt und das dahinterliegende Motiv als über die Frisur an sich. Sie scheine es ja wirklich ernst zu meinen. Also nicht das mit dem Haar, sondern mit ihrem neuen Sein.

Nie sei in ihrem Leben ein Beschluss ernster gefasst worden. Es sei keine Laune des Augenblicks. Doch. Doch, zunächst sei es das vielleicht gewesen. Denn sie habe ja nichts dergleichen geplant. Aber das Wort Laune sei falsch. Es sei eine spontane Inspiration gewesen. Oder eine Art Hauptimpuls, der nun alle anderen Impulse in ihr in eine andere Richtung takte. Impulse und Inspirationen aber seien eine ganz andere Kategorie als Launen. Ob er ihr folgen könne.

Natürlich könne er. Diese Inspiration habe ganz offenbar in ihr eine neue Kraft entfesselt. Kraftvoll bis hinein in einen konkreten scharfen Messerschnitt, der die alten Zöpfe des alten Lebens kappte. Alle Achtung. Sie beeindrucke ihn. Er sie auch. Von Anfang an, als er seine Geschichte erzählt habe. Mehr als er sich vorstellen könne. Man habe ja auch überhaupt noch nicht richtig miteinander sprechen können. Alles war immer unter Stress und in Gefahr. So oder so. Es sei gut, dass sie nun einander vertrauten.

Sie setzten sich wieder vor die Hütte in die Abendsonne. Ob er das Gespräch mit seiner Frau gut verkraftet habe. Ja, schon. Nicht wirklich. Denn es sei ja kein Gespräch gewesen. Nur eine kurze Mitteilung seinerseits. Er hätte sich dabei verplappert. Er danke ihr für das Handy. Sie würden es nicht schnell orten können, da sei er sicher. Hierhin käme Interpol nicht binnen weniger Tage. Südeuropa in den Bergen, habe er als kleinen Hinweis nur gegeben. Die Berge würden ihn locken. Und für Schuhwerk habe sie ja gut vorausschauend gesorgt. Immerhin würde bei einer Namenskontrolle im Haupthaus ja kein Karl Sandhauser auftauchen. Und sein Dreitagebart bei der Ankunft bedecke nun schon das halbe Gesicht. Das würde enorm verändern.

Lisanna hatte ein gutes Gefühl, was ihr Versteck anging. In allerspätestens zehn Tagen hätte sie einen neuen Pass. So lange würde das hier schon gut gehen. Irgendwas in ihr sagte ihr das. Sie vertraute. Sie lernte es immer mehr. Ein interessanter Prozess für sie.

Heute Morgen habe sie telefoniert. Ihre Freunde im Ausland seien nicht nur zuverlässig, sondern verfügten über beste Verbindungen. Das mit dem Pass ginge klar. Sie könne sich fest darauf verlassen. Wenigstens etwas, wozu ihre Berühmtheit jetzt tatsächlich einmal gut war. Spätestens in zehn Tagen sei der Spuk mit ihr vorüber. Dann sei er sie los.

Es sei kein Spuk, meinte Karl. Jetzt nicht mehr. Er merke von Stunde zu Stunde, wie ihn die Einsamkeit der Berge belebe. Wie das Licht und die Stille auf ihn wirkten und ihn veränderten. Wie klärend scharf diese Luft durch seine Lungen ströme. Auf eine fast schmerzliche Weise gesund. Alles sei nun anders gekommen, als er es geplant habe. Aber diesem Plan Kaph würde er langsam nur noch Gutes abgewinnen können.

Kaph? Was das nun schon wieder bedeute. Ach, das sei ihm nur gerade eingefallen. Es passe gerade vom Gefühl. Es sei der 11. Buchstabe des hebräischen Alphabetes und bedeute »Handfläche«. Ein altes Bilderschriftzeichen für eine geöffnete Hand. Für ihn persönlich ein Zeichen des Vertrauens. Er deute sich oft eine eigene Symbolik, die für ihn stimmig sei. Und Vertrauen, eine geöffnete Hand, sei doch das, was sie beide nun miteinander verband. Gleichzeitig sei es auch das, was sie beide bis in den Tod in ihrem eigenen Gepäck zu hüten hätten. Beide hätten das Alte verlassen, beide im vollen Risiko, das Vertrauen verlange, das nicht nur tief und stark sein müsse, sondern auch die Kraft einer Dauerhaftigkeit besäße. Viktoria jedenfalls wisse nun Bescheid. Er habe von zirka zwei Wochen gesprochen, bis er sich vermutlich stellen würde. Ein Anhaltspunkt. Aber was dann würde, wisse er ja selbst schon nicht mehr. Die Tage hier müsse er nutzen, um Kraft zu tanken und zur Besinnung zu kommen. Er sei ihr im Nachhinein geradezu dankbar, dass alles nun so gekommen sei. Und ihre gemeinsame Zeit hier sei kurz.

Zwischen ihnen entwickelte sich so etwas wie eine erste zarte Freundschaft. Der sexuelle Reiz, den diese junge Frau durchaus auch ausstrahlte, blieb dabei im Hintergrund, wenngleich ein vollständiges Verdrängen unmöglich war. Zum Glück stand ihm danach derzeit nicht der Sinn. Er befand sich in ganz anderen Prozessen. Ihre Verspieltheit und ihre Tiefe jedoch zogen ihn sehr an und lehrten ihn etwas, das er bisher nicht so hatte leben können. So manches an ihr erinnerte ihn an Viktorias Wesen. Auch sie war verspielt.

Aber sie war es auf eine männlichere, dominantere Art. Lisanna spielte quasi geschlechtsneutral. So wie Kinder spielen, bevor es wichtig wird, ob sie sich selbst als Mädchen oder Jungen empfinden. Lisanna spielte so leicht und natürlich, dass es ernst war. So wie jedes gute Spiel voller Ernst ist.

Lisanna nahm in bei der Hand und zog ihn hoch. Sie wolle ihm eine ganz bestimmte Stelle am Bach zeigen. Ob er die schon gesehen habe? Welche denn? Nein, er sei dazu noch nicht gekommen, bestimmte Stellen am Bach zu begutachten. Er lachte. Sie lief die Wiesen hinunter und sah so frei und glücklich dabei aus. Lisanna saß auf einem kleinen Fels und schaute angestrengt in den Bach. Karl vermutete kleine Fische. Forellen vielleicht oder ihre kleine silbrige Jungbrut. Schnell strömende Bäche waren hervorragende Laichplätze für diese zähen und schmerzunempfindlichen Lebewesen. Sie stocherte mit ihren Fingern im Kiesbett herum, holte etwas heraus und lachte.

Also keine Forellen. Diese hätten schnell das Weite gesucht. Lisanna hatte Gold gefunden. Winzige Mengen, aber echtes Gold. Goldführende Flüsse am Nordrand der Pyrenäen waren bekannt. Aber dass sie selbst hier an diesem kleinen Gebirgsbach etwas finden würden, war überraschend und symbolhaft zugleich. Auch Pyrite waren hier zu finden, aber die lagen in der Regel nicht in Bächen herum. Die Körnchen waren extrem klein, wie Stecknadelköpfe. Der Fund ließ ihr Herz höher hüpfen. Diese Freude war warm und schön. Finanziell bedeuteten die Körnchen gar nichts. Nichts im Vergleich zu dem, was sie mit einem einzigen Hit verdiente. Aber ihrem Herzen bedeuteten sie viel. Sie war ein Glückskind und dabei, das neue Glück zu finden. Das Gold war ein Symbol, das wusste sie. Es diente der Stärkung ihres Willens auf dem Weg, den sie zu gehen hatte. Gold als Synonym für eine ganz andere Form von Reichtum. Wie zauberhaft sich doch alles fügte, seitdem sie so fest entschlossen war. Die Sonne hatte ein neues Lächeln auf ihr Gesicht gelockt. Wie schön sie war, dachte Karl. Wie unschuldig, trotz ihres vollgepowerten Lebens voller Drogen und Sex. Nichts davon schien mehr übrig zu sein. Wie abgewaschen durch das wilde Wasser aus den zerklüfteten Bergen. Überstrahlt vom Gold des neuen Glücks der Freiheit.

Karl bückte sich. Hier und da sah er noch weitere winzige Körner funkeln. Sie hatte einen Claim gefunden. Hier mitten in den Pyrenäen. Ein Goldkind, das von innen und außen umfunkelt war, vom neuen Licht. Karl lachte. Es war so verrückt. Es war so absurd. Da krempelte er die Welt um und brachte sich und die anderen um den Verstand, und nun standen sie hier an einer echten Goldquelle. Aber was hieß das schon! Gewiss würden sie in den nächsten Tagen hier leise und fröhlich nach Gold schürfen. Klein und im Geheimen. Anders ginge es doch gar nicht! Würde es publik, wäre alles sofort aus. Das Gebiet würde sofort gesperrt. Es stand unter Naturschutz, sie befanden sich in einem Nationalpark. Natürlich würde man es staatlich untersuchen und vielleicht für den Staat den Naturschutz auch lockern, falls die Ausbeutung sich lohnte. Aber niemals für Privatpersonen, gar ausländische Touristen.

Das einzig Sinnvolle war, das kleine Geheimnis für sich zu behalten und in späteren Zeiten hier den einen oder anderen Urlaub in der Hütte am Bach zu verbringen, um sich an dieser Gabe der Natur zu erfreuen.

Lisanna erzählte, sie habe gedankenverloren mit ihren Zehen im Wasser gespielt. Einfach so. Und ein wenig im Sand gerührt. Da habe sie dann die ersten Körnchen blinken sehen. Sie lagen auch für sie nicht offensichtlich da. Sie waren im Sand versteckt. Erst durch ihre Bewegungen war das Verborgene im Wasser offenbar geworden. Auch das schien für sie die derzeitige Zäsur in ihrem Leben perfekt zu beschreiben. So als spiele ihr Körper die Beweglichkeit des Geistes in seinem eigenen Raum noch einmal nach, würde fündig mit Glück und Verheißung allein durch die Kraft des Vertrauens.

Der Fluss hatte das Gold versteckt, und ihr Zehenspiel hatte es wieder in Erscheinung gebracht. Ein gemeinsames Spiel des Flusses und ihrer Gliedmaßen. Alles so winzig klein. Vielleicht würde auch das Herauswaschen dieser Körnchen nicht einmal hundert Euro erbringen. Wer konnte das schon wissen. Es war reine Spekulation. So genau kannte Karl die aktuellen Goldpreise nicht und auch nicht die Größe der Vorkommen in diesem Claim.

Der unerwartete Fund war für beide keine Frage des Geldes, sondern Zeichen für ihre Zukunft. Sie vereinbarten mit wenigen Worten, über diesen wundervollen Platz Stillschweigen zu bewahren. Später, wenn er seinen Bestseller herausgebracht habe und sie in der Anonymität einer neuen Welt lebe, dann würde man sich hier noch einmal treffen und schauen, wie es dem Schatz und ihnen beiden ergangen sei.

10.

Der Bach murmelte sein heiteres Allegro, das sie beide noch eine Weile genossen.

Dann schlenderten sie zurück zur Hütte. Es war dunkel geworden. Lisanna begann, ein Lagerfeuer herzurichten. Karl kümmerte sich um das gemeinsame Abendbrot. Alles geschah ohne Hektik und mit langsamen Gesten. Stille Zufriedenheit hatte sich über ihren gemeinsamen Raum gelegt, mit der unbewussten und auch unbeschwerten Freude auf den nächsten Augenblick. Sie bereicherten sich und verspürten es auch so.

Als alles gerichtet war, nahmen sie am prasselnden Feuer Platz und knüpften an ihre gemeinsamen Gedanken an, als hätte sich die Zeit zwischen den Verrichtungen selbst ruhend niedergelegt.

Sie sprachen über die Bücher von Castaneda und die fernöstlichen Rituale, an denen Lisanna während eines Trips zu einem Ashram vor Jahren einmal teilgenommen hatte. Ihr Gespräch hielt sie so gefangen, dass sie das leise Knistern auf dem Kiesweg nicht vernahmen. Erst als ein Schatten auf das Feuer fiel, zuckten sie beide erschreckt zusammen. Lisanna schrie laut auf. Im Bruchteil einer Sekunde überkam sie ein Angstschock. Jetzt war es aus! Sie müsste zurück in das Leben, das sie nicht mehr leben konnte. Er müsste zurück in die Verpflichtung und ohne die Kraft zum Nein-Sagen.

Ein Fremder war fast unbemerkt ans Feuer getreten. Er war groß und schlank und trug einen ausladenden Lederhut. Mit einer warmen Stimme grüßte er und nahm seinen Rucksack ab. *Buenas Noches. ¿Puedo sentarme un poco a usted por el fuego?*

Karl sprang auf. Er sondierte die Lage und versuchte, die Gefahr einzuschätzen. Wäre nun alles zu Ende? Oder war er nur ein Zufallsbesucher? Aber so spät am Abend? Das wäre ungewöhnlich. Es war bereits nach 22 Uhr. Es war stockfinster. Bis auf das Feuer. Sein Hirn arbeitete auf Hochtouren und schien dabei wie gelähmt. Nur nichts anmerken lassen. Normal bleiben. Und ganz ruhig. Karl zwang sich zur Ruhe. Atmete tief. Mit einer belegten Stimme, die einen freundlichen Ton signalisierte, sprach er radebrechend auf Spanisch: *Toma asiento. Tenemos vino, queso y pan. Usted está cordialmente bienvenidos.* – Lisanna stand auf und gab ihm die Hand. Ich bin Lisanna. *Sea nuestro huésped.*

Verzeihung, antwortete der Fremde, er spreche nur ein wenig deutsch. Er höre, dass sie Deutsche seien. Ob man auf Spanisch weitersprechen könne oder doch lieber besser auf Englisch? Englisch sei leichter für sie, meinte Karl, der sich langsam wieder ein wenig fasste, bemüht, sich seine innere Unruhe nicht anmerken zu lassen. Er sei Miguel Angel, bedeutete der Fremde in wohlig warmem Timbre. Er wandere hier in den Bergen. Alleine. Jahr für Jahr. Immer um diese Zeit. Das Haupthaus sei schon geschlossen. Von Ferne habe er das Feuer gesehen. Der Wind habe den Geruch zu ihm getragen. Er bäte freundlich um ein Nachtlager. Ob er vielleicht später im Schuppen schlafen dürfe. Gern würde er dafür zahlen. Er habe den Schuppen auch schon mit anderen Gästen in den Jahren zuvor einmal benutzt und kenne sich mit allem aus.

Zunächst solle er doch gern Platz nehmen und etwas essen und trinken, bat ihn Karl mit einer freundlichen Handbewegung. Karl musste Zeit gewinnen. Der Schreck saß ihnen beiden in den Gliedern. Sollte jetzt ausgerechnet alles aus sein, wo das Neue so zart begann? Lisanna bot dem Fremden Ziegenkäse, Brot und Wein an. Das Brot war geröstet und verströmte den Duft von Butter mit wilden Kräutern. Der Fremde ließ sich mit ruhigen Bewegungen am Feuer nieder und bedankte sich noch einmal höflich für diese freundliche Aufnahme in der Nacht.

Karl und Lisanna atmeten ein wenig tiefer und sahen ihn interessiert an. Nein, er hatte nichts mit ihrer gemeinsamen und gegenseitigen Entführung zu tun. Sie konnten wieder freier durchatmen. So ganz schnell wollte sich der natürliche Rhythmus jedoch nicht einstellen. Offenbar war er ein Wanderer, der es nicht rechtzeitig geschafft hatte, sich eine Unterkunft zur Nacht zu sichern. Aber auch einer, so kam es ihnen beiden vor, der ganz sicher ohne Nachtplatz kein wirkliches Problem gehabt hätte.

Der Fremde nahm seinen Hut ab. Pechschwarzes, glänzendes Haar floss auf seine Schultern. Sein samtenes Gesicht war hager und fein zugleich. Was ihn aber bemerkenswert machte, war nicht sein langes Haar, sondern seine Augen. Sanftes Licht strömte aus ihnen, obschon sie schwarz wie die Nacht waren. Ein geheimnisvolles Spiel, das durch das Flackern des Feuers eine Aura des Unwirklichen bekam. Er wirkte wie ein Wesen aus einer ganz anderen Welt.

Waren es die intensiven Gespräche zuvor am Bach und später hier am Feuer gewesen, über Rausch und Drogen, Sinn und Übersinn, die seine Ausstrahlung so unergründlich für sie beide machten? Lisanna rückte näher an Karl heran. Es war das erste Mal, dass er ihren Körper spürte. Ausgerechnet jetzt, wo ein anderer Mann dabei war. Auch das war eine Ironie des Schicksals, dachte Karl für einen kurzen Moment. Nun schien sie ihn als Mann und Beschützer zu suchen. Bisher hatte sie einzig Heimweh nach sich selbst gezeigt! Jetzt aber suchte sie ihn.

Er fühlte, dass ihr Nähebedürfnis einer Unsicherheit entsprang, so als habe sie Angst vor dem Fremden. Diese Furcht musste nicht einmal diesem Fremden in Person gelten, sondern dem Fremden an sich. Es war, als sei soeben das Fremde, alles Fremde überhaupt, leibhaftig an ihr Feuer getreten. Als sei dieser fremde Mann der menschliche Vertreter eines Zustandes, den jeder einmal durchschreiten muss: Die Begegnung mit dem Fremden, dem Unbekannten, dem Ungesicherten, dem Risiko. Hier saß es nun, ihr leibhaftiges Risiko, und aß Käse und trank Wein. Und Lisanna rückte noch ein wenig näher an Karl heran.

Während des Mahls sprach er nicht. Auch Lisanna und Karl aßen und tranken schweigend. Als sie alle in Ruhe geendet hatten, regte der Fremde seine Glieder, so als bereite er sich innerlich auf eine andere Haltung vor. Als brauche ein Mahl eine gänzlich andere Körperstellung als das, was er jetzt vorhatte. Er ließ ein wenig seinen Kopf kreisen und seine Schulterblätter. Lisanna wusste um die wohltuende Wirkungen dieser Bewegungen aus ihrem Tai Chi und ahmte sie sogleich in Gedanken nach.

Dann ergriff der Fremde das Wort und begann mit einer Erzählung. Gleich einer epischen Dichtung verwandte er in vier Sprachen Worte und Begriffe, die darauf hindeuten, dass es hier nicht um eine Information ging. Es ging um ein unabgesprochenes mystisch anmutendes Ritual, das sich ganz langsam zu steigern schien. Überwiegend sprach er in Englisch, doch webte er geschickt und bedeutungstief an bestimmten Stellen deutsche, spanische und französische Worte ein.

Fast schien es, als steigere er damit seine Ausdruckskraft oder das, worum es ihm ging. Aber worum ging es ihm? Er war voller Ernst. Er schien darauf zu vertrauen, dass eine Atmosphäre entstand, die den Geist zur Ruhe bringt, die den Verstand Zurückhaltung an jenen Stellen des Lebens üben lässt, an denen er nichts verloren hat. So, als wolle er ins Zentrum ihres Bewusstseins dringen.

Dabei entstand eine unwirkliche Situation, die zugleich faszinierte. Lisanna und Karl standen ihr staunend, offen und etwas bange gegenüber. Sie wagten keine Unterbrechung und bemühten sich, dem Gesprochenen intuitiv zu folgen, und befanden sich alle drei im Zentrum eines tiefen Ernstes.

Miguel Angel. Lisanna dachte an ihre Engelphase. Der Erzengel Michael mit Lederschlapphut und langem Ledermantel saß bei ihnen am Feuer. Alles war ein wenig unheimlich. Monologisch, wie zu sich selbst sprechend, sinnierte er zunächst über das Wesen der Zeit. Gleichzeitig schienen die ablaufenden Zeiteinheiten sich hier vor Ort mehr und mehr aufzuheben. Fast schien es, als spielten seine dunklen Augen, in deren Iris das Lagerfeuer mit seinen Flammen züngelte, mit der Zeit. Er schien sie zu dehnen und zu schrumpfen, ließ sie stillstehen oder nach Belieben beschleunigen. Es war, als befände sich die Realzeit im Ringen mit sich selbst, als würde sich die Zeit ihrer eigenen Unwirklichkeit bewusst. Oder zumindest ihrer Relativität im Raum. Fühlte sie sich als Hilfskrücke für die Menschen, die so von ihr abhängig waren, und sie nur als Messeinheit noch wahrnahmen, statt ihr wirkliches Wesen zu erforschen? Lisanna fühlte sich schwerer und schwerer, so als laste die ganze Lebenszeit auf diesem einen einzigen Augenblick.

Karl verspürte, dass der Blick des Fremden eine hypnotische Wirkung auf sie beide ausübte. Er fühlte sie, aber er konnte nicht darüber sprechen. Er wollte sich ihr auch nicht entziehen, obschon er ahnte, dass er sich mit ihr auf einen gefährlichen Weg machte. Dabei konnte er keine Gefahr benennen, doch sie so sicher wittern wie es wilde Tiere vermochten. Es konnte kein Dialog zwischen ihnen entstehen. Es passierte Anderes, völlig Unbekanntes.

Miguel Angel legte Feuerscheite nach. Es loderte neu auf, als wollte noch mehr Leben die Flammen befeuern. Flammen, die auch ihr Inneres befeuern sollten und nicht nur die sternklare Nacht in den hohen Bergen. Der Monolog, das spürten sie, war für sie beide bestimmt. Er sprach nicht zu sich selbst, auch wenn es von außen so wirkte. Er sprach eine Tiefe in ihnen an, die sie zuvor nie empfunden hatten. Es schien, als wollte sich etwas ereignen, das sie selbst nicht mehr beeinflussen konnten und auch nicht wollten. Als wäre die Zeit der Hingabe gekommen.

Dann sprach der Fremde vom Licht. Er sprach davon, dass das Licht in der Zeit und im Raum ein anderes wäre als gemeinhin angenommen. Eines, das keinesfalls nur Objekte beleuchtete. Er sprach so leise, dass man seine Worte kaum hören konnte, sie aber dennoch ganz tief in anderer Weise in sich aufnahm. Es war, als würde die Haut die Worte absorbieren und sofort ins Blut übersetzen. Eine Art Transkommunikation. Dabei zog sich die verständliche Sprache mehr und mehr zurück. Sie dehnte sich langsam ins Stimmlose. Hinein in eine Zone, in der man unmittelbarer versteht als über die Worte und den Verstand.

Behutsam legte Karl seinen Arm um Lisannas Schulter, die sich jetzt ganz an ihn heran gekuschelt hatte. Der Fremde legte abermals ein paar Holzscheite nach. Doch diesmal stand er dabei auf und warf aus seinem kleinen Lederbeutel Kräuter oder andere Substanzen in das Feuer. Eigentümlicher Duft umströmte sie. Die Flammen erschienen in einem leuchtenden Blau. Seine Gesten waren ruhig und rein. Jede seiner sparsamen Bewegungen war dabei klar, richtig und schön. Keine einzige unnötig. Er bewegte sich wie ein geschmeidiges Tier, das besser um seine Kräfte wusste als der Mensch, der sie im Stress vergeudete.

Dann nahm er wieder Platz. Er summte leise eine Melodie. Karl wurde dabei ganz schläfrig und wusste nicht, ob es die Wirkung des Weines oder die des Feuers in seinen Augen war, dessen Schein ihn vollständig durchdrang.

11.

Karls Lider waren geschlossen. Tageslicht drang durch die dünne Haut. Er blinzelte ein wenig und schloss die Augen wieder. Das Feuer war erloschen. Noch immer verströmte es einen wunderbaren Duft. Mehrfach hatte der Fremde Kräuter ins Feuer gestreut. Einmal, so erinnerte sich Karl, loderten die Flammen blau, später violett. An mehr erinnerte er sich nicht und schlief bis in den späten Nachmittag.

Karl erwachte erneut. Er bemerkte, dass er weich und bequem lag. Lisanna hatte ihm offenbar ein Kopfkissen untergeschoben und ihn mit warmen Decken zugedeckt. Hatte er denn so viel getrunken? Er versuchte die letzte Nacht zu rekonstruieren und hielt Ausschau nach leeren Weinflaschen. Aber da war nichts. Lisanna hatte offenbar schon aufgeräumt. Dann fielen ihm die Augen abermals zu und er schlief bis in den frühen Abend.

Die Sonne ging unter. Der Abendhimmel drängte heran. Karl wurde zum dritten Mal an diesem Tage wach. Noch immer war er unendlich müde. So als habe er den ungeschlafenen Schlaf seines gesamten Lebens in seinem endlos müden Körper gespeichert. Herein dämmernde Dunkelheit kündigte an, dass es bald schon wieder Zeit zum Schlafen sei. Er begrüßte diesen Umstand innerlich sehr. Nichts als schlafen wollte er. Und sei es in das Ende seines eigenen Lebens hinein.

Dennoch rappelte er sich auf. Menschliche Bedürfnisse plagten ihn, die keinen Aufschub duldeten. Zwei Seelen pochten in seiner Brust, die des Lebens und die eines ewigen Schlafes. Das Leben in ihm setzte sich nach einem kleinen Kampf durch und er rief Lisannas Namen. Aber sie meldete sich nicht. Vermutlich erging es ihr ähnlich und sie hatte sich nach einem Anfall häuslicher Aktivität ins Bett gelegt. Er gönnte ihr die Ruhe und war dankbar, dass sie schon sorgfältig aufgeräumt hatte.

Irgendwann in dieser merkwürdigen Nacht musste sich ein Filmriss ereignet haben. Er versuchte, sich zu erinnern. Es fiel ihm außergewöhnlich schwer. Erinnerungen kamen wie Fetzen angeflogen. Es schien, als habe er seine eigenen Gedanken geschreddert. Nichts schien zueinander zu passen. Karl rieb sich mit den Händen mehrfach das Gesicht. Das Leben kam nur zäh und langsam in ihm zurück. Im Hirn wollte es sich offenbar noch nicht niederlassen. Dennoch wollte er sich erinnern. Was war das nur für eine sonderbare Nacht gewesen! Die letzte Erinnerung, die ihm einfiel, war ein Kuss. Ein Kuss? Lisanna küsste ihn doch nicht. Wieso ein Kuss?

Lisanna hatte ihm einen Kuss zuerst auf die Lippen und dann auf die Stirn gedrückt. Zwei Küsse also. Das hatte er noch im Halbschlaf mitbekommen. Nicht wissend, ob es in der Nacht, am Morgen oder schon am hellen Tage passiert war. Er hätte jedoch nicht darauf wetten mögen, ob es vielleicht auch nur ein Traum gewesen war und er sich diese Küsse nur gewünscht hatte. Dennoch schien ihm die erste Version wahr zu sein. Er fühlte die Berührung ihrer Lippen noch immer. Die Dunkelheit der Nacht war in alle seine Erinnerungszellen gedrungen und hatte ihn wie ins Koma versetzt.

Aber davor, was war davor gewesen? Warum hatte sie ihn überhaupt geküsst? Karl bemühte sich und setzte sich aufrecht hin. Später würde er Lisanna fragen. Aber jetzt sollte sie schlafen. Jetzt erst erinnerte er sich auch an den Fremden. Miguel Angel. So hatte er sich vorgestellt.

Sie hatten lange miteinander gesprochen. Zuerst über die Zeit und den Tod, dann über das Licht und die Finsternis. Ihm war, als wäre da aber noch sehr viel mehr gewesen. Das war nur der Anfang. Dann erfolgte Tieferes, das in sie beide eindrang. Dabei ging es aber nicht mehr um gesprochene Worte. Er hatte sie auf eine andere, nonverbale Weise belehrt. Es schien, als hätte er einen Keim der Erkenntnis in sie gelegt. Einen Keim, den sie selbst nun zum Wachsen und bis zur Frucht bringen müssten. Aber was für einen Keim? Wozu? Was hatte dieser Fremde gewollt? Wer war er wirklich? Er erinnerte sich dunkel daran, dass er nach den Gesprächen über die Zeit, den Tod und das Licht leise gesungen hatte. In diesem Gesang hatten Botschaften gesteckt. Welche? Karl dachte konzentriert nach. Das war alles extrem verwirrend. War es eine Art Ritualgesang gewesen? Wenn ja, zu wem? Lisanna und er waren nicht religiös, glaubten nicht an Götterwelten. Obschon Engel bei Lisanna durchaus eine Rolle spielten. Merkwürdig, das alles. War er ein Priester, ein Schamane, ein Heiler?

Dann, viel später, da hatte Lisanna auch gesungen. Es hatte ihn zuerst erstaunt. Noch eine Weile später war er ebenfalls in diesen merkwürdig monotonen Singsang mit eingefallen. Es war nicht der Kehlkopf, die Lunge, seine Stimme, die sang. Es waren die Zellen. Es war zeitweise wie ein Rauschen und Brummen. Es drang spontan, unmittelbar aus ihnen heraus. Wie aus einer Quelle, die endlich lebendig wurde. Sie sprudelte nun immer stärker, wogte auf, pulsierte und umflutete den eigenen Kopf. Dann wurde sie ein Strömen, formte Vokale und Konsonanten aus der Tiefe des Bauchraumes heraus. Später formte es sich dann zu Worten, die wieder einen Sinn ergaben, der aber nicht aus dem Kopf kam oder aus einer Erinnerung. Es waren Worte des Lichts, die seine Schönheit beschrieben. Worte, die er nun nicht mehr benennen konnte. Worte, die vollständigen Sinn ergaben und wahrer waren als jene Worte, die wir als Menschen für Begriffe benutzten. Diese Worte waren aber in keiner der vorher verwendeten Sprachen beheimatet. Es waren Worte aus der Zukunft, die von einer Lichtzeit kündeten, die noch nicht war. Worte aus unendlicher Vergangenheit, die über allem Sein standen. Worte der Ewigkeit und des Unvergänglichen.

Einmal war ihm so, als hätten sie beide dem Fremden ihre Hände gereicht. Und Lisanna bat ihn, über die Hand zu sprechen. Hand bedeute, geformt zu sein, bereit zu sein. Das Werkzeug sei geformt, bereit für seine Aufgabe: Geben … Nehmen … Die verkrallte Hand sei tierische Kraft. Dann legte er Lisanna und Karls Hände ineinander und intonierte ein neues Lied.

Karl war benommen. Das Denken fiel ihm schwer. Da war noch mehr. Etwas, das auch nur mit ihm alleine zu tun hatte. Mit seinen Plänen und seinem brennenden Wunsch, sein Innerstes aufs Papier zu bringen. Auch das war in der Nacht besprochen worden. Irgendwann. Doch so sehr er sich anstrengte, dieser so entscheidende Teil war ihm nicht mehr zugänglich. Lediglich das starke Gefühl, dass etwas Entscheidendes mit ihm passiert war, ließ ihn nicht los. Es machte ihn unruhig, es nicht zu wissen.

Aber wo war der Fremde jetzt? Lag er im Schuppen? Oder hatte Lisanna ihm eines der vier Betten angeboten? Vielleicht konnte er ihm heute Abend jene Fragen stellen, für die gestern nicht die rechte Zeit war. Oder war er am Ende schon fort? Weiter gezogen auf seiner Wanderschaft durch die Einsamkeit der Berge. Vielleicht zu anderen Menschen an andere Feuer, denen er Botschaften übermittelte? Immerhin war es bald wieder Abend. Wo kam nur seine Benommenheit her? Ihm war dabei nicht übel. Übermäßiger Alkoholgenuss war hier nie und nimmer im Spiel gewesen. Er erinnerte sich jetzt genau, nach einem kleinen Schluck Wein zum Essen danach nur vom kristallklaren Bergwasser genossen zu haben. Ihm war, als sei er gar nicht richtig in seinem Körper. Ja, das war es! Er war überhaupt nicht mit sich selbst verankert. Sein Geist schwebte irgendwo, seine Seele war in großer Irritation. Seine Beine versagten, weil niemand da war, der vernünftige Befehle ans Großhirn weiter gab. Das Denken fiel ihm entsprechend schwer. Hatte er selbst sein Hirn ausgelagert? Was war das nur für eine Nacht! Derzeit war es ein elendiges Dahinschleppen seiner unkoordinierten Einzelteile.

Es schien, als sei er eine längere Zeit außerhalb seines eigenen Körpers gewesen und kehrte nun für eine wirklich allerletzte Aufgabe noch einmal zurück. Eher unwillig, jedoch einsichtig. Auch wenn ihm die Klarheit dieser Einsicht im Moment noch nicht zur Verfügung stand.

Langsam wankte er in die Hütte. Er ließ sich Zeit. Zeit war das, was so kostbar war wie das Licht. Zeit hatte eine völlig neue Bedeutung bekommen. Welche und warum, konnte er noch nicht sagen. Derzeit überforderte es seinen Verstand, überhaupt einen klaren Gedanken zu fassen. Doch sein Herz fühlte dabei Sicherheit und Ruhe. Zeit würde ab jetzt einen anderen Faktor für ihn bedeuten als für seine Mitmenschen. Er würde sie einzig und nur noch als Qualität erleben wollen und nicht zum Messen eines Ereignisses im Raum benutzen. Zeit war Nichtzeit zugleich. Zeit hatte keine Menge mehr. Zeit bestand nur aus seinem Eigenwert und seiner Güteklasse. Wer dies verletzte oder beschmutzte, hatte von nun an mit seiner Gegenwehr zurechnen. Ansonsten wäre er ein friedlicher Zeitgenosse, der dem Messen der Zeit nun adé sagte.

Als Karl die Hütte betrat, übernahm trotz dieser neuen Gedanken der Alltagsmensch in ihm spontan und blitzschnell die Oberhand. Er realisierte: Die Betten waren leer. Lisanna schlief hier nicht. Eine Stichflamme loderte auf. Eifersucht? Verlustangst? War sie am Ende mit ihm im Schober? Hatte sie sich zu ihm gelegt? Als wäre Lisanna sein Eigentum, das er zu schützen hätte, brannte diese Frage lichterloh auf und schmerzte an Stellen, die ihm bisher unbekannt waren.

Natürlich dürfte Lisanna sich zu jedem Menschen der Welt legen. Auch zu diesem Fremden. Selbstverständlich. Er wollte jetzt nur wissen, wo sie war. Doch dieser Gedanke hatte nicht genug Kraft, seinen schnellen Gang zu zügeln, als er bereits auf dem Weg zur alten Stallung war. Ohne weitere Umschweife riss er die Tür auf und sah, dass sie leer war.

Sie war vielleicht im Haupthaus. Etwas einkaufen, fiel ihm ein. Oder sie war wieder an ihrem Goldbach. Ja, da würde sie vermutlich sein. Ob sie dabei ihr Versprechen gebrochen und dem Fremden davon erzählt hatte? Ob sie jetzt mit ihm an ihrer gemeinsamen heimlichen Stelle war? Nichts als ängstliche und kleinliche Fragen zugleich wollten seinem immer noch schwachen Gehirn einfallen. Und wenn schon. Dann wäre es eben so. Bald wäre all dies vorbei. Es war im Moment mühsam genug, sich fortzubewegen und den nächsten Gedanken zu denken. Was war nur los mit ihm?

Er wankte zurück in die Hütte. Auf dem Tisch stand ein Krug mit frischem Quellwasser. Daneben lag ein Zettel. Vermutlich eine Anordnung, was er zu tun habe. Mit müden, schläfrigen Augen las Karl:

Sea bendecidos. Todo fluye. Conecte su círculo. Pase a la luz. – Miguel Angel

Karl las es zweimal, dreimal.

Er wiederholte es laut in seiner Muttersprache: *Sei gesegnet. Alles fließt. Schließ deinen Kreis. Trete ins Licht. – Miguel Angel*

Langsam kroch Panik hoch. Sie erfasste ihn. Lisanna!

Wo war Lisanna? Ohne tiefer über diese Worte nachzudenken, stürzte er aus der Hütte. Er hatte seinen Körper mittlerweile wieder voll in Besitz genommen. Die Hormonausschüttungen ließen ihn Bewegungen vollführen, die sonst nur in Momenten höchster Panik aktivierbar waren. Er schrie nach ihr. Er lief zum Bach. Sicher würde sie am Bach sitzen. Sie würde dem Fremden da nur das Gold zeigen und ihn, Karl, sogleich beruhigen. Gewiss war es so. Ruhig Karl, ruhig!

Er stolperte dennoch wie besinnungslos über die Wiesen hinunter zum Bach. Niemand war dort. Lisanna blieb verschwunden. Er rannte zur Hütte zurück. Sie war einkaufen. Er würde ihr entgegenlaufen. Sie sollte nicht alles alleine tragen. Das war zu schwer. Der Laden schloss gerade und er wurde ein wenig merkwürdig angeschaut. *¿Ha pasado algo? No encuentra bien? Podemos ayudarle? -- Ist etwas passiert? Ist Ihnen nicht gut? Können wir helfen?*

Nein, nein. Ja, doch. Ob seine Freundin hier gewesen wäre. Er suche sie. – Nein, sie sei nicht hier gewesen. Sie habe doch erst gestern eingekauft. Sie wäre vielleicht ein wenig spazieren. Wenn er Hilfe brauche, solle er sich aber melden. Hier sei noch nie jemand verlorengegangen. *Buenas Noches.*

Karl war atemlos. Kreidebleich verließ er den Laden und ging mit schweren Schritten zur Hütte zurück. Zunächst begann er eine unangenehme Dämmerung in sich zu fühlen. Er hätte sie gerne verdrängt. Ihm war dumpf zumute. So wollte er bleiben, dumpf. Er wollte nichts wissen. Gar nichts. Aber irgendetwas in ihm ahnte bereits die volle Wahrheit, die sich ihm nach und nach offenbarte. Dieses Etwas hasste er jetzt. Er wollte nichts von ihm hören! Gar nichts. Es sollte sich bloß nicht laut melden. Keinen Ton jetzt! Das hielte er nicht aus.

Aber es meldet sich doch. Leise und vernehmlich. Es sprach zu anderen wachsamen und aufnahmebereiten Anteilen in ihm. Lisanna war fort. Auf immer. Ohne Pass. Ohne alles. Und das war richtig und gut.

Karl weinte. Lisanna durfte nicht fort sein. Nicht jetzt. Nicht zu diesem Zeitpunkt. Nicht so.

Erst die Frauen in der Klinik, nun sie. Er brauchte sie. Nur noch einige Tage. Sie möge zurückkommen, bettelte er innerlich.

Verzweifelt schlug er mit seinen Fäusten auf die festgestampfte Erde, ließ seiner Traurigkeit freien Lauf und sank schluchzend in sich zusammen.

Nach einer Zeit des Wimmerns meldeten sich leise, innere Stimmen. Sie sprachen zu ihm:

»Der Kreis ist geschlossen.
Du stehst im Licht.
Einem Licht ohne Vergänglichkeit.
Du hast den Weg zur Wohnstatt des Lichts gefunden.
Es gibt nichts, das noch geschrieben werden muss.
Kein Lebendiges, das zwischen zwei Buchdeckel gepresst werden muss.
Lebendige Erfahrungen zwischen Seiten zu pressen, in Zeilen zu drucken, heißt, der Restfinsternis noch jenen letzten kleinen Raum zu geben, der allein dem Lichte zugedacht ist, das all dies nicht mehr braucht.

Alles ist getan, weil alles erlebt wurde, was Wort werden wollte.
Worte, die von lebendiger Erkenntnis in Weisheit münden.
Erfahrung, die zurückkehrt zum Licht.
Du selbst bist nun lebendiges Wort…
… und es ist durch dich Mensch geworden.«

Danksagung

Ich danke folgenden Menschen für ihre Hilfe, Begleitung und vielfältigen Impulse:

Uta Spaeth, Sinzig – für erste Sichtung und Überarbeitung, wichtige sprachliche und stilistische Hinweise und vor allem die engagierte menschliche Anteilnahme am Fortgang des Projektes bis zur Endfassung.

Andreas Becker, Bonn – meinem Lektor für die spannende, konstruktive Zusammenarbeit und professionelle Lektoratsarbeit, welche sensibel und kenntnisreich von ihm am Gesamtwerk vorgenommen wurde.

Andre Mannchen, Leipzig – meinem Verleger für die Realisierung des Projektes.

Prof. Dr. Karen Swassjan, Basel – dessen philosophische Werke mich u. a. zu den Werken von Massimo Scaligero führten.

Dr. E. W. Huber, Stuttagrt, edition tertium – für die Genehmigung, Passagen aus dem Buch ›Das Licht‹ von Massimo Scaligero für diesen Roman zu verwenden.

Stefan Sarek
Der Mumiengarten

280 Seiten | Hardcover
ISBN 978-3-942829-38-6

Stefan Sarek
Das Truthuhnparadies

180 Seiten | Paperback
ISBN 978-3-942829-32-8

Stefan Sarek
African Tango - Truthuhnparadies Vol. 2
280 Seiten | Paperback
ISBN 978-3-942829-33-5

Anna Loyelle
Ein Chaos namens Liebe
358 Seiten | Paperback
ISBN 978-3-942829-22-9

Daniela Kögler
Good Morning Dornröschen
120 Seiten | Hardcover
ISBN 978-3-942829-30-4

Cornelia Lotter
Das letzte Frühstück

142 Seiten | Paperback
ISBN 978-3-942829-18-2

EDITION BELLETRISTIK fhl